Essais de sociologie

Ouvrages de Marcel Mauss

ÉDITIONS DE MINUIT

1. Les fontions sociales du sacré
1968

2. Représentations collectives et diversité de civilisations
1968

3. Cohésion sociale et divisions de la sociologie
1969

CHEZ D'AUTRES ÉDITEURS

Manuel d'ethnographie
Payot, 1947
(2e édition en 1967)

Sociologie et anthropologie
PUF, 1950
(4e édition augmentée en 1968)

Marcel Mauss

Essais de sociologie

Éditions de Minuit

En couverture : Marcel Mauss,
photo Éditions de Minuit.

ISBN 2-02-000594-8

Avertissement

*Les textes ici réunis sont extraits des tomes 2 et 3 de l'édition d'*Œuvres *de Marcel Mauss, établie et présentée par Victor Karady*[1]*. Il ne pouvait s'agir, dans ce petit volume, de présenter un choix qui rende exactement compte de cet ensemble : nombre de notes, notices, comptes rendus d'ouvrages, interventions à des débats et analyses critiques qui accompagnent les essais fondamentaux, sont utiles à la connaissance de la pensée du disciple de Durkheim — et ne figurent pas dans le présent volume. De même les références bibliographiques et critiques aux ouvrages commentés dans le cadre de ces essais ont été supprimées chaque fois qu'elles n'étaient pas indispensables à la compréhension, alors qu'elles constituent un élément d'information non négligeable sur la méthode de travail de Mauss*[2]*.*

Le choix des œuvres et la forme d'édition qui a été adoptée ont pour but de proposer, en même temps qu'une introduction à la pensée de Mauss, les textes les plus caractéristiques de ses recherches sociologiques et ethnologiques, poursuivies en collaboration avec divers auteurs, ainsi qu'en témoignent l'article « Sociologie[3] *» dont Paul Fauconnet est le coauteur, et l'essai sur « Quelques formes primitives de classification », rédigé par Émile Durkheim et Marcel Mauss.*

1. Trois volumes, Éditions de Minuit, Paris, 1968 et 1969.
2. On les trouvera, intégralement reproduites dans l'édition mentionnée ci-dessus.
3. Intitulé ici : « La sociologie : objet et méthode ».

1

*La sociologie : objet et méthode**

par Paul Fauconnet
et Marcel Mauss

Mot créé par Auguste Comte pour désigner la science des sociétés. Quoique le mot fût formé d'un radical latin et d'une terminaison grecque et que pour cette raison les puristes aient longtemps refusé de le reconnaître, il a aujourd'hui conquis droit de cité dans toutes les langues européennes. Nous allons essayer de déterminer successivement l'objet de la sociologie et la méthode qu'elle emploie. Puis nous indiquerons les principales divisions de la science qui se constitue sous ce nom.

On remarquera sans peine que nous nous inspirons directement des idées qu'a exprimées Durkheim dans ses différents ouvrages. Si d'ailleurs nous les adoptons, ce n'est pas seulement parce qu'elles nous paraissent justifiées par des raisons théoriques, c'est encore qu'elles nous semblent exprimer les principes dont les diverses sciences sociales, au cours de leur développement, tendent à devenir de plus en plus conscientes.

I. OBJET DE LA SOCIOLOGIE

Parce que la sociologie est d'origine récente et qu'elle sort à peine de la période philosophique, il arrive encore qu'on en conteste la possibilité. Toutes les traditions métaphysiques qui font de l'homme un être à part, hors nature, et qui voient dans

* Article « Sociologie » extrait de la *Grande Encyclopédie*, vol. 30, Société anonyme de la Grande Encyclopédie, Paris, 1901.

ses actes des faits absolument différents des faits naturels, résistent aux progrès de la pensée sociologique. Mais le sociologue n'a pas à justifier ses recherches par une argumentation philosophique. La science doit faire son œuvre dès le moment qu'elle en entrevoit la possibilité, et des théories philosophiques, même traditionnelles, ne sauraient constituer des objections à la légitimité de ses démarches. Si d'ailleurs, comme il est vraisemblable, l'étude scientifique des sociétés rend nécessaire une conception différente de la nature humaine, c'est à la philosophie qu'il appartient de se mettre en harmonie avec la science, à mesure que celle-ci obtient des résultats. Mais la science n'a pas plus à prévoir qu'à éviter ces conséquences lointaines de ses découvertes.

Tout ce que postule la sociologie, c'est simplement que les faits que l'on appelle sociaux sont dans la nature, c'est-à-dire sont soumis au principe de l'ordre et du déterminisme universels, par suite intelligibles. Or cette hypothèse n'est pas le fruit de la spéculation métaphysique; elle résulte d'une généralisation qui semble tout à fait légitime. Successivement cette hypothèse, principe de toute science, a été étendue à tous les règnes, même à ceux qui semblaient le plus échapper à ses prises : il est donc rationnel de supposer que le règne social — s'il est un règne qui mérite d'être appelé ainsi — ne fait pas exception. Ce n'est pas au sociologue à démontrer que les phénomènes sociaux sont soumis à la loi : c'est aux adversaires de la sociologie à fournir la preuve contraire. Car, *a priori*, on doit admettre que ce qui s'est trouvé être vrai des faits physiques, biologiques et psychiques est vrai aussi des faits sociaux. Seul un échec définitif pourrait ruiner cette présomption logique. Or, dès aujourd'hui, cet échec n'est plus à craindre. Il n'est plus possible de dire que la science est tout entière à faire. Nous ne songeons pas à exagérer l'importance des résultats qu'elle a obtenus; mais enfin, en dépit de tous les scepticismes, elle existe et elle progresse : elle pose des problèmes définis et tout au moins elle entrevoit des solutions. Plus elle entre en contact avec les faits et plus elle voit se révéler des régularités insoupçonnées, des concordances beaucoup plus précises qu'on ne pouvait le supposer d'abord; plus, par conséquent, se fortifie le sentiment que l'on se trouve en présence d'un ordre naturel, dont l'existence ne peut plus être mise en doute que par des philosophes éloignés de la réalité dont ils parlent.

Mais si l'on doit admettre sans examen préalable que les faits appelés *sociaux* sont naturels, intelligibles et par suite objets de science, encore faut-il qu'il y ait des faits qui puissent être proprement appelés de ce nom. Pour qu'une science nouvelle se constitue, il suffit, mais il faut : d'une part, qu'elle s'applique à un ordre de faits nettement distincts de ceux dont s'occupent les autres sciences; d'autre part, que ces faits soient susceptibles d'être immédiatement reliés les uns aux autres, expliqués les uns par les autres, sans qu'il soit nécessaire d'intercaler des faits d'une autre espèce. Car une science qui ne pourrait expliquer les faits constituant son objet qu'en recourant à une autre science se confondrait avec cette dernière. La sociologie satisfait-elle à cette double condition?

Du phénomène social

En premier lieu y a-t-il des faits qui soient spécifiquement sociaux? On le nie encore communément, et parmi ceux qui le nient figurent même des penseurs qui prétendent faire œuvre sociologique. L'exemple de Tarde est caractéristique. Pour lui, les faits dits sociaux ne sont autre chose que des idées ou des sentiments individuels, qui se seraient propagés par imitation. Ils n'auraient donc aucun caractère spécifique; car un fait ne change pas de nature parce qu'il est plus ou moins répété. Nous n'avons pas pour l'instant à discuter cette théorie; mais nous devons constater que, si elle est fondée, la sociologie ne se distingue pas de la psychologie individuelle, c'est-à-dire que toute matière manque pour une sociologie proprement dite. La même conclusion s'inspire, quelle que soit la théorie, du moment où l'on nie la spécificité des faits sociaux. On conçoit dès lors toute l'importance de la question que nous examinons.

Un premier fait est constant, c'est qu'il existe des sociétés, c'est-à-dire des agrégats d'êtres humains. Parmi ces agrégats, les uns sont durables, comme les nations, d'autres éphémères comme les foules, les uns sont très volumineux comme les grandes églises, les autres très petits comme la famille quand elle est réduite au couple conjugal. Mais, quelles que soient la grandeur et la forme de ces groupes et de ceux qu'on pourrait énumérer — classe, tribu, groupe professionnel, caste, commune — ils présentent tous ce caractère qu'ils sont formés par une pluralité de consciences individuelles, agissant et réagissant les unes sur les autres. C'est à la présence de ces actions et réactions, de ces *interactions* que l'on reconnaît les sociétés. Or la question est de savoir si, parmi les faits qui se passent au sein de ces groupes, il en est qui manifestent la nature du groupe en tant que groupe, et non pas seulement la nature des individus qui les composent, les attributs généraux de l'humanité. Y en a-t-il qui sont ce qu'ils sont parce que le groupe est ce qu'il est? A cette condition, et à cette condition seulement, il y aura une sociologie proprement dite; car il y aura alors une vie de la société, distincte de celle que mènent les individus ou plutôt distincte de celle qu'ils mèneraient s'ils vivaient isolés.

Or il existe bien réellement des phénomènes qui présentent ces caractères, seulement il faut savoir les découvrir. En effet, tout ce qui se passe dans un groupe social n'est pas une manifestation de la vie du groupe comme tel, et par conséquent n'est pas social, pas plus que tout ce qui se passe dans un organisme n'est proprement biologique. Non seulement les perturbations accidentelles et locales déterminées par des causes cosmiques, mais encore des événements normaux, régulièrement répétés, qui intéressent tous les membres du groupe sans exception, peuvent n'avoir aucunement le caractère de faits sociaux. Par exemple tous les individus, à l'exception des malades, remplissent leurs fonctions organiques dans des conditions sensiblement identiques; il en est de même des fonctions psychologiques : les phénomènes de sensation, de représentation, de réaction ou d'inhibition sont les mêmes chez tous les membres du groupe, ils sont soumis chez tous aux mêmes lois que la psychologie recherche. Mais personne ne songe à les ranger dans la catégorie des faits sociaux malgré leur généralité. C'est qu'ils ne tiennent aucunement à la nature du groupement, mais dérivent de la nature organique et psychique de l'individu. Aussi sont-ils les mêmes, quel que soit le groupe auquel l'individu appartient. Si l'homme isolé était concevable, on pourrait dire qu'ils seraient ce qu'ils sont même en dehors de toute société. Si donc les faits dont les sociétés sont le théâtre ne se distinguaient les uns des autres que par leur degré de généralité, il n'y en aurait pas qu'on pût considérer comme des manifestations propres de la vie sociale, et dont on pût, par suite, faire l'objet de la sociologie.

Et pourtant l'existence de tels phénomènes est d'une telle

évidence qu'elle a été signalée par des observateurs qui ne songeaient pas à la constitution d'une sociologie. On a remarqué bien souvent qu'une foule, une assemblée ne sentaient, ne pensaient et n'agissaient pas comme l'auraient fait les individus isolés; que les groupements les plus divers, une famille, une corporation, une nation avaient un « esprit », un caractère, des habitudes comme les individus ont les leurs. Dans tous les cas par conséquent on sent parfaitement que le groupe, foule ou société, a vraiment une nature propre, qu'il détermine chez les individus certaines manières de sentir, de penser et d'agir, et que ces individus n'auraient ni les mêmes tendances, ni les mêmes habitudes, ni les mêmes préjugés, s'ils avaient vécu dans d'autres groupes humains. Or cette conclusion peut être généralisée. Entre les idées qu'aurait, les actes qu'accomplirait un individu isolé et les manifestations collectives, il y a un tel abîme que ces dernières doivent être rapportées à une *nature* nouvelle, à des forces *sui generis* : sinon, elles resteraient incompréhensibles.

Soient, par exemple, les manifestations de la vie économique des sociétés modernes d'Occident : production industrielle des marchandises, division extrême du travail, échange international, association de capitaux, monnaie, crédit, rente, intérêt, salaire, etc. Qu'on songe au nombre considérable de notions, d'institutions, d'habitudes que supposent les plus simples actes d'un commerçant ou d'un ouvrier qui cherche à gagner sa vie; il est manifeste que ni l'un ni l'autre ne créent les formes que prend nécessairement leur activité : ni l'un ni l'autre n'inventent le crédit, l'intérêt, le salaire, l'échange ou la monnaie. Tout ce qu'on peut attribuer à chacun d'eux c'est une tendance générale à se procurer les aliments nécessaires, à se protéger contre les intempéries, ou encore, si l'on veut, le goût de l'entreprise, du gain, etc. Même des sentiments qui semblent tout spontanés, comme l'amour du travail, de l'épargne, du luxe, sont en réalité, le produit de la culture sociale puisqu'ils font défaut chez certains peuples et varient infiniment, à l'intérieur d'une même société, selon les couches de la population. Or, à eux seuls, ces besoins détermineraient, pour se satisfaire, un petit nombre d'actes très simples qui contrastent de la manière la plus accusée avec les formes très complexes dans lesquelles l'homme économique coule aujourd'hui sa conduite. Et ce n'est pas seulement la complexité de ces formes qui témoigne de leur origine extra-individuelle, mais encore et surtout la manière dont elles s'imposent à l'individu. Celui-ci est plus ou moins obligé de s'y conformer. Tantôt c'est la loi même qui l'y contraint, ou la coutume tout aussi impérative que la loi. C'est ainsi que naguère l'industriel était obligé de fabriquer des produits de mesure et de qualité déterminées, que maintenant encore il est soumis à toutes sortes de règlements, que nul ne peut refuser de recevoir en paiement la monnaie légale pour sa valeur légale. Tantôt c'est la force des choses contre laquelle l'individu vient se briser s'il essaye de s'insurger contre elles : c'est ainsi que le commerçant qui voudrait renoncer au crédit, le producteur qui voudrait consommer ses propres produits, en un mot le travailleur qui voudrait recréer à lui seul les règles de son activité économique, se verrait condamné à une ruine inévitable.

Le langage est un autre fait dont le caractère social apparaît clairement : l'enfant apprend, par l'usage et par l'étude, une langue dont le vocabulaire et la syntaxe sont vieux de bien des siècles, dont les origines sont inconnues, qu'il reçoit par conséquent toute faite et qu'il est tenu de recevoir et d'employer ainsi, sans variations considérables. En vain essayerait-il de se créer une langue originale : non seulement il ne pourrait aboutir qu'à imiter maladroitement quelque autre idiome existant, mais encore une telle langue ne saurait lui servir à exprimer sa pensée; elle le condamnerait à l'isolement et à une sorte de mort intellectuelle. Le seul fait de déroger aux règles et aux usages traditionnels se heurte le plus généralement à de très vives résistances de l'opinion. Car une langue n'est pas seulement un système de mots; elle a un génie particulier, elle implique une certaine manière de percevoir, d'analyser et de coordonner. Par conséquent, par la langue, ce sont les formes principales de notre pensée que la collectivité nous impose.

Il pourrait sembler que les relations matrimoniales et domestiques sont nécessairement ce qu'elles sont en vertu de la nature humaine, et qu'il suffit, pour les expliquer, de rappeler quelques propriétés très générales, organiques et psychologiques, de l'individu humain. Mais, d'une part, l'observation historique nous apprend que les types de mariages et de familles ont été et sont encore extrêmement nombreux, variés; elle nous révèle la complication quelquefois extraordinaire des formes du mariage et des relations domestiques. Et, d'autre part, nous savons tous que les relations domestiques ne sont pas exclusivement affectives, qu'entre nous et des parents que nous pouvons ne pas connaître il existe des liens juridiques qui se sont noués sans notre consentement, à notre insu ; nous savons que le mariage n'est pas seulement un accouplement, que la loi et les usages imposent à l'homme qui épouse une femme des actes déterminés, une procédure compliquée. Manifestement, ni les tendances organiques de l'homme à s'accoupler ou à procréer, ni même les sentiments de jalousie sexuelle ou de tendresse paternelle qu'on lui prêterait d'ailleurs gratuitement, ne peuvent, à aucun degré, expliquer ni la complexité, ni surtout le caractère obligatoire des mœurs matrimoniales et domestiques.

De même les sentiments religieux très généraux qu'on a coutume de prêter à l'homme et même aux animaux — respect et crainte des êtres supérieurs, tourment de l'infini — ne pourraient engendrer que des actes religieux très simples et très indéterminés : chaque homme, sous l'empire de ces émotions, se représenterait à sa façon les êtres supérieurs et leur manifesterait ses sentiments comme il lui semblerait convenable de le faire. Or une religion aussi simple, aussi indéterminée, aussi individuelle n'a jamais existé. Le fidèle croit à des dogmes et agit selon des rites entièrement compliqués, qui lui sont en outre inspirés par l'Église, par le groupe religieux auquel il appartient ; en général, il connaît très mal ces dogmes et ces rites, et sa vie religieuse consiste essentiellement dans une participation lointaine aux croyances et aux actes d'hommes spécialement chargés de connaître les choses sacrées et d'entrer en rapport avec elles ; et ces hommes eux-mêmes n'ont pas inventé les dogmes ni les rites, la tradition les leur a enseignés et ils veillent surtout à les préserver de toute altération. Les sentiments individuels d'aucun des fidèles n'expliquent donc, ni le système complexe des représentations et des pratiques qui constitue une religion, ni l'autorité par laquelle ces manières de penser et d'agir s'imposent à tous les membres de l'Église.

Ainsi les formes suivant lesquelles se développe la vie affective, intellectuelle, active de l'individu, lui préexistent comme elles lui survivront. C'est parce qu'il est homme qu'il mange, pense, s'amuse, etc., mais s'il est déterminé à agir par des tendances qui lui sont communes avec tous les hommes, les formes précises que prend son activité à chaque moment de l'histoire dépendent de toutes autres conditions qui varient d'une société à une autre et changent avec le temps au sein d'une même société : c'est l'ensemble des habitudes collectives. Parmi ces habitudes il en est de différentes sortes. Les unes appellent la réflexion par suite de leur importance même. On en prend conscience et on les consigne dans des formules écrites ou orales qui expriment comment le groupe a l'habitude d'agir, et comment il exige que ses membres agissent; ces formules impératives ce sont les règles du droit, les maximes de la morale, les préceptes du rituel, les articles du dogme, etc. Les autres restent inexprimées et diffuses, plus ou moins inconscientes. Ce sont les coutumes, les mœurs, les superstitions populaires que l'on observe sans savoir qu'on y est tenu, ni même en quoi elles consistent exactement. Mais dans les deux cas, le phénomène est de même nature. Il s'agit toujours de manières d'agir ou de penser, consacrées par la tradition et que la société impose aux individus. Ces habitudes collectives et les transformations par lesquelles elles passent incessamment, voilà l'objet propre de la sociologie.

Il est d'ailleurs possible dès à présent de prouver directement que ces habitudes collectives sont les manifestations de la vie du groupe en tant que groupe. L'histoire comparée du droit, des religions, a rendu commune l'idée que certaines institutions forment avec certaines autres un système, que les premières ne peuvent se transformer sans que les secondes se transforment également. Par exemple, on sait qu'il existe des liens entre le totémisme et l'exogamie, entre l'une et l'autre pratique et l'organisation du clan; on sait que le système du pouvoir patriarcal est en relation avec le régime de la cité, etc. D'une façon générale, les historiens ont pris l'habitude de montrer les rapports que soutiennent les différentes institutions d'une même époque, de ne pas isoler une institution du *milieu* où elle est apparue. Enfin on est de plus en plus porté à chercher dans les propriétés d'un milieu social (volume, densité, mode de composition, etc.) l'explication des phénomènes généraux qui s'y produisent : on montre par exemple quelles modifications profondes l'agglomération urbaine apporte à une civilisation agricole, comment la forme de l'habitat conditionne l'organisation domestique. Or, si les institutions dépendent les unes des autres et dépendent toutes de la constitution du groupe social, c'est évidemment qu'elles expriment ce dernier. Cette *interdépendance* des phénomènes serait inexplicable s'ils étaient les produits de volontés particulières et plus ou moins capricieuses; elle s'explique au contraire s'ils sont les produits de forces impersonnelles qui dominent les individus eux-mêmes.

Une autre preuve peut être tirée de l'observation des statistiques. On sait que les chiffres qui expriment le nombre des mariages, des naissances, des suicides, des crimes dans une société, sont remarquablement constants ou que, s'ils varient, ce n'est pas par écarts brusques et irréguliers, mais généralement avec lenteur et ordre. Leur constance et leur régularité sont au moins égales à celle des phénomènes qui, comme la mortalité, dépendent surtout de causes physiques. Or il est manifeste que les causes qui poussent tel ou tel individu au mariage ou au crime sont tout à fait particulières et accidentelles; ce ne sont donc pas ces causes qui peuvent expliquer le taux du mariage ou du crime dans une société donnée. Il faut admettre l'existence de certains états sociaux, tout à fait différents des états purement individuels, qui conditionnent la nuptialité et la criminalité. On ne comprendrait pas, par exemple, que le taux du suicide fût uniformément plus élevé dans les sociétés protestantes que dans les sociétés catholiques, dans le monde commercial que dans le monde agricole, si l'on n'admettait pas qu'une tendance collective au suicide se manifeste dans les milieux protestants, dans les milieux commerciaux, en vertu de leur organisation même.

Il y a donc des phénomènes proprement sociaux, distincts de ceux qu'étudient les autres sciences qui traitent de l'homme, comme la psychologie : ce sont eux qui constituent la matière de la sociologie. Mais il ne suffit pas d'avoir établi leur existence par un certain nombre d'exemples et par des considérations générales. On voudrait encore connaître le signe auquel on peut les distinguer, de manière à ne pas risquer ni de les laisser échapper, ni de les confondre avec les phénomènes qui ressortissent à d'autres sciences. D'après ce qui vient d'être dit, la nature sociale a précisément pour caractéristique d'être comme surajoutée à la nature individuelle; elle s'exprime par des idées ou des actes qui, alors même que nous contribuons à les produire, nous sont tout entiers imposés du dehors. C'est ce signe d'extériorité qu'il s'agit de découvrir.

Dans un grand nombre de cas, le caractère obligatoire dont

sont marquées les manières sociales d'agir et de penser est le meilleur des critères que l'on puisse souhaiter. Gravées au fond du cœur ou exprimées dans des formules légales, spontanément obéies ou inspirées par voie de contrainte, une multitude de règles juridiques, religieuses et morales sont rigoureusement obligatoires. La plupart des individus y obéissent; même ceux qui les violent savent qu'ils manquent à une obligation; et, en tout cas, la société leur rappelle le caractère obligatoire de son ordre en leur infligeant une sanction. Quelles que soient la nature et l'intensité de la sanction, excommunication ou mort, dommages-intérêts ou prison, mépris public, blâme, simple notation d'excentricité, à des degrés divers et sous des formes diverses, le phénomène est toujours le même : le groupe proteste contre la violation des règles collectives de la pensée et de l'action. Or cette protestation ne peut avoir qu'un sens : c'est que les manières de penser et d'agir qu'impose le groupe sont des manières propres de penser et d'agir. S'il ne tolère pas qu'on y déroge, c'est qu'il voit en elles les manifestations de sa personnalité, et qu'en y dérogeant on la diminue, on la détruit. Et d'ailleurs si les règles de la pensée et de l'action n'avaient pas une origine sociale, d'où pourraient-elles venir? Une règle à laquelle l'individu se considère comme soumis ne peut être l'œuvre de cet individu : car toute obligation implique une autorité supérieure au sujet obligé, et qui lui inspire le respect, élément essentiel du sentiment d'obligation. Si donc on exclut l'intervention d'êtres surnaturels, on ne saurait trouver, en dehors et au-dessus de l'individu, qu'une seule source d'obligation, c'est la société ou plutôt l'ensemble des sociétés dont il est membre.

Voilà donc un ensemble de phénomènes sociaux facilement reconnaissables et qui sont de première importance. Car le droit, la morale, la religion forment une partie notable de la vie sociale. Même dans les sociétés inférieures, il n'est guère de manifestations collectives qui ne rentrent dans une de ces catégories. L'homme n'y a pour ainsi dire ni pensée ni activité propres; la parole, les opérations économiques, le vêtement même y prennent souvent un caractère religieux, par conséquent obligatoire. Mais, dans les sociétés supérieures, il y a un grand nombre de cas où la pression sociale ne se fait pas sentir sous la forme expresse de l'obligation : en matière économique, juridique, voire religieuse, l'individu semble largement autonome.

Ce n'est pas que toute coercition soit absente : nous avons montré plus haut sous quels aspects elle se manifestait dans l'ordre économique et linguistique, et de combien il s'en fallait que l'individu fût libre en ces matières d'agir à sa guise. Cependant il n'y a pas d'obligation proclamée, pas de sanctions définies ; l'innovation, la dérogation ne sont pas prescrites en principe. Il est donc nécessaire de chercher un autre critère qui permette de distinguer ces habitudes dont la nature spéciale n'est pas moins incontestable, quoique moins immédiatement apparente.

Elle est incontestable en effet parce que chaque individu les trouve déjà formées et comme *instituées*, puisqu'il n'en est pas l'auteur, puisqu'il les reçoit du dehors, c'est donc qu'elles sont *préétablies*. Qu'il soit ou non défendu à l'individu de s'en écarter, elles existent déjà au moment où il se consulte pour savoir comment il doit agir; ce sont des modèles de conduite qu'elles lui proposent. Aussi les voit-on pour ainsi dire, à un moment donné, pénétrer en lui du dehors. Dans la plupart des cas, c'est par la voie de l'éducation, soit générale, soit spéciale, que se fait cette pénétration. C'est ainsi que chaque génération reçoit de son aînée les préceptes de la morale, les règles de la politesse usuelle, sa langue, ses goûts fondamentaux, de même que chaque travailleur reçoit de ses prédécesseurs les règles de sa technique professionnelle. L'éducation est précisément l'opération par laquelle l'être social est surajouté en chacun de nous à l'être individuel, l'être moral à l'être animal; c'est le procédé grâce auquel l'enfant est rapidement socialisé. Ces observations nous fournissent une caractéristique du fait social beaucoup plus générale que la précédente : sont sociales toutes les manières d'agir et de penser que l'individu trouve préétablies et dont la transmission se fait le plus généralement par la voie de l'éducation.

Il serait bon qu'un mot spécial désignât ces faits spéciaux, et il semble que le mot *institutions* serait le mieux approprié. Qu'est-ce en effet qu'une institution sinon un ensemble d'actes ou d'idées tout institué que les individus trouvent devant eux et qui s'impose plus ou moins à eux? Il n'y a aucune raison pour réserver exclusivement, comme on le fait d'ordinaire, cette expression aux arrangements sociaux fondamentaux. Nous entendons donc par ce mot aussi bien les usages et les modes, les préjugés et les superstitions que les constitutions politiques ou les organisations juridiques essentielles; car tous ces phénomènes sont de même nature et ne diffèrent qu'en degré. L'institution est en somme dans l'ordre social ce qu'est la fonction dans l'ordre biologique : et de même que la science de la vie est la science des fonctions vitales, la science de la société est la science des institutions ainsi définies.

Mais, dira-t-on, l'institution est le passé; c'est, par définition, la chose fixée, non la chose vivante. Il se produit à chaque instant dans les sociétés des nouveautés, depuis les variations quotidiennes de la mode jusqu'aux grandes révolutions politiques et morales. Mais tous ces changements sont toujours, à des degrés divers, des modifications d'institutions existantes. Les révolutions n'ont jamais consisté dans la brusque substitution intégrale d'un ordre nouveau à l'ordre établi; elle ne sont jamais et ne peuvent être que des transformations plus ou moins rapides, plus ou moins complètes. Rien ne vient de rien : les institutions nouvelles ne peuvent être faites qu'avec les anciennes, puisque celles-ci sont les seules qui existent. Et par conséquent, pour que notre définition embrasse tout le défini, il suffit que nous ne nous en tenions pas à une formule étroitement statique, que nous ne restreignions pas la sociologie à l'étude de l'institution supposée immobile. En réalité l'institution ainsi conçue n'est qu'une abstraction. Les institutions véritables vivent, c'est-à-dire changent sans cesse : les règles de l'action ne sont ni comprises ni appliquées de la même façon à des moments successifs, alors même que les formules qui les expriment restent littéralement les mêmes. Ce sont donc les institutions vivantes, telles qu'elles se forment, fonctionnent et se transforment aux différents moments qui constituent les phénomènes proprement sociaux, objets de la sociologie.

Les seuls faits que l'on pourrait non sans raison regarder comme sociaux et qui, cependant, rentreraient difficilement dans la définition des institutions, sont ceux qui se produisent dans les sociétés sans institutions. Mais les seules sociétés sans institutions sont des agrégats sociaux ou bien instables et éphémères comme les foules, ou bien en cours de formation. Or des unes et des autres on peut dire qu'elles ne sont pas encore des sociétés proprement dites, mais seulement des sociétés en voie de devenir, avec cette différence que les unes sont destinées à aller jusqu'au bout de leur développement, à réaliser leur nature sociale, tandis que les autres disparaissent avant d'être parvenues à se constituer définitivement. Nous sommes donc ici sur les limites qui séparent le règne social des règnes inférieurs. Les phénomènes dont il s'agit sont en train de devenir sociaux plutôt qu'ils ne sont sociaux. Il n'est donc pas surprenant qu'ils ne puissent rentrer exactement dans les cadres d'aucune science. Certes la sociologie ne doit pas s'en désintéresser, mais ils ne constituent pas son objet propre. D'ailleurs, par l'analyse précédente, nous n'avons nullement cherché à découvrir une définition définitive et complète de tous les phénomènes sociaux. Il suffit d'avoir montré que des faits existent qui méritent d'être appelés ainsi et d'avoir indiqué quelques signes auxquels on peut reconnaître les plus importants d'entre eux. A ces critères, l'avenir en substituera bien certainement d'autres moins défectueux.

De l'explication sociologique

Ainsi la sociologie a un objet propre, puisqu'il y a des faits proprement sociaux; il nous reste à voir si elle satisfait à la seconde des conditions que nous avons indiquées, c'est-à-dire s'il y a un mode d'explication sociologique qui ne se confonde avec aucun autre. Le premier mode d'explication qui ait été méthodiquement appliqué à ces faits est celui qui a été pendant longtemps en usage dans ce qu'il est convenu d'appeler la philosophie de l'histoire. La philosophie de l'histoire a été, en effet, la forme de spéculation sociologique immédiatement antérieure à la sociologie proprement dite. C'est de la philosophie de l'histoire que la sociologie est née : Comte est le successeur immédiat de Condorcet, et lui-même a construit une philosophie de l'histoire plutôt qu'il n'a fait de découvertes sociologiques. Ce qui caractérise l'explication philosophique, c'est qu'elle suppose l'homme, l'humanité en général prédisposée par sa nature à un développement déterminé dont on s'efforce de découvrir toute l'orientation par une investigation sommaire des faits historiques. Par principe et par méthode on néglige donc le détail pour s'en tenir aux lignes les plus générales. On ne cherche pas à expliquer pourquoi, dans telle espèce de sociétés, à telle époque de leur développement, on rencontre telle ou telle institution : on cherche seulement vers quel but se dirige l'humanité, on marque les étapes qu'on juge lui avoir été nécessaires pour se rapprocher de ce but.

Il est inutile de démontrer l'insuffisance d'une telle explication. Non seulement elle laisse de côté, arbitrairement, la majeure partie de la réalité historique, mais comme il n'est plus possible aujourd'hui de soutenir que l'humanité suive une voie unique et se développe dans un seul sens, tous ces systèmes se trouvent, par cela seul, privés de fondement. Mais les explications que l'on trouve encore aujourd'hui dans certaines doctrines sociologiques ne diffèrent pas beaucoup des précédentes, sauf peut-être en apparence. Sous prétexte que la société n'est formée que d'individus, c'est dans la nature de l'individu qu'on va chercher les causes déterminantes par lesquelles on essaie d'expliquer les faits sociaux. Par exemple Spencer et Tarde procèdent de cette façon. Spencer a consacré presque tout le premier volume de sa *Sociologie* à l'étude de l'homme primitif physique, émotionnel et intellectuel; c'est par les propriétés de cette nature primitive qu'il explique les institutions sociales observées chez les peuples les plus anciens ou les plus sauvages, institutions qui se transforment ensuite au cours de l'histoire, suivant des *lois d'évolution* très générales. Tarde voit dans les *lois de l'imitation* les principes suprêmes de la sociologie : les phénomènes sociaux sont des modes d'action le plus souvent utiles, inventés par certains individus et imités par tous les autres. On retrouve le même procédé d'explication dans certaines sciences spéciales qui sont ou devraient être sociologiques. C'est ainsi que les économistes classiques trouvent, dans la nature individuelle de l'*homo œconomicus*, les principes d'une explication suffisante de tous les faits économiques : l'homme cherchant toujours le plus grand avantage au prix de la plus petite peine, les relations économiques devaient nécessairement être telles et telles. De même les théoriciens du droit naturel recherchent les caractères juridiques et moraux de la nature humaine, et les institutions juridiques sont à leurs yeux, des tentatives plus ou moins heureuses pour satisfaire les rigueurs de cette nature; l'homme prend peu à peu conscience de soi, et les droits positifs sont des réalisations approximatives du droit qu'il porte en soi.

L'insuffisance de ces solutions apparaît clairement dès qu'on a reconnu qu'il y a des faits sociaux, des réalités sociales, c'est-à-dire dès qu'on a distingué l'objet propre de la sociologie.

Si, en effet, les phénomènes sociaux sont les manifestations de la vie des groupes en tant que groupes, ils sont beaucoup trop complexes pour que des considérations relatives à la nature humaine en général puissent en rendre compte. Prenons de nouveau pour exemple les institutions du mariage et de la famille. Les rapports sexuels sont soumis à des règles très compliquées : l'organisation familiale, très stable dans une même société, varie beaucoup d'une société à une autre; en outre, elle est liée étroitement à l'organisation politique, à l'organisation économique qui, elles aussi, présentent des différences caractéristiques dans les diverses sociétés. Si ce sont là les phénomènes sociaux qu'il s'agit d'expliquer, des problèmes précis se posent : comment se sont formés les différents systèmes matrimoniaux et domestiques? peut-on les rattacher les uns aux autres, distinguer des formes postérieures et des formes antérieures, les premières apparaissant comme le produit de la transformation des secondes? Si cela est possible, comment s'expliquer ces transformations, quelles en sont les conditions? Comment les formations de l'organisation familiale affectent-elles les organisations politiques et économiques? D'autre part, tel régime domestique une fois constitué, comment fonctionne-t-il? A ces questions, les sociologues qui demandent à la seule psychologie individuelle le principe de leurs explications, ne peuvent pas fournir de réponses. Ils ne peuvent, en effet, rendre compte de ces institutions si multiples, si variées, qu'en les rattachant à quelques éléments très généraux de la constitution organico-psychique de l'individu : instinct sexuel, tendance à la possession exclusive et jalouse d'une seule femelle, amour maternel et paternel, horreur du commerce sexuel entre consanguins, etc. Mais de pareilles explications sont d'abord suspectes au point de vue purement philosophique : elles consistent tout simplement à attribuer à l'homme les sentiments que manifeste sa conduite, alors que ce sont précisément ces sentiments qu'il s'agirait d'expliquer; ce qui revient, en somme à expliquer le phénomène par les vertus occultes des substances, la flamme par le phlogistique et la chute des corps par leur gravité. En outre, elles ne déterminent entre les phénomènes aucun rapport précis de coexistence ou de succession, mais les isolent arbitrairement et les présentent en dehors du temps et de l'espace, détachés de tout milieu défini. Quand bien même on considérerait comme une explication de la monogamie l'affirmation que ce régime matrimonial satisfait mieux qu'un autre les instincts humains ou concilie mieux qu'un autre la liberté et la dignité des deux époux, il resterait à chercher pourquoi ce régime apparaît dans telles sociétés plutôt que dans telles autres, à tel moment et non à tel autre du développement d'une société. En troisième lieu, les propriétés essentielles de la nature humaine sont les mêmes partout, à des nuances et à des degrés près. Comment pourraient-elles rendre compte des formes si variées qu'a prises successivement chaque institution. L'amour paternel et maternel, les sentiments d'affection filiale sont sensiblement identiques chez les primitifs et chez les civilisés; quel écart cependant il y a entre l'organisation primitive de la famille et son état actuel, et, entre ces extrêmes, que de changements se sont produits! Enfin les tendances indéterminées de l'homme ne sauraient rendre compte des formes si précises et si complexes sous lesquelles se présentent toujours les réalités historiques. L'égoïsme qui peut pousser l'homme à s'approprier les choses utiles n'est pas la source de ces règles si compliquées qui, à chaque époque de l'histoire, constituent le droit de propriété, règles relatives au fonds et à la jouissance, aux meubles et aux immeubles, aux servitudes, etc. Et pourtant le droit de propriété *in abstracto* n'existe pas. Ce qui existe, c'est le droit de propriété tel qu'il est ou était organisé, dans la France contemporaine ou dans la Rome antique, avec la multitude des principes qui le déterminent. La sociologie ainsi entendue ne peut donc atteindre de cette manière que les linéaments tout à fait généraux, presque insaisissables à force d'indétermination des institutions. Si l'on adopte de tels principes, on doit confesser que la plus grande partie de la réalité sociale (tout le détail des institutions) demeure inexpliquée et inexplicable. Seuls les phénomènes que détermine la nature humaine en général, toujours identique dans son fonds, seraient naturels et intelligibles; tous les traits particuliers qui donnent aux institutions, suivant les temps et les lieux, leurs caractères propres, tout ce qui distingue les individualités sociales, est considéré comme artificiel et accidentel; on y voit, soit les résultats d'inventions fortuites, soit les produits de l'activité individuelle des législateurs, des hommes puissants dirigeant volontairement les sociétés vers des fins entrevues par eux. Et l'on est ainsi conduit à mettre hors de la science, comme inintelligibles, toutes les institutions très déterminées, c'est-à-dire les faits sociaux eux-mêmes, les objets propres de la science sociologique. Autant dire qu'on anéantit, avec l'objet défini d'une science sociale, la science sociale elle-même et qu'on se contente de demander à la philosophie et à la psychologie quelques indications très générales sur les destinées de l'homme vivant en société.

A ces explications qui se caractérisent par leur extrême généralité s'opposent celles qu'on pourrait appeler les explications proprement historiques : ce n'est pas que l'histoire n'en ait connu d'autres, mais celles dont nous allons parler se retrouvent exclusivement chez les historiens. Obligé par les conditions mêmes de son travail à s'attacher exclusivement à une société et à une époque déterminées, familier avec l'esprit, la langue, les traits de caractères particuliers de cette société et de cette époque, l'historien a naturellement une tendance à ne voir dans les faits que ce qui les distingue les uns des autres, ce qui leur donne une physionomie propre dans chaque cas isolé, en un mot ce qui les rend incomparables. Cherchant à retrouver la mentalité des peuples dont il étudie l'histoire, il est enclin à accuser d'inintelligence, d'incompétence tous ceux qui n'ont pas, comme lui, vécu dans l'intimité de ces peuples. Par suite, il est porté à se défier de toute comparaison, de toute généralisation. Quand il étudie une institution, ce sont ses caractères les plus individuels qui attirent son attention, ceux qu'elle doit aux circonstances particulières dans lesquelles elle s'est constituée ou modifiée, et elle lui apparaît comme inséparable de ces circonstances. Par exemple la famille patriarcale sera une chose essentiellement romaine, la féodalité, une institution spéciale à nos sociétés médiévales, etc. De ce point de vue les institutions ne peuvent être considérées que comme des combinaisons accidentelles et locales qui dépendent de conditions également accidentelles et locales. Tandis que les philosophes et les psychologues nous proposaient des théories soi-disant valables pour toute l'humanité, les seules explications que les historiens croient possibles ne s'appliqueraient qu'à telle société déterminée, considérée à tel moment précis de son évolution. On n'admet pas qu'il y ait de causes générales partout agissantes dont la recherche peut être utilement entreprise; on s'assigne pour tâche d'enchaîner des événements particuliers à des événements particuliers. En réalité, on suppose dans les faits une infinie diversité ainsi qu'une infinie contingence.

A cette méthode étroitement historique d'explication des faits sociaux, il faut d'abord opposer les enseignements dus à la méthode comparative : dès maintenant l'histoire comparée des religions, des droits et des mœurs a révélé l'existence d'institutions incontestablement identiques chez les peuples les plus différents; à ces concordances, il est inconcevable qu'on puisse assigner pour cause l'imitation d'une société par les autres, et il est cependant impossible de les considérer comme fortuites : des institutions semblables ne peuvent évidemment avoir dans telle peuplade sauvage des causes locales et accidentelles, et dans telle société civilisée d'autres causes également locales et accidentelles. D'autre part, les institutions dont il s'agit ne sont pas seulement des pratiques très générales qu'on pourrait prétendre inventées naturellement par des hommes dans des circonstances identiques; ce ne sont pas seulement des mythes importants comme celui du déluge, des rites comme celui du sacrifice, des organisations domestiques comme la famille maternelle, des pratiques juridiques comme la vengeance du sang; ce sont encore des légendes très complexes, des superstitions, des usages tout à fait particuliers, des pratiques aussi étranges que celles de la couvade ou du lévirat. Dès qu'on a constaté ces similitudes, il devient inadmissible d'expliquer les phénomènes comparables par des causes particulières à une société et à une époque; l'esprit se refuse à considérer comme fortuites la régularité et la similitude.

Il est vrai que l'histoire, si elle ne montre pas pour quelles raisons des institutions analogues existent dans ses civilisations apparentes, prétend quelquefois expliquer les faits en les enchaînant chronologiquement les uns aux autres, en décrivant par le détail les circonstances dans lesquelles s'est produit un événement historique. Mais ces relations de pure succession n'ont rien de nécessaire ni d'intelligible. Car c'est d'une façon tout à fait arbitraire, nullement méthodique, et par conséquent tout à fait irrationnelle que les historiens assignent à un événement un autre événement qu'ils appellent sa cause. En effet, les procédés inductifs ne sont applicables que là où une comparaison est facile. Du moment qu'ils prétendent expliquer un fait unique par un autre fait unique, qu'ils n'admettent pas qu'il y ait entre les faits des liens nécessaires et constants, les historiens ne peuvent apercevoir des causes que par une intuition immédiate, opération qui échappe à toute réglementation comme à tout contrôle. Il suit de là que l'explication historique, impuissante à faire comprendre les similitudes observées, l'est même à rendre compte d'un événement particulier; elle n'offre à l'intelligence que des phénomènes inintelligibles parce qu'ils sont conçus comme singuliers, accidentels et arbitrairement enchaînés.

Tout autre est l'explication proprement sociologique, telle qu'elle doit être conçue si l'on accepte la définition que nous avons proposée du phénomène social. D'abord elle ne donne pas seulement pour tâche d'atteindre les aspects les plus généraux de la vie sociale. Entre les faits sociaux il n'y a pas lieu de faire des distinctions suivant qu'ils sont plus ou moins généraux. Le plus général est tout aussi naturel que le plus particulier, l'un et l'autre sont également explicables. Aussi, tous les faits qui présentent les caractères indiqués comme ceux du fait social, peuvent et doivent être objets de recherches. Il y en a que le sociologue ne peut actuellement intégrer dans un système, il n'y en a pas qu'il ait le droit de mettre, *a priori*, en dehors de la science et de l'explication. La sociologie ainsi entendue n'est donc pas une vue générale et lointaine de la réalité collective, mais elle en est une analyse aussi profonde, aussi complète que possible. Elle s'oblige à l'étude du détail avec un souci d'exactitude aussi grand que celui de l'historien. Il n'y a pas de fait, si mince soit-il, qu'elle puisse négliger comme dénué d'intérêt scientifique. Et dès à présent on en peut citer qui semblaient de bien minime importance et qui sont pourtant symptomatiques d'états sociaux essentiels qu'ils peuvent aider à comprendre. Par exemple l'ordre successoral est en intime relation avec la constitution même de la famille; et, non seulement ce n'est pas un fait acccidentel que le partage ait lieu par souches ou par têtes, mais encore ces deux formes de partage correspondent à des types de famille très différents. De même le régime pénitentiaire d'une société est extrêmement intéressant pour qui veut étudier l'état de l'opinion concernant la peine dans cette société.

D'autre part, tandis que les historiens décrivent les faits sans les expliquer à proprement parler, la sociologie entreprend d'en donner une explication satisfaisante pour la raison. Elle cherche à trouver entre les faits, non des rapports de simple succession, mais des relations intelligibles. Elle veut montrer comment les faits sociaux se sont produits, quelles sont les forces dont ils résultent. Elle doit donc expliquer des faits définis par leurs causes déterminantes, prochaines et immédiates, capables de les produire. Par suite elle ne se contente pas, comme font certains sociologues, d'indiquer des causes très générales et très lointaines, en tous cas insuffisantes et sans rapport direct avec les faits. Puisque les faits sociaux sont spécifiques, ils ne peuvent s'expliquer que par des causes de même nature qu'eux-mêmes. L'explication sociologique procède donc en allant d'un phénomène social à un autre. Elle n'établit de rapport qu'entre phénomènes sociaux. Ainsi elle nous montrera comment les institutions s'engendrent les unes les autres; par exemple, comment le culte des ancêtres s'est développé sur le fonds des rites funéraires. D'autres fois elle apercevra de véritables coalescences de phénomènes sociaux : par exemple la notion si répandue du sacrifice du Dieu est expliquée par une sorte de fusion qui s'est opérée entre certains rites sacrificiels et certaines notions mythiques. Quelquefois ce sont des faits de structure sociale qui s'enchaînent les uns les autres; par exemple, on peut rattacher la formation des villes aux mouvements migratoires plus ou moins étendus de villages à villes, de districts ruraux à ditricts industriels, aux mouvements de colonisation, à l'état des communications, etc. Ou bien c'est par la structure des sociétés d'un type déterminé qu'on rend compte de certaines institutions déterminées, par exemple l'arrangement en villes produit certaines formes de la propriété, du culte, etc.

Mais comment les faits sociaux se produisent-ils ainsi les uns les autres? Quand nous disons que des institutions produisent des institutions par voie de développement, de coalescence, etc., ce n'est pas que nous les concevons comme des sortes de réalités autonomes capables d'avoir par elles-mêmes une efficacité mystérieuse d'un genre particulier. De même quand nous rattachons à la forme des groupes telle ou telle pratique sociale, ce n'est pas que nous considérons comme possible que la répartition géographique des individus affecte la vie sociale directement et sans intermédiaire. Les institutions n'existent que dans les représentations que s'en fait la société. Toute leur force vive leur vient des sentiments dont elles sont l'objet; si elles sont fortes et respectées, c'est que ces sentiments sont vivaces; si elles cèdent, c'est qu'elles ont perdu toute autorité auprès des consciences.

De même si les changements de la structure sociale agissent sur les institutions, c'est parce qu'ils modifient l'état des idées et des tendances dont elles sont l'objet; par exemple si la formation de la cité accentue fortement le régime de la famille patriarcale, c'est que ce complexus d'idées et de sentiments qui constitue la vie de famille change nécessairement à mesure que la cité se resserre. Pour employer le langage courant, on pourrait dire que toute la force des faits sociaux leur vient de l'opinion. C'est l'opinion qui dicte les règles morales et qui, directement ou indirectement, les sanctionne. Et l'on peut même dire que out changement dans les institutions est, au fond, un changement dans l'opinion : c'est parce que les sentiments collectifs de pitié pour le criminel entrent en lutte avec les sentiments collectifs réclamant la peine que le régime pénal s'adoucit progressivement. Tout se passe dans la sphère de l'opinion publique; mais celle-ci est proprement ce que nous appelons le système des représentations collectives. Les faits sociaux sont donc des causes parce qu'ils sont des représentations ou agissent sur des représentations. Le fond intime de la vie sociale est un ensemble de représentations.

En ce sens, donc, on pourrait dire que la sociologie est une psychologie. Nous accepterions cette formule, mais à condition expresse d'ajouter que cette psychologie est spécifiquement distincte de la psychologie individuelle. Les représentations dont traite la première sont, en effet, d'une tout autre nature que celles dont s'occupe la seconde. C'est déjà ce qui ressort de ce que nous avons dit à propos des caractères du phénomène social, car il est évident que des faits qui possèdent des propriétés aussi différentes ne peuvent pas être de même espèce. Il y a, dans les consciences, des représentations collectives qui sont distinctes des représentations individuelles. Sans doute les sociétés ne sont faites que d'individus et, par conséquent, les représentations collectives ne sont dues qu'à la manière dont les consciences individuelles peuvent agir et réagir les unes sur les autres au sein d'un groupe constitué. Mais ces actions et ces réactions dégagent des phénomènes psychiques d'un genre nouveau qui sont capables d'évoluer par eux-mêmes, de se modifier mutuellement et dont l'ensemble forme un système défini. Non seulement les représentations collectives sont faites d'autres éléments que les représentations individuelles, mais encore elles ont en réalité un autre objet. Ce qu'elles expriment, en effet, c'est l'état même de la société. Tandis que les faits de conscience de l'individu expriment toujours d'une façon plus ou moins lointaine un état de l'organisme, les représentations collectives expriment toujours à quelque degré un état de groupe social : elles traduisent (ou, pour employer la langue philosophique, elles « symbolisent ») sa structure actuelle, la manière dont il réagit en face de tel ou tel événement, le sentiment qu'il a de soi-même ou de ses intérêts propres. La vie psychique de la société est donc faite d'une tout autre matière que celle de l'individu.

Ce n'est pas à dire toutefois qu'il y ait entre elles une solution de continuité. Sans doute les consciences dont la société est formée y sont combinées sous des formes nouvelles d'où résultent les réalités nouvelles. Il n'en est pas moins vrai que l'on peut passer des faits de conscience individuelle aux représentations collectives par une série continue de transitions. On aperçoit facilement quelques-uns des intermédiaires : de l'individuel on passe insensiblement à la société, par exemple quand on série les faits d'imitation épidémique, de mouvements des foules, d'hallucination collective, etc. Inversement le social redevient individuel. Il n'existe que dans les consciences individuelles, mais chaque conscience n'en a qu'une parcelle. Et encore cette impression des choses sociales est-elle altérée par l'état particulier de la conscience qui les reçoit. Chacun parle à sa façon sa langue maternelle, chaque auteur finit par se constituer sa syntaxe, son lexique préféré. De même chaque individu se fait sa morale, a sa moralité individuelle. De même chacun prie et adore suivant ses penchants. Mais ces faits ne sont pas explicables si l'on ne fait appel, pour les comprendre, qu'aux seuls phénomènes individuels; au contraire, ils sont explicables si l'on part des faits sociaux. Prenons, pour notre démonstration, un cas précis de religion individuelle, celui du totémisme individuel. D'abord, d'un certain point de vue, ces faits restent encore sociaux et constituent des institutions : c'est un article de foi dans certaines tribus que chaque individu a son totem propre; de même à Rome, chaque citoyen a son *genius*, dans le catholicisme chaque fidèle a un saint comme patron. Mais il y a plus : ces phénomènes proviennent simplement de ce fait qu'une institution socialiste s'est réfractée et défigurée dans les consciences particulières. Si, en outre de son totem de clan, chaque guerrier a son totem individuel, si l'un se croit parent des lézards, tandis que l'autre se sent associé des corbeaux, c'est que chaque individu s'est constitué son totem propre à l'image du totem du clan.

On voit maintenant ce que nous entendons par le mot de représentations collectives et en quel sens nous pouvons dire que les phénomènes sociaux peuvent être des phénomènes de conscience, sans être pour autant des phénomènes de la conscience individuelle. On a vu aussi quels genres de relations existent entre les phénomènes sociaux. — Nous sommes maintenant en mesure de préciser davantage la formule que nous avons donnée plus haut de l'explication sociologique, quand nous avons dit qu'elle allait d'un phénomène social à un autre phénomène social. On a pu entrevoir, d'après ce qui précède, qu'il existe deux grands ordres de phénomènes sociaux : les faits de structure sociale, c'est-à-dire les formes du groupe, la manière dont les éléments y sont disposés; et les représentations collectives dans lesquelles sont données les institutions. Cela posé, on peut dire que toute explication sociologique entre dans un des trois cadres suivants : 1. ou bien elle rattache une représentation collective à une représentation collective, par exemple la composition pénale à la vengeance privée; 2. ou bien elle rattache une représentation collective à un fait de structure sociale comme à sa cause; ainsi l'on voit dans la formation de villes la cause de la formation d'un droit urbain, origine d'une bonne partie de notre système de la propriété; 3. ou bien elle rattache des faits de structure sociale à des représentations collectives qui les ont déterminés : ainsi certaines notions mythiques ont dominé les mouvements migratoires des Hébreux, des Arabes de l'islam; la fascination qu'exercent les grandes villes est une cause de l'émigration des campagnards. — Il peut sembler, il est vrai, que de telles explications tournent dans un cercle, puisque les formes du groupe y sont présentées, tantôt comme des effets et tantôt comme des causes des représentations collectives. Mais ce cercle, qui est réel, n'implique aucune pétition de principes : il est celui des choses elles-mêmes. Rien n'est vain comme de se demander si ce sont les idées qui ont suscité les sociétés ou si ce sont les sociétés qui, une fois formées, ont donné naissance aux idées collectives. Ce sont des phénomènes inséparables, entre lesquels il n'y a pas lieu d'établir une primauté, ni logique, ni chronologique.

L'explication sociologique ainsi entendue ne mérite donc à

aucun degré le reproche de matérialiste qui lui a été quelquefois adressé. D'abord elle est indépendante de toute métaphysique, matérialiste ou autre. De plus, en fait, elle assigne un rôle prépondérant à l'élément psychique de la vie sociale, croyances et sentiments collectifs. Mais d'un autre côté, elle échappe aux défauts de l'idéologie. Car les représentations collectives ne doivent pas être conçues comme se développant d'elles-mêmes, en vertu d'une sorte de dialectique interne qui les obligerait à s'épurer de plus en plus, à se rapprocher d'un idéal de raison. Si la famille, le droit pénal ont changé, ce n'est pas par suite des progrès rationnels d'une pensée qui, peu à peu, rectifierait spontanément ses erreurs primitives. Les opinions, les sentiments de la collectivité ne changent que si les états sociaux dont ils dépendent ont également changé. Ainsi ce n'est pas expliquer une transformation sociale quelconque, par exemple le passage du polythéisme au monothéisme, que de faire voir qu'elle constitue un progrès, qu'elle est plus vraie ou plus morale, car la question est précisément de savoir ce qui a déterminé la religion à devenir ainsi plus vraie ou plus morale, c'est-à-dire en réalité à devenir ce qu'elle est devenue. Les phénomènes sociaux ne sont pas plus automoteurs que les autres phénomènes de la nature. La cause d'un fait social doit toujours être cherchée en dehors de ce fait. C'est dire que le sociologue n'a pas pour objet de trouver nous ne savons quelle loi de progrès, d'évolution générale qui dominerait le passé et prédéterminerait l'avenir. Il n'y a pas une loi unique, universelle des phénomènes sociaux. Il y a une multitude de lois d'inégale généralité. Expliquer, en sociologie, comme en toute science, c'est donc découvrir des lois plus ou moins fragmentaires, c'est-à-dire lier des faits définis suivant des rapports définis.

II. MÉTHODE DE LA SOCIOLOGIE

Les essais sur la méthode de la sociologie abondent dans la littérature sociologique. En général, ils sont mêlés de toutes sortes de considérations philosophiques sur la société, l'État, etc. Les premiers ouvrages où la méthode de la sociologie ait été étudiée d'une façon appropriée sont ceux de Comte et de Stuart Mill. Mais quelle que soit leur importance, les observations méthodologiques de ces deux philosophes gardaient encore, comme la science qu'ils entendaient fonder, une extrême généralité. Récemment, Durkheim a essayé de définir plus exactement la manière dont la sociologie doit procéder pour aborder l'étude des faits particuliers.

Sans doute, il ne peut pas être question de formuler complètement et définitivement les règles de la méthode sociologique. Car une méthode ne se distingue qu'abstraitement de la science elle-même. Elle ne s'articule et ne s'organise qu'au fur et à mesure des progrès de cette science. Nous nous proposons seulement d'analyser un certain nombre de procédés scientifiques déjà sanctionnés par l'usage.

Définition

Comme toute science, la sociologie doit commencer l'étude de chaque problème par une définition. Il faut avant tout indiquer et limiter le champ de la recherche afin de savoir de quoi l'on parle. Ces définitions sont préalables, et, par suite, provisoires. Elles ne peuvent ni ne doivent exprimer l'essence des phénomènes à étudier, mais simplement les désigner clairement, et distinctement. Toutefois, si extérieures qu'elles soient, elles n'en restent pas moins indispensables. Faute de définitions, toute science s'expose à des confusions et à des erreurs. Sans elles, au cours d'un même travail, un sociologue donnera différents sens à un même mot. Il commettra, de la sorte, de graves méprises : ainsi, en ce qui concerne la théorie de la famille, beaucoup d'auteurs emploient indifféremment les noms de tribu, de village, de clan, pour désigner une seule et même chose. En outre, sans définitions, il est impossible de s'entendre entre savants qui discutent sans parler tous du même sujet. Une bonne partie des débats qu'a soulevés la théorie de la famille et du mariage proviennent de l'absence de définitions : ainsi les uns appellent monogamie ce que les autres ne désignent pas de ce nom; les uns confondent le régime juridique qui exige la monogamie avec la simple monogamie de fait; les autres, au contraire, distinguent ces deux ordres de faits, en réalité fort différents.

Naturellement des définitions de ce genre sont construites. On y rassemble et désigne un ensemble de faits dont on prévoit la similarité fondamentale. Mais elles ne sont pas construites *a priori*, elles sont le résumé d'un premier travail, d'une première revue rapide des faits, dont on distingue les qualités communes. Elles ont surtout pour objet de substituer aux notions du sens commun une première notion scientifique. C'est qu'en effet il faut, avant tout, se dégager des préjugés courants, plus dangereux en sociologie qu'en aucune autre science. Il ne faut pas poser sans examen, comme définition scientifique, une classification usuelle. Beaucoup d'idées encore usitées dans bien des sciences sociales ne semblent pas plus fondées en raison qu'en fait et doivent être bannies d'une terminologie rationnelle; par exemple la notion de paganisme et même celle de fétichisme ne correspondent à rien de réel. D'autres fois, une recherche sérieuse conduit à réunir ce que le vulgaire sépare, ou à distinguer ce que le vulgaire confond. Par exemple, la science des religions a réuni dans un même genre les tabous d'impureté et ceux de pureté parce qu'ils sont tous des tabous ; au contraire, elle a soigneusement distingué les rites funéraires et le culte des ancêtres.

Ces définitions seront d'autant plus exactes et plus positives qu'on s'efforcera davantage de désigner les choses par leurs caractères objectifs. On appelle caractères objectifs les caractères que tel ou tel phénomène social a en lui-même, c'est-à-dire ceux qui ne dépendent pas de nos sentiments et de nos opinions personnelles. Ainsi ce n'est pas par notre idée plus ou moins raisonnée du sacrifice que nous devons définir ce rite, c'est par les caractères extérieurs qu'il présente, en tant que fait social et religieux, extérieur à nous, indépendant de nous. Conçue de la sorte, la définition devient un moment important de la recherche. Ces caractères par lesquels on définit le phénomène social à étudier, bien qu'extérieurs, n'en correspondent pas moins aux caractères essentiels que l'analyse décèlera. Aussi des définitions heureuses peuvent-elles mettre sur la voie de découvertes importantes. Quand on définit le crime un acte attentatoire aux droits des individus, les seuls crimes sont les actes actuellement réputés tels : l'homicide, le vol, etc. Quand on le définit un acte qui provoque une réaction organisée de la collectivité, on est conduit à comprendre dans la définition toutes les formes vraiment primitives du crime, en particulier la violation des règles religieuses du tabou par exemple.

Enfin ces définitions préalables constituent une garantie

scientifique de premier ordre. Une fois posées, elles obligent et lient le sociologue. Elles éclairent toutes ses démarches, elles permettent la critique et la discussion efficaces. Car, grâce à elles, tout un ensemble de faits bien désignés s'impose à l'étude, et l'explication doit tenir compte de tous. On écarte ainsi toutes ces argumentations capricieuses où l'auteur passe, à son gré, d'un sujet à un autre, emprunte ses preuves aux catégories de faits les plus hétérogènes. De plus, on évite une faute que commettent encore les meilleurs travaux de sociologie, par exemple celui de Frazer sur le totémisme. Cette faute, c'est de n'avoir rassemblé que les faits favorables à la thèse et de n'avoir pas suffisamment recherché les faits contraires. On ne se préoccupe pas assez, en général, d'intégrer dans une théorie tous les faits; on ne rassemble que ceux qui se superposent exactement. Or, avec de bonnes définitions initiales, tous les faits sociaux d'un même ordre se présentent et s'imposent à l'observateur, et on est tenu de rendre compte, non seulement des concordances, mais encore des différences.

Observation des faits

Ainsi que nous l'avons vu, la définition suppose une première revue générale des faits, une sorte d'observation provisoire. Il nous faut parler maintenant de l'observation méthodique, c'est-à-dire de celle qui établit chacun des faits énoncés. L'observation des phénomènes sociaux n'est pas, comme on pourrait le croire à première vue, un pur procédé narratif. La sociologie doit faire plus que de décrire les faits, elle doit, en réalité, les constituer. D'abord, pas plus en sociologie qu'en aucune autre science, il n'existe de faits bruts que l'on pourrait, pour ainsi dire, photographier. Toute observation scientifique porte sur des phénomènes méthodiquement choisis et isolés des autres, c'est-à-dire abstraits. Les phénomènes sociaux, plus que tous autres, ne peuvent être étudiés en une fois dans tous leurs détails, tous leurs rapports. Ils sont trop complexes pour qu'on ne procède pas par abstractions et par divisions successives des difficultés. Mais l'observation sociologique, si elle abstrait les faits, n'en est pas moins scrupuleuse, et soucieuse de les établir exactement. Or les faits sociaux sont fort difficiles à atteindre, à démêler à travers les documents. Il est encore plus délicat de les analyser, et, dans quelques cas, d'en donner d'approximatives mensurations. Il faut donc des procédés spéciaux et rigoureux d'observation; il faut, pour prendre le langage habituel, des méthodes critiques. L'emploi de ces méthodes varie naturellement avec les faits variés que la sociologie observe. C'est ainsi qu'il existe des moyens différents pour analyser un rite religieux et pour décrire la formation d'une ville. Mais l'esprit, la méthode du travail restent identiques, et l'on ne peut classer les méthodes critiques que suivant la nature des documents auxquels elles s'appliquent : les uns sont les documents statistiques, presque tous modernes, récents, les autres sont les documents historiques. Les problèmes nombreux qui soulèvent l'utilisation de ces documents sont assez différents, en même temps qu'assez analogues.

Dans tout travail qui s'appuie sur des éléments statistiques, il est important, indispensable d'exposer soigneusement la façon dont on est arrivé aux données dont on se sert. Car, dans l'état actuel des diverses statistiques judiciaires, économiques, démographiques, etc., chaque document appelle la plus sévère critique. Considérons en effet les documents officiels, qui, en général, offrent le plus de garanties. Ces documents eux-mêmes doivent être examinés dans tous leurs détails, et il faut bien connaître les principes qui ont présidé à leur confection. Faute de précautions minutieuses, on risque d'aboutir à des données fausses : ainsi il est impossible d'utiliser les renseignements statistiques sur le suicide en Angleterre, car, dans ce pays, pour éviter les rigueurs de la loi, la plupart des suicides sont déclarés sous le nom de mort par suite de folie; la statistique est ainsi viciée dans son fondement. Il faut, de plus, avoir le soin de réduire à des faits comparables les données d'origines diverses dont on dispose. Faute d'avoir ainsi procédé, beaucoup de travaux de sociologie morale, par exemple, contiennent de graves erreurs. On a comparé des nombres qui n'ont pas du tout la même signification dans les diverses statistiques européennes. En effet, les statistiques sont fondées sur les codes, et les divers codes n'ont ni la même classification, ni la même nomenclature; par exemple, la loi anglaise ne distingue pas l'homicide par imprudence de l'homicide volontaire. De plus, comme toute observation scientifique, l'observation statistique doit tendre à être la plus exacte et la plus détaillée possible. Souvent, en effet, le caractère des faits change, lorsqu'à une observation générale, on substitue une analyse de plus en plus précise; ainsi une carte, par arrondissements, du suicide en France, conduit à remarquer des phénomènes différents de ceux que fait apparaître une carte par départements.

En ce qui concerne les documents historiques ou ethnographiques, la sociologie doit adopter, en gros, les procédés de la « critique historique ». Elle ne peut se servir de faits controuvés et par conséquent elle doit établir la vérité des informations dont elle se sert. Ces procédés de critique sont d'un emploi d'autant plus nécessaire qu'on a souvent, non sans raison, reproché aux sociologues de les avoir négligés; on a, par exemple, utilisé sans assez de discernement les renseignements des voyageurs et des ethnographes. La connaissance des sources, une critique sévère eussent permis aux sociologues de donner une base incontestable à leurs théories concernant les formes élémentaires de la vie sociale. On peut d'ailleurs espérer que les progrès de l'histoire et de l'ethnographie faciliteront de plus en plus le travail, en fournissant des informations incontestables. La sociologie a tout à espérer des progrès de ces deux disciplines. Mais quoique le sociologue ait les mêmes exigences critiques que l'historien, puisqu'il étudie les faits dans un autre esprit, en vue d'un autre but, il doit conduire sa critique suivant des principes différents. D'abord, il n'observe, autant que possible, que les faits sociaux, les faits profonds; et l'on sait combien des préoccupations de ce genre sont récentes dans les sciences historiques, où l'on manque, par exemple, de nombreuses et bonnes histoires de l'organisation économique même de nos pays. Ensuite la sociologie ne pose pas aux faits de questions insolubles et dont la solution n'a, d'ailleurs, qu'une mince valeur explicative. Ainsi, en l'absence de monuments certains, il n'est pas indispensable de dater avec exactitude le Rig-Veda : la chose est impossible, et au fond indifférente. On n'a pas besoin de connaître la date d'un fait social, d'un rituel de prières pour s'en servir en sociologie, pourvu que l'on connaisse ses antécédents, ses concomitants, ses conséquents, en un mot tout le cadre social qui l'entoure. Enfin le sociologue ne recherche pas exclusivement le détail singulier de chaque fait. Après avoir fait surtout de la biographie de grands hommes et de tyrans, les historiens tentent, maintenant, surtout de la biographie collective. Ils s'attachent aux nuances particulières des mœurs, des croyances de chaque groupe, petit ou grand. Ils recherchent ce qui sépare, ce qui singularise, et tendent à retracer ce qu'il y a en quelque sorte d'ineffable dans chaque civilisation ; par exemple, on croit généralement que l'étude de la religion védique est réservée aux seuls sanscritisants. Le sociologue, au contraire, s'attache à retrouver dans les faits sociaux ce qui est général en même temps que ce qui est caractéristique. Pour lui, une observation bien conduite doit donner un résidu défini, une expression suffisamment adéquate du fait observé. Pour se servir d'un fait social déterminé, la connaissance intégrale d'une histoire, d'une langue, d'une civilisation n'est pas nécessaire. La connaissance relative, mais exacte, de ce fait suffit pour qu'il puisse et doive entrer dans le système que la sociologie veut édifier. Aussi bien, si, dans de nombreux cas, il est encore indispensable pour le sociologue de remonter aux sources dernières, la faute n'en est-elle pas aux faits, mais aux historiens, qui n'ont pas su en faire la véritable analyse. La sociologie demande des observations sûres, impersonnelles, utilisables pour quiconque étudiera des faits du même ordre. Le détail et l'alentour de tous les faits sont infinis, jamais personne ne pourra les épuiser; l'histoire pure ne cessera jamais de décrire, de nuancer, de circonstancier. Au contraire, une observation sociologique faite avec soin, un fait bien étudié, analysé dans son intégrité, perd presque toute date, tout comme une observation de médecin, une expérience extraordinaire de laboratoire. Le fait social, scientifiquement décrit, devient un élément de science, et cesse d'appartenir en propre à tel ou tel pays, à telle ou telle époque. Il est pour ainsi dire placé, par la force de l'observation scientifique, hors du temps et hors de l'espace.

Systématisation des faits

Pas plus qu'aucune science, la sociologie ne spécule sur de pures idées et ne se borne à enregistrer les faits. Elle tend à en donner un système rationnel. Elle cherche à déterminer leurs rapports de manière à les rendre intelligibles. Il nous reste à dire par quels procédés ces rapports peuvent être déterminés. Quelquefois, assez rarement d'ailleurs, on les trouve pour ainsi dire tout établis. Il existe, en effet, en sociologie comme en toute science, des faits tellement typiques qu'il suffit de les bien analyser pour découvrir immédiatement certains rapports insoupçonnés. C'est un fait de ce genre que Fison et Howitt ont rencontré, lorsqu'ils ont jeté une clarté nouvelle sur les formes primitives de la famille en expliquant le système de la parenté et des classes exogamiques dans certaines tribus australiennes. Mais, en général, nous n'atteignons pas directement, par la simple observation, de ces faits cruciaux. Il faut donc employer tout un ensemble de procédés méthodiques spéciaux pour établir les relations qui existent entre les faits. Ici la sociologie se trouve dans un état d'infériorité par rapport aux autres sciences. L'expérimentation n'y est pas possible; on ne peut susciter, volontairement, des faits sociaux typiques que l'on pourrait ensuite étudier. Il faut donc recourir à la comparaison des divers faits sociaux d'une même catégorie dans diverses sociétés, afin de tâcher de dégager leur essence. Au fond, une comparaison bien conduite peut donner, en sociologie, des résultats équivalents à ceux d'une expérimentation. On procède à peu près comme les zoologistes, comme a procédé notamment Darwin. Celui-ci ne put pas, sauf pour une seule exception, faire de véritables expériences et créer des espèces variées; il dut faire un tableau général des faits qu'il connaissait concernant l'origine des espèces; et c'est de la comparaison méthodique de ces faits qu'il dégagea ses hypothèses. De même en sociologie, Morgan ayant constaté l'identité du système familial iroquois, hawaïen, fijien, etc., put faire l'hypothèse du clan à descendance maternelle. En général d'ailleurs, quand la comparaison a été maniée par de véritables savants, elle a toujours donné de bons résultats en matière de faits sociaux. Même lorsqu'elle n'a pas laissé de résidu théorique, comme dans les travaux de l'école anglaise anthropologique, elle a, tout au moins, abouti à dresser un classement général d'un grand nombre de faits.

Au surplus, on s'efforce et l'on doit s'efforcer de rendre la comparaison toujours plus exacte. Certains auteurs, Tylor et Steinmetz entre autres, ont même proposé et employé, l'un à propos de mariage, l'autre à propos de la peine et de l'endo-cannibalisme, une méthode statistique. Les concordances et les différences entre les faits constatés s'y expriment en chiffres. Mais les résultats de cette méthode sont loin d'être satisfaisants, car on y nomme des faits empruntés aux sociétés les plus diverses et les plus hétérogènes, et enregistrés dans des documents de valeur tout à fait inégale. On attache ainsi une excessive importance au nombre des expériences, des faits accumulés. On ne donne pas assez d'intérêt à la qualité de ces expériences, à leur certitude, à la valeur démonstrative et à la comparabilité des faits. Il est probablement préférable de renoncer à de telles prétentions d'exactitude, et il vaut mieux s'en tenir à d'élémentaires mais sévères comparaisons. En premier lieu, il est important de ne rapprocher que des faits de même ordre, c'est-à-dire qui rentrent dans la définition posée au début du travail. Ainsi on fera bien, dans une théorie de la famille, à propos du clan, de ne rassembler que des faits de clan et de ne pas réunir avec eux des renseignements ethnographiques qui concernent en réalité la tribu et le groupe local, souvent confondus avec le clan. En second lieu il faut arranger les faits ainsi rapprochés en séries soigneusement constituées. Autrement dit, on dispose les différentes formes qu'ils présentent suivant un ordre déterminé, soit un ordre de complexité croissante ou décroissante, soit un ordre quelconque de variation. Par exemple, dans une théorie de la famille patriarcale, on rangera la famille hébraïque au-dessous de la famille grecque, celle-ci au-dessous de la famille romaine. En troisième lieu, en regard de cette série, on dispose d'autres séries, construites de la même manière, composées d'autres faits sociaux. Et c'est des rapports que l'on saisit entre ces diverses séries que l'on voit se dégager les hypothèses. Par exemple, il est possible de rattacher l'évolution de la famille patriarcale à l'évolution de la cité : des Hébreux aux Grecs, de ceux-ci aux Romains, dans le droit romain lui-même, on voit le pouvoir paternel s'accroître au fur et à mesure que la cité se resserre.

Caractère scientifique des hypothèses sociologiques

On arrive ainsi à inventer des hypothèses et à les vérifier, à l'aide de faits bien observés, pour un problème bien défini. Naturellement, ces hypothèses ne sont pas forcément justes; un bon nombre de celles qui nous apparaissent évidentes aujourd'hui seront abandonnées un jour. Mais si elles ne portent pas ce caractère de vérité absolue, elles portent tous les caractères de l'hypothèse scientifique. En premier lieu, elles sont vraiment explicatives; elles disent le pourquoi et le comment des choses. On n'y explique pas une règle juridique comme celle de la responsabilité civile par la classique « volonté du législateur », ou par des « vertus » générales de la nature humaine qui aurait rationnellement créé cette institution. On l'explique par toute l'évolution du système de la responsabilité. En second lieu, elles ont bien ce caractère de nécessité et, par suite, de généralité qui est celui de l'induction méthodique et qui même permet peut-être, dans quelques cas, la prévision. Par exemple, on peut presque poser en loi que les pratiques rituelles tendent à se raréfier et à se spiritualiser au cours du développement des religions universalistes. En troisième lieu, et c'est là le point le plus important selon nous, de telles hypothèses sont éminemment critiquables et vérifiables. On peut, dans un vrai travail de sociologie, critiquer chacun des points traités. On est loin de cette poussière impalpable des faits ou de ces fantasmagories d'idées et de mots que le public prend souvent pour de la sociologie, mais où il n'y a ni idées précises, ni système rationnel, ni étude serrée des faits. L'hypothèse devient un élément de discussion précise; on peut contester, rectifier la méthode, la définition initiale, les faits invoqués, les comparaisons établies; de telle sorte qu'il y a, pour la science, des progrès possibles.

Ici, il faut prévenir une objection. On serait tenté de dire que la sociologie, avant de s'édifier, doit faire un inventaire total de tous les faits sociaux. Ainsi on demanderait au théoricien de la famille d'avoir fait le dépouillement complet de tous les documents ethnographiques, historiques, statistiques, relatifs à cette question. Des tendances de ce genre sont à craindre dans notre science. La timidité en face des faits est tout aussi dangereuse que la trop grande audace, les abdications de l'empirisme aussi funestes que les généralisations hâtives. D'abord, si la science requiert des revues de faits de plus en plus complètes, elle n'exige nulle part un inventaire total, d'ailleurs impossible. Le biologiste n'a pas attendu d'avoir observé tous les faits de digestion, dans toutes les séries animales, pour tenter les théories de la digestion. Le sociologue doit faire de même; lui non plus n'a pas besoin de connaître à fond tous les faits sociaux d'une catégorie déterminée pour en faire la théorie. Il doit se mettre à l'œuvre tout de suite. A des connaissances provisoires, mais soigneusement énumérées et précisées, correspondent des hypothèses provisoires. Les généralisations faites, les systèmes proposés, valent momentanément pour tous les faits connus ou inconnus du même ordre que les faits expliqués. On en est quitte pour modifier les théories à mesure que de nouveaux faits arrivent à être connus ou à mesure que la science, tous les jours plus exacte, découvre de nouveaux aspects dans les faits connus. Hors de ces approximations de plus en plus serrées des phénomènes, il n'y a de place que pour des discussions dialectiques, ou des encyclopédies érudites, les unes et les autres sans véritable utilité, puisqu'elles ne proposent aucune explication. Et d'ailleurs, si le travail d'induction a été fait avec méthode, il n'est pas possible que les résultats auxquels le sociologue arrive soient dénués de toute réalité. Les hypothèses expriment des faits, et par conséquent elles ont toujours au moins une parcelle de vérité : la science peut les compléter, les rectifier, les transformer, mais elle ne manque jamais de les utiliser.

III. DIVISIONS DE LA SOCIOLOGIE

La sociologie prétend être une science et se rattacher à la tradition scientifique établie. Mais elle n'en est pas moins libre vis-à-vis des classifications existantes. Elle peut répartir le travail autrement qu'il ne l'a été jusqu'ici.

En premier lieu, la sociologie considère comme siens un certain nombre de problèmes qui, jusqu'ici, ressortissaient à des sciences qui ne sont pas des « sciences sociales ». Elle décompose ces sciences, leur abandonne ce qui est leur objet propre et retient pour elle tous les faits d'ordre exclusivement social. C'est ainsi que la géographie traitait jusqu'ici des questions de frontières, de voies de communication, de densité sociale, etc. Or ce ne sont pas là des questions de géographie, mais des questions de sociologie, puisqu'il ne s'agit pas de phénomènes cosmiques, mais de phénomènes qui tiennent à la nature des sociétés. De même, la sociologie s'approprie les résultats déjà acquis par l'anthropologie criminelle touchant un certain nombre de phénomènes qui sont, non pas des phénomènes somatiques, mais des faits sociaux.

En second lieu, parmi les sciences auxquelles on donne ordinairement le nom de « sciences sociales », il y en a qui ne sont pas à proprement parler des sciences. Elles n'ont qu'une unité factice, et la sociologie doit les dissocier. Telles sont la statistique et l'ethnographie qui, toutes deux, sont considérées comme formant des sciences à part, alors qu'elles ne font qu'étudier, suivant leurs procédés respectifs, les phénomènes les plus divers, ressortissant en réalité à des parties différentes de la sociologie. La statistique, nous l'avons vu, n'est qu'une méthode pour observer des phénomènes variés de la vie sociale moderne. Phénomènes démographiques, phénomènes moraux, phénomènes économiques, la statistique, aujourd'hui, étudie tout indifféremment. Selon nous, il ne doit pas y avoir de statisticiens, mais des sociologues qui, pour étudier les phénomènes moraux, économiques, pour étudier les groupes, font de la statistique morale, économique, démographique, etc. Il en est de même pour l'ethnographie. Celle-ci a pour seule raison d'être de se consacrer à l'étude des phénomènes qui se passent dans les nations dites sauvages. Elle étudie indifféremment les phénomènes moraux, juridiques, religieux, les techniques, les arts, etc. La sociologie, au contraire, ne distingue naturellement pas entre les institutions des peuplades « sauvages » et celles des nations « barbares » ou « civilisées ». Elle fait entrer dans ses définitions les faits les plus élémentaires et les faits les plus évolués. Et, par exemple, dans une étude de la famille ou de la peine, elle s'obligera à considérer aussi bien les faits « ethnographiques » que les faits « historiques », qui sont tous au même titre des faits sociaux et qui ne diffèrent que par la façon dont on les observe.

Par contre, la sociologie adopte et fait siennes les grandes divisions, déjà aperçues par les diverses sciences comparées des institutions dont elle prétend être l'héritière : sciences du droit, des religions, économie politique, etc. De ce point de vue, elle se divise assez aisément en sociologies spéciales. Mais en adoptant cette répartition, elle ne suit pas servilement les classifications usuelles qui sont pour la plupart d'origine empirique ou pratique, comme par exemple celles de la science du droit. Surtout elle n'établit pas entre les faits de ces cloisons étanches qui existent d'ordinaire entre les diverses sciences spéciales. Le sociologue qui étudie les faits juridiques et moraux doit, souvent, pour les comprendre, se rattacher aux phénomènes religieux. Celui qui étudie la propriété doit considérer ce phénomène sous son double aspect juridique et économique, alors que ces deux côtés d'un même fait sont d'ordinaire étudiés par des savants différents.

Ainsi, tout en se ralliant étroitement aux sciences qui l'ont précédée, tout en s'appropriant leurs résultats, la sociologie transforme leurs classifications. Il est à remarquer d'ailleurs que les diverses sciences sociales ont toutes tendu, dans les dernières années, à se rapprocher progressivement de la sociologie; de plus en plus elles deviennent des parties spéciales d'une science unique. Seulement, comme celle-ci se constitue à l'état de véritable science, avec une méthode consciente, elle change profondément l'esprit même de la recherche, et peut conduire à des résultats nouveaux. Aussi, bien que de nombreux résultats puissent être conservés, chaque partie de la sociologie ne peut pas coïncider exactement avec les diverses sciences sociales existantes. D'elles-mêmes, elles se transforment, et l'introduction de la méthode sociologique a déjà changé et changera la manière d'étudier les phénomènes sociaux.

Les phénomènes sociaux se divisent en deux grands ordres. D'une part, il y a les groupes et leurs structures. Il y a donc une partie spéciale de la sociologie qui peut étudier les groupes, le nombre des individus qui les composent et les diverses façons dont ils sont disposés dans l'espace : c'est la morphologie sociale. D'autre part, il y a les faits sociaux qui se passent dans ces groupes: les institutions ou les représentations collectives. Celles-ci constituent, à véritablement parler, les grandes fonctions de la vie sociale. Chacune de ces fonctions, religieuse, juridique, économique, esthétique, etc., doit être d'abord étudiée à part et faire l'objet d'une série de recherches relativement indépendantes. De ce point de vue, il y a donc une sociologie religieuse, une sociologie morale et juridique, une sociologie technologique, etc. Ensuite, étant données toutes ces études spéciales, il serait possible de constituer une dernière partie de la sociologie, la sociologie générale, qui aurait pour objet de rechercher ce qui fait l'unité de tous les phénomènes sociaux.

2

*Division concrète de la sociologie**

I. PRINCIPE

En fait, il *n'y a dans une société que deux choses : le groupe qui la forme*, d'ordinaire *sur un sol déterminé*, d'une part; *les représentations et les mouvements* de ce groupe, d'autre part. C'est-à-dire qu'il n'y a, d'un côté, que des phénomènes matériels : des nombres déterminés d'individus de tel et tel âge, à tel instant et à tel endroit; et, d'un autre côté, parmi les idées et les actions de ces hommes communes en ces hommes, celles qui sont, en même temps, l'effet de leur vie en commun. Et il n'y a rien d'autre. Au premier phénomène, le groupe et les choses, correspond la *morphologie*, étude des structures matérielles[1];

* Extrait de « Divisions et proportions des divisions de la sociologie » (1927, *Année sociologique*, nouvelle série, 2).

1. *Sur la notion de structure* : Nous nous excusons de continuer à nous servir du mot « structure ». Il désigne en effet trois choses distinctes : 1. des structures sociales qui sont vraiment matérielles : répartition de la population à la surface du sol, à des points d'eau, dans des villes et des maisons ou le long des routes, etc.; répartition d'une société entre sexes, âges, etc.; puis d'autres choses, matérielles encore, mais déjà morales qui méritent encore le nom de structure puisqu'elles se manifestent de façon permanente, en des endroits déterminés : emplacements d'industries; groupes secondaires isolés, par exemple, dans une société composite : ainsi les quartiers nègre, chinois, italien, d'une grande ville américaine; 2. nous appelons encore structures des sous-groupes dont l'unité est surtout morale, bien qu'elle se traduise en général par des habitats uniques, des agglomérations précises, plus ou moins durables : par exemple le groupe domestique et, à titre d'illustration : la grande famille, le groupe des parsonniers;

au deuxième phénomène correspond la *physiologie sociale*, c'est-à-dire l'étude de ces structures en mouvement, c'est-à-dire leurs fonctions et le fonctionnement de ces fonctions. Durkheim a divisé celle-ci avec précision en *physiologie des pratiques* et *physiologie des représentations collectives*.

Tandis que ceci n'est pas sûr de la division que nous suivons d'ordinaire, celle des sociologies spéciales, cette division est sans doute complète. Elle risque aussi d'être exacte, car elle est profondément concrète. Elle ne divise rien qui ne soit évidemment divisé. Enfin elle laisse tout en l'état.

Elle suit en principe les divisions de la biologie et de la psychologie.

Cependant il ne faut pas pousser trop loin cette imitation de la biologie, où d'ailleurs la distinction tranchée entre morphologistes et physiologistes, n'est pas elle-même sans danger. Ces emprunts de méthodes, de science à science, doivent être faits avec prudence. Pour nous instruire, souvenons-nous de l'erreur absurde de Comte et comment il prenait à la mécanique sa distinction de la *statique* et de la *dynamique sociales*. Et voyons les choses sous les mots. Car nous nous servons de termes que Durkheim empruntait il y a trente ans à des sciences qui ont progressé depuis et ces termes doivent être définis. La division primaire : morphologie, physiologie, doit être dégagée de tout souvenir des sciences de la vie. Ces mots même ne peuvent

---

les clans qui déjà ne sont plus constamment isolés les uns des autres et ne sont pas toujours groupés en quartiers ou en localités; 3. enfin nous appelons structure sociale quelque chose qui n'a plus rien de matériel, la constitution de la société elle-même, la constitution des sous-groupes; par exemple : un pouvoir souverain, une chefferie dans la tribu, le clan ou la famille; les classes d'âges, l'organisation militaire, etc., tous phénomènes presque purement physiologiques, juridiques même presque exclusivement. Nous aurions voulu faire disparaître cette confusion entre faits de morphologie et faits de physiologie dans notre propre nomenclature. Nous avons essayé de réserver à ce dernier groupe de faits, rassemblements purement moraux, le nom de *constitutions*. Seulement ce mot ne marque pas que, tout de même, en ces faits, il y a autre chose que le droit. Par exemple, les compagnies d'un régiment, les archers ou les frondeurs d'une tribu, ont une place dans une ligne de bataille. Nous nous efforcerons cependant, de dissiper toute amphibologie par l'emploi d'adjectifs, en disant : structure sociale, structure matérielle.

avoir le même sens en sociologie que dans d'autres sciences. Il faut préciser celui que nous leur donnons. Nous accentuerons ainsi la ligne générale de ce plan de sociologie, avant d'en montrer les avantages.

Contenu de la morphologie sociale

Cette division reste la même que dans le plan habituel. La morphologie sociale est au fond la mieux constituée de toutes les parties de la sociologie, et en elle les deux plans coïncident. Mais il suit de là qu'elle ne doit pas être entendue simplement à la façon des morphologies animale ou végétale.

Plus encore qu'un organisme dont une coupe immobilisatrice peut isoler un tissu ou dont l'anatomie résèque un organe, une société est dans le temps, dans le mouvement et dans l'esprit. Même sa structure matérielle est dans un tel perpétuel changement, ou plutôt une photographie instantanée y surprend tellement d'âges divers, deux sexes, tant de provenances, que vouloir séparer ce mouvement de cette structure, cette anatomie de cette physiologie serait rester dans l'abstraction pure. Il y a même des sociétés, nous l'avons démontré, qui ont plusieurs structures se succédant avec les saisons; d'autres sont composées d'éléments divers, dont quelques-uns eux-mêmes ont des structures diverses et variables, par exemple : ici une population maritime où les mâles sont souvent au loin; ailleurs, des groupes comme (ceux qu'on appelle pittoresquement en Amérique les « Hobo ») ces cheminots qui passent l'hiver en ville; ailleurs encore ce qu'on appelle plus techniquement la population flottante; tous ces genres de groupements et bien d'autres doivent être étudiés en eux-mêmes et dans leurs mouvements. De même l'étude de la ville ne peut être séparée de son histoire, ni de celle des origines de la population. Enfin, si les hommes se groupent en sociétés, villages et hordes, c'est parce qu'ils le veulent et des idées interviennent ici aussi. La morphologie sociale ne doit donc pas être comparée seulement à la morphologie des biologistes.

Disons donc, autrement, qu'elle étudie le groupe en tant que phénomène matériel [2]. Elle comprend et devrait rebrasser

2. Cf. Durkheim, *Année sociologique*, 2, p. 530 s.

en elle-même tout ce que l'on confond ou divise arbitrairement sous le nom : de statistique (exception faite des statistiques spéciales qui relèvent de l'étude des institutions : morales, économiques, etc. ; exception faite aussi des statistiques somatiques, stature, etc. qui relèvent de l'anthropologie somatologique); sous le nom de démographie; sous le nom de géographie humaine ou anthropogéographie ou géographie historique, ou géographie politique et économique; elle comprend aussi l'étude des mouvements de la population dans le temps et dans l'espace : natalité, mortalité, âge; alternatives, flottements des structures; mouvements et courants migratoires; elle comprend aussi l'étude des sous-groupes de la société en tant qu'ils sont ajustés au sol. C'est sur cette solide base que doit s'édifier un jour une sociologie complète. Et cette base très large, de masses et de nombres, peut être graphiquement figurée, en même temps que mathématiquement mesurée. La morphologie sociale est donc l'une des parties de la sociologie les plus compactes; elle peut donner les conclusions les plus satisfaisantes pour l'esprit.

Contenu de la physiologie sociale

Hors des hommes et des choses que la société contient, il n'y a en elle que les représentations communes et les actes communs de ces hommes — non pas tous les faits communs, comme manger et dormir, mais ceux qui sont l'effet de leur vie en société. Cette catégorie de faits est celle de la vie de la société. Elle constitue un système de fonctions et de fonctionnements. C'est donc encore de la structure, mais de la structure en mouvement. Mais surtout, puisqu'il s'agit de faits de conscience en même temps que de faits matériels, ce sont aussi des faits de vie mentale et morale. On peut donc les diviser en deux : 1. *les actes sociaux, ou pratiques sociales, ou institutions*, dans le cas où les actes sont traditionnels et répétés en vertu de la tradition; 2. *les idées et sentiments collectifs* qui président ou correspondent à ces actes, ou sont tout au moins l'objet de croyances collectives. A cette division des faits correspond une division de la physiologie sociale en : 1. *physiologie des pratiques*, 2. *physiologie des représentations*.

On voit pourquoi, de même que le mot de morphologie, celui de physiologie doit être employé avec précaution. Il est toujours imprégné de biologie abstraite. Il ne faut pas non plus qu'il réveille la métaphore de l'organisme social. Enfin s'il exprime bien l'idée de la vie et du mouvement des hommes en sociétés, en réalité la physiologie des mœurs, des pratiques, des actes et des courants sociaux, il a le tort de ne pas exprimer clairement ce qu'il y a de conscient, de sentimental, d'idéal, de volontaire et d'arbitraire dans les poussées et dans les traditions de ces collectivités d'hommes que sont les sociétés.

Il serait facile de parler ici de psychologie collective au lieu de physiologie sociale. A un point de vue même ce serait un progrès. Car cette expression ferait bien sentir que toute cette partie de la sociologie est d'essence psychologique, que tout s'y traduit en termes de conscience, de psychologie si l'on veut dire — à condition que l'on comprît bien que celles-ci forment des communautés de conscience, qu'elles sont des consciences vivant en commun, dirigeant une action commune, formant entre elles un milieu commun. Voilà ce qu'on peut entendre par psychologie sociale. Seulement alors, si l'on y réduisait toute la physiologie sociale, toute la partie matérielle des faits de physiologie disparaîtrait de l'horizon : la transformation des idées et sentiments en actes et mouvements des individus, leur perpétuation en objets fabriqués, etc., leur fréquence elle-même. Et toute la recherche serait faussée. En effet, on laisserait échapper ainsi à la considération *les deux caractéristiques* par lesquelles tout fait social se distingue des faits de psychologie individuelle : 1. *qu'il est statistique et nombré* (nous répétons cette observation et y reviendrons encore) étant commun à des nombres déterminés d'hommes pendant des temps déterminés; et, 2. (ce qui est inclus) qu'*il est historique*. Car à propos de ce dernier signe, il faut bien spécifier que tout fait social est un moment d'une histoire d'un groupe d'hommes, qu'il est fin et commencement d'une ou plusieurs séries. Disons donc simplement : tout fait social, y compris les actes de conscience, est un fait de vie. Le terme de physiologie est compréhensif; il ne préjuge rien; gardons-le.

D'ailleurs, de même que nous avons essayé de purger de toute mixture biologique le terme de physiologie, de même nous essayons de préserver cette division de la physiologie sociale elle-même, entre physiologie des actes collectifs et physiologie des représentations collectives; essayons de la dégager de toute compromission psychologique. Même en psychologie, la classification correspondante est, depuis Münsterberg, l'objet de discussions passionnées. Si nous nous en servons, c'est au nom de l'usage commun. La sociologie a intérêt à n'emprunter que les mots du langage courant, mais elle doit leur donner un sens précis et à elle. Des mots de ce genre n'ont que peu d'inconvénient si l'on sait précisément ce qu'ils connotent. Or, tout dans le règne social, se place dans un autre plan, selon d'autres symétries, avec d'autres attractions que dans le règne de la conscience individuelle. Les mots : actes, représentations n'ont donc pas la même valeur; l'opposition des faits qu'ils désignent n'ont donc pas la même portée qu'en psychologie.

L'intrication du mouvement et de la représentation est plus grande dans la vie sociale.

En effet, une peine, un suicide, un temple, un outil, sont des faits matériels, comme le commerce ou la guerre. Ce sont cependant aussi des faits moraux, ou religieux, techniques, économiques, généraux. Le comportement de l'homme en tant que sociable, est donc encore plus lié à la conscience collective que le comportement individuel ne l'est à la conscience individuelle. Un acte social est toujours inspiré. Les idées peuvent y dominer même au point de nier la vie des individus, aboutir même à des destructions de peuples ou à la destruction du groupe : ainsi un siège désespéré, la résistance d'un groupe de mitrailleurs. Inversement, en tant que social, un fait est presque toujours un acte, une attitude prise. Même une négation d'acte, une paix, absence de guerre, est une chose; vivre sans procès est agréable; un tabou, un rite négatif, un commandement d'étiquette est un acte : si je ne vous dépasse pas, c'est que je me retiens de marcher. Même les représentations collectives les plus élevées n'ont d'existence, ne sont vraiment telles que dans la mesure où elles commandent des actes. La foi, quoi qu'en disent les théologiens de certaines Églises, de certaines hérésies, et certains littérateurs qui prennent les dires pour les faits, n'est rien sans les œuvres. Elle est en elle-même une œuvre, la recherche d'un état mental, d'une confiance, d'une révélation. Même chez les quiétistes parfaits elle implique une prise d'attitude : le quiétisme lui-même, ce comportement négatif que l'on voudrait bien faire prendre pour une idée, mais qui consiste à vider volontairement l'âme de tout acte et peut-être de toute idée. Cette liaison intime de l'acte et de la représentation est fatale dès qu'en dehors de la pure théorie mystique, il s'agit de faits sociaux. Il y a à cela une raison : le caractère collectif et par conséquent statistique des faits sociaux. Il faut qu'ils se rencontrent une ou plusieurs fois chez plusieurs individus vivant en société. Par conséquent, n'est sûrement collectif, même quand c'est une représentation pure, que ce qui se matérialise à un degré, même très lointain : par exemple dans un livre, dans le comportement d'une collectivité. Inversement, nulle part, même dans l'art et dans l'exercice le plus désœuvré de la mystique et de l'imagination ou de la science soi-disant pure, il n'y a ni idéation ni sentimentalisation (*Einfühlung*) dignes du nom de collectives sans qu'il y ait au moins communication, langage; sans qu'il y ait un minimum d'actes collectifs, de répétitions, d'imitations, d'autorité, et, nous ajouterons, sans une fréquence minima d'images représentées aux esprits, d'appréhensions simultanées ou identiques de certains aspects, de certaines formes (*Gestalt*) des choses, des idées et des actes qui font l'objet de la représentation collective. Ainsi, en sociologie comme en psychologie, nous ne sommes sûrs qu'il y a représentation que quand il y a comportement. Mais aussi, en sociologie plus sûrement qu'en psychologie, un comportement même négatif et purement inhibitoire, n'est pas un pur tropisme. Ce qui est vrai en psychologie l'est cent fois plus encore en sociologie, et encore plus vérifiable : puisque nous savons par expérience que la conduite de nos concitoyens a les mêmes raisons d'être que la nôtre, en tant qu'elle est d'importance sociale. Donc, au lieu d'opposer comme on fait communément représentation et acte, nous dirons plutôt représentation et comportement, représentation collective et comportement collectif. Et nous n'isolerons qu'exceptionnellement les uns des autres.

Il faut convenir que cette division de la physiologie sociale en physiologie des actes et physiologie des représentations ne doit pas être considérée comme une règle. Elle est simple, claire, distincte, provisoirement nécessaire pour nous. Ceci ne prouve pas qu'elle soit adéquate à toute la matière étudiée. Dans l'état actuel de la psychologie et de la sociologie, nous ne savons qu'opposer les mouvements sociaux des hommes — qui sont de la matière, du temps et de l'espace, comme les corps et les autres mouvements des corps des individus — et la conscience sociale, les états de conscience sociale qui sont dans cette société — ou plutôt les représentations collectives qu'on trouve chez les individus groupés. Ainsi le psychologue abstrait les mouvements du corps de la pensée qu'ils traduisent. Mais le fait concret, complet, c'est le tout : corps et âme. Dans la plupart des cas la question que pose un fait social, par exemple la promulgation d'une loi, ne porte ni seulement sur les concepts et les sentiments collectifs d'une part, ni seulement sur les actes et leurs sanctions d'autre part, elle porte sur le rapport des uns et des autres, et même encore plus sur des faits qui dépassent ce rapport, par exemple sur l'idéal et le normal, sur les moyennes et les réalités que l'on peut nombrer dans cette société, mais que nous savons encore fort mal appréhender.

II. AVANTAGES DE CETTE DIVISION

Sous réserve de ces observations, cette division de la sociologie ne présente aucun inconvénient. Elle est dégagée de toute métaphysique et de tout alliage d'autre science. Elle ne contredit rien, car on peut et doit l'employer concurremment avec la division en *sociologie générale* et *sociologies spéciales*, ne fût-ce que pour vérifier, recouper la recherche à tout moment. Ces deux divisions se tolèrent nécessairement, l'une l'autre. Nous allons même voir comment celle-ci permet de retrouver la division en sociologies spéciales. Enfin elle ne présente que des avantages.

Le principal, répétons-le, c'est qu'elle est complète. Elle n'omet rien. Dans une collectivité il n'y a évidemment que ces trois groupes de phénomènes collectifs : la masse des individus, leurs actes et leurs idées.

Elle est claire et distincte. Elle ne divise rien qui ne soit parfaitement divisé dans la réalité.

Elle risque aussi d'être plus exacte qu'aucune autre, plus adaptée aux faits. Car elle est profondément, exclusivement concrète, calquée seulement sur des signes patents : une structure matérielle, des mouvements des groupes, des actes, cela se voit; des représentations des individus groupés cela se dit, cela se sait, même cela se voit à travers les pratiques sociales.

Ensuite il ne faut pas se laisser arrêter par les termes abstraits que nous employons — cette division, globale cette fois, est éminemment réaliste : elle présente d'un coup la réalité. Ce qu'il faut décrire, ce qui est donné à chaque instant, c'est un tout social intégrant des individus qui sont eux-mêmes des touts. Prenons pour exemple un fait moral important. Choisissons même un de ceux qui peuvent ne pas se répéter. Car il est des faits sociaux extraordinaires, non traditionnels dans la vie des sociétés : une grande émigration, une guerre, une panique sont des événements auxquels ne manquent ni le caractère historique ni le caractère statistique du fait social. Ils sont tout à la fois morphologiques, moteurs, idéaux. Descendons même jusqu'à l'analyse historique et statistique de cas particuliers englobés dans un phénomène moral, par exemple dans le suicide; considérons tel ou tel suicide, de telles gens, de tel âge, en telle et telle société : on arrive presque à rejoindre l'individu complet. Ainsi encore, un fait que nous venons d'étudier [3], la suggestion collective de la mort (cette façon dans certaines populations dont les gens se laissent mourir parce qu'ils croient avoir péché ou parce qu'ils se croient enchantés) met à nu non seulement la moralité et la religiosité de ces hommes, mais le rapport de celles-ci avec la vie elle-même et le goût de la mort; c'est donc la totalité biologique que rencontre la sociologie. Ce qu'elle observe partout et toujours, c'est non pas l'homme divisé en compartiments psychologiques, ou même en compartiments sociologiques, c'est l'homme tout entier. Et c'est en suivant une pareille méthode de division des faits qu'on retrouve cet élément réel et dernier.

Enfin un pareil plan pose les problèmes en termes de sociologie pure, c'est-à-dire : en termes de nombre, d'espace et de temps, en termes de nature des idées et des actions, enfin et surtout en termes de rapports, de fonctions. Ce faisant, il rend plus claire la nature de la sociologie, plus fine et plus limité son domaine.

Car ce qui est vrai des fonctions spéciales des organes d'un vivant est encore plus vrai, et même vrai d'une tout autre vérité des fonctions et fonctionnements d'une société humaine. Tout en elle n'est que relations, même la nature matérielle des choses; un outil n'est rien s'il n'est pas manié. Revenons à notre exemple familier : une industrie n'est pas seulement chose technique, il faut la considérer à toutes sortes d'autres points de vue : elle

3. *Journal de psychologie*, 1926.

n'existe que parce qu'elle a un rendement économique, parce qu'elle correspond à un marché et à des prix; elle est localisée ici ou là pour des raisons géographiques ou purement démographiques, ou même politiques ou traditionnelles; l'administration économique de cette industrie appartient à tel ou tel pour des causes de droit; elle peut ne correspondre qu'à des arts esthétiques ou à des sports : etc. Tout, dans une société, même les choses les plus spéciales, tout est, et est avant tout, fonction et fonctionnement; rien ne se comprend si ce n'est par rapport au tout, à la collectivité tout entière et non par rapport à des parties séparées. Il n'est aucun phénomène social qui ne soit partie intégrante du tout social. Il l'est non seulement à la façon dont notre pied ou notre main ou même un viscère plus ou moins essentiel sont partie de nous-mêmes, mais — quoique cette comparaison avec les fonctions physiologiques soit encore insuffisante et quoique l'unité des phénomènes sociologiques soit encore supérieure — à la façon dont un état de conscience ou une partie de notre caractère sont non pas une partie séparable de notre moi, mais nous-même à un moment donné. Tout état social, toute activité sociale, même fugitive, doivent être rapportés à cette unité, à ce total intégré, d'un genre extraordinaire : total des corps distraits des hommes et total des consciences, séparées et cependant unies : unies à la fois par contrainte et volition, par fatalité et liberté. Car ce qui les rassemble et les fait vivre en commun, ce qui les fait penser et agir ensemble et à la fois, c'est un rythme naturel, une unanimité voulue, arbitraire même, mais, même alors et toujours, nécessaire.

Ainsi se trouve justifiée l'unité de la sociologie par une vue claire de son objet. Une note qui va suivre insistera sur cette unité à propos de livres récents. Mais dès maintenant, nous tenons à rappeler que c'est là le principe le plus fécond de la méthode de Durkheim. Il n'y a pas *des* sciences sociales, mais *une science des sociétés*. Certes on doit isoler chaque phénomène social pour l'étudier; l'explication d'un phénomène social ne peut être cherchée que dans d'autres phénomènes sociaux; mais ceux-ci ne sont pas nécessairement du même ordre, par exemple religieux, moral ou technique, que lui. Ils sont même très souvent de tout autre nature. Hors de la morphologie sociale qu'il faut distinguer et séparer pour mettre en relief sa valeur explicative, toutes les autres sections de la sociologie, les sociologies spéciales ou sciences sociales ne sont, de ce point de vue, que des parties de la physiologie sociale. Celle-ci peut être assez aisément répartie sous divers titres : religions, mœurs, économie, arts, beaux-arts et jeux, langage. Mais la sociologie est là pour empêcher d'oublier aucune des connexions. Car l'explication n'est complète que quand on a décrit, par-dessus les connexions physiologiques, les connexions matérielles et morphologiques.

Autrement dit, il ne faut jamais séparer les diverses parties de la sociologie, ni plus spécialement de la physiologie sociale, les unes des autres. Les phénomènes sociaux ont entre eux les rapports les plus hétéroclites. Coutumes et idées poussent en tous sens leurs racines. L'erreur est de négliger ces anastomoses sans nombre et profondes. Le principal but de nos études est précisément de donner le sentiment de ces liens les plus divers de cause et d'effet, de fins, de directions idéales et de forces matérielles (y compris le sol et les choses) qui, en s'entrecroisant, forment le tissu réel, vivant et idéal en même temps, d'une société. Voilà comment une étude concrète de sociologie, tout comme une étude historique, dépasse toujours normalement les sphères même étroitement fixées d'une spécialité. L'historien des religions, du droit et de l'économie, doit souvent sortir des limites qu'il se trace. Et cependant cet élargissement enrichit les études les plus étroitement limitées. Ainsi encore on comprendra chaque institution une à une, en la rapportant au tout; au contraire chacune isolée dans sa catégorie mène à un mystère si on la considère à part. Le moraliste trouvera toujours que nous n'avons pas « fondé » la morale; le théologien que nous n'avons pas épuisé la « réalité », « l'expérience » religieuses; l'économiste restera pantois devant les « lois » qu'il croit avoir découvertes et qui ne sont en réalité que des normes actuelles d'action. Au contraire, le problème change si on prend toutes ces parties ensemble, si on va alternativement du tout aux parties et des parties au tout. Il est permis alors, honnêtement et loyalement, de faire espérer qu'un jour, une science, même incomplète, de l'homme (une anthropologie biologique, psychologique, sociologique) fera comprendre, par toutes les conditions où l'homme a vécu, toutes les diverses formes ou au moins les plus importantes de celles qu'ont revêtues sa vie, son action, sa sentimentalité et son idéation.

Tels sont les avantages généraux de ce plan de travail. Chaque partie de ce plan possède aussi son utilité.

En particulier la division des phénomènes de la physiologie sociale a déjà cet avantage considérable : elle est rigoureusement concrète. Elle permet de poser en général tous les problèmes avec un minimum d'abstraction. Elle n'isole jamais les comportements collectifs des états de conscience collective correspondants. Et elle n'isole ni les uns, ni les autres ni du nombre, ni de la structure du groupe où on les constate.

D'abord, elle rassemble entre elles toutes les représentations et toutes les pratiques collectives, pavant ainsi la voie à une théorie générale de la représentation et à une théorie générale de l'action. En effet, les représentations collectives ont plus d'affinités, plus de connexions naturelles entre elles, bien souvent, même qu'avec les diverses formes de l'activité sociale qui leur sont une à une spécialement correspondantes. Une notion, un mot, comme l'idée et le terme de cause, sont non seulement en relation avec la religion, le droit, la technique, le langage, ils sont le total de ces relations. Même l'idée, toute la notion de cause touche la notion philosophique des valeurs, par exemple dans les jugements de valeur qui composent la magie et la religion, comme elle touche les débuts de la logique formelle en divination et en procédure. On pourrait faire d'autres observations sur la notion de faute — juridique, religieuse et, professionnelle à la fois — chez les Maoris ou même les Berbères. Les mythes — autre exemple — sont pleins de principes de droit. Et ainsi de suite. Il est dangereux de ne pas apercevoir, de ne pas rechercher systématiquement ces rapports.

De même les pratiques se tiennent souvent la main et sont moins séparées les unes des autres, que des diverses notions qui, plus ou moins consciemment, leur président. La peine est dans de nombreuses sociétés, autant une expiation ou un paiement qu'un acte de justice. Toute propriété est un acte économique, même celle d'un rituel. Ces observations peuvent être multipliées sans fin.

Enfin, séparant mieux les deux groupes de faits qui sont fonction l'un de l'autre, les représentations collectives et les pratiques collectives, cette division fait mieux apercevoir les rapports qui les unissent, en particulier, leurs relations indirectes et cependant intimes. Elle postule qu'il n'y a pas de représentation qui n'ait à quelque degré un retentissement sur l'action et qu'il n'y a pas d'action pure. Extérieurement le conte, celui du peuple et de la tradition, n'est que littéraire. Intérieurement, si on analyse ses mécanismes et ses thèmes, on s'aperçoit qu'il est plein de souvenirs d'anciennes pratiques, qu'il correspond à des superstitions populaires, à des règles de présage plus ou moins vivantes, etc. De même, la science apparaît à première vue comme purement idéale, la technique comme exclusivement pratique. Mais si on s'obstine à chercher les notions qui président à l'une et les mouvements que commande l'autre, on s'aperçoit vite que les deux sont dominées par une unité naturelle. La science dirige la technique qui est une science appliquée, et la technique dirige la science car elle lui pose des questions. De même, le langage, de ce point de vue, apparaît comme chose immédiatement d'action autant que de pensée, plus même peut-être. Et le problème que les linguistes débattent se pose en termes clairs.

En dernier lieu, la morphologie sociale étant bien isolée de la physiologie, le bloc matériel de la société étant bien distingué de son épanouissement physiologique et psychologique, on peut apercevoir la solution du difficile problème des rapports entre la structure matérielle des sociétés d'une part, les actes et représentations de ces sociétés, d'autre part. Les faits que Durkheim découvrit, mais qu'il eut tant de peine à démontrer dans sa *Division du travail* aux philosophes qui n'y croyaient pas et aux économistes qui s'en réservaient l'étude par trop partielle, sont pour ses successeurs et seront, pour la prochaine génération de sociologues, l'évidence même. Le nombre, la densité de la population, l'intensité de la circulation et les relations, les divisions d'âge, de sexe, etc., l'état de santé, etc., apparaissent, comme ils sont, en rapport direct avec tous les phénomènes de l'activité sociale. De là, par l'intermédiaire des activités, on peut voir se dégager du groupe lui-même, dans sa structure même, les grands processus de sentiments, de passions, de désirs, les grands systèmes de symbolismes, d'images, d'idées, de préjugés, les grands choix, les grandes volitions des collectivités. Redescendant l'échelle, on peut voir, comment c'est autour d'idées, de sentiments, de traditions, de constitutions, que viennent se grouper les hommes. Et l'on peut parcourir le chemin inverse. Du spécial au général, du matériel à l'idéal, les chaînes d'analyse et de synthèse apparaissent ainsi continues.

III. EMPLOI SIMULTANÉ DES DEUX MÉTHODES DE DIVISION

De cette nouvelle division superposée à l'ancienne, les divisions spéciales ne souffriront pas. Au contraire, grâce à cette étude systématique qui les assouplit, elles sortiront enrichies et éclairées, et surtout légitimées. Elles se replacent mieux, s'ordonnent, se distribuent mieux. Elles se retrouvent et ne se préjugent plus. En effet, dans cet ordre, les importantes questions de rapports de dépendance et d'indépendance des différents phénomènes sociaux passent au premier plan. Elles sont facilement tranchées, alors que jusqu'ici, abordées une à une par les diverses spécialités, elles sont encombrées de mots et de préjugés. Car elles offrent pour celles-ci de graves écueils.

Rien de plus simple que la définition du phénomène social et rien de plus difficile que celle des diverses catégories de phénomènes sociaux. La distinction est souvent fort utile et ne tient qu'à des différences de points de vue sur la même chose. Ainsi la théologie morale se sépare difficilement de la morale tout court; l'honnête du rituel, et inversement. Les règles d'appropriation sont-elles l'expression ou sont-elles le fondement de l'économie? on en discute. Suivant l'angle, une industrie est un phénomène économique ou un phénomène technique; elle peut être bien autre chose : la cuisine d'un bon restaurant est aussi un phénomène esthétique. Une vue de l'ensemble peut éclairer ces problèmes et faciliter ces divisions. Elle en fait aussi sentir les relativités. Car il peut y avoir et il y a sans doute, dans la société, des phénomènes importants que nous ne savons pas encore poser à leur véritable place. Nous savons à peine réserver celle que nous gardons pour eux.

Cette étude systématique des rapports permet non seulement de situer mais de « déduire » les divisions classiques de physiologie sociale. Il faut utiliser à leur propos le procédé que M. Meillet a employé ici même [4] au sujet du sens des mots : voir les groupes divers qui s'inspirent d'une même notion, font en même temps ou successivement les actes de différents sens, comme ils se servent d'un seul mot. La notion d'efficace est commune à bien des parties de la sociologie : à la technique et à la religion en particulier; on en voit cependant, même si on admet une origine commune, les divers points d'application. Les Grecs opposaient la loi à la nature, le νομός à la φυσις en droit, en religion, en art, en esthétique. La notion de règle est appliquée par la science des mœurs et par la science économique. On saisit cependant la différence importante de ces deux façons de concevoir la même chose, la même attitude sociale. Une propriété est une richesse et inversement; cependant on conçoit la relation des deux termes. Peu de sujets sont plus passionnants que ceux-ci. C'est sur les confins des divisions de la sociologie, comme sur les confins de toutes les sciences et parties des sciences que s'opèrent normalement les plus grands progrès. Parce que c'est là qu'on saisit les jointures des faits et que l'on sent le mieux les oppositions de points de vue.

Naturellement il est d'autres progrès, notamment ceux auxquels Durkheim et ses collaborateurs semblent avoir le plus travaillé. Ils consistent à approfondir chacune des diverses sciences sociales que la sociologie groupe. Mais même ces progrès conduisent selon nous à dépasser les limites si vastes et pourtant encore étroites, du droit de l'économie, de la religion, etc. Ils consistent même souvent dans une simple vue des raisons historiques complexes d'un fait simple. Toute recherche profonde met à nu, sous le froid des institutions, ou sous le flottement des idées, le vivant ou le conscient tout entier, le groupe d'hommes. Dans un va-et-vient constant, en passant du tout de la société à ses parties (groupes secondaires), aux instants de sa vie, aux types d'action et de représentation; dans une étude spéciale du mouvement des parties, jointe cependant à une étude globale du mouvement du tout, doit se faire non seulement le progrès de la sociologie générale, mais celui même des sociologies spéciales. Ou plutôt, de même qu'il n'y a qu'une physique, peut-être même qu'un phénomène physique ou physico-chimique apprécié par divers

4. « Comment les mots changent de sens ». Cf. *Année sociologique*, 9.

sens, de même il n'y a, encore plus évidemment, qu'une sociologie, parce qu'il n'y a qu'un phénomène sociologique : la vie sociale qui est l'objet d'une seule science, laquelle l'approche de divers points de vue. Et ces points de vue sont au fond fixés eux-mêmes par l'état historique des civilisations des sociétés, de leurs sous-groupes, dont notre science est elle-même le produit, et de l'observation desquels elle est partie. Par exemple il n'est pas sûr que si nos civilisations n'avaient déjà distingué la religion de la morale, nous eussions pu nous-mêmes les séparer. Ainsi ces divisions concrètes qui semblent opposées aux sociologies spéciales fournissent des méthodes pour les approfondir en elles-mêmes.

Il est en particulier un moyen excellent d'expliquer ces divers points de vue auxquels l'homme s'est considéré lui-même et s'est fait lui-même, et auxquels correspondent les sociologies spéciales. Celles-ci n'existent que parce que les principales activités et idéations auxquelles elles correspondent se sont divisées au cours de la très longue évolution cent et cent fois millénaire de l'humanité. Mais, si elles se sont divisées, c'est que, par rapport à elles, au moins de façon momentanée, les gens de ces sociétés se sont divisés eux-mêmes. Nous ne sommes pas toujours artisans ou toujours religieux, mais quand nous le sommes, nous le sommes généralement dans un atelier ou dans une église. Les activités sociales ont abouti, dans nombre de cas, à diviser les sociétés en de nombreux groupements variés, plus ou moins fixes. L'étude de ces groupements ou sous-groupes est, sinon la fin de la démonstration sociologique, du moins l'un des guides les plus sûrs. Pour comprendre les diverses physiologies sociales, il n'est rien de tel que de comprendre les diverses structures sociales auxquelles elles correspondent.

Il n'est pas de société connue, ou supposée connue, si basse qu'elle soit, où il n'y ait eu un minimum de répartition des individus. Ce fut une erreur de génie de Morgan d'avoir cru retrouver ce fait : la horde de consanguins; et ce n'est qu'une hypothèse de Durkheim mais, à notre sens, une hypothèse nécessaire, celle qui suppose, à l'origine de toutes nos sociétés, des sociétés amorphes. L'opposition des sexes et des générations et, très tôt, l'exogamie, ont divisé les sociétés. Mais dès qu'on entre dans l'histoire ou l'ethnographie, sans doute dès une préhistoire assez ancienne, on trouve des sociétés divisées encore d'une autre façon : en moitiés exogames, plus exactement en deux clans exogames primaires, ou phratries, et en clans dans ces phratries, et en familles; et, d'autre part, on voit déjà poindre çà et là des noyaux de ce qui sera un jour la corporation religieuse et déjà de ce qui est la corporation magique; on voit des sortes de chefferie civile, des ateliers avec leurs techniciens, des bardes — nous ne faisons allusion ici qu'à ce que l'on constate dans les sociétés australiennes, les plus primitives de celles que nous connaissons, mais infiniment moins simples qu'on n'a l'habitude de nous les représenter. Aussi l'on peut poser la règle suivante : toute activité sociale qui, dans une société, s'est créée une structure et à laquelle un groupe d'hommes s'est spécialement adonné, correspond sûrement à une nécessité de la vie de cette société. Celle-ci ne conférerait pas la vie et l'existence à cet « être moral » ou, comme on dit en droit anglais, à cette « corporation », si ce groupe, même temporaire, ne répondait pas à ses attentes et à ses besoins.

Il n'est pas absolument forcé que ces structures soient permanentes; elles peuvent ne durer qu'un temps, et réapparaître plus tard, souvent suivant un rythme. Surtout dans les sociétés qui ont précédé les nôtres ou qui les entourent encore (j'entends toutes celles qui n'appartiennent pas à l'Asie et à l'Europe et à la branche hamitique de l'Afrique du Nord), les hommes peuvent s'organiser ainsi, sans se répartir perpétuellement en groupes fonctionnellement différents. Par exemple dans nombre de sociétés anciennes ou même contemporaines, à certains moments de la vie publique, les citoyens se sont répartis en classes d'âge, en confréries religieuses, en sociétés secrètes, en troupes militaires, en hiérarchies politiques. Toutes ces organisations sont différentes des phratries, clans et familles qui pourtant subsistent. Elles se confondent souvent avec ces derniers et souvent entre elles. C'est que ce sont ces groupements qui, en somme, sont chargés de telle ou telle fonction. Ou plutôt celle-ci n'est que la vie de ce groupement. Et celui-ci est soutenu, autorisé, doué d'autorité au fond, par la société tout entière. Elle abdique en lui, lui délègue sa force par rapport à tel ou tel but. Ainsi dans les sociétés nigritiennes proprement dites comme dans beaucoup de mélanésiennes, la justice est souvent l'œuvre de sociétés secrètes.

L'étude de ces groupements occasionnels, permanents ou temporaires est nécessaire, par-delà l'étude exclusive des représentations et des actes, pour les faire comprendre les uns et les autres. C'est le fonctionnement de ces groupements qui décèle quel groupe pense et agit, et comment il pense et agit; c'est ce fonctionnement qui dévoile pourquoi la société s'en remet à lui de cette pensée et de cette action, pourquoi elle se laisse suggérer par lui, pourquoi elle lui donne mandat d'agir. L'analyse se trouve terminée quand on a trouvé qui pense et qui agit et quelle impression cette pensée et cette action font sur la société dans son ensemble. Même, de ce point de vue, quand, dans des cas assez rares, c'est la société tout entière qui sent et réagit on pourrait presque dire qu'à ces moments, elles agit comme si elle formait un groupe spécial; ce qui est évident, lorsque par exception pour quelques jours ou semaines, la congrégation sociale tout entière peut être formée, par exemple, dans certaines sociétés australiennes, américaines.

Il y a donc une sorte de lieu géométrique entre les phénomènes physiologiques et les phénomènes morphologiques : c'est le groupe secondaire, la structure sociale spéciale qui reste relativement isolée. Il y a une sorte de morphologie mixte. Elle aide à déterminer ces groupes secondaires : les organes divers de la vie sociale, dont la séparation permet de séparer les diverses sociologies spéciales; celles-ci étant au fond toutes (sauf la morphologie pure) des parties de la physiologie sociale. Celle-ci comprend donc, elle aussi, l'étude de certaines structures. C'est même en décrivant celles-ci, en voyant comment l'homme se comporte à l'église, au marché, au théâtre, au prétoire, que se font au mieux les sociologies spéciales. Ce que nous proposons c'est que l'on fasse pour toutes les différentes structures sociales et leurs activités ce que l'on n'a fait jusqu'ici à fond que pour le clan et la famille. Cette étude des groupes secondaires, des milieux dont est composé le milieu total, la société, celle de leurs variations, altérations, de leurs réciproques actions et réactions est, à notre avis, une des choses non seulement les plus souhaitables mais les plus faciles et les plus urgentes qui soient. C'est là, encore plus que dans la pratique sociale — l'institution étant toujours à quelque degré figée — que se constate la véritable vie, matérielle et morale en même temps, le comportement du groupe. Même les processus collectifs d'idéation, de représentations, peuvent être traités de cette façon. Elle semblera bien terre à terre et même bien lointaine et inadéquate à quiconque est amoureux de vague et d'idéal. Ce sont, à notre avis, les chercheurs d'ineffable qui se trompent. Au contraire de ce qu'ils disent, on est sûr qu'il y a mythe ou légende, pensée forte et ancrée, quand il y a pèlerinage de saints, fête, clans ou confréries attachés à ces lieux saints. Le jeu des idées collectives est sérieux quand il se reflète dans les lieux et dans les objets, parce qu'il se passe dans les groupes que d'ailleurs ce jeu crée, dissout et recrée sans cesse.

Ainsi cette division des phénomènes sociaux en morphologiques et physiologiques et celle des phénomènes physiologiques en représentations et en actes collectifs peut s'appliquer utilement à l'intérieur des différentes sociologies spéciales. Peut-être même faut-il s'en servir obligatoirement quand on étudie séparément les phénomènes sociaux cloisonnés en religieux, juridiques, économiques, etc. Les spécialités découpent les grandes classes de faits pour ainsi dire en piles verticalement disposées; au contraire on peut aussi diviser ces sections en tranches pour ainsi dire horizontales, par degrés, par couches d'idéation croissante ou décroissante, de matérialisation plus ou moins grande selon qu'on s'éloigne ou se rapproche de la représentation pure ou de la structure matérielle proprement dite. A notre avis, cette division fournit un principe de méthode pour l'étude de chaque grand groupe de faits. Elle constitue une sorte de preuve arithmétique que l'on a été complet. Car, à notre sens, un phénomène social est expliqué quand on a trouvé à quel groupe il correspond, *et* à quel fait de pensée *et* d'acte il correspond, qu'il soit physiologique ou morphologique, peu importe.

L'application de ce principe va de soi quand il s'agit de physiologie pure. Cependant peu de sociologues l'emploient de façon constante. Il est pourtant presque infaillible à l'usage. Il force à voir, à chercher les actes sous les représentations et les représentations sous les actes et, sous les uns et les autres, les groupes. Des séries d'institutions qui apparaissent, à la surface, comme composées exclusivement de pratiques traditionnelles ou d'actes de fabrication, comme la coutume et les techniques, sont pleines de notions que la science du droit et la technologie doivent dégager. D'autres séries de faits sociaux qui apparaissent comme purement rationnelles, idéales, spéculatives, imaginatives, ou sentimentales et ineffables, telles la musique ou la poésie et la science, sont pleines d'actes, d'activités, d'actions, d'impressions sur les sens, sur la respiration, sur les muscles ou de pratiques et de techniques.

Inversement la morphologie sociale qui sert de contrôle à la physiologie, doit être soumise à ces analyses, elle aussi. Le groupe n'apparaîtra plus jamais inerte ou inconscient. Son unité, la volonté, l'habitude de vivre en commun l'expliquent. Celles-ci, en plus du rassemblement de la masse, sont faites de toutes ces multitudes d'impondérables, de tendances, d'instinct, d'imitations, d'idées communiquées, de sentiments passagers, sans parler des hérédités communes.

Ici se justifie l'idée profonde de la métaphysique, de la philosophie et même de la pensée allemandes, même du vulgaire en Allemagne : qu'une « Weltanschauung », qu'une « conception du monde » commande l'action et même l'amour. Il est juste de dire qu'autant qu'un sol et une masse, c'est une tonalité de vie qui forme toute société. La société inspire en effet une attitude mentale et même physique à ses membres et cette attitude fait partie de leur nature. Et ces attitudes de ces masses peuvent être nombrées : premier point de l'éthologie collective.

D'ailleurs, nous l'avons vu déjà, la morphologie sociale figure la société non seulement dans l'espace et le nombre, mais encore dans le temps. Elle étudie aussi des mouvements, des altérations et des dynamismes. De plus, tout comme la psychologie sociale, ou plutôt la physiologie sociale, se traduisent dans la matière humaine et, à l'occasion, dans l'espace et le temps sociaux où tout se passe, de même la structure matérielle du groupe n'est jamais chose indifférente à la conscience du groupe. Souvent les faits de morphologie sont vitaux pour elle. Par exemple, voici les frontières : on les dirait entièrement morphologiques, géographiques; mais ne sont-elles pas en même temps un phénomène moral et militaire, et pour certains peuples, pour les anciens surtout, un phénomène religieux?

L'intérêt principal de ces observations est qu'elles permettent de faire comprendre, de systématiser et d'exiger l'emploi des méthodes quantitatives. Qui dit structures matérielles et sociales et mouvements des structures dit choses qui peuvent être mesurées. Ce lien du morphologique et du physiologique permet donc de mesurer la place considérable que devrait occuper ici, dans toutes les études de physiologie sociale, la recherche statistique. Les sous-groupes et leurs actions peuvent en effet être dénombrés. On recense les professions. Même les crimes correspondent, pour ainsi dire, au sous-groupe des criminels.

Hélas! même dans l'*Année sociologique*, nous sommes loin de compte. La statistique, mathématique sociale, pourtant d'origine sociologique elle-même, semble se réduire pour nous aux problèmes usuels : de la population (morphologie), de la criminologie et de l'état civil (statistique morale) et de l'économie, cette partie de nos sciences qui se vante d'être le domaine du nombre et des lois du nombre et qui l'est en effet en partie. Cette restriction de l'emploi de la statistique est inexacte. Au fond, tout problème social est un problème statistique. La fréquence du fait, le nombre des individus participants, la répétition au long du temps, l'importance absolue et relative des actes et de leurs effets par rapport au reste de la vie, etc., tout est mesurable et devrait être compté. L'assistance au théâtre ou au jeu, le nombre des éditions d'un livre instruisent sur le prix attaché à une œuvre ou à un sport beaucoup mieux que des pages et des pages de moralistes ou de critiques. La force d'une Église se mesure au nombre et à la richesse de ses temples, au nombre de ses croyants et à la grandeur de leurs sacrifices, et, s'il faut aussi toujours considérer les impondérables en elle, ne considérer que la foi et la théologie est une non moins grave erreur que de les oublier. Manié avec prudence et intelligence le procédé statistique est non seulement le moyen de mesurer mais le moyen d'analyser tout fait social, parce qu'il force à apercevoir le groupe agissant. Il est vrai que, bien des travaux statistiques actuels eux-mêmes sont plutôt inspirés par les besoins administratifs ou politiques des États, ou bien sont mal dotés, ou mal dirigés par une curiosité mal éclairée de professionnels; ils présentent un fatras. Les vrais travaux sont encore à entreprendre. Cependant on sait déjà combien l'historien et le sociologue des générations qui viennent seront mieux armés que nous ne fûmes. Dès nos jours, dans des travaux immenses, comme ceux du « census » américain ou du « census » des Indes, l'on voit apparaître, à travers les statistiques compilées, les choses sociales en ébullition : le « chaudron de la sorcière » où se fabrique une société. Dans des études ainsi entreprises, le cadre de toutes les divisions spéciales elles-mêmes s'enrichit.

IV. UTILITÉ DE CETTE DIVISION POUR UNE SOCIOLOGIE GÉNÉRALE CONCRÈTE

C'est surtout au point de vue de la sociologie générale que cette division a des avantages. Elle la prépare directement. Dans cette sociologie concrète, on a donc de mieux en mieux décrit les rapports qui existent entre les divers ordres de faits sociaux considérés tous ensemble et considérés chacun séparément : morphologiques et physiologiques d'une part et, en même temps, religieux, économiques, juridiques, linguistiques, etc. C'est alors qu'on peut entreprendre de constituer vraiment une sociologie en même temps générale et cependant concrète.

Le procédé est simple, c'est d'étudier tous ces rapports. Par un côté même, la *sociologie générale* consiste dans la découverte de ces rapports.

D'ailleurs ce nom de *sociologie générale* prête à l'erreur. Elle n'est pas le pur domaine des pures généralités, surtout des généralités hâtives. Elle est, avant tout, l'étude des phénomènes généraux. On appelle généraux ceux des phénomènes sociaux qui s'étendent à toute la vie sociale. Mais ils peuvent être tout à fait particuliers, précis; ils peuvent manquer ici et là, et être même restreints à des sociétés déterminées. Ces phénomènes généraux sont ceux : de la tradition, de l'éducation, de l'autorité, de l'imitation, des relations sociales en général, entre classes, de l'État, de la guerre, de la mentalité collective, de la Raison, etc. Nous négligeons ces grands faits et les négligerons probablement encore longtemps. Mais d'autres ne les oublient pas. Sur l'autorité, on peut citer le livre de M. Laski. Durkheim et les partisans de *la Social Pedagogics* traitent de l'éducation. D'autres auteurs réduisent même la sociologie tout entière à ces considérations des faits généraux : c'est le cas de Simmel et de ses élèves, celui de M. von Wiese et de sa « Beziehungslehre ». Nous ne sommes pas trop d'accord avec eux; mais ils ont raison de ne pas considérer l'étude des édifices sociaux comme relevant de la seule sociologie juridique. Sur l'État et les nécessités de son étude, nous allons revenir incessamment à propos de la *sociologie appliquée* et de la *politique*.

Une autre partie de la sociologie générale concerne les rapports que les faits sociaux ont avec les faits voisins. Or, du dernier point de vue, les rapports de la sociologie et des deux sciences immédiatement annexes, la biologie et la psychologie, deviennent visibles. Les connexions de la morphologie sociale, science du matériel humain, et de la biologie sont claires. Celles de la physiologie sociale avec la biologie le sont moins. Mais si l'on saisit que les phénomènes morphologiques sont le moyen-terme-cause, les raisons d'être, qui relient les idées et les actions sociales aux faits biologiques et inversement et ceux-ci aux idées, etc., tout s'éclaire. Une population a un idéal de beauté et se crée un type physique, par l'action de cet idéal sur le mariage, sur la natalité. Une population a un nombre déterminé de fous; ces fous se suicident ou commettent des crimes suivant les saisons, suivant les quantités d'heures de jour, c'est-à-dire suivant l'action de la nature sur la longueur et l'intensité de la vie sociale. Nous ne citons que des faits bien connus.

On éclaire encore ainsi le rapport entre la psychologie et la sociologie. La psychologie des représentations, celle des actes et celle des caractères viennent se rapprocher non plus de tous les phénomènes sociologiques, mais de ceux des phénomènes sociaux correspondants : représentations et actes collectifs, caractérologie, etc. Et les problèmes de confins, si importants, où la psychologie et l'individuel jouxtent la sociologie et le social, se posent en termes de faits : ainsi ceux du langage, ceux des sentiments religieux, moraux, etc.

Citons enfin trois des parties de la sociologie générale qui, à notre avis, peuvent tout de suite bénéficier d'une méthode de ce genre. Ce sont : la théorie du symbolisme, celle de la raison et enfin celle des caractères collectifs. Les deux premières sont maintenant posées très généralement. La dernière était fort en vogue au temps de Taine. Elle est désuète maintenant, à tort à notre avis.

Le problème de la pensée, à la fois pratique et théorique, celui de son rapport avec le langage, le symbole et le mythe, celui du rapport de la science et de la technique trouvent ici leur place normale, exacte, parce qu'on peut les considérer tous ensemble.

1. Le *problème du langage et du symbole* (et le problème, plus général et plus crucial, de l'expression) sort tout de suite de la spécialité où le cantonnent les linguistes et les esthéticiens et des généralités où se meuvent les philosophes et quelques psychologues. Ces deux choses essentielles, si intimement liées, connaissances et symboles de tous ordres apparaissent enfin comme elles sont : liées à la totalité des activités du groupe et à la structure même de celui-ci et non pas simplement à telle ou telle catégorie de ces activités. Car il est des symboles et des connaissances en économie comme en religion, comme en droit et non pas simplement comme en mythologie ou en art. Et le totem ou le drapeau symbolisent le groupe.

2. Plus généralement, les études de « mentalité », de « fabrication de l'esprit humain », de « construction et d'édification » de la *raison*, sont revenues à la mode. C'est elles que Comte avait en vue. Durkheim, Hubert, nous, d'autres et, parmi eux, M. Lévy-Bruhl, M. J. H. Robinson, les ont remises en honneur en termes précis, croyons-nous. Elles peuvent être et doivent être élargies. Au fond, elles supposent la connaissance simultanée de nombreux éléments, dans de nombreuses civilisations. Les données qui doivent entrer en ligne de compte sont esthétiques, techniques, linguistiques et non pas seulement religieuses ou scientifiques. Là aussi ce sont des mélanges qu'il faut déceler et des dosages qu'il faut faire. Et après les avoir fait, il faut rebrasser tout cela, synthétiser en termes encore plus précis. On fera ainsi apparaître le « total » dans l'histoire : l'empirique, l'illogique et le logique du début, le raisonnable et le positif du futur. Tant que les nombres ont eu une valeur mystique et linguistique en plus de leur usage technique et intellectuel; tant que les maladies ont été quelque chose de moral ou de religieux, des sanctions du péché par exemple, l'arithmétique ou la médecine avaient une autre tournure que celle qu'elles ont prise. Cependant elles existaient. Les premières pages d'Hippocrate marquent merveilleusement la révolution interne qui fit passer, un jour, en Ionie, la médecine à la science. Notre arithmétique elle-même s'est encore développée dans la recherche des carrés magiques et celle des racines mystiques, bien après Pythagore, jusqu'au XVIIe siècle. Notre pharmacopée du XVIIe, du XVIIIe siècle encore, venaient de civilisations qui mêlaient toutes sortes d'observations insolites à leur pathologie, à leur thérapeutique, mais qui avaient de fort sérieuses connais-

sances en pharmacie : en Arabie, en Inde, en Chine. Chez les pharmaciens comme chez les alchimistes, il y avait plus que de la foi et de l'empirisme, il y avait de la science. La raison et l'expérience intelligente sont aussi vieilles que les sociétés et peut-être plus durables que la pensée mystique. Ainsi encore en voyant l'ensemble, on prépare l'analyse de la conscience collective ;

3. Les études de *mentalité* ne sont au fond qu'une partie des études de *civilisation* et d'*éthologie* que nous distinguons fort mal. Il faudra un jour les séparer. Pour le moment, l'*éthologie collective*, si difficile à constituer, nous l'avons vu, peut les considérer d'un coup. Ces analyses de l'âme d'une société ou d'une civilisation peuvent être comparées à des analyses chimiques. Selon les vues profondes de Durkheim, de même que les caractères individuels, les caractères des sociétés et des civilisations sont simplement des composés d'éléments mesurables.

Des types de vie sociale plus ou moins répandus, voilà ce qu'on appelle des civilisations. Dans telle ou telle société, les principales caractéristiques de la vie sociale sont plus ou moins autochtones, proviennent en plus ou moins grande partie de sociétés plus ou moins voisines. Les sociétés sont plus ou moins fermées. Par exemple, le Moyen Age chrétien était beaucoup plus un univers, une « universitas », une catholicité que notre Europe et, cependant, les groupes qui le formaient étaient infiniment plus divers et plus nombreux. Mais ils étaient moins organiques et c'est pourquoi ils étaient infiniment plus perméables les uns aux autres, plus faibles vis-à-vis des influences d'en haut; ils étaient encore sous l'impression de l'Empire romain : par suite les couches supérieures de ces nations encore mal définies, l'Église, l'Université les principales corporations, les grandes confréries, dont la chevalerie, étaient beaucoup plus internationalisées qu'aujourd'hui. Voilà pour la notion de civilisation.

Quant au caractère des gens d'une société, il singularise celle-ci. Certaines sociétés sont plus adonnées à la recherche idéale et esthétique, ou au commerce. D'autres sont plus adonnées aux arts pratiques, à l'administration et au commandement; là est l'opposition classique de Rome et de la Grèce. Notre regretté Huvelin revenait brillamment sur ce sujet à propos du droit romain. Le Dr Jung et M. Seligmann vont jusqu'à parler de psychanalyse des races et des sociétés, et même d'« introversion » et d'« extraversion » à leur propos. Ils poussent un peu loin le freudisme ou le jungisme. Ces classifications n'ont déjà pas trop grande valeur en psychologie et physiologie individuelles; elles n'en ont plus guère en sociologie. Mais elles donnent le sens de ce qu'est une science des caractères sociaux et, s'il en est, des caractères des races.

On peut en effet classer les sociétés à de multiples points de vue. Ainsi les unes sont prédominées par des éléments jeunes, par exemple la Russie, d'autres par des masses âgées, par exemple la France. D'un autre point de vue, elles sont rurales (russes) ou urbaines en majorité (anglaises), agricoles ou industrielles, etc. C'est ici qu'on pourra reprendre, en d'autres termes, mais en poursuivant les mêmes buts que M. Steinmetz [5] la vaste question de la classification des sociétés ou plutôt du catalogue de celles-ci. Car c'était au fond à des dosages que M. Steinmetz s'attachait, de façon remarquable pour l'époque.

Ces classifications poussées dans le détail arriveront peut-être un jour à rendre compte de la spécificité de chaque société connue, à expliquer son type spécial, son aspect individuel. Au fond, c'est ce que font inconsciemment, mais non sans méthode les historiens, les pratiquants de l'« histoire » devenue enfin « sociale ». On arrivera peut-être même à rendre compte des idiosyncrasies et ensuite à diagnostiquer à part l'état précis, à chaque instant, de chaque société. Tous ces problèmes échapperont aux généralités et à la littérature politique ou même historique. Ainsi de même que la psychologie doit être couronnée par une « caractérologie », de même une « caractérologie des sociétés », une « éthologie collective » concrète achèvera la sociologie générale et aidera à comprendre la conduite actuelle de chaque société.

On saura alors, ce que nous ne savons pas, sans danger pour les sociétés elles-mêmes, poser le problème de la *sociologie appliquée* ou *politique*. On sera prêt pour sauter ce dangereux pas : le vide qui s'étend de la science sociale pure à la direction de l'action.

Mais, on le remarque, ces deux plans d'une sociologie pure ne comprennent rien qui concerne la *politique*. Or, à ce point, nous rencontrons des traditions contraires de sociologues res-

5. Cf. *Année sociologique*, 2.

pectables. Il faut nous expliquer sur cette autre discipline, la *politique*, que nous ne pratiquons pas.

V. PLACE DE LA SOCIOLOGIE APPLIQUÉE OU POLITIQUE

L'un des principaux avantages d'une connaissance complète et concrète des sociétés et des types de sociétés, de chaque société à part, des nôtres en particulier, c'est qu'elle permet d'entrevoir enfin ce que peut être une *sociologie appliquée* ou *politique*. On doit impitoyablement éliminer celle-ci de la sociologie pure. Et cependant, seule chose qu'on puisse faire ici, on entrevoit, tout à fait séparément, quelques principes de l'application de nos sciences.

La *politique* n'est pas une partie de la *sociologie*. Les deux genres de recherches sont trop mêlés encore aujourd'hui. Nous insistons sur leur séparation. Elle est contraire à la tradition américaine, nettement « mélioriste » depuis Ward. Les sociologues américains ont généralement le sentiment aigu que les *civics*, les *politics*, le *social service*, le *social work*, en général les *social forces* et les *ethics* sont aussi leur et constituent leur domaine. Ils les confondent avec la sociologie. Au contraire nous, ici, en France et dans l'*Année sociologique*, nous ne nous occupons intentionnellement pas de la *politique*. Nous avons pour cela une raison de principe que Durkheim a souvent indiquée et précisée : ceux qui font cette confusion entre la science et l'art se trompent et au point de vue de la science et au point de vue de l'art. Chercher des applications ne doit être ni l'objet d'une science, ni le but d'une science : ce serait fausser celle-ci. Et l'art n'a pas à attendre la science : celle-ci n'a pas pareil primat.

Mais si la sociologie doit rester pure, elle doit se préoccuper de son application. Durkheim disait qu'elle ne vaudrait pas « une heure de peine » si elle n'avait pas d'utilité pratique. Comme toute spéculation, elle doit en effet correspondre à une technique. D'ailleurs Durkheim savait que la politique positive et la sociologie ont la même origine et sont nées du grand mouvement qui a rationalisé l'action sociale au début du XIXe siècle. En pensant à l'application de la sociologie, nous restons donc fidèles à la tradition. Le seul reproche que l'on peut faire à Comte, aux premiers élèves de Comte et à Spencer, la raison pour laquelle ils se trompaient, c'est qu'ils crurent pouvoir légiférer au nom de réflexions fort générales, de recherches fort sommaires dont ils ne savaient contrôler ni les unes ni les autres. Les économistes classiques ont échappé aux généralités, mais non à ces prétentions normatives. Il est vrai qu'ils sont plus avancés que la plupart des autres zélateurs des sciences politiques. Mais ils ne sont guère plus fondés à diriger la pratique; celle-ci, sauf sur certains points de législation financière et de pratique bancaire, se rit bien de leurs prévisions. — Il faut donc appliquer la science. Mais il ne faut pas confondre ses applications avec la science elle-même. Les raisons de la confusion courante sont instructives. Répétons ce que Durkheim a dit à ce sujet, en termes légèrement différents.

Si cette erreur de tant de savants est normale, c'est que la sociologie est plus près qu'aucune autre science de l'art pratique correspondant, de la *politique*, du moins de celle des temps modernes. L'une et l'autre supposent que, hors de tous préjugés religieux, moraux ou autres, la société prend conscience d'elle-même, de son devenir d'une part, de son milieu d'autre part, pour régler son action. Tandis que toutes les autres pratiques et industries ont un objet matériel extérieur et extraconscient qui leur impose des attitudes auxquelles on sait d'avance que le succès peut ne répondre qu'en partie; tandis que même la pédagogie et la psychiatrie ont un autre objet que la psychologie, surtout introspective : les hommes qu'il s'agit d'observer, puis de guérir ou d'éduquer; au contraire la *politique* et la *sociologie* n'ont qu'un seul et même objet : les sociétés. De celles-ci les hommes s'imaginent tout connaître, parce qu'elles leur apparaissent comme n'étant composées que d'eux, de leurs volontés, de leurs idées malléables à volonté. Ils croient leur art souverain et leurs connaissances parfaites.

Mais c'est précisément parce que l'art, la pratique politique rationnelle et positive est si proche de la science des sociétés, que la distinction entre les deux est plus nécessaire que partout ailleurs. Il ne suffit pas de maquiller l'action à l'aide de statistiques dressées elle-mêmes sur des plans préconçus ou triturés suivant les idées des Partis et du moment, pour donner à cette action une allure non partisane, sereine, sociale, pure de tout alliage et de tout intérêt. Il ne suffit pas non plus d'être sociologue, même compétent, pour dicter des lois. La pratique, elle aussi, a ses privilèges. Même, souvent, la carence de la science est telle qu'il vaut mieux se confier à la nature, aux choix aveugles et inconscients de la collectivité. Il est maintes fois bien plus rationnel de dire qu'« on ne sait pas », et de laisser se balancer les impondérables naturels — ces choses de conscience dont on ne saisit pas à quoi de précis elles correspondent : les intérêts, les préjugés. Ceux-ci se heurtent dans les tribunaux, la presse, les bourses et les parlements; ils s'expriment dans l'*éthos* et le *pathos* des orateurs, dans les adages du droit, les proclamations des maîtres de l'heure, les ordres souverains du capital et de la religion, les mouvements de la presse, les élections plus ou moins claires. Et il vaut mieux laisser ces forces agir. L'ignorance consciente est meilleure que l'inconscience. L'aveu d'impuissance ne déshonore ni le médecin, ni l'homme d'État, ni le physiologue, pas plus que le sociologue. Ce « complexus » si riche de consciences, de corps, de temps, de choses, de forces anciennes et de forces latentes, de chances et de risques qu'est une société, devrait être traité le plus souvent comme une immense inconnue par les gens qui prétendent le diriger — alors qu'ils sont dirigés par lui, ou qu'ils tentent tout au plus d'exprimer son mouvement par les symboles que leur fournissent le langage, le droit, la morale courante, les comptes en banque et les monnaies, etc.

Ceci est dit, non pour diminuer, mais, au contraire, pour exalter l'art politique et son originalité. Le tour d'esprit du politicien, son habileté à manier les formules, à « trouver les rythmes » et les harmonies nécessaires, les unanimités et à sentir les avis contraires sont du même genre que le tour de main de l'artisan : son talent est aussi précieux, aussi natif ou aussi traditionnel, aussi empirique mais aussi efficace. La science n'est créatrice que rarement. L'homme de loi, le banquier, l'industriel, le religieux sont en droit d'agir en vertu de leurs connaissances pratiques et de leurs talents. Il suffit d'avoir administré ou commandé pour savoir qu'il y faut une tradition pratique, et qu'il y faut aussi une chose qu'un psychologue mystique traduirait en termes d'ineffable : un don. Aucune raison ni théorique, ni pratique ne justifie donc un despotisme de la science. Seulement cette distinction de l'art et de la science, et cette constatation de la primauté actuelle de l'art politique étant bien posées, la sociologie peut intervenir et justifier ainsi son existence... matérielle, c'est-à-dire la fonction sociale des sociologues.

La « sociologie de la politique », partie de la « sociologie générale »

D'abord, il est possible de faire la science de cet art. Et cette science des notions politiques nous regarde. Non pas ce qu'on appelle, dans certaines régions, les sciences morales et politiques : la science financière, la science diplomatique, etc. Le plus souvent, ces soi-disant sciences ne sont que de vulgaires mnémotechnies, des recueils des circulaires et des lois, moins bien digérées que les vieux codes. Elles ne sont que des catalogues de préceptes et d'actions, des manuels de formules, des recueils de maximes de la technique sociale. Indispensables certes, elles encombrent le pavé de leurs prétentions et les Écoles de leurs chaires ; elles ne sont que des enseignements de pur apprentissage. Cependant, quelquefois, çà et là, on peut faire profit de leurs travaux. Des esprits puissants ont haussé leur spéculation à dégager les principes de ces arts, à démêler le genre d'activité sociale, d'esprit social, qui président au fonctionnement même de l'usage et du droit. En ce moment même, en France, des juristes, M. Hauriou, et M. Duguit, font un effort considérable pour dégager les principes du droit public. En Allemagne, les juristes moralistes, MM. Wilbrandt, Radbruch, d'autres ont à un tel point agi sur leurs pays qu'ils y ont conquis une position politique. Un certain nombre des meilleurs théoriciens de la *politique* en Amérique, M. Merriam en tête, sont arrivés à la sociologie, d'eux-mêmes, en partant de la pratique elle-même. Nous rendrons compte de l'œuvre de ce dernier. Ailleurs la prise de conscience a été le fait de la civilisation, de la société elle-même. Le prestige du droit romain, celui de la politique et de la morale grecques, celui de la « sagesse hindoue », celui de l'idéalisme juif, viennent de la clarté de l'esprit de ces peuples : ils démêlaient avec force, netteté, leurs visions, le symbole central des autres symboles de leur action. Les Anglais ont eu, eux aussi, leurs « prudents », ceux de la « Common Law », comme ceux de la politique, du droit constitutionnel. De Hobbes à Austin une longue série d'auteurs doit être rangée parmi les vrais fondateurs de la politique et de la sociologie. Un homme de loi anglais sait pour ainsi dire naturellement ce que c'est que le souverain. Il ne faut pas sous-estimer le bénéfice de pareils éclats du génie humain. La trouvaille et la recherche de ces prises de conscience collective, forment le meilleur fondement des études de sociologie et de politique actuelles. L'École historique et de pure observation domine enfin avec raison : or, elle puise dans les théories implicites, comme dans les théories explicites de tous les temps, le principe et la substance de ses idées.

Seulement, elle est encore trop attardée; elle ne considère que les formes et les constitutions. C'est ici que la sociologie peut lui donner une importante impulsion. Normalement, même en régime parlementaire ou réglementaire, même dans nos arts politiques qui prétendent être positifs, expérimentaux, qui essaient de se fonder sur des statistiques et des chiffres, même dans nos affaires, où l'art comptable rend tant et de si bons services, c'est cependant l'inconscient, le besoin évoquant sa satisfaction, c'est l'action qui dominent. Cette dernière est éclairée, certes, ni aveugle, ni mystique, pourtant elle reste inanalysable ou peu analysée. Or, il est possible de faire une théorie de l'art politique : d'abord avec l'aide de ces prises de conscience de la collectivité elle-même qui sait choisir ses dirigeants et les inspirer; puis, avec tous les procédés de l'histoire comparée, permettant l'analyse des faits; en un mot, à l'aide d'une « pragmatique » comme disait Aristote. On peut constituer une science de l'art social. Cette science commence à se constituer : elle consiste simplement à apercevoir, grâce à ces données, connues déjà en partie, comment, par quels procédés politiques, les hommes agissent, ont su ou cru agir les uns sur les autres, se répartir en milieux et groupes divers, réagir sur d'autres sociétés ou sur le milieu physique. On voit comment cette théorie de cet art fait partie d'une sociologie à la fois générale et concrète.

Cette science de l'art social, nous la plaçons dans l'*Année*, parmi les disciplines ressortissant à la *sociologie morale et juridique*, ou dans la *sociologie générale*. Nous avons déjà avoué ces flottements. Dans le premier cas, nous opérons ainsi sous prétexte que le phénomène de l'État est un phénomène juridique. Il est vrai : l'État, organisme politique de la société, la constitution, l'établissement d'un pouvoir souverain sont des faits juridiques et moraux. Mais ils sont sûrement davantage. Ils concourent au tout de la société et tout y concourt vers eux. Dans quelle mesure?

Nous ne savons pas le préciser, nous ne savons que le faire sentir. Les frontières de l'État, par exemple, ce point hypersensible de la société et de l'État politique, sont de l'ordre morphologique, nous l'avons déjà dit; et ainsi de suite... L'art politique et la science de cet art doivent donc, comme la sociologie elle-même, tenir compte de tous les faits sociaux. En particulier dans nos sociétés modernes, les phénomènes économiques et morphologiques (démographiques) entrent sous sa juridiction. Tout spécialement, des choses importantes qui échappent à nos rubriques : la tradition, l'enseignement, l'éducation, en sont parties essentielles. Il faut donc rompre le cadre étroit de la théorie juridique de l'État. Il faut étendre la théorie politique à celle de l'action globale de l'État. Il faut aller plus loin, voir les sous-groupes : non seulement analyser l'action du centre, mais aussi celle de tous les groupes secondaires, volontaires ou involontaires, permanents ou temporaires, dont est composée une société.

Normalement, cette théorie de l'art social élargit la politique. De ce côté, son action est un bienfait. Car si la confusion du problème de l'État, de la souveraineté, avec un problème juridique fut fatale, elle constitue une erreur de fait et une erreur pratique. Procéder de la façon habituelle mène aux pires dangers. Les fondateurs de la science positive des sociétés, fondateurs aussi de la politique positive, Saint-Simon, Comte, firent immédiatement prêter attention à cette faute. Ils avaient une certaine haine du législateur, de l'homme de loi, de l'administration, et un certain fétichisme de l'« industriel », du « savant », du « producteur ». Cette attitude est devenue traditionnelle dans le socialisme et jusqu'au bolchevisme. Évitons leur excès, car l'art de gérer et de commander et de manœuvrer légalement sera toujours essentiel à la vie en commun, même à la vie technique. Il reste que, un peu par la force des choses et beaucoup par force d'inertie, nos parlementarismes occidentaux remettent à trop de robins et de publicistes, le soin d'intérêts qui dépassent les limites de la légalité et de la bureaucratie. Il faudra donc, de toute nécessité, rompre avec la tradition antique qui a mené la politique, depuis les chancelleries lagides et romaines, jusqu'au Conseil privé des rois. Les sociétés modernes savent que bien des choses éminemment sociales ne doivent pas être remises à des fonctionnaires, à des conseillers, à des légistes. Celles qui mettent en jeu et même en question la société elle-même, comme la guerre et la paix, doivent être décidées autrement qu'autrefois. Le service principal que les sociologues ont rendu jusqu'à maintenant et rendront de plus en plus à la politique, par une théorie de la politique elle-même, consiste donc à faire sentir à quel degré les problèmes politiques sont des problèmes sociaux. Ils auraient par suite le plus grave tort si, pour ne pas verser dans l'erreur commune, ils restaient tous dans leur tour, s'ils s'abstenaient tous de prendre parti, s'ils laissaient la politique aux théoriciens politiciens et aux théoriciens bureaucrates. L'art de la vie sociale les concerne en particulier et transmettre une tradition, éduquer les jeunes générations, les intégrer dans une société déterminée, les « élever » et surtout les faire progresser, tout cela dépasse les limites du droit et de tout ce qu'on convient d'appeler l'État. La science de cet art fait donc partie de la sociologie générale, ou, dans une sociologie divisée de façon concrète, d'une partie toute spéciale de la sociologie de l'action.

Sociologie et politique

Ainsi conçue cette théorie de l'art politique est une partie essentielle de la sociologie et plus spécialement, dans nos divisions proposées, de la sociologie générale, et dans celle-ci, de la théorie des ajustements généraux. Mais cette science de l'art social, politique reste théorique. Comme le reste de la sociologie, elle a surtout pour méthode la comparaison historique ou l'analyse statistique, bien que les faits comparés soient des faits modernes. A ce titre, elle est certainement intéressante, instructive, informatrice. Mais elle n'est qu'une petite contribution à la direction réelle des sociétés actuelles. L'art de diriger une société, l'action, l'administration, le commandement sont choses autrement vitales et puissantes que cette influence indirecte de la science des sociétés. Cette action à distance est relativement peu de chose par rapport à la politique tout court. Comment pouvons-nous contribuer efficacement à celle-ci? Voilà le problème final de la sociologie.

Déjà, au contact de celle-ci, l'action politique est singulièrement agrandie : on l'entend au sens large sous son inspiration; on comprend en elle, non seulement la direction des organes de la souveraineté, mais encore le contrôle des forces financières, des industries, de l'éducation, des relations matérielles, morales et intellectuelles avec les autres nations. De plus, éclairée, rehaussée, affinée par la sociologie, cette action peut être infiniment meilleure que si on la laisse aveugle. Donc l'art politique ne doit pas être indépendant de la sociologie, et celle-ci ne doit pas se désintéresser de lui. Mais quels doivent être leurs rapports? Quelle place faut-il leur donner dans une sociologie complète? Voici quelques indications.

D'abord il faut répéter le vœu de Spencer repris par Durkheim : que la connaissance de la sociologie devrait être requise pour qualifier l'administrateur et le légiste. En fait, dans de nombreux pays, la sociologie fait partie des programmes d'examens du futur fonctionnaire et de nombreuses écoles de hautes études commerciales ou administratives. De plus, en fait encore, la sociologie agit déjà clairement de nos jours sur la politique. Celle-ci a pris une attitude positive, expérimentale qui provient, plus qu'on ne croit, de nos études.

Seulement que doit être le rapport inverse? Si nous voyons clairement ce que nous devons exiger du politicien, et même du citoyen qui se doit de s'éclairer, qu'est-ce que celui-ci a à réclamer de nous? D'abord notre attention. C'est-à-dire : le public ne nous permet pas de nous occuper exclusivement de ce qui est facile, amusant, curieux, bizarre, passé, sans danger parce qu'il s'agit de sociétés mortes ou lointaines des nôtres. Il veut des études concluantes quant au présent. A cette requête on pourrait être tenté de répondre : que la science est souveraine; que sa fantaisie— celle des savants — doit être sans limites. Car on ne sait jamais quel est le fait décisif, même au point de vue pratique. Souvent un fait de nos civilisations a son explication dans d'étranges coins du passé ou de l'exotique. Il est peut-être enregistré en ce moment dans d'obscures statistiques; il peut naître de nos jours, dans des gestations inconnues de formes inconnues d'associations inventées dans des couches inconnues même de nos populations. Ceci s'est vu : la coopération est née ainsi; le syndicalisme a des origines populaires très basses; le christianisme a vécu dans les catacombes; des traditions scientifiques et philosophiques grandioses ont cheminé dans l'obscurité. Mais, ce droit de la science réservé, il faut faire des efforts. — Il faut d'abord être à l'affût de ces mouvements nouveaux des sociétés, les porter au plus vite à la connaissance du public scientifique, en esquisser la théorie. Pour ce faire, il faudrait une meilleure répartition des forces et que, nous-mêmes, nous nous portions davantage vers les choses modernes. L'observation sociologique des institutions d'avenir a un intérêt à la fois théorique et pratique. — Mais ceci ne suffit pas. Le peuple lui-même attend de nous une attitude moins puriste, moins désintéressée. Tout en refusant de sacrifier à une recherche du bien un instant qui ne serait pas exclusivement consacré par la recherche du vrai, il faut évidemment que les sociologues remplissent leur devoir social. Il faut qu'ils aident à diriger l'opinion, voire le gouvernement. Naturellement, si c'est en tant qu'homme politique qu'un sociologue veut agir, il doit, autant qu'il peut, séparer sa science de ses actions. Mais il est possible de produire des travaux sur des sujets moins brûlants, plus généraux et cependant destinés à la pratique morale et à la politique. C'est ainsi que Durkheim concevait sa « morale ». C'est pourquoi nous avons publié sans tarder, même dans la série des *Travaux* de l'*Année sociologique*, son *Education morale*, qui ne manque pas de pages politiques; c'est pourquoi nous allons publier encore sa *Morale civique et professionnelle*. Il y a en effet tout un domaine, à mi-chemin de l'action et de la science, dans la région de la pratique rationnelle où le sociologue doit et peut s'aventurer.

De plus, de temps en temps, par hasard, nous pouvons être sûrs de nos prévisions et même les transformer tout de suite en préceptes. Les savants des heureuses sciences expérimentales, si paisibles et si fiers de leurs méthodes et de leur indépendance, savent, eux, souvent, appliquer leur science à l'industrie ou à la médecine. Ni ils ne craignent la confusion des deux ordres de recherches, ni ils ne redoutent de se rabaisser, ni ils n'ont honte de paraître soit inutiles, soit utiles. De même, il faut imposer notre science comme telle, mais il ne faut pas craindre d'être confondu avec l'homme d'action, quand on le peut, quand on n'a « cherché », comme disait la Bible, et quand on ne parle qu'au nom de la science elle-même. Après avoir fait avancer celle-ci, il faut essayer de l'utiliser. D'ailleurs, sur bon nombre de points, certains des nôtres ont vu clair pratiquement. Les deux Webb en Angleterre, Emmanuel Lévy, à partir de leurs théories du syndicalisme et du contrat, ont beaucoup fait pour instaurer les formes nouvelles du Contrat collectif. Les conclusions du livre de Durkheim sur le *Suicide*, celles qui concernent le groupe professionnel, devraient être enseignées partout. Sur l'héritage, la leçon de Durkheim[6] qui est la conclusion de recherches longues et géniales sur la famille mérite d'être classique. Ne craignons donc pas de verser ces idées et ces faits dans le débat. Nos conclusions pratiques seront rares et de peu d'actualité? Raison de plus pour les répandre libéralement et avec énergie.

Le sociologue peut encore être utile à la politique d'une autre façon. Sans se mêler d'elle, ni aux politiciens, ni aux bureaux, il peut aider ceux-ci par des enquêtes impartiales, par le simple enregistrement scientifique de faits, même de ceux dont il ne connaît pas ou ne peut pas tenter la théorie. — le principe que nous énonçons ici n'est pas un rêve pieux; c'est une chose réalisée. Au cours d'un voyage que nous a permis la munificence d'une grande institution scientifique américaine, nous avons pu constater l'importance et la grandeur d'un mouvement de recherches de ce genre aux États-Unis. Puissamment aidés par les particuliers, les États et les villes, les sociologues transforment les informations dont disposent les législateurs, les administrateurs des villes et des grandes institutions. D'abord, États et villes ont, dans leurs bureaux, des départements de recherches. Mais il y a plus. Au lieu de statistiques et de rapports qui ne répondent qu'à des besoins administratifs, on institue des enquêtes complètes, par exemple, sur certaines villes. Celles-ci les confient à des sociologues ou à des statisticiens indépendants, ou bien encore ceux-ci exécutent ces travaux en dehors de toute administration, de leur propre initiative. C'est ce qui se fait par exemple à l'Institut de recherches sociales de Chicago où, avec M. Merriam, collaborent des économistes et des démographes comme M. Marshall ou comme M. Hill et des sociologues comme MM. Park et Burgess. Ailleurs, au lieu de sèches discussions de droit, au lieu des vieilles statistiques criminelles, statistiques des cours et des prisons, non pas de la moralité, on a institué les grandes enquêtes judiciaires détaillées de Cleveland. Celle que M. Pound dirige à Harvard, pour tout l'État de Massachusetts, avec le concours de la Law School de Harvard tout entière, élèves et maîtres, soumet à une analyse précise *chacun* des *cas* qui se sont présentés devant les tribunaux; et, ensuite, la « tabulation » de ces cas donne l'état précis de la jurisprudence, celui de la moralité

6. *Revue philosophique*, 1920.

publique et celui des tendances de l'une et de l'autre. Les législateurs, les hommes de loi, les opinions publiques souveraines sont ainsi impartialement renseignés sur eux-mêmes. Les Instituts de recherches économiques sont aussi nombreux là-bas. (Ils commencent à prospérer en Allemagne.) Dans un État, la Caroline du Nord, le Département de science sociale de l'université est chargé des enquêtes législatives préalables à la préparation des lois. Ce mouvement n'est qu'à son début.

En tout état de cause, le sociologue est qualifié professionnellement aussi bien et mieux que les bureaucrates, pour observer même les phénomènes que ceux-ci administrent : car les fonctionnaires n'ont pas naturellement l'impartialité nécessaire et la vue claire des choses; ils représentent surtout la tradition quand ce ne sont pas leurs intérêts à eux ou ceux d'une classe qu'ils servent.

Hors de cela que pouvons-nous faire encore? Bien peu. Mais ce serait déjà bien. Quelques-uns d'entre nous pourraient étudier, pratiquement et théoriquement à la fois, les idées nouvelles et anciennes, les usages traditionnels et les nouveautés révolutionnaires des sociétés qui, en ces moments troublés, cherchent à enfanter leur propre avenir. Si quelques jeunes gens, épris de grandes entreprises, savaient faire cela, les données politiques de notre temps et de chaque société, faits et idéaux, pourraient être étudiés à part et sans préjugés. Les choses présentes pourraient alors faire l'objet d'une sorte de comptabilité intellectuelle, de constante « appréciation » comme disait Comte. Le premier temps d'une politique positive c'est : de savoir et dire aux sociétés en général et à chacune en particulier, ce qu'elles font, où elles vont. Et le second temps de la morale et de la politique proprement dites consiste à leur dire franchement si elles font bien, pratiquement et idéalement, de continuer à aller dans telle ou telle direction. Le jour où, à côté des sociologues, quelques théoriciens de la politique ou quelques sociologues eux-mêmes, épris du futur, arriveront à cette fermeté dans le diagnostic et à une certaine sûreté dans la thérapeutique, dans la propédeutique, dans la pédagogie surtout, ce jour-là la cause de la sociologie sera gagnée. L'utilité de la sociologie s'imposera; elle imprimera une formation expérimentale à l'esprit moral et à l'éducation politique; elle sera justifiée en fait, comme elle l'est en raison.

Le principal but sera ainsi atteint le jour où, séparée d'elle, mais inspirée d'elle, une politique positive pourra venir en application d'une sociologie complète et concrète. Si elle ne donne pas les solutions pratiques, elle donnera du moins le sens de l'action rationnelle. L'instruction, l'information, l'entraînement sociologiques donneront aux générations qui montent le sentiment de la délicatesse des procédés de la politique. Ceux-ci, inconsciemment usités en ce moment, pourront être portés au degré de conscience voulue quand une, deux générations de savants auront analysé les mécanismes des sociétés vivantes, celles qui nous intéressent pratiquement. Les hommes politiques et les hommes d'action, ne se borneront plus à des choix instinctifs. Sans attendre une théorie trop poussée, ils sauront consciemment balancer les intérêts et les droits, le passé et le futur. Ils sauront de façon constante estimer ce milieu interne qu'est la société, ces milieux secondaires que forment les générations, les sexes et les sous-groupes sociaux. Ils sauront peser les forces que sont les idées et les idéaux, les courants et les traditions. Ils sauront enfin ne pas méconnaître les milieux externes où se meuvent les intérêts qu'ils administrent : les autres sociétés qui peuvent les contrarier; le sol dont il faut administrer les réserves en vue des générations futures. Voilà, sans utopie, mais sans confusion avec la science, un programme de politique positive.

On trouvera peut-être ce programme bien petit. Ces conclusions sont peut-être décevantes pour l'homme politique, ou même pour le *social worker*, pour le zélateur du « service social », pour les auteurs de *civics*, qui viennent en ce moment s'ajouter généreusement et sans doute efficacement à eux. Mais, une fois le branle donné, il est possible que d'autres effets suivent. Bien des problèmes dont on cherche la solution de front, sont mal posés; d'autres bien posés sont mal traités. La part de l'éducation n'est faite par personne et pourtant elle est peut-être la plus importante de toutes. Le rôle des partis est grandement exagéré par les historiens, par la presse et par l'opinion; la prépondérance des intérêts, surtout de ceux des sous-groupes, économiques en particulier, est vraiment trop grande en ce moment. Au contraire, la part de la morale, spécialement de celle des sous-groupes, par exemple du groupe professionnel, est sous-estimée. Voilà bien des problèmes, des problèmes essentiels que posent les sociologues, mais que ne se posent même pas encore le public, le Parlement, les bureaux. Au contraire ceux-ci nous imposeraient volontiers leurs problèmes à eux, moins importants. Il se peut que la sociologie ne contente ni les corps souverains, ni les sections diverses de nos sociétés.

Il se peut même que, tout en étant utile, elle ne contente personne. La sociologie n'est que le moyen principal d'éducation de la société. Elle n'est pas le moyen de rendre les hommes heureux. Même l'art social et la politique en sont incapables quoiqu'ils poursuivent ce but illusoire. Durkheim l'a bien montré. Science et art n'ont pour effet que de rendre l'homme plus fort et plus maître de lui. Les œuvres de la raison ne peuvent que donner l'instrument aux groupes et aux individus qui les composent; c'est à ceux-ci qu'il incombe de s'en servir pour leur bien..., s'ils veulent..., s'ils peuvent.

La sociologie n'a pas de panacée? Ce n'est pas une raison pour arrêter ses progrès. Bien au contraire, il s'agit de la rendre utile en en multipliant les travaux et les étudiants.

Nous ne nous sommes attardé sur ces questions de méthode que parce qu'il s'agit précisément, tout de suite, en un moment où nos études sont populaires, de chercher à donner aux travailleurs qui y participent, le plan qui leur permettra le meilleur choix de leurs travaux.

3

L'expression obligatoire des sentiments *

Cette communication se rattache au travail de M. G. Dumas sur les *Larmes* [1], et à la note que je lui ai envoyée à ce propos. Je lui faisais observer l'extrême généralité de cet emploi obligatoire et moral des larmes. Elles servent en particulier comme moyen de salutation. On trouve cet usage, en effet, très répandu dans ce qu'on est convenu d'appeler les populations primitives, surtout en Australie, en Polynésie; il a été étudié en Amérique du Nord et du Sud par M. Friederici, qui a proposé de l'appeler le *Tränengruss*, le salut par les larmes [2].

Je me propose de vous montrer par l'étude du rituel oral des cultes funéraires australiens que, dans un groupe considérable de populations, suffisamment homogènes, et suffisamment primitives, au sens propre du terme, les indications que M. Dumas et moi avons données pour les larmes, valent pour de nombreuses autres expressions de sentiments. Ce ne sont pas seulement les pleurs, mais toutes sortes d'expressions orales des sentiments qui sont essentiellement, non pas des phénomènes exclusivement psychologiques, ou physiologiques, mais des phénomènes sociaux, marqués éminemment du signe de la non-spontanéité, et de l'obligation la plus parfaite. Nous resterons si vous le voulez bien sur le terrain du rituel oral funéraire, qui

* « L'expression obligatoire des sentiments (rituels oraux funéraires australiens) », *Journal de psychologie*, 18, 1921.

1. *Journal de psychologie*, 1920; cf. « Le rire », *Journal de psychologie*, 1921, p. 47 « Le langage du rire. »

2. *Der Tränengruss der Indianer*, Leipzig, 1907. Cf. Durkheim, *Année sociologique*, 11, p. 469.

comprend des cris, des discours, des chants. Mais nous pourrions étendre notre recherche à toutes sortes d'autres rites, manuels en particulier, dans les mêmes cultes funéraires et chez les mêmes Australiens. Quelques indications, en terminant, suffiront d'ailleurs pour permettre de suivre la question dans un domaine plus large. Elle a d'ailleurs été déjà étudiée par nos regrettés Robert Hertz [3] et Émile Durkheim [4] à propos des mêmes cultes funéraires que l'un tenta d'expliquer, et dont l'autre se servait pour montrer le caractère collectif du rituel piaculaire. Durkheim a même posé, par opposition à M. F.-B. Jevons [5], la règle que le deuil n'est pas l'expression spontanée d'émotions individuelles. Nous allons reprendre cette démonstration avec quelques détails, et à propos des rites oraux.

Les rites oraux funéraires en Australie se composent :

1. de cris et hurlements, souvent mélodiques et ryhmés;
2. de voceros souvent chantés;
3. de véritables séances de spiritisme;
4. de conversations avec le mort.

Négligeons pour un instant les deux dernières catégories. Cette négligence est sans inconvénient. Ces débuts du culte des morts proprement dit sont des faits fort évolués, et assez peu typiques. D'autre part leur caractère collectif est extraordinairement marqué; ce sont des cérémonies publiques, bien réglées, faisant partie du rituel de la vendetta et de la détermination des responsabilités [6]. Ainsi, chez les tribus de la rivière Tully [7], tout ce rituel prend place dans des danses funéraires chantées d'un long développement. Le mort y assiste, en personne, par son cadavre desséché qui est l'objet d'une sorte de primitive

3. « Représentation collective de la mort », *Année sociologique*, X, p. 18 s.

4. *Formes élémentaires de la vie religieuse*, p. 567 s.

5. *Introduction to the History of Religion*, p. 46 s .— Sir J. G Frazer, *The Belief in Immortality and the Worship of the Dead*, 1913, p. 147, voit bien que ces rites sont réglés par la coutume, mais leur donne une explication purement animiste, intellectualiste en somme.

6. Cf. Fauconnet, *La Responsabilité*, 1920, p. 236 s.

7. W. Roth, *Bulletin* (*Queensland Ethnography*) 9, p. 390, 391. Cf. « Superstition, Magic, and Medicine », *Bulletin* 3, p. 26, n° 99, s.

nécropsie. Et c'est toute une audience considérable, tout le camp, voire toute la partie de la tribu rassemblée qui chante indéfiniment, pour rythmer les danses :

Yakai! ngga wingir,
Winge ngenu na chaimban,
Kunapanditi warre marigo.

Traduction : « Je me demande où il [*le koi,* le mauvais esprit] t'a rencontré, nous allons extraire tes viscères et voir. » En particulier, c'est sur cet air et sur un pas de danse, que quatre magiciens mènent un vieillard reconnaître — et extraire du cadavre — l'objet enchanté qui causa la mort. Ces rituels indéfiniment répétés, jusqu'à divination, se terminent par d'autres séries de danses, dont une de la veuve qui, faisant un pas à droite et un à gauche, et agitant des branchages, chasse le *koi* du cadavre de son mari [8]. Cependant le reste de l'audience assure le mort que la vengeance sera exercée. Ceci n'est qu'un exemple. Qu'il nous suffise, pour conclure sur ces rites extrêmement développés, d'indiquer qu'ils aboutissent à des pratiques extrêmement intéressantes pour le sociologue comme pour le psychologue. Dans un très grand nombre de tribus du centre et du sud, du nord et du nord-est australien, le mort ne se contente pas de donner une réponse illusoire à ce conclave tribal qui l'interroge : c'est physiquement, réellement que la collectivité qui l'évoque l'entend répondre [9] ; d'autres fois c'est une véritable expérience que nous appelons volontiers dans notre enseignement, celle du pendule collectif : le cadavre porté sur les épaules des devins ou des futurs vengeurs du sang, répond à leurs questions en les entraînant dans la direction du meurtrier. On le voit très suffisamment par ces exemples, ces rites oraux compliqués et évolués ne nous montrent en jeu que des sentiments, des idées collectives, et ont même l'extrême avantage de nous faire saisir le groupe, la collectivité en action, en interaction si l'on veut.

8. Le mot *Koi* désigne soit un esprit, soit l'ensemble des esprits malfaisants, y compris les magiciens hommes et les démons.

9. Ex. une très jolie description d'une de ces séances dans l'ouest de Victoria. Dawson, *Aborigines of South Austr.*, p. 663; Yuin (Nouvelles-Galles du Sud-Est). Howitt, *South Eastern Tribes*, 422, pour ne citer que d'anciens faits anciennement attestés.

Les rites plus simples sur lesquels nous allons nous étendre un peu plus, cris et chants, n'ont pas tout à fait un caractère aussi public et social, cependant ils manquent au plus haut degré de tout caractère d'individuelle expression d'un sentiment ressenti de façon purement individuelle. La question même de leur spontanéité est depuis longtemps tranchée par les observateurs; à tel point même que c'est presque devenu chez eux un cliché ethnographique. Ils ne tarissent pas de récits sur la façon dont, au milieu des occupations triviales, des conversations banales, tout d'un coup, à heures, ou dates, ou occasions fixes, le groupe, surtout celui des femmes, se prend à hurler, à crier, à chanter, à invectiver l'ennemi et le malin, à conjurer l'âme du mort; et puis après cette explosion de chagrin et de colère, le camp, sauf peut-être quelques porteurs du deuil plus spécialement désignés, rentre dans le train-train de sa vie.

En premier lieu ces cris et ces chants se prononcent en groupe. Ce sont en général non pas des individus qui les poussent individuellement, mais le camp. Le nombre de faits à citer est sans nombre. Prenons-en un, un peu grossi, par sa régularité même. Le « cri pour le mort » est un usage très généralisé au Queensland Est méridional. Il dure aussi longtemps que l'intervalle entre le premier et le deuxième enterrement. Des heures et des temps précis lui sont assignés. Pendant dix minutes environ au lever et au coucher du soleil, tout camp ayant un mort à pleurer hurlait, pleurait et se lamentait. Il y avait même, dans ces tribus, lorsque des camps se rencontraient un vrai concours de cris et de larmes qui pouvait s'étendre à des congrégations considérables, lors des foires, cueillette de la noix (*bunya*), ou initiations.

Mais ce ne sont pas seulement les temps et conditions de l'expression collective des sentiments qui sont fixés, ce sont aussi les agents de cette expression. Ceux-ci ne hurlent et ne crient pas seulement pour traduire leur peur ou leur colère, ou leur chagrin, mais parce qu'ils sont chargés, obligés de le faire. D'abord ce ne sont nullement les parentés de fait, si proches que nous les concevions, père et fils par exemple, ce sont les parentés de droit qui gouvernent la manifestation du deuil. Si la parenté est en descendance utérine, le père ou le fils ne participent pas bien fort au deuil l'un de l'autre. Nous avons même de ce fait une preuve curieuse : chez les Warramunga, tribu du centre à descendance surtout masculine, la famille utérine se reconstitue spécialement pour le rituel funéraire. Un autre cas remarquable est que ce sont même souvent les cognats, les simples alliés qui sont obligés, souvent à l'occasion même de simples échanges de délégués ou à l'occasion d'héritages, de manifester le plus de chagrin [10].

Ce qui achève de démontrer cette nature purement obligatoire de l'expression du chagrin, de la colère et de la peur, c'est qu'elle n'est pas commune même à tous ces parents. Non seulement ce ne sont que des individus déterminés qui pleurent, et hurlent et chantent, mais ils appartiennent le plus souvent, en droit et en fait, à un seul sexe. A l'opposé des cultes religieux *stricto sensu,* réservés, en Australie, aux hommes, les cultes funéraires y sont dévolus presque entièrement aux femmes [11]. Les auteurs sont unanimes sur ce point et le fait est attesté pour toute l'Australie. Inutile de citer des références sans nombre d'un fait

10. Beaux-frères hurlant quand ils reçoivent les biens du défunt (Warramunga), Spencer et Gillen, *Northern Tribes*, p. 522. Cf. Spencer, *Tribes of Northern Territory*, p. 147, pour un cas remarquable de prestations rituelles et économiques intertribales à l'occasion des morts, chez les Kakadu du Nord australien. Le chagrin manifesté est devenu une pure affaire économique et juridique.

11. Il est ici inutile d'expliquer pourquoi les femmes sont ainsi les agents essentiels du rituel funéraire. Ces questions sont d'ordre exclusivement sociologique, probablement cette division du travail religieux est-elle due à plusieurs facteurs. Cependant pour la clarté de notre exposé, et pour faire comprendre l'importance inouïe de ces sentiments d'origine sociale, indiquons-en quelques-uns : 1. la femme est un être *minoris resistentiae,* et que l'on charge et qui se charge de rites pénibles, comme l'étranger (cf. Durkheim, *Formes élémentaires*, p. 572); elle est d'ailleurs normalement elle-même une étrangère, elle est chargée de brimades qu'autrefois le groupe infligeait à tous ses membres (voir rites collectifs de l'agonie, Warramunga R. Hertz, « Représentation coll. ... », p. 184 : cf. Strehlow, *Aranda Stämme*, etc., IV, II, p. 18, p. 25, où ce ne sont déjà plus que les femmes qui se mettent en tas sur le mort); 2. la femme est un être plus spécialement en relations avec les puissances malignes; ses menstrues, sa magie, ses fautes, la rendent dangereuse. Elle est tenue à quelque degré pour responsable de la mort de son mari. On trouvera le texte d'un curieux récit de femme australienne dans Roth, « Structure of the Kokoyimidir Language (Cap Bedford) », *Bulletin* 3, p. 24, cf. *Bulletin* 9, p. 341, traduction infidèle p. 374. Cf. Spencer et Gillen, *Native Tribes*, p. 504. 3. dans la plupart des tribus, il est précisément interdit à l'homme, au guerrier de crier sous aucun prétexte, en particulier de douleur, et surtout en cas de tortures rituelles.

parfaitement décrit et attesté. Mais même parmi les femmes, ce ne sont pas toutes celles qui entretiennent des relations de fait, filles, sœurs en descendance masculine, etc., ce sont des femmes déterminées par certaines relations de droit qui jouent ce rôle au plein sens du mot[12]. Nous savons que ce sont d'ordinaire *les* mères[13] (ne pas oublier que nous sommes ici dans un pays de parenté par groupe), les sœurs[14], et surtout la veuve du défunt[15]. La plupart du temps ces pleurs, cris et chants accompagnent les macérations souvent fort cruelles que ces femmes ou l'une d'elles, ou quelques-unes d'entre elles s'infligent, et dont nous savons qu'elles sont infligées précisément pour entretenir la douleur et les cris.

Mais ce sont non seulement les femmes et certaines femmes qui crient et chantent ainsi, c'est une certaine quantité de cris dont elles ont à s'acquitter. Taplin nous dit qu'il y avait une « quantité conventionnelle de pleurs et cris », chez les Narrinyerri. Remarquons que cette conventionnalité et cette régularité n'excluent nullement la sincérité. Pas plus que dans nos propres usages funéraires. Tout ceci est à la fois social, obligatoire, et cependant violent et naturel; recherche et expression de la douleur vont ensemble. Nous allons voir tout à l'heure pourquoi.

Auparavant une autre preuve de la nature sociale de ces cris et de ces sentiments peut être extraite de l'étude de leur nature et de leur contenu.

En premier lieu, si inarticulés que soient cris et hurlements, ils sont toujours, à quelque degré musicaux, rythmés le plus souvent, chantés à l'unisson par les femmes. Stéréotypie, rythme, unisson, toutes choses à la fois physiologiques et sociologiques. Cela peut rester fort primitif, un hurlement mélodique, rythmé

12. Les listes de ces femmes ne sont données complètes que par les plus récents et les meilleurs des ethnographes : voir Spencer et Gillen, *Native Tribes*, p. 506, 507; *Northern Tribes*, p. 520; *Tribes of Northern Territory*, p. 255. (Mères, femmes d'une classe matrmoiniale déterminée.) Strehlow, *Aranda Stämme*, IV, II, cf. p. 25 (Loritja).

13. Ceci ressort des textes de la note précédente.

14. Ex. Grey, *Journals of Discovery*, II, p. 316, les vieilles femmes chantent « notre frère cadet », etc. (W. Austr.).

15. La veuve chante et pleure pendant des mois chez les Tharumba; de même chez les Euahlayi; chez les Bunuroug de la Yurra, la fameuse tribu de Melbourne, un « dirge » était chanté par la femme pendant les dix jours de deuil.

et modulé. C'est donc, au moins dans le centre, l'est et l'ouest australien, une longue éjaculation esthétique et consacrée, sociale par conséquent par ces deux caractères au moins. Cela peut aussi aller assez loin et évoluer : ces cris rythmiques peuvent devenir des refrains, des interjections du genre eschylien, coupant et rythmant des chants plus développés. D'autres fois ils forment des chœurs alternés, quelquefois les hommes avec des femmes. Mais même quand ils ne sont pas chantés, par le fait qu'ils sont poussés ensemble, ces cris ont une signification tout autre que celle d'une pure interjection sans portée. Ils ont leur efficacité. Ainsi nous savons maintenant que le cri de *bàubàu*, poussé sur deux notes graves, que poussent à l'unisson les pleureuses des Arunta et du Loritja, a une valeur d'ἀποτρόπαιον, de conjuration traduirait-on inexactement, d'expulsion du malifice plus précisément.

Restent les chants; ils sont de même nature. Inutile de remarquer qu'ils sont rythmés, chantés — ils ne seraient pas ce qu'ils sont s'ils ne l'étaient —, et par conséquent fortement moulés dans une forme collective. Mais leur contenu l'est également. Les Australiens, ou plutôt les Australiennes ont leurs « vocératrices », pleureuses et imprécantes, chantant le deuil, la mort, injuriant et maudissant et enchantant l'ennemi cause de la mort, toujours magique. Nous avons de nombreux textes de leurs chants. Les uns sont fort primitifs, à peine dépassent-ils l'exclamation, l'affirmation, l'interrogation : « Où est mon neveu le seul que j'ai. » Voilà un type assez répandu. « Pourquoi m'as-tu abandonné là ? » — puis la femme ajoute : « Mon époux [ou mon fils] est mort ! » On voit ici les deux thèmes : une sorte d'interrogation, et une affirmation simple. Cette littérature n'a guère dépassé ces deux limites, l'appel au mort ou du mort, d'une part, le récit concernant le mort d'autre part. Même les plus beaux et les plus longs voceros dont nous ayons le texte se laissent réduire à cette conversation et à cette sorte d'enfantine épopée. Rien d'élégiaque et de lyrique; une touche de sentiment à peine, une fois, dans une description du pays des morts. Cependant ce sont en général de simples injures, ordurières, des imprécations vulgaires contre les magiciens, ou des façons de décliner la responsabilité du groupe. En somme le sentiment n'est pas exclu, mais la description des faits et les thèmes rituels juridiques l'emportent, même dans les chants les plus développés.

Deux mots pour conclure, d'un point de vue psychologique, ou si l'on veut, d'interpsychologie.

Nous venons de le démontrer : une catégorie considérable d'expressions orales de sentiments et d'émotions n'a rien que de collectif, dans un nombre très grand de populations, répandues sur tout un continent. Disons tout de suite que ce caractère collectif ne nuit en rien à l'intensité des sentiments, bien au contraire. Rappelons les tas sur le mort que forment les Warramunga, les Kaitish, les Arunta.

Mais toutes ces expressions collectives, simultanées, à valeur morale et à force obligatoire des sentiments de l'individu et du groupe, ce sont plus que de simples manifestations, ce sont des signes des expressions comprises, bref, un langage. Ces cris, ce sont comme des phrases et des mots. Il faut dire, mais s'il faut les dire c'est parce que tout le groupe les comprend.

On fait donc plus que de manifester ses sentiments, on les manifeste aux autres, puisqu'il faut les leur manifester. On se les manifeste à soi en les exprimant aux autres et pour le compte des autres.

C'est essentiellement une symbolique.

Ici nous rejoignons les très belles et très curieuses théories que M. Head, M. Mourgue, et les psychologues les plus avertis nous proposent des fonctions naturellement symboliques de l'esprit.

Et nous avons un terrain, des faits, sur lesquels psychologues, physiologues, et sociologues peuvent et doivent se rencontrer.

4

Fragment d'un plan de sociologie générale descriptive *

Remarques

Durkheim est revenu souvent sur ce sujet [1]. Il était en effet très préoccupé d'arracher à la simple dissertation philosophique, comme à la simple description littéraire des moralistes et même des historiens, non seulement les domaines de la religion, du droit, de l'économie, de la démographie, d'autres encore, mais aussi ceux des faits qui s'étendent non pas à une partie, mais à la totalité de la vie sociale. Il visait donc à constituer une sociologie générale qui, sans esprit de système, serait à la fois organique et pragmatique, mais organique sans aucune tendance normative ou même critique. Les faits qu'il voyait en relever étaient ceux de *la civilisation,* et ceux de *l'éthologie collective,* c'est-à-dire des caractères *des* sociétés et de *chaque* société. Car ceux-ci existent à la façon dont existe le caractère de chaque individu. Mais il savait que cette énumération était loin d'être complète.

Il est bon de remarquer aussi que des études de ce genre furent le point de départ de Durkheim. Car il considérait son premier grand ouvrage, *la Division du travail social,* non seulement comme un fragment de sociologie morale, mais encore comme un frag-

* « Fragment d'un plan de sociologie générale descriptive — classification et méthode d'observation des phénomènes généraux de la vie sociale dans les sociétés de types archaïques (phénomènes généraux spécifiques de la vie intérieure de la société) », *Annales sociologiques,* série A, fascicule 1., 1934. Première partie : Phénomènes généraux de la vie intrasociale.

1. *Année sociologique,* 2, « Avant-propos »; etc.

ment d'une sociologie générale objective. Nul ne contestera non plus cette portée à sa fameuse communication au Congrès de philosophie de Bologne : « Jugements de valeur et jugements de réalité ».

D'autre part, une masse considérable de travaux, souvent très honorables, apporte en ce moment à une sociologie générale proprement dite de grandes quantités de faits et d'idées. Les écoles de sociologie allemandes, même et y compris celle que fonda Max Weber, comme celle de Simmel, et encore plus celle de Cologne, avec Scheler et Von Wiese, si préoccupées de réalité qu'elles soient, si abondantes en observations ingénieuses, ont cantonné leur effort presque toujours sur les problèmes de la vie sociale en général. Les sociologues allemands, sauf quand ils sont ethnologues en même temps, renoncent presque à toutes les sociologies spéciales. Les séries de faits bien délimités que celles-ci précisent sont abandonnées par eux à des sciences spéciales ou à l'histoire.

Il s'agit, dans ce mémoire, de montrer quelle est la place de ces spéculations sur les faits généraux, et aussi de montrer comment il est possible de les étoffer de nouvelles observations plus méthodiques.

Nous y tendons à expliquer : comment on peut aborder ces faits, comment on peut les diviser, les énumérer d'une façon suffisamment complète, et enfin, à l'intérieur de ces divisions, les caser très nombreux, bien définis. Ici nous n'énonçons pas seulement des idées, nous voulons entamer des recherches, conduire à bien des analyses de réalités sociales dont on pourra, un jour, peut-être tout de suite, dégager une théorie. Va-et-vient nécessaire, car la théorie, si elle est extraite des faits, peut à son tour permettre de les faire voir, de les mieux connaître et de les comprendre. C'est ce que Max Weber appelait la *verstehende Soziologie*.

Ce qui suit est en fait extrait d'un cours destiné aux ethnographes professionnels travaillant sur le terrain, intitulé : *Instructions d'ethnologie*. Les leçons ici résumées en constituent la dernière partie.

C'est le plan d'une sociologie générale descriptive, intensive, approfondie. Nous le croyons capable d'être appliqué à l'étude des phénomènes généraux de la vie sociale dans les sociétés archaïques de nos colonies françaises, à l'étude desquelles ce cours est destiné. Il n'est que très relativement valable pour des sociétés plus primitives, comme les Australiens, les Fuégiens, les Pygmées, certaines tribus du Brésil et très peu d'autres ailleurs. Il n'est guère applicable non plus à toutes les sociétés qui entrent dans l'orbite des grandes civilisations, les Berbères par exemple. Cependant il indique assez d'éléments évidemment communs au plus grand nombre des sociétés connues et, par rapport à celles-ci, il peut encore avoir une valeur d'indication, de suggestion. En tout cas, il fait comprendre ce que l'on peut entendre par une sociologie générale concrète et comporte même particulièrement, on le verra, l'emploi des méthodes quantitatives.

Ces Instructions de sociologie générale forment dans ce cours une suite et une fin. Elles supposent les Instructions de morphologie sociale et des diverses parties de la sociologie descriptive, religieuse, juridique et morale, économique, technique, esthétique, linguistique, qui les précèdent. Elles ne forment donc pas préface, comme ici. Ceci a une raison fondamentale : les phénomènes généraux, même pris chacun à part, étant rigoureusement coextensifs au tout des autres phénomènes sociaux spéciaux, étant un trait de chacun d'eux et de tous ensemble, ne doivent être en principe étudiés, dans une société, que lorsque les autres phénomènes ont été suffisamment éclaircis chacun après l'autre. Car les phénomènes généraux expriment non seulement leur propre réalité mais encore la solidarité de tous les autres phénomènes entre eux.

Notion de système social

Qu'une pareille recherche soit possible, on n'en doutera pas, à voir l'énormité du nombre des questions que ce plan projette de poser aux observateurs. Une sociologie générale descriptive est aussi nécessaire que chacune des sociologies spéciales : étant possible et nécessaire, il faut, au plus vite, la constituer pour chaque société.

En effet, la description d'une société où l'on n'aurait étudié que la morphologie sociale, d'une part, les diverses physiologies de l'autre — celles qui analysent les institutions, les représentations collectives des divers genres et les organisations sociales spécialisées — si instructive qu'elle serait, resterait fragmentaire et fragmentée à un tel point qu'elle serait inexacte. En effet, de même qu'il n'existe pas d'élément indépendant d'une religion, ni telle ou telle organisation religieuse, par exemple, mais des religions; de même qu'il ne suffit pas simplement d'étudier par exemple telle ou telle partie de l'économie d'une société pour avoir décrit son régime économique, etc.; de même qu'en un mot, les véritables réalités, elles-mêmes encore discrètes, ce sont les systèmes religieux, les systèmes juridiques, les morales, les économies, les esthétiques, la technique et la science de chaque société; de même, chacun de ces systèmes à son tour — que nous n'avons distingué lui-même que sous l'impression de l'actuelle division des faits dans nos sociétés à nous — de même, dis-je, chacun des systèmes spéciaux n'est qu'une partie du tout du système social. Donc, décrire l'un ou l'autre, sans tenir compte de tous et surtout sans tenir compte du fait dominant qu'ils forment un système, c'est se rendre incapable de les comprendre. Car, en fin d'analyse, ce qui existe c'est telle ou telle société, tel ou tel système fermé, comme on dit en mécanique, d'un nombre déterminé d'hommes, liés ensemble par ce système. Une fois tous les autres faits et systèmes de faits connus, c'est cette liaison générale qu'il faut étudier.

Voilà pourquoi nous proposons d'étudier les faits de sociologie générale après tous les autres faits relevant des sociologies spéciales.

La place qu'ils occupent dans l'observation est exactement à l'opposé de la place que ce mémoire occupe dans ce fascicule de notre nouvelle publication, *les Annales sociologiques.*

I. DÉFINITION DES FAITS GÉNÉRAUX DE LA VIE SOCIALE

Supposons acquise la définition suivante :

Une société est un groupe d'hommes suffisamment permanent et suffisamment grand pour rassembler d'assez nombreux sous-groupes et d'assez nombreuses générations vivant — d'ordinaire — *sur un territoire déterminé* (ceci dit pour tenir compte des sociétés fondamentalement dispersées : castes errantes de l'Inde, Arméniens, Tziganes, Juifs, Dyoula, etc.), *autour d'une constitution indépendante* (généralement), *et toujours déterminée* (ceci dit pour le cas des sociétés composites, en particulier celles qui sont formées d'une tribu souveraine et de tribus vassales : ce qui est le cas des royaumes de l'Ouganda, divisés en Bahima et Bahera; celui de la confédération massai, comprenant les Wandorobo, des Bantou, comme serfs; c'est le cas de nombreuses sociétés de l'Inde et d'Asie; c'était le cas de l'Irlande celtique, etc.).

C'est, comme Durkheim et moi l'avons fait remarquer, cette constitution qui est le phénomène caractéristique de toute société et qui est en même temps le phénomène le plus généralisé à l'intérieur de cette société.

Il l'est même davantage que la langue, si commune que celle-ci soit à tous les membres d'une société : car la langue peut être la même pour plusieurs sociétés; elle peut varier fortement à l'intérieur d'une même société suivant les classes sociales ou les emplacements; et surtout elle varie complètement dans les cas où les éléments des sociétés composites appartiennent à des souches diverses parlant des langues diverses, souvent même des langues de familles diverses.

Il est encore plus généralisé que ce qu'on appelle « culture » et qu'il vaut mieux appeler « civilisation ». Celle-ci peut varier à l'intérieur d'une société donnée, par exemple dans les sociétés composites comme celles du Soudan français, où les cas de coalescence de civilisations abondent. De même elle peut varier de classe à classe, de caste à caste, d'emplacement à emplacement, de points urbains à espaces ruraux. Et d'autre part, la civilisation est un fait qui s'étend à des familles de peuples et non pas à un seul peuple; elle est donc à proprement parler un fait international. C'est donc un phénomène général, mais dont les frontières ne s'arrêtent pas à celles de la société. Par exemple, la civilisation péruvienne s'étendait dans des régions américaines bien au-delà des limites de l'empire inca, voire de celles de la langue quichua. Langue et civilisation peuvent être normalement communes à plusieurs sociétés. Elles sont nécessaires mais non suffisantes pour former une société.

De ces observations et déductions on peut dégager la définition suivante : *les phénomènes généraux de la vie sociale sont ceux qui sont communs à toutes les catégories de la vie sociale :* population, pratiques et représentations de celle-ci.

II. DIVISION DES PHÉNOMÈNES GÉNÉRAUX

Ils se divisent donc naturellement en *phénomènes généraux spéciaux à une société* : constitution, frontières, nombres, vie, mort, etc., phénomènes que l'on peut appeler *nationaux;* et en *phénomènes généraux, communs à plusieurs sociétés* : guerre, commerce extérieur, civilisation, etc. On peut les appeler *internationaux.*

Cette division peut être recoupée par une autre, applicable d'ailleurs à tous les phénomènes sociaux : on peut diviser les phénomènes généraux en morphologiques et en physiologiques.

Nous n'insisterons pas grandement sur cette division parce que nous ne la suivrons pas avec rigueur, et nous ne la mentionnons que pour expliquer trois lacunes que nous allons laisser dans notre plan. Suivi de façon rigide, il nous aurait obligé à indiquer ici et non pas dans les parties spéciales qui leur sont consacrées dans la sociologie, trois groupes de faits :

1. Une très grande partie sinon la plus grande des faits morphologiques : autrement dit de démographie et de géographie humaine;
2. Tous les phénomènes linguistiques;
3. Tous ceux de la constitution de la structure générale qui forme — et informe — une société définie : autrement dit l'État.

La raison pour laquelle nous ne suivons pas ce plan de sociologie à la lettre tient à l'état actuel de la science. Nous devons nous en expliquer.

1. En ce qui concerne la *morphologie sociale*, si avec Durkheim, puis d'autres, nous avons heureusement constitué un groupe bien coordonné de recherches, nous y avons cependant introduit une confusion que nous avons évitée ailleurs. En effet, préoccupés de montrer tout ce qu'il y avait de matériel, de quantitatif, de local et de temporel, dans les structures sociales, nous y avons compris non pas simplement des faits de simple anatomie sociale, des descriptions, des répartitions de choses et d'hommes, mais encore des faits physiologiques (courbes, pyramides des âges, division des sexes, courants sociaux et mouvements migratoires, etc.). C'est que nous hésitions à rompre ces unités que

constituent à nos yeux la géographie humaine et la démographie. Nous n'avons pas eu le courage de briser les articulations d'une science provisoirement mieux faite que celle des parties de la sociologie que nous entreprenions d'étudier. Nous avons donc fini par laisser les phénomènes groupés plutôt par la méthode d'étude (cartographique, historique, quantitative) que par la nature des faits, et nous avons laissé la *morphologie sociale* paraître comme si elle était une partie spéciale de la sociologie et non pas, en grande proportion, une partie de la sociologie générale. Car les faits démographiques sont, en très grande majorité, vraiment des phénomènes généraux de la vie sociale. Que dire ? ils sont les phénomènes principaux de cette vie générale. Ils sont son corps, avec sa force, sa forme, sa densité, sa masse, son âge, etc. Même dans notre plan tel qu'il est, relativement tronqué par cet abandon, on verra que nous sommes obligés de revenir sur ces faits morphologiques. Eux-mêmes, d'ailleurs, ne doivent pas être séparés de phénomènes de physiologie et de psychologie collectives générales très nets. Comment définir un État, une structure démographique, si l'on fait abstraction de ces représentations collectives et de ces institutions que sont, par exemple, le nom même de la société, nous dirions maintenant le nom de la nation ou de l'État ? De même les frontières à l'intérieur desquelles elle habite se définissent autant par des sentiments que par des lieux déterminés. Même la masse des membres d'une société se détermine par ses idées et sa volonté. La quantité des « nous » par rapport aux « autres », la quantité des « nous » par rapport aux « moi » individuels, dépendent en effet, au moins dans les sociétés qui relèvent de l'ethnograpbie, des noms et des droits que les « nous » se donnent entre eux.

2. Nous venons de parler d'*Etat*, c'est là que réside notre deuxième indécision. Sans vouloir entrer dans le fond de la question, sans trancher un débat qui, dans certaines traditions — allemandes en particulier — est le tout de la sociologie; sans rien dire des rapports entre la notion d'État et celle de société, il nous faut convenir que, procédant comme nous allons procéder, nous nous exposerions, dans une ethnographie descriptive complète, à des redites entre la sociologie juridique et la sociologie générale. En fait, dans les sociétés archaïques dont nous voudrions diriger l'observation, les institutions, les coutumes et les idées

concernant l'État sont beaucoup moins précises que dans nos sociétés à nous. L'État — qui est fortement différencié de la vie générale de la société, chez nous —, dans les sociétés archaïques, au contraire, ne constitue guère que l'ensemble des phénomènes généraux qu'en réalité il concrétise : cohésion, autorité, tradition, éducation, etc. Il est encore presque un fait de morale et de mentalité diffuses. Il est tout à fait inexact, dans cette partie de l'observation, dans ces sociétés-là, d'appliquer les principes généraux de notre droit public, de distinguer l'exécutif et le législatif, l'exécutif et l'administratif, etc. Mais encore une fois nous manquons de courage. Nous nous trouvons en présence d'une science toute constituée : l'histoire, la théorie, et même la philosophie du droit public. Donc, avec Durkheim, ayant nous-mêmes, peut-être avec d'assez grosses chances d'erreur, tous, classé l'État parmi les phénomènnes juridiques, nous continuons à persister dans cette vue un peu partielle des choses et à réserver l'étude de l'organisation politique et de son fonctionnement à la description du droit des sociétés étudiées.

3. La troisième science constituée qui s'est chargée tout spécialement du troisième phénomène général, *le langage*, c'est la linguistique. Voici pourquoi nous ne prétendons pas l'insérer ici. Elle a fait des langues et du langage, et même, au-delà de ceux-ci, de toute une partie de la séméiologie, c'est-à-dire de la symbolistique, son domaine privé. Aucune intransigeance logique ne peut nous faire oublier la qualité spéciale des connaissances linguistiques actuelles. Parmi les sciences de l'homme, la linguistique est peut-être la plus sûre. Grâce à elle, et en lui-même, le langage est le seul phénomène humain dont nous sommes sûrs; nous pensons le connaître, et nous le connaissons relativement dans toutes ses parties à la fois : d'abord par expérience interne et personnelle et par communication externe entre personnes se comprenant et devenant ainsi relativement homogènes; puis nous saisissons en un instant, par cette expérience — et à plus forte raison par cette science — les trois aspects du langage : physiologique, psychologique et sociologique. Et quand ces trois aspects ont été analysés, à part et solidairement, par les diverses parties de la linguistique, phonétique, morphologie, syntaxe et sémantique, ils l'ont été de façon si satisfaisante qu'il n'y a pas lieu — provisoirement — de séparer la partie sociolo-

gique des autres parties du langage. La langue est d'ailleurs évidemment plus soudée aux autres phénomènes humains que ne le sont les autres phénomènes sociaux, même totaux.

Et cependant, quelle tentation! La part de la société et de son histoire dans le langage s'étend à tout, comme causes, comme premier moteur, même à ce qui semble en être le plus loin, la phonétique par exemple, à ces usures insensibles, ses lois, ses modes, etc. Mais inversement, si le phénomène linguistique est essentiellement social et, comme social, est généralement étendu à toute la société, il ne faut pas oublier sa spécialité. Ces « traits » singuliers pour chaque langue et famille de langues, ces limites géographiques, ces arêtes et ces filiations historiques s'étendent bien à tous les individus et à tous les moments d'une société, prennent place dans les processus les plus spéciaux de la vie sociale, droit et religion par exemple; toute la langue d'un peuple, dis-je, est en réalité l'intrument général de tout ce qui est représentation et volition collectives, même cela ne suffit pas pour définir le phénomène linguistique dans toute son étendue. La langue est avant tout un fait de tradition; à certains points de vue, elle est la tradition même. M. Meillet le faisait remarquer à propos du *Sinanthropus*, cet « homme de Pékin » dont on a retrouvé les restes, et qui, morphologiquement, se classe sûrement avant *homo neanderthalensis*. Il est vraisemblable que cet homme ayant des instruments, et sachant faire le feu, avait un langage. — Seulement, quelle que soit la place que nous voyons à la sociologie dans l'intérieur de la linguistique, et quelle que soit la place où nous voyons la linguistique dans la sociologie, surtout dans une sociologie générale mieux faite; quelque effort que nous fassions ici pour indiquer le rôle que le langage joue : moyens de communication, moyens de cimenter, moyens d'exciter entre eux les membres d'une société, n'allons pas trop loin. Ne nous obligeons pas à séparer les différentes parties de la linguistique dont la linguistique sociologique n'est que l'une. Et laissons la linguistique et la linguistique sociologique elle-même, momentanément indépendantes d'une sociologie générale.

Abandonnons donc la division de la sociologie générale en morphologie et physiologie sociales. Elle a servi à bien spécifier la lacune que l'on va trouver dans notre exposé et elle nous a obligé sur trois points à des rappels concernant la structure matérielle et démographique de la société, le langage, et ce qui correspond à la notion de l'État proprement dit. Suivons l'autre principe.

Revenons à la division des faits sociaux généraux en deux genres : *faits internes ou intrasociaux* (vulgairement nationaux) et *faits intersociaux* (vulgairement internationaux). Les uns se placent normalement à l'intérieur même de la société, les autres sont ceux qui normalement, comme la guerre ou le commerce, s'étendent plus généralement à plusieurs sociétés, et constituent en vérité des faits de rapports entre sociétés. De tous ces faits, nous ne ferons que résumer le plan de leur étude et on verra comment s'y place le phénomène plus général de civilisation.

Mais il y a un autre groupe de phénomènes généraux qui doit être étudié : *les rapports des phénomènes sociaux avec les phénomènes* humains *non sociaux :* les faits sociaux ne sont pas seuls parmi les faits humains, la sociologie humaine est une part de l'anthropologie, c'est-à-dire de la biologie humaine : il faut donc étudier non seulement tous les phénomènes généraux de la vie sociale, non seulement le tout de chaque système social mais encore les étudier à nouveau, à partir des autres systèmes de faits, des autres règnes de la vie humaine : à savoir par *rapport aux faits qui*, par définition, *ne sont à aucun degré des phénomènes sociaux*. Ce sont : 1. les faits de la psychologie individuelle; et 2. ceux de la biologie humaine proprement dite (anthropologie somatologique). C'est là que nous rencontrons les problèmes vulgairement classés sous le nom de psychologie collective et sous le nom d'anthroposociologie. Ce sont des phénomènes de rapport entre la vie sociale et les deux autres règnes de la vie humaine. Comme à propos des faits intersociaux, nous nous bornerons à ajouter un syllabus du plan d'étude.

Dans tout ce qui suit nous supposerons connus :

1. *Le principe de l'excellence des sciences descriptives*, et spécialement de la sociologie descriptive, qui fournit les faits, par

opposition aux parties théoriques des sciences de la nature, spécialement de la sociologie.

2. *Les principales méthodes de description* des phénomènes sociaux : celles qui consistent à décrire *tous les phénomènes sociaux* d'une vie sociale et non pas quelques-uns au gré de l'auteur. Ces méthodes sont (nous ne donnons que leurs titres suffisamment expressifs) :

A. MÉTHODE D'INVENTAIRES MATÉRIELS : a) *Inventaire simple :* description, muséographie. b) *Méthode d'inventaire nombré :* recensement, statistique (des hommes et des choses), analyse quantitative. c) *Méthode d'inventaire localisé :* cartes et plans : par exemple, marquer l'emplacement des organes de l'État, des lieux de fête, de foire, etc.; la place des choses dans la maison, etc.

B. MÉTHODE HISTORIQUE : enregistrement des faits sociaux dans leurs lieux et dans leur temps, avec les méthodes d'enregistrement : a) *Matériel :* photographique, phonographique, cinématographique, cinéma parlant, etc. b) *Moral*, c'est-à-dire historique, proprement dit : textes d'histoire, de légendes, de traditions, en langue indigène (philologie), documents proprement sociologiques : généalogies, biographies, autobiographies, recoupements de celles-ci, etc.

On comprendra par exemple qu'une collection complète de proverbes bien commentés, illustrés par des « cas », en dit plus sur le genre de « sagesse » d'un peuple que tous les essais de psychologie sociale des meilleurs auteurs. Ce qui ne veut pas dire que nous n'admettions pas ces essais à titre de documents.

Tout ceci est indiqué très sommairement et ce qui suit donne seulement des cadres de recherches. Ces cadres une fois remplis, enrichis même d'anecdotes, formeront ample matière à des réflexions de sociologie générale, d'éthologie du peuple considéré, et même à l'administration et à la pratique coloniale. La valeur de ces cadres d'observation a déjà été vérifiée sur le terrain.

PREMIÈRE PARTIE

Phénomènes généraux de la vie intrasociale.

Supposons connus tous les phénomènes spéciaux sociaux d'une société, en particulier : les phénomènes morphologiques et parmi ceux-ci, les phénomènes démographiques (nombres, répartitions par âge et par sexe, mouvements de la population, etc.) les phénomènes linguistiques (en particulier les notions qu'on peut en tirer sur la mentalité collective du peuple visé); supposons connus et les formes générales de la vie politique et morale (voir plus haut), et généralement chacun des autres systèmes de faits sociaux et leurs rapports entre eux : religion, économie, techniques, sciences, etc.; — restent à étudier au moins deux groupes de faits : la solidité du tout, la perpétuité du tout : 1. la cohésion sociale et l'autorité qui l'exprime et la crée; 2. la tradition et l'éducation qui la transmettent de génération en génération.

LA COHÉSION SOCIALE

1. *Cohésion sociale proprement dite*

Une société se définit elle-même de deux façons :

a) Par elle-même : par le nom, par les frontières, par les droits qu'elle se donne sur elle-même et sur son sol (la langue, le respect de l'État, la civilisation, la race n'étant pas nécessairement nationaux), par sa volonté d'être une, par sa cohésion propre, par sa limitation volontaire à ceux qui peuvent se dire *nous* et appeler les autres : *les autres*, les étrangers, barbares, hilotes et métèques, tandis qu'ils s'appellent eux-mêmes « les hommes », les patrices et les eupatrides. Cette cohésion générale se traduit matériellement par : la frontière d'une part, la ou les capitales de l'autre, s'il y a lieu; mais en tout cas par la sensation de l'espace et du territoire social (notion du *Raum* de Ratzel). Ces frontières, ces espaces renferment d'ordinaire un *nombre déterminé* de gens portant un même nom.

b) Ceci nous mène à la forme psychologique, à la représentation collective correspondant à cette répartition des individus à un moment et en un lieu donnés, à *la notion de totalité.* Cette notion s'exprime d'abord par ce nom dont nous venons de parler, que la société se donne (et non pas celui qu'on lui donne — généralement inexact —) et par la sensation très aiguë de la communauté qu'elle forme. La notion de *descendance commune* en forme le *mythe.*

Mais en plus, cette sensation se reconnaît généralement à un état plus précis : à la paix qui est censée régner entre ses membres, par opposition à l'état de guerre latent avec l'étranger. Cette paix est consciente, elle est nommée souvent. Nous ne pouvons trop signaler la force de cette idée. Elle se mesure assez bien dans les sociétés archaïques de nos colonies, par la plus ou moins grande importance de ce qu'on appelle assez mal les guerres privées — qui ne sont que l'exercice domestique du droit civil et du droit criminel. Notion de paix et notion de loi sont particulièrement claires dans le monde de Guinée; en Polynésie également.

Cette idée très claire, cet état intérieur bien visibles ont des degrés, et à ces degrés correspondent de grandes classes de faits.

En particulier, par exemple, on peut presque mesurer l'attachement au sol. Celui-ci est très inégal. Certaines grandes migrations sont possibles, par exemple pour des raisons d'ordre mystique, comme celles que M. Métraux a étudiées chez les Tupi. Nous avons l'histoire des tribus soudanaises qui sont allées à la recherche d'un monde meilleur jusqu'au Nil. Les peuples pasteurs, d'un bout à l'autre de leur histoire, ont dû quitter leur territoire en cas de sécheresse. On voit de curieuses variations de sédentarité à l'intérieur d'une même aire de civilisation : entre zone des savanes et zones des cultures au Congo belge, même dans des tribus qui sont également agricoles.

Cet attachement au sol se manifeste d'ailleurs par un fait extraordinairement important qui rejoint la psychologie individuelle mais qui ne peut pas être séparé de l'attachement à la communauté dont l'individu fait partie : nous voulons parler de ce que l'on appelle « mal du pays », le *Heimweh,* qui va souvent jusqu'à la mort de l'individu dépaysé. Il est très fréquent dans les troupes indigènes et mériterait observation.

L'intensité de la circulation, le nombre des grands rassemblements sociaux, leur facilité et leur efficacité, sont d'excellentes mesures de toute cette cohésion.

En poursuivant, on peut indiquer un certain nombre de phénomènes qui, non seulement permettent de caractériser et de décrire une société, mais permettent même de la classer parmi d'autres. On a déjà pu les rencontrer dans des descriptions morphologiques ou dans une description du droit, mais il est utile de les répéter ici.

On peut distinguer les sociétés suivant leur densité relative et leur organisation serrée ou large. Par exemple, celles des grandes îles polynésiennes sont souvent très denses, très organisées, très hiérarchisées, aboutissant même à l'établissement des dynasties royales.

Par opposition, il y a des sociétés à densité faible, à essaimage facile, et à organisation par conséquent lâche. Par exemple les Peuhls, même quand ils fournissent les dynasties royales, restent pasteurs; et par exemple encore les Mpongwe (vulgo : Pahouins) du Gabon se sont clairsemés dans la forêt, malgré leurs masses, etc.

Il reste entendu que la relation entre ces deux phénomènes n'est pas nécessaire. D'abord un grand nombre de sociétés vivent sous un double régime saisonnier : ce que nous avons proposé d'appeler *la double morphologie*, ayant pour suite un double régime politique. Un grand nombre de sociétés noires sont dans ce cas : alternativement, dispersées aux champs (plus exactement aux jardins éloignés) et concentrées dans les villages et les villes. Ensuite, même des populations à densité faible, comme celles du Loango et du Congo, étaient cependant à organisation fort serrée : roi, cour, féodalité, etc.

Enfin, il faut observer un grand nombre de faits de discontinuité dans ces cohésions. Un trait général d'un très grand nombre de sociétés archaïques de nos colonies (et aussi d'un grand nombre de nos sociétés modernes), c'est leur relative perméabilité.

Elles peuvent être traversées par des raids : comme ceux de ces tribus sioux qui, dès l'arrivée du cheval monté en particulier, en Amérique, savaient pousser jusqu'au Mexique; comme ceux des Mongols et des Huns qui purent être présents à la fois, en même temps, aux confins de la Caspienne et du Danube, et aux confins de la Corée. Elles peuvent être dominées par des pirates, par exemple les Malais établis aux Philippines ou en Nouvelle-Guinée. Elles peuvent admettre des dynasties allogènes comme par exemple celles des Haoussa, qui se sont installés, un peu partout à l'est et à l'ouest du Niger et de la Benoué, ou comme celles qui ont pu se transformer en administrateurs : telle la tribu régnante que sont les Hovas dans tout Madagascar, y compris chez les Sakalaves, ces anciens Bantou.

Enfin, un très grand nombre de sociétés de nos colonies sont *composites :* c'est-à-dire sont produites par des « synécismes », des rassemblements de sociétés diverses. Par exemple : Porto-Novo comprend non seulement des éléments locaux, rois, classes, société des chasseurs, etc.; non seulement les éléments représentant l'administration supérieure dahoméenne; mais aussi ses quartiers de *nagots*, autrement dit de gens du Yorouba. Un très grand nombre d'autres sociétés sont plutôt des confédérations de nations et de tribus que des sociétés solides formant des blocs. Exemple : Ho, du Togo ex-allemand. Les variations de ces organisations sociales composites ont pour signes : la variété des langues; l'organisation de chacune de ces sociétés en castes régnantes et vassales; la relative indépendance des sociétés membres qui les composent.

Mais ce dernier sujet est trop grave pour que nous puissions nous y étendre à souhait. Il nous suffit ici de le signaler et de seulement préciser que, faisant abstraction du cas de la société composite, de ces hiérarchies de sociétés, nous n'allons étudier que la cohésion sociale à l'intérieur d'une société homogène pleinement indépendante et dans la mesure de son indépendance.

Il ne suffit pas de constater ces notions et ces faits de communauté de biens et de droits, de solidité, d'attachement au sol, de paix, de loi, d'indépendance, de force commune et de nom porté en commun, il faut encore voir comment tout cela se forme.

Cet attachement général au sol et ce coude à coude ne sont que l'un des phénomènes de condensation des individus. Tout un ensemble de faits lient d'une façon permanente les groupes, les sous-groupes, les individus, à l'intérieur des groupes et sous-groupes et tous entre eux à l'intérieur de la société elle-même.

Ce sont ces faits que l'on range d'ordinaire sous le nom de droit public et de morale. Ici nous revenons à la question que nous avions provisoirement abandonnée : de l'État. Mais c'est d'un point de vue tout différent que nous l'abordons maintenant : parce que les faits des sociétés archaïques sont hétérogènes à ceux des sociétés sur lesquels nous spéculons généralement. Il ne faut donc pas classer ces formes de vie sociale à partir de la conscience collective qui est la nôtre. Il faut partir de la façon dont elles sont représentées dans les consciences collectives du type que nous étudions. Il existe bien quelque chose qui mériterait en partie le nom de souveraineté, une autre chose qui mériterait le nom de pouvoir législatif et de pouvoir exécutif. Mais, même avec toutes les circonlocutions nécessaires, de pareilles expressions sont dangereuses, de pareilles catégories sont inapplicables. Il faut décrire autrement ce qui se passe chez les Noirs, chez les Polynésiens et chez les peuples de Madagascar, etc. Les machineries d'organisation et de liaison des diverses autorités ensemble se présentent sous un tout autre aspect, sont d'une tout autre nature dans ces sociétés que chez nous. Il faut plutôt les comparer à des entrecroisements, à des joints d'institutions et de sous-groupes, à des liens et à des nœuds compliqués, à des systèmes de frottements et de résistances, plutôt qu'à des rapports entre des droits et des idées d'une part, des forces et des faits, d'autre part.

Il y a lieu de préciser ici un point de doctrine sur lequel Durkheim et ses élèves avaient fait un progrès nécessaire. On se souvient que parti d'une idée, qui reste partiellement vraie, de l'amorphisme du clan et des divers moments de la vie sociale, il qualifiait la solidarité de ces sociétés du titre un peu sommaire de « solidarité mécanique ». C'est entendu : ni l'adhésion à la société, ni l'adhésion à ses sous-groupes n'a complètement le caractère de la « solidarité organique » que définissait Durkheim comme caractérisant nos sociétés à nous.

Mais il faut compliquer le problème. D'abord, sur certains points l'individualisme a conduit nos propres sociétés à de véritables amorphismes. Les organes que la reconnaissance d'une souveraineté devait auparavant faire fonctionner ensemble ont disparu. Ce fait a changé précisément tous les rapports entre les quelques sous-groupes : famille, corps constitués, etc., qui résistent encore. Durkheim a souvent parlé de ce vide presque pathologique qui existe dans notre morale et dans notre droit entre l'État et la famille, entre l'État et l'individu. Il y a du mécanique chez nous, même dans l'idée d'égalité. — Inversement il y avait de l'organique en quantité, sinon dans les sociétés suffisamment primitives (Australie, etc.), du moins dans toutes les archaïques. Mais cet « organique » est différent du nôtre, qui est en effet fruit des contrats, des métiers, etc. D'abord, il lie les sous-groupes entre eux, et non pas seulement les individus entre eux ; ensuite, il les organise par la voie des alliances, des influences et des services, plus que par la présence de l'autorité suprême de l'État. Voici où il faudra chercher les faits si l'on veut décrire ce qui tient lieu de cette autorité.

Agencement des sous-groupes : Ces sociétés de type archaïque sont en effet toutes très différentes des nôtres. Les organismes politico-domestiques : le clan, la phratrie, etc., y sont vivaces, puissants. Nous nous faisons malaisément idée de ce qu'est l'indépendance de ces segments, les uns par rapport aux autres : par exemple celle d'une grande famille dans les populations mandingues. Il suit de là que, dans la mesure où il existe quelque chose du genre de la souveraineté et de l'autorité, celles-ci s'exercent d'une tout autre façon que dans nos sociétés. C'est à l'intérieur des sous-groupes et entre sous-groupes, par toutes sortes de procédés, qu'elles s'organisent.

La relative indépendance des segments politico-domestiques et domestiques est compensée : par les arrangements internes, par leur filiation les uns par rapport aux autres : clan, chef de la phratrie, famille, chef du clan, etc.; puis elle est équilibrée par leurs systèmes d'alliances matrimoniales (partages des générations et des sexes entre les phratries et les clans), par les rapports croisés de ces sexes et de ces générations; enfin, elle est organisée par la hiérarchie des clans établie par exemple : par potlatch, etc., par les rangs des castes, etc.

Au-dessus de l'uniformité relative du clan et de la tribu, il y a leurs ajustements.

On peut maintenant apercevoir les principes de la recherche sur le terrain. Il y a autorité, organisation, mais ailleurs que là où on les trouve dans l'édifice social des sociétés modernes. Voici quelques principes :

1. *Nature politico-domestique de cette cohésion.* Dans ces sociétés à sous-groupes nombreux, le pouvoir politique, la propriété, le statut politique et le statut domestique sont intimement mêlés. C'est un homme d'un certain âge, d'un certain clan, d'une certaine classe qui s'assoit au Conseil, à telle place. On peut certes apercevoir des rudiments de ce qui est devenu l'État pour nous : l'action consciente d'un groupe temporaire, d'une élite de délégués formant ensemble le personnel gouvernant; on voit de temps en temps un effort de conscience claire de ces gens opposée à la conscience diffuse de l'opinion publique et de l'action collective. Mais, au fond, ce sont les sous-groupes politico-domestiques et même politico-religieux qui agissent. La vie politique, la vie sociale se réduit à leur *système d'agencement.*

2. *Totalité et constance de ces relations.* Ces arrangements entre groupes, beaucoup plus qu'entre les individus emplacés en ces groupes, ont un caractère de perpétuité et de sûreté que n'ont pas les contrats individuels de nos droits. A ces arrangements correspond tout un système d'attentes de tous vis-à-vis de tous, et pour toujours, même par-delà les générations. On peut indiquer les principales.

Ce sont avant tout les alliances : matrimoniales, qui n'est que l'une d'elles; puis, celles qui forment des séries de prestations et d'oppositions constantes dans les rapports, par exemple, d'une phratrie à l'autre, d'un clan à l'autre; aides militaires, religieuses, économiques, etc.; c'est ensuite le système des rapports croisés des sexes et sans doute aussi des rapports croisés des générations, dans les lignages et dans les sexes; c'est enfin la hiérarchic des clans à l'intérieur des phratries, des grandes familles à l'intérieur des clans, des familles individuelles à l'intérieur des grandes familles. Tous ces organes quasi souverains ne sont tels que dans des sphères définies à chaque instant, mais toutes ces sphères sont animées de mouvements respectifs et solidaires les uns des autres.

3. *Agencement des autres formations.* Il est encore d'autres engrenages qui compensent cette anarchie des petites communautés politico-domestiques et qui (en plus de ceux que peut avoir déjà décrits une bonne sociologie de la morale et du droit domestique) organisent la société par d'autres moyens. Ils installent

vraiment ce genre de solidarité à la fois mécanique et organique qui, de nature différente, aboutit tout de même à remplir les fonctions que chez nous remplit l'organisation définie de l'État. C'est toute une série d'autres sous-groupes qui sectionne, recoupe, réarrange, réajuste les groupes politico-domestiques [2].

La plupart des sociétés étudiées étant à base de clan, méritent, même les plus hautes, le nom de « polysegmentaires » que Durkheim leur a donné; mais elles comprennent d'autres formations, secondaires celles-ci, qui unissent les membres des clans d'une autre façon que celle de la descendance et de l'alliance. Considérons comme connus les mécanismes moraux qui constituent l'autorité intérieure des clans, leurs relations entre eux, et surtout les relations politiques, religieuses, etc., de phratrie à phratrie et de clan à clan. Il faut tout de suite considérer trois grandes formes de divisions et d'associations de divisions de la totalité de la société en dehors, ou relativement en dehors des associations de clans et de phratries.

a) *Société des hommes :* c'est d'abord *la division par sexes.* L'autorité appartient normalement, ou plutôt généralement aux hommes, même en pays de descendance utérine. Les hommes forment une société à part, politique, militaire, religieuse, sacrée. Elle est, de plus, très souvent concentrée dans un conseil d'anciens incarnant plus ou moins fréquemment l'inorganisation permanente. Ceci est le cas, même de l'Australie, à peu près sans exception. Un assez grand nombre de sociétés noires ont certainement des sociétés de femmes. Ainsi, il y a à peu près partout un point où l'autorité des clans rencontre sa rivale.

b) Ces sociétés sont normalement *divisées par âges.* Exemple : fraternité des coïnitiés dans tout le Soudan français; le plus souvent, ces âges sont hiérarchisés entre eux. Quelquefois, il y a une véritable réglementation d'une espèce de retraite des vieux (Amérique du Nord-Ouest par exemple).

c) Ensuite, ces sociétés sont quelquefois, en même temps que par âges, *divisées par générations.* La génération qui, à l'intérieur du clan et de la famille donne le principe même de l'autorité et de la classification des individus, coïncide moins que

2. Nous avons déjà indiqué ailleurs ce que nous résumons ici. (Voir « La cohésion sociale dans les sociétés polysegmentaires », *Procès-verbaux de l'Institut français de sociologie*, 1931.)

dans nos sociétés à nous avec la division par âges. Un patriarche noir, par exemple, peut avoir, surtout dans le cas des familles riches et polygamiques, des petits-enfants beaucoup plus vieux que ses derniers enfants. Mais cette division des générations peut recouper la division par âges, surtout dans le cas de familles aristocratiques, et nous la trouvons, par exemple dans certaines populations américaines du Nord-Ouest, surtout dans le cas où se transmettent des privilèges de classes sociales à l'intérieur de la société des hommes.

d) Dans ces « sociétés des hommes » elles-mêmes peuvent se constituer, et très souvent se forment des *sociétés, des confréries secrètes* (Mélanésie, Afrique noire, Afrique occidentale surtout, Nord Amérique, plus rarement en Malaisie et en Polynésie). Ces sociétés ont d'ordinaire des rangs multiples; on y progresse plus ou moins *à la fois*, suivant les générations, les âges, et aussi les classes sociales, quelquefois sans trop de considération pour les clans, etc. Or, elles sont non seulement les auxiliaires, mais souvent les dépositrices du pouvoir tribal et même intertribal, agissant quelquefois à très longue distance. Elles peuvent servir et même dominer la chefferie et même la royauté (exemple : Tahiti). Elles sont toujours munies de force d'exécution (elles sont souvent chargées de la justice criminelle, elle-même souvent exercée en secret). Toutes ont un prestige religieux, sont le siège des cultes les plus importants, se manifestent dans le culte public en particulier. Ces formations tertiaires jouent donc un rôle considérable et assurent la solidité sociale d'une façon très efficace. De plus, on trouve des sociétés secrètes de femmes, au moins en Afrique noire, au moins en Guinée et en Bénin. Elles sont mal connues. C'est une lacune à combler dans nos observations.

e) Si à toutes ces organisations spéciales, secondaires et tertiaires on ajoute encore les classes sociales (Polynésie, Madagascar, un assez grand nombre de sociétés africaines), formant souvent des castes par confusion des métiers et des classes avec les clans et les tribus (Polynésie, Fiji : charpentiers; Afrique occidentale : forgerons). Si on ajoute les chefferies, les cours royales et souvent de véritables féodalités, les unes administratives (Dahomey), les autres à la fois administratives et héréditaires (Congo, Loango); si, presque partout, on considère en opposition à elles, les assemblées du peuple (par exemple à Tananarive, en présence de la cour); si on ajoute à tout cela les chevauchements des organisations et des pouvoirs religieux (celui du roi, des prêtres, des prêtresses, par exemple, à Ashanti); si on y ajoute encore tous ces liens : ceux qui hiérarchisent les clans : richesses, etc. ; *potlatch;* ceux qui font la vie politico-domestique : échanges de femmes, d'enfants, de prestations de nourriture, ou d'aides judiciaires, etc. ; si l'on considère qu'il peut y avoir de multiples autorités variant avec les saisons (hiver, été, jour, nuit), avec les grandes occasions (guerre et paix), époques où fonctionnent organisations secrètes et organisations publiques, ou organisations militaires, on verra comment la souveraineté des groupes primaires (phratries, clans, etc.) est compensée, maîtrisée, quelquefois presque annihilée. Les institutions comme celles que M. Lowie et M. Kroeber ont si bien étudiées dans les tribus de la Prairie américaine : celles des *Soldiers Bands*, ont un pouvoir immense. C'est à notre avis dans un état de choses plutôt plus ou moins compliqué (parce que beaucoup de ces institutions y avaient disparu), mais tout de même encore largement de ce genre que se trouvaient les peuples, les familles de peuples dont nos grandes civilisations sont nées. On a beaucoup exagéré l'anarchie, la décentralisation, l'indifférence des segments, etc., des sociétés qui s'étagent entre celles qui méritent le nom de primitives et celles qui ont précédé les nôtres.

2. *Discipline, autorité*

C'est lorsqu'on a étudié les groupes primaires et secondaires qui gèrent les choses et les événements, qui administrent la discipline et exercent l'autorité, qu'on peut étudier l'une et l'autre. Procéder d'une façon inverse, c'est se démunir de moyens de voir les choses avec précision.

La discipline et l'autorité ne sont que l'ensemble des usagers et des idées qui permettent à tous ces groupes de fonctionner en eux-mêmes et entre eux. Après en avoir disséqué la composition, on peut en étudier la vie, la physiologie, la psychologie, enfin le résultat. Car on peut les observer d'une façon concrète : par exemple, donner des nombres; combien y a-t-il de grades dans les sociétés secrètes ? quel est le nombre des membres de chaque grade de la société secrète, etc. ? quelle est leur activité ? etc., le nombre de leurs sorties publiques ? Quelle est leur action sur le reste du corps social? Quels sont leurs pactes, etc.? Et tout cela peut être constaté en ce qui concerne leur vie intérieure et en ce qui concerne leurs rapports avec les autres organismes sociaux. Par exemple, le nombre des crimes punis par la société secrète peut être connu. On peut donc observer *les* autorités, pour avoir ensuite une idée de *l'*autorité et de ses effets.

Le premier de ces effets est :

a) *La discipline :* elle peut être faite de contraintes des supérieurs sur les inférieurs; à ce moment-là elle se confond en partie avec l'autorité. Elle peut être faite aussi des nécessités de l'action en commun. L'esprit de discipline, ce que l'on appelle maintenant, à l'imitation des Anglais, « l'esprit d'équipe », règne — forcément quelquefois — par exemple : dans les populations maritimes à grands canots. Mais, en même temps, le recrutement du canot de paix ou du canot de guerre en Nouvelle-Zélande suppose et un accord très fort et une autorité très forte. Dans d'autres cas même, des contraintes à l'intérieur du clan, ou de la tribu, ont pour but et effet des actes au fond spontanés et collectifs à la fois. Par exemple : le départ en vendetta un peu partout, les batailles réglées et à armes courtoises de l'enterrement, du potlatch, etc. On peut souvent les observer. On peut même voir, mesurer la displine tribale tout entière dans les grands rassemblements, dans les marches de la tribu. On peut photographier, nombrer, même apprécier en qualité la procession d'une tribu de nomades (peuhls, touareg, bédouins, etc.). On peut qualifier la discipline d'une flotte malaise. L'autre jour (1934), les cérémonies de Waitangi, en Nouvelle-Zélande, en souvenir du traité d'annexion, ont fait danser une immense quantité de Maori, en deux rangs opposés de femmes et d'hommes. Et en tout ceci, il ne s'agit pas simplement d'ordre et de force, mais il s'agit aussi de façons de rythmer le travail (Bücher), la marche, le combat, la danse et le chant. Il est possible de voir des états vraiment totaux de sociétés vraiment considérables. Ainsi, la discipline consciente presque consentie n'est pas forcément différente de la discipline imposée.

b) *L'autorité :* le deuxième effet et, en même temps, souvent la cause, c'est l'autorité qui n'est que l'organisation de la discipline.

La différence entre l'autorité proprement dite et l'autorité acceptée, ou l'accord spontané, peut être et donc doit être dosée. Ainsi le roi David dansait devant l'arche, suivi de Juda, de la famille d'Aaron, des Lévites, et même de tout Israël. De même la danse du chef est souvent le début de la danse du peuple. Où commence le solo? Où finit le refrain? Ce qu'il faut, c'est ouvrir les yeux, écouter. Comment l'un et l'autre sont-ils possibles. Comment arrive-t-on au rang supérieur? Comment s'établissent les prestiges : les *mana* (le mot signifiant à la fois force magico-religieuse et autorité, même là où, comme en Nouvelle-Zélande, il désigne plutôt l'autorité et la gloire)? Quelle est la part des guerres, des danses, des extases, des prophéties, de la richesse, de la force? Tout ceci peut être établi souvent historiquement. On trouvera probablement, dans une très grande majorité de cas, que la force physique du chef, et même celle de ses hommes à tout faire (ex. : *areoi* de Tahiti, etc.), celle de sa grande famille et de ses alliés, son rang dans la société des hommes ne jouent pas plus de rôle que ses alliances de sang et de mariage, que ses *potlatch*, ses danses, ses extases et ses révélations d'esprits. On dirait que la force est attachée à son prestige encore plus que le prestige ne s'est attaché à sa force.

Il ne faut pas, d'ailleurs, négliger un fait considérable : Notre idée — européenne — qu'il ne peut y avoir dans notre société qu'un seul régime politique, une seule organisation du pouvoir, n'est applicable qu'à nos sociétés, et encore plus à leurs théories qu'à leurs pratiques; elle est complètement fausse dans toutes les sociétés qui nous entourent, dans nos colonies. Même le pouvoir despotique si absolu des rois chez les Noirs, est équilibré par son véritable contraire. On trouve des règles claires de la responsabilité du roi [3]. La puissance permanente du peuple, et au moins la toute-puissance de la foule, la présence des clans aux assemblées, même encore en face des sultans, du Bornou par exemple, prouvent la force de la masse.

Cette répartition de l'autorité, cette coexistence de types opposés de discipline, peut être constatée même à l'intérieur des groupes encore moyens, comme ceux de la grande famille

3. Guinée, région du Nil, royaumes bantou; voir dans *Atlas africanus* de Frobenius, la bonne carte des institutions de la mise à mort du roi.

indivise (Afrique occidentale, Népal, Tibet, etc.). Ni l'autorité quasi souveraine du patriarche (exemple : Dyoulas, Mandingues, en général), ni l'autorité d'une génération sur l'autre, n'exclut l'importance de la vie communautaire à l'intérieur de toute la famille, et l'absolue égalité des têtes à l'intérieur de chaque génération. La responsabilité collective, l'unité des cultes, celle des intérêts, tout un appareil de communisme primitif, rappellent à chaque instant la masse aux chefs comme ceux-ci peuvent se rappeler au souvenir de la masse.

Mais on nous dira qu'il est impossible — et nous savons qu'il est faux en fait, et irrationnel en droit — que même l'autorité collective et à plus forte raison l'autorité concentrée à divers étages et à divers points ne soient pas celles d'individus ou d'un nombre déterminé d'individus, ceux-ci étant qualifiés par leur classe sociale, leur rang, l'hérédité, leur âge et souvent même par leur qualité personnelle. Personne, surtout Durkheim, n'a nié cette évidence, ce va-et-vient du collectif à l'individuel. C'est bien cela qu'il faut préciser. Par exemple, les bardes ont leurs révélations; le clan a ses chefs; la famille de même; le totem a ses principaux acteurs qui représentent ses danses; les magiciens sont là dans l'ombre; la guerre publique, la vendetta privée mettent certains hommes hors de pair. Même en Australie et à plus forte raison dans les tribus fortement hiérarchisées comme les Peuhls, on trouve des chefs dont la légende fait ensuite des héros. Ce qu'on nomme en Amérique « la formation du leader » doit et peut être observé. Elle suppose précisément l'organisation sociale.

c) Dissolution de l'autorité et de la cohésion : un des bons moyens d'analyser sur le terrain la force et la faiblesse d'une cohésion sociale, et la vigueur de son symptôme moral : la discipline, la solidité de ses formes supérieures : la hiérarchie, l'autorité, c'est d'étudier soigneusement les moments où tout cela disparaît.

Ordre et paix. Ces deux choses sont l'effet de l'autorité. Leur contraire, c'est la guerre civile et le désordre; nous entendons le désordre intérieur. Les segments sociaux reprennent leur indépendance, sont en discorde les uns avec les autres. Les Polynésiens (Maoris, Tahiti, Mangaias) ont sur ces points des idées précises que nous étudierons ailleurs. Et même ces idées ne sont guère loin de celles des brahmanes sur l'ère noire, le Kâli Yuga, où nous vivons. Ces contraires de l'ordre ont pour conséquence la guerre, le péché, la dissolution des castes, la lutte entre les castes, la chute, la destruction, non pas simplement de la société, mais des hommes, de la nature et des dieux. Telles sont certaines des idées autour desquelles M. Granet montre comment gravite la Chine depuis des siècles. En plus du désordre interne, deux autres, et très graves, signifient ces maladies de la conscience sociale. D'abord, ce sont — comme dans des membres disjoints d'animaux marins formés de colonies indépendantes — les ségrégations, les séparations de clans à l'intérieur des tribus, l'isolement des tribus dans les confédérations, lès guerres intestines. Selon la légende, ce sont les actes d'autorité abusive qui entraînent ces pertes, les enchaînent. Ainsi, la plupart des Polynésiens, mais surtout les Maoris, racontent leurs migrations, le départ de leurs « canots » à partir d'Hawaiki. Ainsi les grandes tribus de l'Amérique du Nord racontent les grandes chevauchées que purent faire leurs essaims, lorsque le cheval arriva dans la Prairie. On trouve des légendes de ce genre qui sont des histoires, dans toute l'Afrique noire, et surtout le Soudan français. Il suffit d'avoir présents à l'esprit les Eddas des Viking, pour sentir que ces choses ne sont pas si loin de nous.

Un second état aussi fréquent est la conséquence de la perte de la cohésion et de l'autorité : c'est l'état grégaire, celui de foule, c'est la réduction des groupes sociaux et quelquefois de la société entière en vulgaire troupeau d'agneaux, de moutons de Panurge. Les peurs paniques, les départs en guerre, en vendetta, les mouvements de bataille, les « fureurs », les *amok* collectifs (non pas seulement les *amok* individuels), les départs en masse, les migrations mystiques, les extases collectives, les affolements devant les calamités et les épidémies (villages fermés dans tout le monde indochinois, la Papouasie, la Mélanésie, la Polynésie), tout cela ne sont que des variétés d'un même fait. Et ce fait est aussi important par ses causes que par ses effets. Souvent il caractérise la mort même de ces composés supra-organiques que sont les groupes et les sous-groupes. A la limite se place la dissolution de la société, quelquefois sa disparition totale. Il en sera question plus loin.

TRANSMISSION DE LA COHÉSION SOCIALE. TRADITION, ÉDUCATION

1. *Tradition*

Jusqu'ici s'étend le domaine où le droit et aussi la religion font régner une sorte d'emprise morale des hommes, par le moyen des idées et des usages; c'est la sphère où agit la force spirituelle, émotive et physique de la contrainte sociale. C'est jusqu'à ce point que droit, morale, religion (du clan, des sociétés secrètes, etc.) imposent rythme et uniformité à l'intérieur des sous-groupes, rythme et unité de mouvement et d'esprit entre tous les sous-groupes. A la rigueur, cette emprise peut être considérée sinon comme juridique, du moins comme morale. Ce que nous avons décrit jusqu'ici, c'est l'art politique archaïque et — comme l'art politique n'est qu'une forme suprême de l'art de la vie en commun, lequel est la morale —, dans les sociétés qu'il s'agit d'observer, le phénomène d'autorité et de cohésion est toujours moral et coloré de religion.

Cependant, même cette morale publique dépasse la sphère du moral. Elle règne en effet dans toutes sortes de faits que nous avons contribué à identifier, et que nous avons l'habitude de nommer « totaux », car ils assemblent tous les hommes d'une société et même les choses de la société à tous points de vue et pour toujours. Ainsi la fête, la *feria* latine, le *moussem* berbère, sont à la fois dans grand nombre de cas : des marchés, des foires, des assemblées hospitalières, des faits de droit national et international, des faits de culte, des faits économiques et politiques, esthétiques, techniques, sérieux, des jeux. C'est le cas du *potlatch* nord-ouest américain, du *hakari*, c'est-à-dire des grandes distributions de « monts » de vivres que l'on retrouve depuis les îles Nicobar — jusqu'au fond de la Polynésie. A ces moments, sociétés, groupes et sous-groupes, ensemble et séparément, reprennent vie, forme, force; c'est à ce moment qu'ils repartent sur de nouveaux frais; c'est alors qu'on rajeunit telles institutions, qu'on en épure d'autres, qu'on les remplace ou les oublie; c'est pendant ce temps que s'établissent et se créent et se transmettent toutes les traditions, même les littéraires, même celles qui seront aussi passagères que le sont les modes chez nous : les grandes assemblées internationales australiennes se tiennent surtout pour se transmettre des œuvres d'art dramatique et quelques objets.

Une fois créée, la *tradition* est ce qui se transmet. Les faits moraux traditionnels ne sont pas toutes les traditions. Il en est d'autres qui perpétuent entre les temps de la vie sociale générale la continuité nécessaire et d'autres encore qui remplissent ce rôle général pour des activités plus spéciales. On a l'habitude de dire que les pratiques rigoureusement contraignantes ne se trouvent que dans le droit, la morale et la religion. Ceux-ci sont en effet avant tout coutumiers, dans les sociétés indigènes, et c'est bien eux qui tiennent en grande partie tout l'ensemble des hommes et des choses.

Mais il y a à observer à côté toutes sortes d'autres catégories de faits. Quand la tradition s'exprime, c'est à coups de « dires et de « centons ». Tout n'y est que « précédents ». — Ne disons pas préjugés. — Or les précédents s'appliquent non pas simplement à la morale et à la religion, mais à bien d'autres pratiques : économiques, techniques, qui ne sont censées réussir que dans les formes prescrites. Ainsi, quand on restreint à la sociologie religieuse ou juridique l'étude de ce domaine, on fait erreur en simplifiant trop.

D'abord droit et morale, religion, magie et divination s'appliquent non seulement à tout ce qui est pratique collective, mais encore aux représentations collectives elles-mêmes qui causent ces pratiques, ou que ces pratiques nécessitent. Les mythes, même les contes, les représentations d'objets naturels ou spirituels sont dans ce cas. Ainsi les nombres et les calendriers, les formes primitives d'astronomie sont des catégories à la fois religieuses et magiques, mais en même temps des faits de droit, de technique, qui permettent de répartir les occupations aussi bien que les idées (Polynésie, Pueblos; pour la Chine, voir le dernier livre de M. Granet). On peut, à la rigueur, parler de toutes traditions dans ces sociétés à partir de la religiosité ou de la moralité. Mais voir ainsi, c'est prendre la couleur pour la chose. Et celles-là mêmes recouvrent bien d'autres choses qu'elles-mêmes, et surtout ne les fondent pas.

Car il n'est pas de grands groupes de phénomènes sociaux, surtout dans ces sociétés archaïques (Mélanésie, Polynésie, Afrique noire et même Asie des grandes civilisations) qui ne soient avant tout composés de faits traditionnels. On peut y définir comme tels tous les faits techniques, esthétiques, économiques, même morphologiques : comme, par exemple, les arrangements d'habitats à l'intérieur des villages commandés par la religion ou la coutume. Toute science, tout art, tout métier se présente avant tout comme tradition, « recettes », « secrets ». Par exemple la caste des forgerons, si caractéristique de l'Afrique noire presque entière, répandue dans tout le Soudan et la Guinée française, fonctionne rigoureusement à partir de ces notions. Ainsi l'autorité religieuse qui englobe les techniques n'est pas le fondement de ces techniques; il ne faut pas non plus s'arrêter aux caractères prélogiques de certaines interprétations nécessaires, aux caractères mythologiques de l'histoire d'un métier; mais il faut voir en même temps tout ce qu'il y a non seulement de contraignant, mais encore d'empiriquement fondé dans le préjugé qui commande tous ces arts et ces sciences.

L'autorité est faite, quand il s'agit de traditions, non seulement de l'*a priori* social, mais encore de l'*a posteriori* social; non seulement des obscurités de pensées, mais de l'ancienneté et de la vérité des accords humains. D'innombrables expériences s'enregistrent dans une tradition, s'incorporent partout, dans les moindres comportements. Soit, pour exemple, le plus modeste, celui des techniques du corps : la nage, le saut à la liane, l'art de manger et de boire; soit pour autre exemple, une de ces merveilles de science comme celle que constitue l'emploi de substances désintoxiquées par des séries très complexes d'opérations (par exemple le manioc, vulgairement notre tapioca, que l'Asie et l'Amérique nous ont révélé); comme celle qui consiste à employer des matières que l'on a rendues intoxicantes, telle la bière (Afrique et Europe), l'alcool (Asie, Europe, Indochine, etc.), la chicha (Amérique du Sud, etc.), le peyotl, etc. Tout cela est représenté comme inventé par les ancêtres, révélé par les dieux, mais c'est aussi connu comme fondé dans l'histoire et vérifié par l'expérience, par l'ivresse, par l'extase, par le succès de l'aliment, par les effets sensibles de la technique. Ainsi les tours d'acrobatie ont leur dignité traditionnelle. Il y a donc lieu d'étudier de la même façon toutes les traditions, celles de l'art comme celles des métiers, et non pas seulement celles de la religion et du droit.

On décrira donc d'abord chaque tradition, la façon dont les aînés *transmettent* aux cadets, *un à un*, *tous* les grands groupes de phénomènes sociaux.

C'est alors que l'on pourra aborder l'analyse du phénomène général de *la* tradition d'une société donnée.

On peut distinguer deux sortes de traditions. D'abord la tradition orale qui, dans nos sociétés, semble être la seule et qui a certainement, dès l'origine de l'humanité, caractérisé celle-ci. Nous ne nous étendrons pas sur ce sujet. C'est l'évidence même. Mais en plus de cette tradition orale il faut observer qu'il y en a une autre, peut-être plus primaire encore, que l'on confond généralement avec l'imitation. L'emploi des symboles oraux n'est qu'un cas de l'emploi des symboles : or, toute pratique traditionnelle ayant une forme, se transmettant par cette forme, est à quelque degré symbolique. Lorsqu'une génération passe à une autre la science de ses gestes et de ses actes manuels, il y a tout autant autorité et tradition sociale que quand cette transmission se fait par le langage. Il y a vraiment tradition, continuité; le grand acte, c'est la délivrance des sciences, des savoirs et des pouvoirs de maîtres à élèves. Car tout peut se perpétuer ainsi. Ce sont plutôt les formes intellectuelles de la pensée qui ont besoin du langage pour se communiquer. Les autres formes de la vie morale et matérielle se transmettent plutôt par communication directe. Et cette communication directe se fait par autorité et par nécessité. Ceci est vrai même des formes de l'émotion. Les sentiments de la morale et de la religion, la série des actes techniques ou esthétiques, etc., s'imposent des anciens aux jeunes, des chefs aux hommes, des uns aux autres. C'est à cette façon de s'implanter que, dans les sociétés archaïques, se réduit le plus souvent ce qui, en psychologie individuelle, porte le nom d'imitation et, en psychologie sociale, mérite le nom de tradition. Sagesse, étiquette, habileté, adresse, même simplement sportive, finissent par s'exprimer de deux façons : d'une part ce sont des proverbes, dires et dictons, des *dictamina*, préceptes, mythes, contes, énigmes, etc. ; d'autre part, ce sont aussi des gestes significatifs et enfin des séries de gestes, dont le succès est cru ou su certain précisément parce qu'ils sont enchaînés et que le premier est signe des autres. Et puisque leur valeur de signe est connue non seulement de l'agent, mais encore de tous les autres spectateurs, et qu'ils sont en même temps conçus comme causes, par les agents comme par les spectateurs, ce sont des gestes symboliques qui sont des gestes réellement, physiquement efficaces en même temps. C'est même à cause de cette efficacité confondue avec l'efficacité religieuse et morale qu'on peut concevoir, dans ces sociétés, que les symboles de la procédure et du rite sont du même genre que ceux du repas, de la marche et de la posture, etc.

Nous reviendrons encore sur ce point.

Ainsi la tradition s'étend à tout et elle est au moins très puissante. Sa toute-puissance, la force de ce que Durkheim considérait comme son caractère contraignant, a été contestée (Moszkowski, le R. P. Schmidt, etc.). Il est inutile de discuter. Il faut observer et doser.

Un moyen de doser, c'est d'étudier les faits d'innovation, de constance des innovateurs et de résistance à l'innovation. Les sociétés et même les plus avancées, même la nôtre, sont terriblement routinières; la masse toujours, l'élite le plus souvent refusent de se rendre à aucune invention. Les plus grands inventeurs, les voyants les plus géniaux, ceux qui trouvent de nouveaux principes d'industrie ou de nouvelles idées morales sont généralement les plus persécutés; l'instauration de nouveautés ne se fait facilement que dans les petites choses, tout au plus dans les médiocres. Dans les sociétés archaïques que nous avons à observer, c'est la révolte qui est le fait rare. Généralement, quand elle réussit, c'est que l'individu a réussi à entraîner des compagnons pour se séparer de son clan, ou son clan pour quitter sa tribu; il fonde ailleurs une nouvelle société, une nouvelle ville. Les altérations de traditions politiques, les ruptures morales, les idées des individus qui imposent ces altérations consistent souvent en simples prises de conscience, qu'ils sont capables d'avoir, eux et leurs groupes, quand ils en saisissent les causes profondes. Quelquefois ces causes sont même exclusivement morphologiques, de structure sociale : des disettes, des guerres, suscitent des prophètes, des hérésies, des contacts violents entamant même la répartition de la population, la nature de la population; des métissages de sociétés entières (c'est le cas de la colonisation) font surgir forcément et précisément de nouvelles idées et de nouvelles traditions. On voit en ce moment même de singuliers cultes naître dans toute l'Afrique noire; des mélanges extraordinaires de paganisme et de christianisme agitent en ce moment tout le Kenya (Afrique orientale anglaise). Il ne faut pas confondre ces causes collectives, organiques, avec l'action des individus qui en sont les interprètes plus que les maîtres. Il n'y a donc pas à opposer l'invention individuelle à l'habitude collective. Constance et routine peuvent être le fait des individus, novation et révolution peuvent être l'œuvre des groupes, des sous-groupes, des sectes, des individus agissant par, et pour, les groupes.

Il n'y a même pas lieu de prendre comme principe l'antinomie, la souveraine contradiction entre l'action de l'individu et celle de la société. Il faut procéder tout autrement. A chaque coup on doit mesurer la puissance et l'impuissance de chaque tradition. On arrivera ainsi à décrire et presque à mesurer les quantités de tyrannie, la grandeur de la force mécanique de la tradition collective. Tarde a écrit là-dessus de bonnes pages sur misonéisme, philonéisme, xénophobie, xénophilie. Énumérons autrement ces faits : horreur du changement, horreur de l'emprunt, privilège des corps de métiers, inertie sociale des femmes, sauf peut-être en matière esthétique, voilà quantité de traits qui peuvent varier avec chaque société. Par opposition : facilité de l'emprunt, perméabilité mentale (voir plus loin : civilisation) peuvent être des traits collectifs. La curiosité des Aztèques et des Quichuas fit d'eux les victimes des *conquistadores*. Les Polynésiens, quand Cook arriva, furent aussi curieux de ces équipages anglais que ceux-ci surent mal les comprendre. Hors de ces cas, l'action des individus, des inventeurs, des voyants et des prêtres est rare, ou plutôt l'était, et généralement elle se borne à l'action novatrice à l'intérieur de la tradition, ou entre des traditions.

Même, à notre avis, l'emploi exclusif du mot tradition n'est pas sans danger. Il est souvent inutile de décorer de ce nom ce qui n'est qu'inertie, résistance à l'effort, dégoût de prendre des habitudes nouvelles, incapacité d'obéir à des forces nouvelles, de créer un précédent. Pour ne pas employer des termes trop péjoratifs, disons que les sociétés de type archaïque vivent d'une façon si adaptée à leurs milieux interne et externe qu'elles ne sentent vigoureusement qu'un besoin : c'est de continuer ce qu'elles ont toujours fait. C'est en cela que consiste le conformisme social; à ce point de vue, les paysans du monde entier se ressemblent, qu'ils soient en Afrique ou à Madagascar, qu'ils soient des agriculteurs ou des horticulteurs distingués comme sont les Papous.

Au-dessus de ces formes du simple conformisme, de ces espèces frustes de la tradition, on trouve dans toutes les sociétés des traditions véritablement conscientes. Celles-ci sont créées à dessein, transmises par force, car elles résultent des nécessités de la vie en commun. Il faut les détacher sur le fond de ce conformisme, avec lequel on les mélange souvent. On peut appeler *conscientes celles des traditions qui consistent dans le savoir qu'une société a d'elle-même et de son passé plus ou moins immédiat.* On peut grouper tous ces faits sous le nom de *mémoire collective.*

Les « cadres sociaux de la mémoire » (individuelle et collective à la fois) dont M. Halbwachs a discuté l'existence, sont une chose différente, puisque ce sont eux qui donnent forme à toute mémoire, y compris la collective. A l'intérieur de celle-ci, la tradition constante, consciente, relativement claire, intentionnellement transmise, organisée, est la matière et la condition à la fois par excellence de ces cadres sociaux. Elle a besoin d'être étudiée en elle-même, en dehors de son effet logique et pratique. Il en existe de différentes sortes.

La tradition sociale pure : C'est l'histoire plus ou moins réelle, plus ou moins légendaire et même mythique de la société. Elle n'est jamais sans fondement précis. On la retrouve sous forme généalogique et la méthode de ces transmissions de ces généalogies (bois taillés de Polynésie, discours et récitations néo-calédoniennes — voir Leenhardt — est bien intéressante. Ces histoires peuvent remonter avec de suffisantes précisions de 3 à 9 générations (Van Gennep), quelquefois au-delà. Le cadre géographique en est généralement très exact. Au-dessus de ce nombre, de la troisième génération même, c'est le merveilleux qui devient le thème. Le récit, lui, ne s'occupe alors plus guère que des aventures étonnantes des héros et des esprits, le cadre juridique, technique et géographique restant encore partiellement vrai. Mais comme, cependant, à tous les moments de ces généalogies des clans et des familles, de l'histoire des individus perpétuellement réincarnés, les histoires de chaque famille et de chaque clan, de leurs alliances, de leur vendetta, de leur migration sont au fond suffisamment enregistrées, toutes ces histoires étant comparées, on peut en déduire quelque chose du genre de ce que l'historien reconstitue à l'aide de documents écrits.

On peut déduire au moins une partie, cent ans, plus, d'histoire juridique, politique.

Mais surtout on peut analyser, à partir de ces documents, la méthode que chaque société a prise pour consigner son histoire : vers, prose rythmée, peintures et gravures, monuments, etc. On peut apprécier la quantité et la précision de ces documents. Sans doute une meilleure exploration archéologique permettra un jour, même pour les populations dites sans histoire de faire rentrer quelques-unes de leurs légendes dans l'histoire. Au surplus, il ne faut pas mépriser les capacités historiques de ces gens. Là où l'observation sociologique a été suffisamment bien conduite, on a constaté qu'un certain nombre d'individus ont une immense mémoire de ces généalogies. Par exemple, chez les Kakadu (sud du golfe de Carpentarie, Terre Neuve, Australie), Sir Baldwin Spencer a trouvé un certain Araiya capable de lui réciter les généalogies de presque tous les ancêtres totémiques de la tribu, leurs noms, leurs « lieux », leurs mariages, qui fondent encore aujourd'hui les alliances des vivants. La précision de notions de ce genre n'est pas rare : en Polynésie, généralement les gens peuvent réciter les noms de plus d'une trentaine d'ancêtres. Les brahmanes, les aèdes grecs et les bardes irlandais sont des généalogistes. On raconte aussi l'histoire des propriétés, des objets de culte, des armes de « famille », même celles de cavernes à fossiles. Enfin tout cela s'encadre en même temps dans toute une histoire naturelle des bêtes, des plantes, des terres, des eaux, des cieux et des astres, que nous allons retrouver.

Cette mémoire collective consciente il faut la chercher et la trouver chez les gens qui en ont le secret et le dépôt. Connaître cette armature historique, et non seulement la tradition, mais la forme de cette tradition, où s'enregistre et s'exhale la gloire des clans et des individus, n'est pas le fait de toute la société. Les femmes sont généralement privées du droit de les savoir; le menu reste des hommes connaît chacun son histoire à lui. Il peut corriger les détails du récit que fait l'orateur, ceux qui concernent ses choses, ses ancêtres à lui. A côté, il en est d'autres qui savent et se souviennent pour tous. La connaissance du tout de l'histoire sociale est réservée à quelques vieilles gens quelquefois assez nombreux, mais toujours autorisés, la poignée de poètes et légistes de métier. L'inégalité des aptitudes traditionalistes est la règle dans les sociétés indigènes comme chez nous.

Au-delà de cette tradition purement sociale, il y en a encore une autre. Ces mêmes élites déjà intellectuelles qui l'ont enregistrée ont confectionné et gardé en même temps toute la tradition des choses naturelles et surnaturelles; le calendrier, la cosmographie qu'il suppose; ces gens ont identifié la Polaire ou la Croix du Sud; ils ont inventé les axes du monde et les chemins des vents (Polynésie, Sibérie du Nord-Est). Cette science est déjà savante et déjà séparée (sauf peut-être chez les pygmoïdes et les Mélanésiens) de la masse du peuple. Mais à des degrés quelconques le *lore* (folklore — germanique *lehre*) forme le « trésor » de science que l'âme populaire conserve tout comme les cercles initiés de la société organisée. L'établissement de ce calendrier, l'organisation précise de la suite des occupations, de l' « ordre » (*ritus*) des « travaux et des jours » vient ainsi former l'arcature non seulement des histoires et du passé, mais surtout celle de toute la vie présente, instaurer la vie de demain, qu'on attend. C'est ainsi que toute la société à réussi à rythmer ses us et coutumes, et à occuper ses « heures » du jour. C'est ainsi qu'elle escompte le futur par le passé. Ici nous rejoignons les sujets de M. Halbwachs.

Tout ceci suppose des comptes. Tout particulièrement les choses du temps nécessitent que l'on tienne mémoire de ces comptes. Mais, de très bonne heure (et dans toutes les sociétés des colonies françaises, même les plus archaïques), on a fait effort pour remplacer ces comptes mémorisés par des comptes enregistrés. Les « tailles » pour donner rendez-vous, pour mesurer les distances, en nombre de jours de marche, les bâtons à encoches pour répéter sans faute les généalogies, les cordes à nœuds, la multiplication des nœuds ajoutés à une corde (forme primitive du *quipu*) connue dans toute la Polynésie; les façons d'inscrire (Pueblos) les longueurs d'ombre des sortes de gnomon, tout cela, ce sont des archives inscrites sinon écrites. Nous pouvons malaisément mesurer l'effort qu'a fait l'humanité en nouant, en gravant et sculptant, pour transmettre ses connaissances. L'invention des pictogrammes, leur stylisation en idéogrammes sont toutes proches de la création d'une écriture. La capacité d'un Indien de l'Amazone ou d'un Mélanésien, ou d'un Polynésien à dresser des cartes soit marines soit terrestres, réellement utiles, prouve un talent défini; des talents de ce genre ont changé, de façon révolutionnaire, les conditions de cette mémoire de la collectivité. C'est une immense erreur que de croire que ce travail a été exclusivement le fruit d'une invention récente de grandes civilisations. Le moindre décor d'un pot ou d'une arme est à quelque degré un pictogramme. Un blason comprend une histoire, même quand il n'est que totémique.

D'ailleurs, il ne faut pas mépriser la mémoire. Les sociologues américains, surtout ceux de Chicago, ont l'habitude de diviser les sociétés suivant qu'elles ont ou n'ont pas d'écritures. Nous croyons qu'ils ont bien raison et, en même temps, qu'ils exagèrent un peu. Surtout ils ne font pas suffisante part à l'énorme pouvoir de l'éducation mnémotechnique; la transmission orale, facilitée par la poésie et le rythme, présente des possibilités presque infinies. Tel ou tel système de symboles qu'on sait lire, tel cycle de comptes qu'on sait réciter sans faute, tel enchaînement de « dires » de droit, tel grand rituel excèdent souvent les limites d'un de nos petits livres. En tout cas, dans nos populations noires, dans celles de l'Amérique du Nord ou Centrale et dans toute la Polynésie on trouvera de prodigieuses mémoires individuelles, qui contiennent la substance de vastes mémoires collectives, moins loin des nôtres que nous ne croyons.

2. *Éducation. Instruction.*

Il est complètement inutile de soulever, à propos de l'ethnographie, le problème fondamental de la pédagogie, chéri des pédagogues et des moralistes d'ici. Dans les sociétés autres que les nôtres, éducation et instruction n'ont pas à être distinguées. Rien de plus dangereux que de transporter les noms que nous donnons aux choses, surtout sociales; surtout quand nous les appliquons à des faits qu'ils ne sont pas chargés de dénoter. Et quand il s'agit de l'étude des rapports entre ces faits, l'étude des rapports de nos notions à nous est encore plus fausse. Nous sommes habitués à penser à l'école, à un endroit où se donne l'instruction; nous pensons à un apprentissage uniforme imposé par l'école; à la distinction de l'éducation morale et des autres. Tous ces problèmes ne se poseront dans les sociétés indigènes que lorsque nous y aurons amené l'École. Car nous nous trompons du tout au tout sur les sociétés archaïques quand nous ne comprenons pas bien qu'elles ont des moyens à elles d'élever, au plein sens du mot, leurs adolescents. Même en Australie — où l'institution est presque sans exception —, on sait « fabriquer le jeune homme ». La société des hommes n'y fait certes pas de gros efforts intellectuels, mais elle en fait d'artistiques, de moraux et de religieux en cette direction. Il n'y a entre les sociétés archaïques et les nôtres ni identité des institutions chargées de l'éducation, ni symétrie des fonctionnements de ces institutions. Mais ces institutions ont d'un côté et de l'autre même fonction.

En fait, enseignement, instruction, éducation, suggestion, autorité forçant ou réservant l'acquisition de telle connaissance, de telle « manière », de telle ou telle manière de faire, tout cela fonctionne simultanément, et aussi, en synchronie avec l'imitation spontanée des gestes à efficacité physique, et aussi avec le jeu qui consiste à jouer des occupations sérieuses ou artistiques. Éducation consciente, et transmission simple règnent dans les sociétés que nous étudions. Elles réussissent à réaliser ce que la pédagogie et la philosophie allemandes appellent l'*Erziehung* totale (Lasch), l'éducation pratique et l'éducation morale; elles réussissent à mêler toutes leurs pédagogies, mais elles ont une pédagogie. D'autre part, tandis que, dans nos sociétés, des fonctionnaires spéciaux tentent de former l'homme et aussi la femme, dans un seul milieu tout spécial : l'école; tandis que de cette école sortent des individus aussi identiques que possible des personnalités humaines de même genre — ce qui produit en fait l'individualisme le plus tendu — dans les sociétés archaïques, toutes sortes de milieux sont chargés de fabriquer le même homme, et réussissent à en fabriquer un. Nos sociétés cherchent à diversifier les personnes en partant d'un effort pour les uniformiser. C'est presque l'inverse que réussissent les éducations dont nous nous occupons maintenant.

Une définition générale est donc seule utile. Les anciens cherchent à instruire chaque homme de tout ce qu'ils font, savent ou croient. On peut appeler *éducation* (*ou instruction*) *les efforts consciemment faits par les générations pour transmettre leurs traditions à une autre*. On peut aussi donner ce nom, moins abstraitement, à *l'action que les anciens exercent sur les générations* qui montent chaque année pour les façonner *par rapport à eux-mêmes*, et, secondairement, *pour les adapter, elles, à leurs milieux social et physique*.

Dans ces sociétés à segments multiples et entrecroisés, cette action spécifique est, comme l'autorité et la tradition qu'elle transmet, accomplie essentiellement par les sous-groupes qui composent la société. L'unité de l'éducation est l'effet de cette coordination de toutes les activités éducatives de tous les sous-groupes. En partant même de la diversité des instructeurs, on arrive cependant à rendre homogènes les couches montantes de la population par rapport aux couches dominantes, parce que ce sont celles-ci qui dotent vraiment les jeunes membres de la société de tout ce qui les qualifie comme hommes. Lorsque l'initiation est généralement interprétée comme une mort et une renaissance (Afrique noire, Mélanésie, etc.), le mythe correspond à cette façon dont les anciens recréent complètement l'homme, non seulement le dotent de son métier et de son intelligence, mais aussi, en même temps, lui confèrent sa virilité, son courage, sa nouvelle âme, et aussi à la façon dont les anciens et les êtres sacrés reconnaissent cette âme après l'avoir éprouvée.

Voici comment observer ces différents systèmes d'une même éducation. D'abord, pour certaines parts, de simples inventaires fournissent déjà des indications et même des précisions. Les temps et les lieux de certaines éducations sont déterminés : maison des hommes (Guyane, Mélanésie), sanctuaires de brousse (Afrique noire), voilà pour les lieux; époque de la puberté, et ensuite la série des initiations aux grades et aux fonctions successives de la société des hommes, absorbant même souvent très longtemps le temps de l'adulte, voilà pour les temps. La cartographie et le calendrier de la vie sociale courante permettent ainsi de les déceler. Par exemple, toute société a ses saisons et ses places pour l'enseignement, comme elle a ses saisons pour ses jeux.

Un autre moyen d'inventaire, c'est la collection d'autobiographies. On peut les demander à des indigènes conscients comme par exemple ces chefs sioux, ce « Crashing Thunder », dont M. Radin a consigné l'histoire. On voit dans ces récits d'individus comment ils ont été éduqués, par quels éducateurs, et en quoi et par quelle méthode. Car, à l'intérieur de chaque société, les éducations s'entrecroisent et ne se mêlent pas.

Deux divisions fondamentales coexistent et se recoupent : par sexe et par âge. La diversité des éducations par sexe commence à s'effacer chez nous; ailleurs elle conditionne tout, enveloppe tout. La division du travail et des droits, même la différence des idées, des pratiques et des sentiments est infiniment plus marquée entre les sexes qu'elle ne l'est chez nous. Nous sommes sûr de cette affirmation, quoique l'étude sociologique de la partie féminine de l'humanité tout entière n'ait pas encore été approfondie d'une façon suffisamment grande et suffisamment spécifique.

La division par âge est non moins tranchée :

1. De un à trois ans l'enfant indigène se sépare très lentement de sa mère. Presque partout il est très longtemps avant d'être sevré, à deux et même trois ans. Il est longuement porté. La marche, la station debout, et même la résupination indépendantes ne s'acquièrent ainsi que tardivement. L'intimité physiologique de la mère et de l'enfant est beaucoup plus forte et plus longue que chez nous. La façon dont on porte l'enfant et dont il s'accroche et s'équilibre, souvent à même la peau de sa mère, créent, dès leur très bas âge, une vraie et durable symbiose.

2. De trois à sept ans, dates variant suivant les sociétés dans de très faibles limites, les enfants des deux sexes à l'intérieur et à l'extérieur de la famille sont plus mêlés qu'ils ne le seront jamais de leur vie. Les tabous de la vie sexuelle ne les séparent pas, quoiqu'ils commencent à les connaître; les jeux se divisent encore mal, sauf ceux qui miment les occupations sérieuses. Très souvent les garçons impubères, relégués dans la société des femmes, sont supposés avoir une nature encore féminine. Les fillettes sont un peu plus en avance et commencent tôt à se rendre utiles dans de toutes petites choses. Cependant, des deux côtés, l'activité prédominante est une activité de jeux; même sérieux, les actes de l'enfant sont faits pour s'amuser ou s'imposer. En général, ce sont les événements des âges suivants qui ont pour but de séparer les sexes, presque encore plus que d'enseigner à chaque sexe les occupations qui lui reviennent. Le temps qui succède, après sept ans, est consacré à l'instruction proprement dite.

a) Éducation générale : Un autre point par lequel ces sociétés ne ressemblent pas trop aux nôtres : le travail commence très tôt, mais, en général, assez doucement. Le travail précoce appartient à un autre niveau de vie humaine, près du nôtre. Les pays où on exploite l'enfance et l'a très anciennement asservie, ce sont ceux des grandes civilisations qui nous entourent, en Afrique, en Asie ou en Insulinde (au Maroc enfants qui assistent leurs pères dans leur métier dès l'âge de quatre-cinq ans). On les traitait ainsi il y a encore peu de temps chez nous. Les indigènes des autres colonies les laissent beaucoup plus libres. Mais l'enfant, et surtout la fillette, devient très vite une petite unité économique. Par imitation, par jeu, par besoin d'emploi utile, il rend des services. La jeune enfance est donc caractérisée par une vie infantile prolongée et par une certaine précocité, en particulier dans le travail, mais un travail peu forcé.

Voilà pour le premier âge. A cette première enfance succède une tout autre époque de l'éducation. Celle-ci s'installe même avec violence. Subitement commence l'initiation du garçon. A cette violence correspond chez les filles la brutalité du mariage qui rend l'éducation plus sommaire. L'initiation et l'éducation des filles, même en Afrique noire, où on est sûr qu'elles fonctionnent, sont mal connues. Nous n'étudierons donc que celle des garçons.

b) *Éducations spéciales*. Observations générales : Le problème se pose tout autrement pour les garçons que pour les filles. Les unes restent dans leur milieu, les autres en sont arrachés. D'abord on les sépare de leur famille, souvent bien avant la puberté et souvent on les retient ensuite bien après la première initiation. Ce premier et ce troisième moments sont, par exemple, ceux où le jeune enfant est enlevé, élevé (initié entre-temps), puis repris, gardé, utilisé, asservi, chez ses parents utérins, chez l'oncle utérin qui est de droit le futur beau-père (exemple : Marind-anim, Nouvelle Guinée). C'est l'institution qu'on appelle, d'un vieux nom normand, celle du « fosterage » (Steinmetz).

En plus vient l'initiation; celle-ci consiste toujours en une série de périodes dont une est au moins généralement très longue, où les garçons sont séparés, immobilisés, reclus, et où ils sont soumis à une éducation intensive (Afrique noire tout entière, Amérique du Nord-Ouest, Amérique du Nord-Est : Algonquins, etc.).

L'éducation consiste également en une série d'épreuves, quelques-unes tragiques : circoncision, etc., en brimades constantes. Celles-ci font partie de l'éducation religieuse et morale toujours donnée à ce moment-là. Je ne connais aucune exception à cette règle : ni en Australie, ni à la Terre de Feu. Dans ces sanctuaires, des systèmes organisés d'éducation fonctionnent souvent (école des *mganga*, au Bas-Congo français et belge). C'est aussi à ce moment qu'est donné le fini à la transmission des arts et des métiers et des traditions. Le jeune homme ainsi transplanté est devenu à la longue religieusement et socialement autre. Le « fosterage » et l'initiation vont jusqu'à changer son langage. Par exemple, chez ses parents utérins il a appris un dialecte autre que celui de ses parents propres; sur le terrain de l'initiation, il a appris le langage secret de la société des hommes; il a appris des rites ailleurs, venant d'un milieu différent; il a été initié à un autre système de symboles, les gens d'un clan instruisant les autres de leurs secrets; par exemple, ceux de la phratrie de mer initiant la phratrie de terre, etc.

On a formé en même temps le soldat : ainsi la société des hommes est une société de chasseurs et de soldats, en Afrique, surtout en Guinée. On ne saurait trop exagérer l'importance de cette éducation, de cette instruction militaires.

Les ÉDUCATIONS SPÉCIALES que l'on termine, ou impose alors, peuvent, d'un autre point de vue, être réparties autrement : deux d'*ordre matériel* et cinq d'*ordre moral :*

1. *Enseignement des techniques du corps:* l'éducation physique commencée se perfectionne définitivement : marches, courses, nage, danse, esthétique du corps, etc.; lancer, porter, lutter, etc.; résistance, stoïcisme, etc.

2. *Enseignement des techniques manuelles*, surtout mécaniques. Usage des outils, instruments et machines : tours de main, etc.; exemple : instruments et façon de portage, avec des bandeaux ou avec des bretelles en Asie du Sud et en Océanie. Dans le cas de métiers, de systèmes de techniques : apprentissage souvent fait dans l'initiation : apprentissage du forgeron (Afrique, Asie, Malésie); du charpentier (Fiji), etc.; fabrication des instruments.

3. *Traditions techno-scientifiques :* science et empirisme; notions mécaniques; ethnobotanique, ethnozoologie, c'est-à-dire connaissance des plantes et des animaux, géographie, astronomie, navigation, etc.

4. *Éducation esthétique :* danse, danse extatique, arts plastiques, art du décor, etc.; arts oraux : chant, etc.

5. *Éducation économique* peu importante.

6. *Jurique et religieuse :* les détails doivent plutôt prendre place

dans une étude juridique de la société des hommes, et dans une étude religieuse de la même société. L'instruction de ce genre n'est terminée qu'avec l'obtention des grades les plus hauts de la société des hommes et des sociétés secrètes, des sociétés de magiciens, etc.

A chaque coup on peut et doit étudier les méthodes par lesquelles toutes ces choses sont enseignées. C'est à partir de là qu'on pourra tirer des observations générales sur l'éducation et l'instruction. En général, la transmission se fait plutôt par la voie orale et manuelle que par la logique. Il faudra observer l'autorité des instructeurs, les âges, les réceptivités, les talents des « disciples ». Le mot pour désigner cet état se trouve dans les langues polynésiennes comme dans les langues des Algonquins. Cette autorité se marque aussi par le caractère secret des arts, des beaux-arts et des connaissances.

En face de l'éducation des hommes, celle des femmes semble infiniment moins forte chez les indigènes de nos colonies. Séparées de leur famille très tôt, passant brusquement d'un milieu enfantin à un milieu purement domestique, écartées des milieux sociaux actifs, absorbées par un mariage qui les prend tout entières et par une vie sexuelle très précoce, commençant entre dix et quinze ans; liées, jusqu'à ce mariage, à la vie presque entièrement matérielle de la mère et des vieilles femmes, servantes pour la vie de leurs ménages, elles ne sont « cultivées » que dans les sociétés qui leur ont fait leur place ou dans les classes qui les respectent. On trouve de ces cas dans l'Afrique occidentale, la Polynésie, chez les Iroquois, et en particulier dans les populations qu'on peut appeler justement matriarcales (Micronésie et quelques autres régions pas très nombreuses). Mais sur les sociétés des femmes et sur l'éducation qu'elles distribuent à leurs membres, nous avons encore tout à découvrir [4].

Tels sont les principaux phénomènes qui rendent possibles la continuité, la solidité, l'organisation interne et consciente d'une société. Ce sont eux que dénotent les notions collectives : d'ordre, de paix, de salut, de liberté. Toutes notions qu'on trouve clairement exprimées dans tous les pays d'Océanie, d'Amérique du Nord et centrale, et dans toute l'Afrique noire. Dans des sociétés

4. Miss Mead a donné une bonne description de l'éducation en général dans une tribu papoue.

plus archaïques, comme les mélanésiennes, elles sont figurées par les idées que les gens se font de leurs biens, de leurs rites, de leurs métiers, de leurs ancêtres et de leurs dieux. Car c'est non pas exclusivement sous forme juridique ou religieuse que ces choses-là sont représentées, mais aussi en pleine conscience du côté matériel, technique, artistique, avec un solide sens de la propriété et des lieux. Les mêmes idées, au fond, fonctionnent encore chez nous, plus abstraites les unes des autres, plus claires, plus distinctes, autrement colorées. Mais leur réalité sociale est encore la même. Le présent mémoire est destiné à montrer comment on peut les observer en elles-mêmes, dans des sociétés d'un type très différent du nôtre, et comment on peut éviter, dans cette observation, toute chance d'être trompé par les mythes et les rites, par les coutumes et les routines qui les expriment grossièrement.

Les trois dernières parties schématiques de cet essai figurent dans l'édition des œuvres établie par Victor Karady. Voici comment ces trois parties sont présentées par Marcel Mauss :

Nous pourrions terminer cet aperçu ici, puisque nous l'avons consacré exclusivement aux phénomènes généraux de la vie intérieure. Mais, soucieux de montrer les proportions que ces derniers occupent par rapport aux autres phénomènes généraux de la vie collective, nous allons indiquer brièvement ce que sont ceux-ci. Une sorte de tableau de la fin de ce cours complet d'ethnographie générale descriptive montrera les têtes de chapitres et les principaux sujets d'études dans leurs relations diverses. On verra ainsi la quantité considérable de faits qu'on peut et qu'on doit étudier, analyser en sociologue pur, positif, tout en restant respectueux d'ailleurs d'autres disciplines.

Ils se divisent en deux groupes : *phénomènes généraux de la vie sociale extérieure*, qui forment la deuxième partie de l'étude et — troisième partie de l'étude — celle des *rapports des phénomènes généraux de la vie collective* avec : *a*) *les phénomènes psychologiques*, et *b*) *les phénomènes biologiques*.

En voici le plan :

2e PARTIE : Phénomènes généraux de la vie sociale extérieure (vulgo : internationale).
1. Paix et guerre.
2. Civilisation.

3e PARTIE : Rapports des phénomènes généraux de la vie collective avec les autres phénomènes de la vie humaine.
a. *Psychologiques :*
1. Psychologie collective improprement dite.
2. Psychologie collective proprement dite, ou éthologie collective.
3. Faits de psychologie individuelle à origine collective (éléments imaginaires intellectuels ; éléments affectifs et pratiques).
4. Faits de psychologie collective à origine individuelle (inventions ; créations ; formation du leader dans les jeux, les arts, la morale, la guerre, etc. ; faits de psychologie normale et faits de psychologie pathologique).
5. Faits intermédiaires entre les faits individuels et les faits sociaux organisés (états grégaires, de foule, paniques, crises, etc.).

4e PARTIE : Rapports généraux des phénomènes sociaux avec les autres phénomènes humains.
b. *Biologiques* (anthropo-sociologie) :
1. Biométrie.
2. Anthropologie somatologique (anatomie et physiologie proprement dites).

Nous reproduisons ici la conclusion de cet essai :

Le couronnement de toutes ces observations biologiques, psychologiques et sociologiques, de la vie générale des individus à l'intérieur d'une société, c'est l'observation, très rarement faite, de ce qui doit être le principe et la fin de l'observation sociologique, à savoir :

la naissance la vie l'âge et la mort	d'une société	au triple point de vue : sociologique pur, socio-psychologique, socio-biologique.

Bryce disait qu'« il meurt en ce moment une société par jour ». C'était pendant la guerre et il exagérait. Delafosse, préoccupé d'observations linguistiques, prescrivait à ses élèves de rechercher avant tout les derniers survivants des tribus dépositaires d'un dialecte qui pouvait être la clé des autres. Cette prescription s'étend à toute la sociologie générale. D'autre part, la colonisation fait naître de nouvelles sociétés, ou en reforme autrement d'autres, en ce moment même. Ici comme dans le cas du métissage, c'est un champ immense d'observations qui est ouvert.

Il est peu utile de philosopher de sociologie générale quand on a d'abord tant à connaître et à savoir, et quand on a ensuite tant à faire pour comprendre.

5

La cohésion sociale dans les sociétés polysegmentaires *

La question posée est de celles où il est très difficile de se mettre d'accord avec soi-même.

Il fallait trouver, pour les ethnographes, une méthode d'observation qu'on puisse leur indiquer désormais, qui leur permette d'analyser sur place les phénomènes généraux de la vie collective. Il s'agissait de dresser le plan de ce qu'on appelle, en général, la sociologie générale, celle d'une société définie et non pas de toute société possible.

Cette rubrique : phénomènes généraux de la vie sociale, est elle-même difficile à préciser.

Elle couvre d'abord un nombre considérable de faits qui sont déjà étudiés de façon littéraire par la vieille « psychologie sociale » à la façon de Taine. On distingue le caractère social, la mentalité, la moralité, la cruauté, etc., toutes sortes de notions qui ne sont pas définies, mais que tout le monde applique assez bien. Il ne s'agit donc ici rigoureusement que de transformer la sociologie inconsciente en une sociologie consciente suivant la formule que Simiand a opposée autrefois à celles de M. Seignobos. Pour une ethnologie complète il fallait absolument trouver les moyens d'exposer ces choses systématiquement, sans littérature, et je vais parler simplement de l'une des questions qui se sont posées ainsi.

Il y avait une nécessité absolue à la traiter. Les sociétés que nous étudions et que nos ethnographes auront à observer, dans les colonies françaises en particulier, sont toutes d'un type tel

* Communication présentée à l'Institut français de sociologie. Extrait du *Bulletin de l'Institut français de sociologie*, 1, 1931.

qu'on pourrait dire qu'elles se situent depuis des formes très supérieures aux formes australiennes jusqu'aux formes voisines de celles des sociétés qui ont donné naissance aux nôtres. Ainsi, la famille iroquoise est bien loin de la famille primitive, même on pourrait considérer qu'elle était d'une forme plutôt plus avancée que la famille hébraïque. Toutes ces sociétés sont même de divers étages. Par exemple : les sociétés noires d'Afrique; je les considère pour ma part, comme des équivalents, même plutôt supérieurs à ce qu'étaient les sociétés des Germains ou des Celtes. Comment donc observer, dans les sociétés à la fois encore barbares et déjà assez évoluées, les faits de cohésion sociale, d'autorité, etc?

Immédiatement, se pose la question, non plus simplement des institutions prises une à une ou des représentations collectives étudiées chacune à part, mais de l'agencement général de toutes ces choses-là dans un système social. Comment décrire ce fait, qui soude chaque société et encadre l'individu, en des termes qui ne soient pas trop littéraires, trop inexacts et trop peu définis?

De plus il est clair que certains problèmes posés par nos régimes sociaux ne se posent pas en ce qui concerne les sociétés relevant de l'ethnographie et qu'elles en posent d'autres. Nous allons donc traiter du principal. Nos sociétés à nous sont relativement unifiées. Toutes les sociétés que nous voulons décrire ont un caractère précis, tout de suite indiqué dans les *Règles de la méthode* de Durkheim, c'est d'être des sociétés polysegmentaires. Or, l'un des problèmes généraux de la vie sociale, est celui que l'on appelle problème de l'autorité et que notre regretté ami Huvelin avait très justement transformé en problème de la *Cohésion sociale*. Malheureusement, le cours d'Huvelin sur cette question n'est pas au point; il n'est pas publié. Il eût été capital surtout sur la question de l'État. Je n'en connais pas la teneur sur ce point. Il m'a donc fallu réfléchir seul à ce dernier sujet. Je me satisfais à peu près en renonçant définitivement — quoique j'aie longtemps hésité, et que j'hésite encore — à considérer l'État comme seule source de la cohésion dans ces sociétés. Donc pour le moment — quoique je n'attribue plus à l'État le caractère exclusivement juridique et que je croie que la notion de souveraineté s'est appliquée dans toute la vie sociale —, je crois que l'État n'est l'appareil juridique unique de la cohésion sociale que dans nos sociétés à nous. Au contraire, dans celles qui concernent l'ethnologie, la notion de souveraineté n'épuise pas les formes de la cohésion sociale, ni même celles de l'autorité, divisée que celle-ci se trouve entre des segments multiples et divers à multiples imbrications. Les imbrications étant une des formes de la cohésion.

Et voici comment je crois qu'on peut exposer les choses : Nous sommes tous partis d'une idée un peu romantique de la souche originaire des sociétés : l'amorphisme complet de la horde, puis du clan; les communismes qui en découlent. Nous avons mis peut-être plusieurs décades à nous défaire, je ne dis pas de toute l'idée, mais d'une partie notable de ces idées. Il faut voir ce qu'il y a d'organisé dans les segments sociaux, et comment l'organisation interne de ces segments, plus l'organisation générale de ces segments entre eux, constitue la vie générale de la société.

Dans des sociétés polysegmentaires à deux segments, les plus simples qu'on puisse supposer, il est difficile de comprendre comment l'autorité, la discipline, la cohésion s'établissent, puisqu'il y a deux clans et que la vie organique du clan A n'est pas celle du clan B. Et par exemple, en Australie (Victoria, Nouvelle-Galles du Sud) celle de la phratrie Corbeau n'est pas celle de la phratrie Aigle Faucon. Par conséquent, déjà dans les formes les plus élémentaires que nous puissions concevoir d'une division du travail social — dans une des plus simples divisions que nous puissions imaginer —, l'amorphisme est la caractéristique du fonctionnement intérieur du clan, non pas de la tribu. La souveraineté de la tribu, les formes inférieures de l'État règlent en plus de cette division les oppositions que nous allons voir maintenant : celles des sexes, des âges, des générations et des groupes locaux. On croit quelquefois que contester cette opposition des sexes, des âges et des générations, c'est contredire la vue grégaire et purement collective que Durkheim aurait eue du clan. En réalité ces observations étaient plus que latentes dans l'ensemble des travaux de Durkheim et de nous tous. Il s'agit seulement de les expliciter mieux.

1. *Le groupe local:* l'idée d'une société qui fonctionnerait comme une masse homogène, comme un phénomène de masse pur et simple est une idée qu'il faut appliquer, certes, mais seulement à de certains moments de la vie collective. Je crois

avoir donné de ce principe de la « double morphologie » un exemple de choix à propos des Esquimaux. Mais c'est à peu près partout la même chose. Nous vivons alternativement dans une vie collective et d'une vie familiale et individuelle, comme vous voudrez. Que ce soit dans les moments de vie en collectivité que les nouvelles institutions naissent, que ce soit dans les états de crise que plus particulièrement elles se forment, et que ce soit dans la tradition, la routine, les rassemblements réguliers qu'elles fonctionnent, voilà qui est désormais incontestable. Mais ce qui est également incontestable, c'est que dans toutes les sociétés les plus anciennement connues comme dans les nôtres, il y a une espèce de moment de rétraction de l'individu et de la famille par rapport à ces états de vie collective plus ou moins intenses. Représentons-nous cela dans un cas concret.

J'ai reçu aujourd'hui même de notre ami A. R. Brown un très intéressant travail, pour ainsi dire le premier de morphologie sociale australienne qui nous manquait complètement. Il mentionne l'importance et décrit avec insistance l'influence, mieux que M. Malinowski et lui ne l'avaient fait, sur toute cette vie sociale de la horde, du camp, c'est-à-dire du groupe local. Les tribus australiennes sont divisées et vivent en petits groupes qui, chose curieuse, ne dépassent pas du tout nos prévisions statistiques, sont à peu près composées de 4 à 6 familles, c'est-à-dire d'une trentaine de personnes. Il y a là un maximum et un minimum. Ici en effet la « horde » peut-être existe-t-elle avec sa communauté et son égalité; son amorphisme incontestable est en tout cas bien connu et bien observé. Mais, vous le voyez, cet amorphisme enveloppe de façon constante le polymorphisme des familles. Or on a l'habitude de représenter la famille australienne comme étant complètement isolée. Non! elle est prise dans le petit groupe local. Donc nous nous sommes tous trop avancés : et ceux qui ont cru observer cet isolement et ceux qui ont cru à la seule parenté de clan. La différence qui existe entre ce que Durkheim nous a enseigné il y a presque quarante ans, et ce que nous avons observé dans ces mêmes tribus maintenant est celle-ci : le groupe local qui, pour Durkheim, était un groupe de formation très secondaire, nous apparaît comme un groupe de formation primaire.

Des observations de ce genre peuvent être encore plus aisément répétées ailleurs. J'ai pris les Australiens, extrêmement primitifs sur ce point; j'aurais pu prendre d'autres exemples beaucoup moins primitifs.

2. *La division par sexes* est une division fondamentale qui a grevé de son poids toutes les sociétés à un degré que nous ne soupçonnons pas. Notre sociologie, sur ce point, est très inférieure à ce qu'elle devrait être. On peut dire à nos étudiants, surtout à ceux et à celles qui pourraient un jour faire des observations sur le terrain, que nous n'avons fait que la sociologie des hommes et non pas la sociologie des femmes, ou des deux sexes.

Vous avez une division en sexes extrêmement prononcée : division technique du travail, division économique des biens, division sociale de la société des hommes et de la société des femmes (Nigritie, Micronésie), des sociétés secrètes, des rangs de femmes (Nord-Ouest américain, Pueblos), de l'autorité, de la cohésion. Les femmes sont un élément capital de l'ordre. Ainsi, par exemple, la vendetta est dirigée par les femmes en Corse, comme elle l'est chez les gens de l'Ouest-Australien. Nous avons le texte de certains « voceros » composés par une vieille Australienne de la tribu de Perth dans la première moitié du XIXe siècle; ils sont remarquables.

3. *La division par âges* est non moins importante. Elle recoupe naturellement les autres, et voici comment. Les divisions par âges, par exemple au pays noir (Nigritie, Soudan, Bantous), sont dominantes. Les gens qui ont été initiés ensemble forment une confrérie ou, plus exactement, une frairie; ce sont des frères et les gens du même âge leurs confrères. Jeanmaire connaît bien ces choses-là, en ce qui concerne la Grèce. Ces divisions sont d'ailleurs presque partout fondamentales. Par exemple, les fameux Arunta se divisent en 5 classes d'âge à peu près et l'on ne peut atteindre chez eux la dernière classe active que vers l'âge de trente, trente-cinq ans. L'homme est soumis à une série d'initiations, de brimades à un certain point de vue — celui auquel nous nous plaçons en ce moment — qui durent jusqu'à cette époque. Dans des sociétés beaucoup plus avancées, du Nord-Ouest américain par exemple, le moment où on arrive au sommet des grades dans les confréries, même quand on y a des droits de naissance et non pas seulement des droits précaires

de lieutenance, se place vers la fin de la maturité. Et immédiatement après, vient généralement la retraite même pour les princes : quand on a perdu les pouvoirs de danser qui caractérisent la possession d'un esprit. L'épreuve de la danse est une excellente épreuve. Granet nous en a longuement et admirablement instruits à propos de la Chine.

Voilà pour la division par âges.

4. Voici pour *la division par générations.* Celle-ci ne coïncide pas généralement avec celle-là, comme elles coïncident chez nous. Il faut se rendre compte que, dans une société primitive ou archaïque, le patriarche a des enfants pendant un laps de temps beaucoup plus grand que chez nous, et il exerce souvent ses pouvoirs sur plusieurs femmes, et de tous âges. Constamment il naît des enfants dont les chances de survie sont beaucoup moindres que chez nous, mais s'espacent sur un nombre assez considérable d'années. Si bien qu'un individu peut être beaucoup plus jeune que ses petits-neveux. Des circonstances de ce genre, vous les trouvez au fond, par exemple, de toute l'histoire des institutions qui distinguent entre le puîné et l'aîné, et au fond de toutes les institutions dans lesquelles un père ayant le choix entre une nombreuse progéniture, celle de nombreuses femmes en particulier, a essayé de donner à un de ses fils les titres et biens dont il dispose souverainement (surtout dans les castes et les classes élevées). Ainsi, tandis que généralement chez nous les système des âges recouvre assez bien le système des générations, l'oncle n'étant qu'exceptionnellement plus jeune que son neveu et sa nièce, ici, généralement, il ne le recouvre qu'à moitié et souvent il ne le recouvre pas.

Les gens se composent donc à la fois de deux façons : par âges et par générations. Ceci même dans les sociétés aussi élémentaires que les sociétés australiennes, et surtout dans celles qu'on peut ranger immédiatement après les australiennes : Mélanésie, Amérique du Nord, etc. C'est à l'intérieur de chaque génération qu'il y a communauté et égalité dans le clan et la famille, comme il y en a à l'intérieur de chaque classe d'âge dans la tribu, comme il y en a également entre tous les âges, à l'intérieur du clan, ou du groupe local. Enfin rappelons que c'est à l'intérieur du même sexe qu'il y a communauté et hiérarchie (cas de la société des hommes en particulier) et également à l'intérieur de la même génération de chaque sexe, quand bien même les membres diffèrent extrêmement d'âge et que tous les fils, les petits-fils, les arrière-petits-fils d'un ancêtre dans la grande famille indivise (Amérique du Nord, Afrique, etc.) sont égaux entre eux. Chaque génération ayant son genre de communauté, et sa position vis-à-vis des autres générations. Vous voyez bien le système à l'intérieur de ces groupes des générations imbriqués de cette façon, à la façon des deux poings fermés accolés par les faces extérieures engrenées des doigts — je fais le geste exprès —, il y en a d'autres imbriqués les uns dans les autres dans lesquels règnent d'autres communautarismes et d'autres égalitarismes : de sexe, d'âge, de groupe local, de clan. De temps en temps, dans des organisations spéciales comme la militaire, où la classe d'âge et la société d'hommes règnent, apparaissent, dans les rangs inférieurs surtout, des cas où la communauté est presque absolue (Amérique du Nord, Prairie). Nous-mêmes avons été dans ces conditions-là. Il y a là des réformations d'égalitarisme, de communautarisme qui sont des réformations nécessaires. Elles ne sont nullement exclusives d'autres égalitarismes, pas plus que de la hiérarchie de ces égalitarismes.

Et c'est comme cela qu'il faut que nous comprenions les choses; cette curieuse cohésion se réalise par adhérence et par opposition, par frottement comme dans la fabrique des tissus, des vanneries. Ainsi, par exemple, dans la nouvelle édition du livre sur les Arunta, le regretté Sir Baldwin Spencer donne le plan du camp tribal par groupes locaux; ce plan corrobore exactement ce que Durkheim et moi avions supposé à propos des classifications par clan. Tous les clans, au fur et à mesure qu'ils arrivent sur le camp tribal s'arrangent rigoureusement suivant leur orientation d'origine, si bien que le cercle complet, sur toute la rose des vents, est formé réellement tout de même, encore qu'il le soit par l'agglomération de petites hordes qui s'emplacent rituellement.

Voilà comment il faut que nous nous figurions les choses; voilà comment pour des futurs observateurs, des remarques de ce genre peuvent être utiles à la recherche. Voilà comment il faut que nous représentions les cohésions sociales, dès l'origine : mélanges d'amorphismes et de polymorphismes.

Nous pouvons maintenant sentir comment, dès les débuts de l'évolution sociale, les divers sous-groupes quelquefois plus nombreux même que les clans qu'ils sectionnent, les diverses structures sociales en un mot peuvent s'imbriquer, s'entrecroiser, se souder, devenir cohérentes.

C'est ici que se pose — par opposition au problème de la communauté et à l'intérieur de celui-ci — le problème de la réciprocité ou inversement celui de la communauté obligeant à la réciprocité. Vous avez un exemple dans la vie de famille actuelle sans même avoir besoin de remonter aux familles du type des groupes politico-domestiques; vous y vivez les uns avec les autres dans un état à la fois communautaire et individualiste de réciprocités diverses, de mutuels bons services rendus : certains sans esprit de récompense, d'autres à récompense obligatoire, les autres enfin à sens rigoureusement unique, car vous devez faire à votre fils ce que vous auriez désiré que votre père vous fît.

La réciprocité peut être directe ou indirecte. Il y a la réciprocité directe à l'intérieur de chaque classe d'âge; dans les rangs, au bivouac, nous sommes tous dans un état d'échanges réciproques; c'est du communautarisme; dans un certain nombre de sociétés (Australie centrale, Amérique du Nord, Est et Ouest) il est bien entendu que par exemple, tous les beaux-frères de deux clans ont droit ou n'ont pas droit dans certains cas, non seulement aux sœurs, mais aussi à l'hospitalité, aux aliments, à l'aide militaire et juridique les uns des autres. La discipline d'âge et celle de la simple réciprocité se cumulent dans d'autres cas où la parenté est non seulement en nom mais encore en fait rigoureusement réciproque, même entre deux générations différentes. Par exemple, là où grand-père et petit-fils s'appellent l'un l'autre d'un seul nom, le grand-père peut faire au petit-fils les mêmes prestations que celui-ci lui rend, et en même temps le père peut être pour la même raison — identité du petit-fils et du grand-père — tenu au respect des deux (Nord-Ouest américain, Nord Calédonie, Ashanti, etc.). Vous voyez que l'amorphisme et le polymorphisme ne sont pas exclusifs l'un de l'autre et que la réciprocité vient s'y joindre. Dans nombre de cas, c'est l'arrière-arrière-grand-père qui est identique à son arrière-arrière-petit-fils (Ashanti, etc.); souvent, le fils est nettement supérieur à son père. Voilà ce que c'est que la parenté réciproque et les droits réciproques, et les prestations réciproques directes.

D'autres réciprocités sont indirectes et nous en avons encore chez nous. Il faut s'y soumettre un nombre considérable de fois;

par exemple, les brimades de l'initiation, de l'entrée dans une nouvelle carrière, etc. Normalement, quand je suis candidat, je ne peux pas rendre à un membre de l'Institut ce qu'il me fait; tout ce que je pourrai faire, c'est (une fois) de rendre à un autre candidat la monnaie d'ennui que j'ai reçue. Et répétons-le : c'est ce qu'a fait pour vous votre père que vous pouvez rendre à votre fils. Voilà ce que j'appelle la réciprocité alternative indirecte. On trouve la réciprocité indirecte simple, en particulier en cas d'alliance, par exemple vis-à-vis des beaux-parents, des beaux-frères et belles-sœurs.

Car il s'agit de découpage en sens divers d'une seule Masse d'hommes et de femmes.

Le clivage par sexes, par générations et par clans aboutit à faire d'un groupe A l'associé d'un groupe B, mais ces deux groupes A et B, autrement dit les phratries, sont justement déjà divisées par sexes et générations. Les oppositions croisent les cohésions.

Prenons pour exemple la situation des parents à plaisanteries (Amérique du Nord, Bantou, etc.) que j'ai indiquée dans un petit travail. D'ordinaire ces parentés sont celles de beaux-frères et époux de droit vis-à-vis de belles-sœurs et femmes de droit (clan, sexe, génération et âge quelquefois déterminent les deux groupes respectifs). Elles sont commandées par différentes choses et en particulier par le principe de réincarnation qui lui-même exprime d'autres choses. De plus, on peut plaisanter sa belle-mère, ou bien (c'est exactement la même chose), il faut qu'on l'évite absolument; c'est si bien la même chose qu'en même temps qu'elle est interdite à son gendre, elle peut avoir des droits excessifs sur lui, comme par exemple dans certaines tribus (Australie du Sud) dont l'usage a été très bien décrit par Howitt. Dès qu'un gendre rapporte du gibier dans un camp où ils séjournent, tout passe à ses beaux-parents. Et vous voyez là un système d'échange, de communauté conditionné par des séparations. Ces gens-là sont en face de leurs beaux-parents comme nous sommes en face d'un créancier très exigeant. Il y a communisme puisque les beaux-parents ont le droit à ce gibier et que le gendre n'y a pas droit. Mais, en même temps, il y a tout de même une véritable organisation poussée jusque dans le détail, jusqu'à l'individu. Et il y a réciprocité indirecte, si le gendre a à son tour ses gendres qui lui doivent leur gibier.

Ainsi tous les groupes s'imbriquent les uns dans les autres, s'organisent les uns en fonction des autres par des prestations réciproques, par des enchevêtrements de générations, de sexes, par des enchevêtrements de clans et par des stratifications d'âges.

Il est beaucoup plus facile de comprendre maintenant comment une discipline, une autorité, une cohésion peuvent se dégager. Au contraire, quand on ne considère que deux clans complètement amorphes, on pourrait supposer quelquefois par exemple dans la Nouvelle-Guinée, l'Amérique du Nord, dans une partie de l'Afrique, la société divisée en deux camps presque complètement opposés. Pour faire comprendre la moralité compliquée qui résulte de ces complications après tout naturelles et simples, prenons pour exemple un fait que M. Labouret et ses informateurs indigènes ne comprennent plus très bien. Vous les trouverez dans un livre que publie en ce moment l'Institut d'ethnologie sur les *Tribus du groupe Lobi* (Haute-Volta).

Je crois que M. Labouret décrit un fait très important que nous soupçonnions déjà; quelque chose du genre des classes matrimoniales australiennes en Afrique ou, ce qui est un peu la même chose, une organisation quadripartite de la tribu (deux phratries divisées en deux chacune, sans doute par génération) ce que M. Labouret appelle des clans alliés deux à deux. Il n'a pu, malgré de nouvelles enquêtes sur le terrain, retrouver ni l'exogamie de ces clans, ni leurs unions matrimoniales. Dans ces tribus ils sont divisés en A et B, subdivisés en A1 et A2, B1 et B2. A mon avis ils étaient autrefois tous dans des relations de beaux-frères ou de beaux-pères les uns par rapport aux autres. (C'est en tout cas le cas à Ashanti.)

Quand A2 est en bataille avec B2, ce sont les B1 qui arrêtent la bataille des A2; les B2 arrêteraient celle des A1. Ce sont les interventions de beaux-pères et de gendres qui sont seules permises. Les beaux-frères et frères sont, eux, dans la bataille des clans selon mon avis. En tous cas les alliés sont les seuls qui ont le droit de dire leurs vérités à tous les gens de la génération antérieure ou postérieure; les autres en état de constante opposition les uns vis-à-vis des autres gardent le quant à soi, l'étiquette. On pourrait dire, dans ce cas, qu'il y a un droit de police d'une génération sur une autre génération, de l'autre phratrie dans un sexe déterminé et un droit de communauté à l'intérieur d'une génération de deux phratries. Cette institution identifiée dans toute l'Afrique noire occidentale demande d'ailleurs encore des études approfondies.

Poussons plus loin, à propos de ces mêmes tribus. Elles reconnaissent des droits aux familles. Il y a d'autre part à l'intérieur des générations elles-mêmes des droits individuels; l'aîné, dans une grande famille indivise par ailleurs se distingue. Il est le patriarche à partir du moment où le dernier descendant de la génération antérieure est disparu. Ainsi un aîné se détermine dans un groupe. Il est le plus ancien survivant de la génération la plus ancienne. Il y a un communautarisme à partir de celui-ci, mais celui-ci est un chef régulier, un individu déterminé. Quand le dernier membre d'une génération disparaît, la génération qui suit repasse la chefferie de la famille à son aîné, et ainsi de suite (c'est le cas ashanti). Et, d'autre part, la hiérarchie des femmes s'établit, à l'intérieur de ces mêmes groupes, les femmes, sorte de reines-mères gardent leur titre même veuves; et comme c'est la première des femmes épousées par un chef qui est la cheffesse des femmes de tous les hommes groupés autour du patriarche (plus exactement du chef), il peut encore y avoir des décalages à l'intérieur du sexe féminin par rapport à l'autre.

A l'intérieur d'une génération, il peut donc y avoir une discipline de groupe et également de multiples autorités, en plus du chef. L'erreur que nous avons faite a été de nous préoccuper exclusivement de ce que nous appelons les chefferies, et qui n'est que la chefferie publique. La chefferie en Afrique, telle que nous la décrivions, est un phénomène, je ne dis pas de dernière formation, mais enfin de création secondaire; elle ne nous apparaît que dans des formes rigoureusement juridiques, le pouvoir du souverain, ou dans l'organisation militaire. Même déjà ces deux forces ne correspondent pas nécessairement à l'une ou l'autre.

Les choses peuvent se compliquer et ce que nous concevons comme unique peut se diviser. Prenons, par exemple, ici le chef de guerre et le chef de paix; là, à Porto-Novo, le roi du jour et le roi de la nuit, suivant une définition qui n'est inconcevable que pour nous (il faut que le roi veille toujours) il en faut deux; chez les Jaraï (Indochine) nous avons un roi de l'Eau et un roi du Feu.

Ainsi à l'intérieur du groupe, des grands sous-groupes, des petits groupes, il y a à distinguer deux genres de cohésion :

d'abord une discipline rigoureusement admise par tous — et ensuite il peut y avoir même dès les sociétés les plus basses une espèce d'organisation, de multiples différences de position à l'intérieur des groupes et sous-groupes entraînant de multiples disciplines.

Enfin, ces groupes peuvent agir les uns par rapport aux autres et voici comment : par trois voies :

1. L'éducation. L'éducation se donne par sexe, par âge et et par génération, tantôt à l'intérieur de la famille, tantôt, en particulier au point de vue religieux, à l'intérieur des camps secrets de l'initiation, et, par exemple, en Australie centrale, de phratrie à phratrie, de beau-père à futur gendre.

2. *La tradition.* La transmission des choses et des pratiques, et des représentations collectives se fait par elle-même. La famille, à mon avis, a ici le grand rôle, mais qu'il ne faut pas exagérer. Car dans les sociétés archaïques l'enfant échappe très vite à la famille proprement dite, surtout les filles au père et les fils à la mère. L'autre jour, dans la discussion que nous avons eue avec un psychologue distingué sur la formation de la raison chez l'enfant, il soutenait que la raison commençait à se développer chez l'enfant entre sept et onze ans. Je lui ai répondu que c'était un phénomène tout à fait inégalement réparti. Au Maroc, un petit esclave ou un fils d'artisan pauvre qui à partir de l'âge de trois ans, dans le Mellah ou dans la Medina, chez les Arabes ou chez les Juifs aide son maître ou son papa en comptant avec ses doigts le nombre des fils qu'il retord pour la ganse du tailleur ou du sellier, un petit aide cordier ont évidemment des notions techniques précises qu'une petite fille suisse, bien élevée, de bonne famille, éduquée à loisir, dans le confort, et hors des travaux n'aura pas. La raison prend une précocité qu'elle n'a pas chez nous et l'enfant échappe très vite à l'enfantillage pour être happé par la vie sérieuse et les métiers.

Ainsi cette éducation garantit les droits et la cohésion précisément par cet entrecroisement des éducations.

Et alors *la coutume* vient étouffer la liberté. Car chaque soussection du clan, de la famille, des sexes, des âges, des générations, a le droit de regard sur ses opposés comme sur ses membres. Dans des clans exogames, il y a nécessairement au moins des femmes d'un autre clan. Le résultat n'est pas que ces femmes étrangères soient abandonnées. Il y a une démarcation nécessaire, mais non absolue. Soit la légende de Barbe-bleue; il est tué par ses beaux-frères, les frères de sa dernière femme, qu'elle réussit à appeler. Les beaux-frères ont le droit de se mêler et de la vie des enfants et de la vie de la femme : trait fondamental de la vie arabe, berbère ou chinoise, néocalédonienne ou indienne de l'Amérique du Nord. Coutume du groupe, coutume des sous-groupes, autorité coutumière des sous-groupes croisée en tous sens. Voilà ce que vous trouverez dans ces sociétés. Cette cohésion se traduit par des séries d'habitudes complémentaires se limitant les unes les autres et diverses : ainsi aux diverses appropriations techniques du sol répondent diverses propriétés du sol; à la diversité des biens, diverses propriétés mobilières. Les propriétaires de la chasse (nobles, Afrique guinéenne) peuvent être différents des propriétaires du fonds, des terres arables; ceux-ci peuvent n'être pas les propriétaires des arbres. Ainsi à la notion de pur communautarisme du droit foncier, nous pouvons substituer la notion de propriétés sectionnées entre des communautés; ces sectionnements arrivent jusqu'à l'individualisme relatif de quelques droits fonciers (jardin, verger) et à plus forte raison des droits mobiliers.

Les recherches que j'ai faites sur la division des droits en masculins et féminins me permettent de vous indiquer qu'il y a là encore d'autres choses à décrire.

3. *La notion de paix.* Le troisième moment du fonctionnement de tous ces segments et de toutes ces sections c'est précisement une chose qui est malheureusement peu étudiée même par nous, dont il faudrait restaurer l'étude qui cependant a été classique chez les juristes, il y a de cela une soixantaine d'années, c'est la chose qu'exprime la *notion de paix.* Une société est cohérente, harmonieuse et vraiment bien disciplinée, sa force peut être décuplée par l'harmonie, à condition qu'il y ait la paix.

Sur cette notion de paix, vous trouverez de belles pages dans le livre de Robert Hertz sur *le Péché et l'Expiation* (Polynésie en particulier) quand je pourrai le publier. Je pourrais vous faire connaître de très beaux poèmes maoris, ceux que Hertz avait notés et d'autres qu'il n'avait pas connus sur la paix qui est l'harmonie. Il y a là de très belles choses sur le clan, sur les groupes locaux et la guerre, période noire. On dirait que ces gens-là ont inventé les thèmes légendaires qui font que pour l'Inde, même celle de nos jours, les périodes de la vie et de l'histoire se divisent en périodes blanches et noires, froides et chaudes.

Cette notion de paix, qu'autrefois les historiens du droit (Wilda, etc.) ont très bien étudiée dans le droit germanique parce qu'elle y est tout à fait évidente et même dans la morale (*zufriede*), a été très négligée; elle est devenue peu claire, surtout celle de la paix civile. Reprenons des documents que peu de jeunes gens connaissent, par exemple ce beau monument de l'histoire et de la pensée française : *la République* de Bodin. Ce juriste fut, je le crois d'ailleurs, comme les autres juristes des derniers Valois, de l'époque des guerres de religion, de la guerre civile, le théoricien de la paix et en particulier de la paix du roi. A ce moment-là, on gardait cette notion importante proche de l'esprit tandis que maintenant — sans faire de reproches aux collèges et facultés qui nous entourent —, disons qu'ils s'exténuent autour des idées de souveraineté, au lieu de spéculer sur cette notion de la paix et de la vie harmonieuse de l'État et des sous-groupes.

Concluons sur ce dernier groupe de faits : la paix entre les sous-groupes. Soulever cette question à propos des sociétés archaïques n'est pas inutile à la compréhension de nos sociétés à nous, et même nous permet peut-être — ce que nous permettons rarement — de proposer des conclusions de morale politique.

Cette question de l'harmonie normale des sexes, des âges et des générations, et des divers sous-groupes (clans, castes, classes confréries, etc.), les uns par rapport aux autres, cette question de l'harmonie intérieure à chacun d'eux et du rapport de ces harmonies diverses à l'harmonie générale et à la morale normale de la société, cette question est disparue de l'horizon sociologique. Or il faut la remettre au premier plan de l'étude et de la discussion.

Voici comment on pourrait l'entamer. En dehors des conclusions d'ethnographe que j'ai pu indiquer sur la façon d'étudier, dans une vie tribale déterminée et en distinguant fortement les diverses sociétés les unes des autres — par exemple les sociétés malgaches des sociétés africaines — sur ce point, je crois que nous, sociologues, avons maintenant, si vous suivez les quelques indications qui viennent de vous être données, d'une part le moyen de poser à nouveau les problèmes du passé et d'autre part une façon de dépasser les problèmes du présent. Cette vue de la nécessité des sous-groupes entrecroisés s'applique à nos sociétés. Je vous rappelle que Durkheim a toujours pensé, dès le début de ses recherches, que la solution du problème de l'individualisme et du socialisme consistait à établir entre l'anarchie individualiste et le pouvoir écrasant de l'État, une force intermédiaire, le groupe professionnel. Ce groupement naturel prenant la place des grandes familles dont nous venons de parler, et même du groupe familial qui a été se décomposant jusqu'à ne plus consister que dans la famille conjugale.

Je ne crois pas, par conséquent, être infidèle à la pensée de Durkheim en vous proposant : d'abord d'atténuer les idées courantes concernant l'amorphisme originaire des sociétés; et ensuite de compliquer au contraire les idées concernant la nécessité d'harmoniser de plus en plus nos sociétés modernes. Il y faut créer nombre de sous-groupes, en renforcer constamment d'autres, professionnels en particulier, inexistants ou insuffisamment existants; on doit les laisser enfin s'ajuster les uns aux autres, naturellement, si possible, sous l'autorité de l'État en cas de besoin, à sa connaissance et sous son contrôle, en tout cas.

6

Parentés à plaisanteries *

Cette question se rattache à l'ensemble de celles que nous posons depuis de nombreuses années : des échanges et des hiérarchies entre les membres des clans et des familles entre eux et avec ceux des familles et clans alliés : phénomène social tout à fait humain. Son étude fera apparaître, d'autre part, une des origines de faits moraux encore frappants de notre folklore à nous, et une des origines des phénomènes moins répandus, plus évolués : des rivalités entre parents et alliés, du *potlatch* en particulier [1].

* *Annuaire de l'École pratique des hautes études*, Section des sciences religieuses, Paris, 1928. Texte d'une communication présentée à l'Institut français d'anthropologie en 1926.

1. Sur ces rivalités entre parents, voir : Rapport de l'École des hautes études 1907, 1908, 1909, 1910, 1913, etc.., 1919, 1920, 1921. M. Davy (*La Foi jurée*, passim) et moi avons élucidé la question de ces transmissions, de ces hiérarchies, de ces rivalités entre parents et alliés, mais seulement à propos du *potlatch* et des systèmes de contrat au Nord-Ouest américain ou en Mélanésie. Cependant ces faits, si importants qu'ils soient, sont loin d'être les seuls ou les seuls typiques. Ceux dont nous nous occupons ici le sont également.

Tous d'ailleurs font partie d'un genre plus vaste d'institutions que nous avons proposé à maintes reprises (cf. « Essai sur le don », *Année sociologique*, nouvelle série, 1, 1925) d'appeler : système des prestations totales. Dans celles-ci un groupe d'hommes, hiérarchisés ou non, doit à un certain nombre d'autres hommes, parents ou alliés, occupant une place symétrique (supérieure ou égale ou inférieure, ou différente à cause du sexe) toute une série de prestations morales et matérielles (services, femmes, hommes, aide militaire, aliments rituels, honneurs, etc.) et même toute la série de ce qu'un homme peut faire pour un autre. Généralement, ces prestations totales s'exécutent de clan à clan, de classe d'âge à classe d'âge, de génération à génération, de groupe d'alliés à groupe d'alliés. Howitt a donné

I

Considérons à ce propos quelques tribus africaines (Bantou). Mlle Homburger, très exactement, en mentionnant les langages d'étiquette très nombreux en pays noir, bantou ou nigritien, a rappelé le sens du mot *hlonipa*, en zoulou : « avoir honte de ». En réalité, la traduction exacte de ce terme n'est pas possible en français; mais le mot grec αἴδως, le verbe αἰδεῖσθαι ont bien le même sens : à la fois de honte, de respect, de pudeur et de crainte, plus spécialement de crainte religieuse, en anglais *awe*. Parmi celles qui inspirent de ces sentiments sont les relations de sexe à sexe, celle de belle-mère à gendre, celle de beau-père à bru, celle de frère aîné, celle du chef chez les Zoulous : les mêmes, et en plus celle d'oncle utérin [2] chez les Ba-Thonga.

---

une bonne description des échanges de nourriture de ce genre dans un nombre assez considérable de tribus australiennes du Sud-Est (*Native Tribes of South-Eastern Australia*, p. 756 à 759.) Généralement, ces prestations se font à l'intérieur de ces groupes et de groupe à groupe, suivant les rangs des individus : rangs physiques, juridiques et moraux, fort exactement déterminés, par exemple, par la date de la naissance, et fort bien manifestés, par exemple, par la place dans le camp, par les dettes de nourriture, etc.

On s'étonnera peut-être de ces dernières remarques. On croira que nous abandonnons définitivement les théories de L. H. Morgan (*Systems of Consanguinity and Affinity; Ancient Society*, etc.) et celles que l'on prête à Durkheim sur le communisme primitif, sur la confusion des individus dans la communauté. Il n'y a rien là qui soit contradictoire. Les sociétés, même celles qui sont supposées dépourvues du sens des droits et des devoirs de l'individu, lui affectent une place tout à fait précise; à gauche, à droite, etc., dans le camp; de premier, de second dans les cérémonies, au repas, etc. Ceci est une preuve que l'individu compte, mais c'est une preuve aussi qu'il compte exclusivement en tant qu'être socialement déterminé. Cependant, il reste que Morgan et Durkheim, à la suite, ont exagéré l'amorphisme du clan, et, comme M. Malinowski me le fait remarquer, ont fait une part insuffisante à l'idée de réciprocité.

2. Sur cette relation de l'oncle utérin et du neveu = gendre, voir A. R. Brown, « The Mother's Brother in South Africa », *African Association for the Advancement of Science*, 1924, *South African Journal of Science*, 1925, p. 542 à 545. M. Brown a vu fonctionner ces institutions aux îles Tonga et en Afrique bantou; il a même fait l'un des rapprochements que nous faisons plus loin. Mais le but exclusif de M. Brown est d'expliquer la relation d'oncle à neveu utérin dans ces sociétés. Nous acceptons parfaitement l'interprétation, p. 550, qu'il

Les raisons de ces respects sont fondamentales; ils traduisent très certainement un certain nombre de relations, surtout religieuses, économiques, juridiques, à l'intérieur de la famille ou des groupes alliés. Nous avons proposé autrefois, en 1914, au Congrès d'ethnographie de Neufchâtel, une interprétation du tabou de la belle-mère à partir de ces faits, et en particulier à partir de documents zoulou et thonga. Ces derniers, dus à M. Junod, montrent que le tabou de la belle-mère s'efface progressivement au fur et à mesure que le *lobola*, la dette de l'époux, est acquitté; la belle-mère est, dans ce cas tout au moins, une sorte de créancière sacrée[3].

Mais ces relations ont leurs contraires, qui, de même genre cependant, par leur nature et leur fonction mêmes, peuvent, comme une antithèse à une thèse, servir à l'explication du genre en entier. En face de l'αἰδώς, il y a l'ὕβρις; en face du respect il y a l'insulte et l'incorrection, il y a la brimade et le sans-gêne; en face du devoir sans borne et sans contre partie, il peut y avoir des droits sans limites et même sans réciprocité, dans certains cas. Les peuples improprement dits primitifs, les gens dits primitifs, en réalité un très grand nombre de classes et de gens parmi les nôtres, encore de nos jours, ne savent modérer ni leur politesse, ni leur grossièreté. Nous-mêmes, nous avons connu de ces états d'excessive audace et d'insolence vis-à-vis des uns; d'excessive timidité, de gêne et contrainte absolues vis-à-vis des autres. Or il semble qu'il existe un type de faits moraux, religieux et économiques, groupant des institutions assez nombreuses dans

---

en donne et le rattachement au *lobola* (paiement pour la fiancée et la femme). Nous n'acceptons pas l'hypothèse que ceci suffise à expliquer la position de l'oncle utérin.

3. La suppression progressive du tabou de la belle-mère est attestée également chez les Ba-Ila; le tabou de la belle-mère est plutôt un tabou des fiançailles et cesse partiellement au moment de la donation de la houe au moment du mariage.

Que ce tabou ait pour origine une sorte de contrat entre gendre et mère de femme, entrant dans l'action dès qu'il y a contrat sexuel ou promesse de contrat, c'est ce qui est bien évident dans l'usage d'une tribu du groupe nilotique, les Lango. Le tabou est observé même dans le cas de rapports sexuels clandestins. Ceux-ci arrivent très souvent à être connus de la mère de la fille tout simplement par le fait que l'amoureux l'évite. De plus, en cas de chasse heureuse, une partie du gibier doit être déposée par lui dans le grenier de son espèce de belle-mère.

l'humanité, au moins à un certain degré d'évolution [4], qui correspondent à cette description. M. Lowie et, après lui, M. Radin ont proposé de lui donner le nom de *joking relationships*, parentés à plaisanteries, nom bien choisi. C'est de ce genre de faits que nous voudrions montrer l'extension et l'intérêt; ne fût-ce que pour susciter de nouvelles observations tant qu'elles sont encore possibles.

De même que les parentés à respect, les parentés à plaisanteries sont assez bien marquées par M. Junod chez les Ba-Thonga. Malheureusement, cet auteur n'a pas poussé très loin l'étude des privautés, et la définition des parents alliés qui y sont soumis

4. En effet le système des prestations totales, dont fait partie le système des parentés à plaisanteries, ne semble pas s'être développé en Australie dans le sens que nous suivons; c'est plutôt le respect qui y est la règle. Le seul fait de plaisanterie que j'y trouve rattaché à des parentés précises, est peu important; il ne se rencontre que dans une tribu, les Wakelbura; il ne concerne qu'un enfant, l'enfant unique : on lui donne le nom de « petit doigt » (= cinquième doigt; les Wakelbura appelant les enfants par leur rang de naissance du nom des doigts). Muirhead spécifie que « cette plaisanterie n'est permise qu'envers le garçon et tant qu'il est petit, et seulement aux enfants des frères et sœurs de mère; les parents ne se joignent pas à cette taquinerie ». Howitt, *Native Tribes of S.-E. Aust.*, p. 748. En général en Australie ne semblent développés que : le système des interdictions, la plupart du temps absolues ou presque et, celui des langages indirects, sinon d'étiquette, vis-à-vis de la sœur aînée ou cadette, selon les systèmes de parenté, et vis-à-vis de la belle-mère et du beau-père. Les tabous se sont ici développés avant les plaisanteries. En tout cas, les deux derniers sont bien nettement liés au système des prestations totales qui, lui, est fort accentué. Exemple : Arunta : étiquette liée au présent des cheveux, Spencer et Gillen, *Native Tribes of Central Australia*, p. 465; Urabunna, liée aux présents de nourriture au beau-père, Spencer et Gillen, *Northern Tribes of Central Australia*, p. 610. Chez les Unmatjera, Kaitish et Arunta, la nourriture vue par le beau-père devient tabou. « Il y a eu *equilla timma* « projection de son odeur sur elle. » Chez les Warramunga, il y a donation, nourriture, mais non tabou. Chez les Binbinga, les Anula, les Mara, Spencer et Gillen constatent le tabou, non de langage, mais de la face du beau-père, et remarquent intelligemment : « Ce trait tout à fait constant des cadeaux de nourriture au beau-père peut être associé, dans son origine, à l'idée d'une sorte de paiement pour la femme. » Nous avons donné, après M. Ossenbruggen, une autre interprétation de ces faits (« Essai sur le don », *Année sociologique*, nouvelle série, 1, p. 57).

On voit dans quelle direction il faut chercher pour expliquer une partie de l'étiquette. Mais une démonstration complète serait hors de notre sujet. Et ces indications ne servent qu'à replacer le fait de la plaisanterie dans un cadre plus général.

est mal précisée, sauf en ce qui concerne : la relation neveu et et oncle utérins; celle du mari avec les sœurs cadettes de sa femme (femmes possibles) [5]. M. Brown a consacré tout un travail à cette position du neveu utérin et de ses droits sur son oncle utérin au pays bantou et hottentot. Nous sommes certain que les liens de droit abusif sont fort répandus et aussi généralisés à de nombreuses parentés en pays bantou : on y classe assez bien les gens entre ceux à qui l'on doit (en particulier le père de la femme) et gens qui doivent. Mais nos recherches ne sont, ni suffisamment poussées, ni suffisamment étendues dans cette province ethnographique, où les observateurs sont d'ailleurs peut-être passés à côté de nombreux faits.

Les deux groupes de sociétés où ces coutumes sont le plus en évidence, ou ont été le mieux étudiées, sont celles de la Prairie américaine et celles des îles mélanésiennes.

C'est chez les Indiens Crow que M. Lowie a eu le mérite d'identifier, de nommer, de préciser pour la première fois les parentés à plaisanteries. Il les y a constatées d'abord entre les « fils des pères » (autrement dit entre frères de clan); puis, chez les Crow et chez les Blackfeet, entre le groupe des beaux-frères et celui des belles-sœurs (autrement dit entre maris possibles et femmes possibles); entre ceux-ci le langage est extrêmement licencieux, même en public, même devant les parents. Il a ensuite retrouvé les mêmes usages chez les Hidatsa entre fils de frères de pères (qui ne sont plus frères de clan; le clan étant ici, comme il est régulier en pays siou, en descendance utérine). Chez les Hidatsa comme chez les Crow, les parents à plaisanteries ont non seulement ce droit de grossièreté, mais encore une autorité de censeurs : ils exercent, par leurs plaisanteries, une véritable surveillance morale les uns sur les autres. Le « mythe d'origine » de l'institution chez les Crow se réduit même à ce thème purement éthique [6]. Depuis, M. Lowie a encore constaté ces parentés chez les Comanches, mais non chez les Shoshone, leurs frères

5. Plaisanterie avec la femme de l'oncle maternel, qui lors de son veuvage deviendra femme du neveu, etc.

6. La coutume est fondée sur la phrase finale : « Non, je ne le tuerai pas, mes parents à plaisanteries se moqueraient de moi. »

de race pourtant; chez les Creek, chez les Assiniboine. Nul doute que ce « trait » de « civilisation » ne soit très caractéristique de cette région.

C'est encore dans une tribu siou, les Winnebago, que M. Radin l'a rencontré le plus développé et l'a le mieux étudié [7]. En principe, un homme est extrêmement réservé et poli avec tout le monde de sa propre parenté et de son alliance. Au contraire, il ne cesse de se moquer des parents et alliés suivants : enfants de sœurs de pères, de frères de mères (autrement dit cousins croisés, maris et femmes possibles), les frères de mères, les belles-sœurs et beaux-frères [8]. « Il le fait » [il plaisante] « chaque fois qu'il en a l'occasion, sans que l'autre puisse en prendre offense. » En général et pratiquement, ces plaisanteries ne durent guère que le temps d'entrer en matière; elles sont réciproques. Et M. Radin remarque finement qu'une de leurs raisons d'être peut avoir été « qu'elles procuraient une détente à cette constante étiquette qui empêchait les rapports aisés et sans gêne avec tous les parents proches ». Le respect religieux est en effet compensé par l'insolence laïque entre gens de même génération unis par des liens quasi matrimoniaux. Reste l'oncle utérin dont la position singulière est mieux marquée en pays mélanésien.

Les observateurs américains ont été très frappés de la singularité de ces usages. Ils ont un vaste champ à labourer et n'en sortent guère. Ils ont un peu exagéré l'originalité et renoncé presque à donner une explication de ces faits. M. Radin se borne à remarquer que toutes ces parentés sont ou en ligne utérine chez les Winnebago, ou entre personnes ayant des droits matrimoniaux réciproques les unes sur les autres. M. Lowie, lui, a du moins fait le travail de comparaison. Sous le titre, également juste, de « familiarité privilégiée », il les rapproche des faits

7. Le nom même de la coutume est emprunté à la langue Winnebago. « Si on se permet une liberté à l'égard de quelqu'un qui n'appartient pas à une des catégories précédentes, cette personne demande : « quelle parenté à plaisanteries ai-je avec vous ? »

8. M. Radin est un peu embarrassé par sa notion du clan de la mère. Mais quand la parenté est comptée par groupes, quand elle est classificatoire, que ce soit en descendance utérine ou en descendance masculine, le mariage entre cousins croisés est toujours permis, sauf exception explicable.

mélanésiens; mais il croit ceux-ci moins typiques. Ceux-ci sont cependant, à notre sens, tout aussi clairs et, de plus, mènent à l'explication.

Rivers avait aperçu toute l'importance de ces parentés, en particulier aux îles Banks. Il a longuement étudié l'institution du « poroporo » qui y est très évidente. Les parents s'y classent en gens qui se « poroporo » et gens qui ne se » poroporo » pas. Les farces, brimades, amendes infligées, licences de langages et de gestes contrastent avec la correction à l'égard des autres parents. *Le mari de la sœur de père* est une de ces cibles favorites, on se sert à son égard d'un langage tout spécial. Les parentés à « poroporo » sont à peu près les mêmes que celles des Winnebago : les gens de la même génération du clan où on se marie, plus les frères cadets et l'oncle maternel ou plutôt les oncles maternels (puisque nous sommes ici comme chez les Sioux en système de parentés par groupes ou classificatoire). La seule différence concerne la femme du frère qu'il faut ne « poroporo » qu'un peu (dans ce cas il s'agit de la parenté de fait et non plus de la parenté de droit). Rivers constata les mêmes institutions aux îles Torrès.

M. Fox, instruit d'ailleurs par Rivers auquel il avait signalé les faits, a décrit à San Cristobal (archipel des Salomons, Est) cet ensemble d'institutions contrastées. Des interdictions très graves y pèsent sur toutes les sœurs et sur le frère aîné — fait normal en Mélanésie — et aussi — fait anormal — sur les cousins croisés [9]. A ces tabous s'opposent les excès, les libertés

9. La raison de ce tabou assez rare est probablement la suivante: Les gens de San Cristoval, surtout ceux du district de Bauro, ont très probablement et assez récemment changé leur système de parenté et par suite, leur nomenclature. Autrefois, on a dû se marier entre cousins croisés (fils de frère de mère contre fille de sœur de père). Puis pour des raisons diverses on est passé à l'interdiction de ce degré matrimonial. Le mariage à San Cristoval étant absolument anormal et déréglé, on a dit à M. Fox « nous épousons la *mau* (la fille de la fille de sœur de père) parce que nous ne pouvons plus épouser la *naho* » (sa mère). La cause de ce dérèglement est la gérontocratie très caractérisée dans cette petite île. Elle fait qu'on n'épouse pas la fille de la sœur de son père, personne de sa génération, mais une personne d'une génération plus bas que soi. De sorte que ce mariage étant devenu la règle, les cousins croisés sont précisément interdits tout comme des frères et sœurs. La coutume est la même dans les districts de Parigina et d'Arosi ; de même à Kahua.

que prennent à l'égard l'un de l'autre neveu et oncle utérins; le neveu ayant un droit, extraordinaire mais normal, d'être, malgré son âge, l'intermédiaire obligé des négociations matrimoniales de son oncle : car on peut lui parler et, étant de leur clan, il peut approcher les parents de la fille. La sœur de père a également une position remarquable vis-à-vis de son neveu; elle est fort libre avec lui.

Ces institutions sont depuis longtemps connues en Nouvelle-Calédonie. Le père Lambert a bien décrit, comme tous les premiers auteurs, les tabous de la sœur, si évidents et si importants qu'ils ont servi de point de départ, pour toute une théorie, à un autre observateur, Atkinson; le frère aîné, le beau-père sont moins respectés, mais incomparablement plus qu'ailleurs. En regard, le père Lambert a bien montré quels extraordinaires droits de pillages, quelles extravagantes brimades se permettent, les uns par rapport aux autres, les cousins croisés, les *bengam* ou *pe bengam*. Une sorte de contrat perpétuel les unit et les entraîne à des privilèges absolus les uns sur les autres, où des rivalités naissent et croissent, où des plaisanteries sans fin marquent leurs licences les uns à l'égard des autres, leur intimité et leurs contestations illimitées. Le neveu utérin et l'oncle utérin se traitent de la même façon [10]; mais, à la différence des gens des îles Banks et du reste de la Mélanésie, Fiji compris, le neveu utérin a moins de droits que l'oncle de même ligne.

II

Il est un peu tôt pour donner une explication de ces règles. Ces faits sont relativement mal connus et peu nombreux; mais il est possible d'indiquer dans quelle voie il y a lieu de leur chercher des raisons d'être plausibles.

D'abord, ces institutions ont une fonction fort claire. M. Radin l'a bien vue. Elles expriment un état sentimental psychologiquement défini : le besoin de détente; un laisser-aller qui repose d'une tenue par trop compassée. Un rythme s'établit qui fait se succéder sans danger des états d'âme contraires. La retenue,

10. M. Leenhardt parlera en détail des faits de ce genre qu'il a observés en Nouvelle-Calédonie. Et nous savons que ces détails seront importants.

dans la vie courante, cherche revanche et la trouve dans l'indécence et la grossièreté. Nous avons encore nous-mêmes des sautes d'humeur de ce genre : soldats échappant à la position sous les armes; écoliers s'égaillant dans la cour du collège; messieurs se relâchant au fumoir de trop longues courtoisies vis-à-vis des dames. Mais il n'y a pas lieu ici d'épiloguer longuement. Cette psychologie et cette morale n'expliquent que la possibilité des faits; seule la considération des diverses structures sociales et des pratiques et représentations collectives peut déceler la cause réelle.

On dirait qu'à l'intérieur d'un groupe social, une sorte de dose constante de respect et d'irrespect, dont les membres du groupe sont capables, se répartit avec inégalité sur les divers membres de ce groupe. Mais alors, — en particulier dans les groupes politico-domestiques dont les segments associés constituent les tribus dont nous venons de parler — il faut voir pourquoi certaines parentés sont pour ainsi dire sacrées, certaines autres étant tellement profanes que la vulgarité et la bassesse gouvernent les attitudes réciproques. Il est clair qu'il ne faut pas chercher à ces faits une cause unique. C'est dans la nature de chaque relation domestique et dans sa fonction qu'il faut trouver la raison de tels disparates, de si divers fonctionnements. Il ne suffit pas de dire qu'il est naturel, par exemple, que le soldat se venge sur la recrue des brimades du caporal; il faut qu'il y ait une armée et une hiérarchie militaire pour que ceci soit possible. De même, c'est pour des raisons de constitution du groupe familial lui-même que certains parents sont protégés par l'étiquette et que certains autres sont ou l'objet naturel de passe-droits et d'injures, ou tout au moins victimes de privilèges de mauvais goût. Enfin, si ces pratiques et ces sentiments divers, si ces mouvements de ces structures domestiques en expriment les hiérarchies, c'est qu'ils correspondent à la représentation collective que ces groupes domestiques s'en font, et que chaque membre applique pour sa part. C'est sur une sorte d'échelle des valeurs religieuses et morales que se classent les personnalités de la famille, du clan, des clans alliés. C'est suivant celle-ci que se distribuent suivant les temps et les personnes, les diverses attitudes successives.

On pourrait diriger la recherche et l'observation dans les chemins que voici.

Les étiquettes et interdits qui protègent certains parents commencent à être suffisamment étudiés, sinon suffisamment compris. La plupart ont des motifs multiples. Par exemple la belle-mère est évidemment, à la fois : la femme de la génération interdite dans la phratrie permise ou dans le clan allié et permis : elle est aussi la personne qui, dans le cas d'une descendance masculine plus ou moins reconnue, est la sœur de votre père et avec le sang de laquelle on a par sa femme des rapports directs; elle est la « vieille » personne avec laquelle on communique indûment par sa fille et dont la vue pourrait faire « vieillir le gendre »; elle est la créancière implacable du « champ sexuel » que cultive le mâle; la propriétaire du sang des enfants qui naîtront du mariage; elle symbolise les dangers du principe féminin, ceux du sang étranger de la femme dont elle est créatrice, et l'on reporte sur elle les précautions qu'on ne prend, vis-à-vis de sa femme, qu'au moment du mariage, des menstrues ou de la guerre, ou des grandes périodes expiatoires. Elle est l'objet constant d'un nombre de sentiments concentrés et tenant tous, on le voit, à sa position définie à l'égard du gendre [11].

De même on peut classer les parentés à plaisanteries, mais une par une et dans chaque société. On pourrait même s'étonner qu'elles se laissent si bien grouper en genres et que de pareilles similitudes d'institutions se retrouvent à de pareilles distances, commandées par des structures semblables. La plupart de ces parentés sont celles d'alliés, pour prendre les expressions vulgaires; car nous aimerions mieux dire alliés tout court et ne pas parler de parenté dans ces cas. Dans les tribus de la Prairie américaine comme dans celles de la Mélanésie, c'est avant tout entre gens de même âge, groupes de beaux-frères et de belles-sœurs, époux possibles, que s'échangent des familiarités correspondantes à la possibilité de relations sexuelles; ces licences sont d'autant plus naturelles que les tabous qui protègent les femmes du clan, les mères et les sœurs et les filles de celles-ci en descendance utérine sont plus graves; dans le cas des beaux-frères plus spécialement, les obligations se compliquent des prestations militaires et de celles qui résultent des échanges de sœurs et des droits que garde le beau-frère de protéger sa

11. Nous résumons ici une étude du tabou de la belle-mère, en Australie et en Afrique bantou, étude que nous nous réservons de développer ailleurs.

sœur (thème du conte de Barbe-Bleue). Des usages, encore vivaces chez nous, entre Valentins et Valentines, ceux qui règnent encore pendant la période des noces entre garçons et demoiselles d'honneur donnent assez bien l'idée de ces mœurs qui règlent des relations de contrat collectif entre des groupes de beaux-frères possibles : opposition et solidarité mélangées et alternées, normales surtout en pays de parenté classificatoire. M. Hocart a déjà remarqué ces institutions chez les Ba-Thonga et ce caractère des beaux-frères, « dieux » les uns pour les autres. Cette expression « dieu » marquant d'ailleurs non pas simplement un caractère religieux, mais un caractère moral qui appartient aussi aux dieux : la supériorité de droits : par exemple, le droit sur les biens des cousins *bengam* en Nouvelle-Calédonie ou du neveu utérin à Fiji, en Nouvelle-Calédonie ou chez les Ba-Thonga, sur ceux de son oncle.

Rivers et M. Hocart ont déjà rapproché les parentés « poroporo » et le système d'abus qu'elles entraînent des institutions fijiennes bien connues et même classiques du « vasu » fijien, du pillage régulier de l'oncle utérin par son neveu, en particulier dans les familles nobles et royales où le « vasu » sert pour ainsi dire de collecteur de tribut. De cette institution et de la parenté « tauvu » M. Hocart a même proposé une explication qui n'a pas eu le succès qu'elle méritait. Il part de l'observation de M. Junod concernant le neveu utérin *chief*. Il montre que le neveu utérin est bien à Fiji un « vu », un dieu pour son oncle et s'en tient là.

Il nous sera permis d'ajouter une hypothèse à cette notation. Il faut considérer non seulement la position juridique, mais la position mythique qu'a chaque individu dans le clan. Or, il y a une raison de ce genre à ce que le neveu soit ainsi supérieur à son oncle. Dans toutes ces sociétés, comme au Nord-Ouest américain, on croit à la réincarnation [12] des ancêtres dans un ordre déterminé; dans ce système, le neveu utérin (que la descendance soit comptée en descendance masculine ou en des-

12. Nous sommes revenu à très fréquentes reprises, dans nos travaux cités plus haut, sur cette question des réincarnations, c'est entre gens qualifiés que les prestations s'opèrent; ceux-ci agissent souvent en qualité de représentants vivants des ancêtres; ces derniers étant figurés dans des danses, manifestés par des possessions, notifiés par des noms, des titres et des prénoms.

cendance féminine, peu importe[13]) appartenant, par l'esprit qu'il incarne, à la génération du père de son oncle, en a toute l'autorité. Il est un « chef » pour lui, comme disent les Ba-Thonga. Même, lorsque dans certains systèmes (fort clairs chez les Ba-Ila) l'individu de la troisième génération a exactement la même position que celui de la première et que celui de la cinquième et lorsque dans certains autres systèmes (ashanti[14], dynasties chinoises[15]) à cause du croisement des deux lignes de descendance, c'est l'individu de la cinquième génération qui réincarne son arrière-arrière-grand-père, on comprend qu'un enfant ait une autorité sur un parent d'une autre génération juste antérieure à la sienne, mais postérieure à celle des ancêtres qu'il réincarne. La preuve en est qu'il suffit que le compte de générations et de réincarnations ait un autre point d'origine pour qu'au contraire l'oncle utérin ait des droits supérieurs à ceux de son neveu, ce qui est le cas néocalédonien[16]. Ajoutons que, dans certains cas, l'oncle maternel est aussi celui à qui ont doit sa femme, le beau-père, comme le fait remarquer M. Brown chez de nombreux Bantou, chez les Hottentots et aux îles Tonga.

13. Pourvu que la deuxième descendance intervienne pour partie, et pour des raisons qu'il serait trop long d'expliquer, ceci oblige de sauter, dans ces comptes, au moins une génération.

14. Le plus beau fait de ce type que je connaisse est celui que Rattray a constaté chez les Ashanti : *Ashanti*, p. 38 et 39. Comme il demandait si l'on pouvait épouser une arrière-arrière-petite-fille, « on me répondit par une exclamation d'horreur et que " c'est un tabou rouge pour nous ". Ceci est de plus prouvé par le nom de l'arrière-petit-fils et de tous ceux de sa génération. Ce nom est *nana n' ka" so* " petit-fils, ne touche pas mon oreille ". Un simple attouchement d'un arrière-petit-fils ou d'une arrière-petite-nièce sur l'oreille de l'arrière-grand-père est dit causer sa mort immédiate ». L'arrière-petit-fils est une sorte de « double » dangereux et vivant.

15. Ceci est un thème que M. Granet a longuement développé en de nombreux endroits à propos des comptes et généalogies des mythologies dynastiques chinoises, *Danses et Légendes de la Chine ancienne*, passim.

16. Cette position de l'individu d'une génération postérieure devenu supérieur à un individu de la génération de son père (frère de mère et frère de père,) par le fait qu'il est un " grand-père " de classe a été remarqué chez les Banaro de Nouvelle-Guinée par M. Thurnwald. Dans l'édition anglaise de son travail, il appelle ce genre de parents, le " *goblin grandchild* "; il rapproche cette parenté de la parenté *tauvu* à Fiji.

Admettons encore l'autre interprétation de M. Brown : l'oncle utérin étant le représentant mâle du principe féminin, du sang de la mère, « mère mâle » disent si énergiquement les Ba-Thonga; « mâle mère » serait aussi exact comme traduction et expliquerait pourquoi il est d'ordinaire rangé au-dessous et non au-dessus du neveu. Voilà bien des raisons qui suffisent chacune à part, mais qui ont presque partout fonctionné plus ou moins simultanément, et on comprend, par exemple, que le tabou de la mère ait été compensé par une sorte de profanation systématique du frère de celle-ci.

En tout cas, il est clair que les parentés à plaisanteries correspondent à des droits réciproques et que, généralement, quand ces droits sont inégaux, c'est à une inégalité religieuse qu'ils correspondent.

De plus nous sommes bien ici sur la frontière des faits connus sous le nom de *potlatch*. On sait que ceux-ci se signalent par leur caractère agonistique, par des rivalités de générosité des combats, ceux de force, de grandeur, des défis à l'occasion d'injures, en même temps que par des hospitalités. Mais, on voit dans ces institutions de parentés d'étiquette et de parentés à plaisanteries, institutions plus primitives, dans ces échanges d'obligations et ces échanges de plaisanteries, très visibles dans le « poroporo » des îles Banks, la racine de ces rivalités obligatoires. D'ailleurs, le « poroporo » existe à côté du *potlatch* en Mélanésie, comme une matrice dont le nouveau-né ne s'est pas encore détaché. De plus, les *potlatch* sont attachés, au moins en Mélanésie et au Nord-Ouest américain, aux divers degrés de parenté, aux diverses alliances et parrainages. C'est donc eux qui, au moins dans ces cas, doivent entrer dans la catégorie générale des coutumes d'étiquettes et de brimades entre gens des mêmes générations des clans et des clans alliés et par conséquent, entre gens des générations alternées représentant d'autres générations d'ancêtres. On perçoit ici le pont de passage qui unit les institutions du *potlatch* infiniment développées et les institutions plus frustes, plus simples, où des tabous et des étiquettes s'opposent à des insultes et à l'irrespect. Voilà une première conclusion d'histoire logique.

On saisit également ici un bon nombre de faits types de brimades. En particulier notons certaines similitudes fonctionnelles avec ces confréries à « persécutions » si fréquentes en Amérique du Nord-Ouest et même dans la Prairie. Ces coutumes aboutissent à y former une sorte de profession.

Elles se rattachent donc à de très grands systèmes de faits moraux. Elles permettent même d'entrevoir une façon d'étudier certaines des mœurs les plus générales [17]. Quand on les considère avec leurs contraires, quand on compare l'étiquette avec la familiarité, le respect avec le ridicule, l'autorité avec le mépris, et que l'on voit comment ils se répartissent entre les différentes personnes et les différents groupes sociaux, on comprend mieux leur raison d'être.

Ces recherches ont encore un intérêt linguistique évident. La dignité et la grossièreté du langage sont des éléments importants de ces usages. Ce sont non seulement des sujets interdits que l'on traite, mais des mots interdits dont on se sert. Les langages d'étiquettes et de classes (classes d'âge et de naissance) se comprennent mieux quand on étudie pourquoi et vis-à-vis de qui on les viole systématiquement.

Enfin, ces travaux éclaireraient, si on les poussait davantage, la nature et la fonction d'éléments esthétiques importants, mêlés naturellement, comme partout, aux éléments moraux de la vie sociale. Les obscénités, les chants satiriques, les insultes envers les hommes, les représentations ridicules de certains êtres sacrés sont d'ailleurs à l'origine de la comédie; tout comme les respects témoignés aux hommes, aux dieux et aux héros nourrissent le lyrique, l'épique, le tragique.

17. M. A. R. Brown à qui j'ai montré une première rédaction de ce travail m'a indiqué à ce sujet un certain nombre d'idées et de faits extrêmement importants qu'il se réserve de publier.

7

De quelques formes primitives de classification *

par Émile Durkheim
et Marcel Mauss

Les découvertes de la psychologie contemporaine ont mis en évidence l'illusion si fréquente qui nous fait prendre pour simples et élémentaires des opérations mentales, en réalité fort complexes. Nous savons maintenant de quelle multiplicité d'éléments s'est formé le mécanisme en vertu duquel nous construisons, projetons au-dehors, localisons dans l'espace nos représentations du monde sensible. Mais ce travail de dissociation ne s'est encore que bien rarement appliqué aux opérations proprement logiques. Les facultés de définir, de déduire, d'induire, sont généralement considérées comme immédiatement données dans la constitution de l'entendement individuel. Sans doute, on sait depuis longtemps que, au cours de l'histoire, les hommes ont appris à se servir de mieux en mieux de ces diverses fonctions. Mais il n'y aurait eu de changements importants que dans la manière de les employer; dans leurs traits essentiels, elles auraient été constituées dès qu'il y a eu une humanité. On ne songeait même pas qu'elles aient pu se former par un pénible assemblage d'éléments empruntés aux sources les plus différentes, les plus étrangères à la logique, et laborieusement organisés. Et cette conception n'avait rien de surprenant tant que le devenir des facultés logiques passait pour ressortir à la seule psychologie individuelle, tant qu'on n'avait pas encore

* « De quelques formes de classification — contribution à l'étude des représentations collectives ». *Année sociologique*, 6, (1903).

eu l'idée de voir dans les méthodes de la pensée scientifique de véritables institutions sociales dont la sociologie seule peut retracer et expliquer la genèse.

Les remarques qui précèdent s'appliquent tout particulièrement à ce que nous pourrions appeler la fonction classificatrice. Les logiciens et même les psychologues prennent d'ordinaire comme simple, comme inné ou, tout au moins, comme institué par les seules forces de l'individu, le procédé qui consiste à classer les êtres, les événements, les faits du monde en genres et en espèces, à les subsumer les uns sous les autres, à déterminer leurs rapports d'inclusion ou d'exclusion. Les logiciens considèrent la hiérarchie des concepts comme donnée dans les choses et immédiatement exprimable par la chaîne infinie des syllogismes. Les psychologues pensent que le simple jeu de l'association des idées, des lois de contiguïté et de similarité entre les états mentaux, suffisent à expliquer l'agglutination des images, leur organisation en concepts, et en concepts classés les uns par rapport aux autres. Sans doute, en ces derniers temps, une théorie moins simple du devenir psychologique s'est fait jour. On a émis l'hypothèse que les idées se groupaient pas seulement d'après leurs affinités mutuelles, mais aussi suivant les rapports qu'elles soutiennent avec les mouvements. Néanmoins, quelle que soit la supériorité de cette explication, elle ne laisse pas de présenter la classification comme un produit de l'activité individuelle.

Il y a pourtant un fait qui, à lui seul, pourrait suffire à indiquer que cette opération a d'autres origines : c'est que la manière dont nous l'entendons et la pratiquons est relativement récente. Pour nous, en effet, classer les choses, c'est les ranger en groupes distincts les uns des autres, séparés par des lignes de démarcation nettement déterminées. De ce que l'évolutionnisme moderne nie qu'il y ait entre eux un abîme infranchissable, il ne s'ensuit pas qu'il les confonde jusqu'à réclamer le droit de les déduire les uns des autres. Il y a, au fond de notre conception de la classe, l'idée d'une circonscription aux contours arrêtés et définis. Or, on pourrait presque dire que cette conception de la classification ne remonte pas au-delà d'Aristote. Aristote est le premier qui ait proclamé l'existence et la réalité des différences spécifiques, démontré que le moyen était cause et qu'il n'y avait pas de passage direct d'un genre à l'autre. Platon avait un bien moindre sentiment de cette distinction et de cette organisation hiérarchique, puisque, pour lui, les genres étaient, en un sens, homogènes et pouvaient se réduire les uns aux autres par la dialectique.

Non seulement notre notion actuelle de la classification a une histoire, mais cette histoire elle-même suppose une préhistoire considérable. On ne saurait, en effet, exagérer l'état d'indistinction d'où l'esprit humain est parti. Même aujourd'hui, toute une partie de notre littérature populaire, de nos mythes, de nos religions, est basée sur une confusion fondamentale de toutes les images, de toutes les idées. Il n'en est pas pour ainsi dire qui soient, avec quelque netteté, séparées des autres. Les métamorphoses, les transmissions de qualités, les substitutions de personnes, d'âmes et de corps, les croyances relatives à la matérialisation des esprits, à la spiritualisation d'objets matériels, sont des éléments de la pensée religieuse ou du folklore. Or l'idée même de semblables transmutations ne pourrait pas naître si les choses étaient représentées dans des concepts délimités et classés. Le dogme chrétien de la transsubstantiation est une conséquence de cet état d'esprit et peut servir à en prouver la généralité.

Cependant, cette mentalité ne subsiste plus aujourd'hui dans les sociétés européennes qu'à l'état de survivance, et, même sous cette forme, on ne la retrouve plus que dans certaines fonctions, nettement localisées, de la pensée collective. Mais il y a d'innombrables sociétés où c'est dans le conte étiologique que réside toute l'histoire naturelle, dans les métamorphoses, toute la spéculation sur les espèces végétales et animales, dans les cycles divinatoires, les cercles et carrés magiques, toute la prévision scientifique. En Chine, dans tout l'Extrême-Orient, dans toute l'Inde moderne, comme dans la Grèce et la Rome anciennes, les notions relatives aux actions sympathiques, aux correspondances symboliques, aux influences astrales non seulement étaient ou sont très répandues, mais encore épuisaient ou épuisent encore la science collective. Or ce qu'elles supposent, c'est la croyance en la transformation possible des choses les plus hétérogènes les unes dans les autres et, par suite, l'absence plus ou moins complète de concepts définis.

Si nous descendons jusqu'aux sociétés les moins évoluées que nous connaissions, celles que les Allemands appellent d'un terme un peu vague les *Naturvölker*, nous trouverons une confusion mentale encore plus absolue. Ici, l'individu lui-même perd sa personnalité. Entre lui et son âme extérieure, entre lui et son totem, l'indistinction est complète. Sa personnalité et celle de son *fellow-animal* ne font qu'un. L'identification est telle que l'homme prend les caractères de la chose ou de l'animal dont il est ainsi rapproché. Par exemple, à Mabuiag, les gens du clan du crocodile passent pour avoir le tempérament du crocodile : ils sont fiers, cruels, toujours prêts à la bataille. Chez certains Sioux il y a une section de la tribu qui est dite rouge et qui comprend les clans du lion des montagnes, du buffle, de l'élan, tous animaux qui se caractérisent par leurs instincts violents; les membres de ces clans sont, de naissance, des gens de guerre tandis que les agriculteurs, gens naturellement paisibles, appartiennent à des clans dont les totems sont des animaux essentiellement pacifiques.

S'il en est ainsi des hommes, à plus forte raison en est-il de même des choses. Non seulement entre le signe et l'objet, le nom et la personne, les lieux et les habitants, il y a une indifférenciation complète, mais, suivant une très juste remarque que fait M. von den Steinen à propos des Bakairis [1] et des Bororos, le « principe de la *generatio æquivoca* est prouvé pour le primitif ». C'est de bonne foi que le Bororo s'imagine être en personne un arara; du moins, s'il ne doit en prendre la forme caractéristique qu'une fois mort, dès cette vie, il est à l'animal ce que la chenille est au papillon. C'est de bonne foi que les Trumai sont réputés être des bêtes aquatiques. « Il manque à l'Indien notre détermination des genres les uns par rapport aux autres, en tant que l'un ne se mélange pas à l'autre. » Les animaux, les hommes, les objets inanimés ont été presque toujours conçus à l'origine comme soutenant les uns avec les autres des rapports de la plus parfaite identité. Les relations entre la vache noire et la pluie, le cheval blanc ou rouge et le soleil sont des traits caractéristiques de la tradition indo-européenne; et l'on pourrait multiplier à l'infini les exemples.

Au reste, cet état mental ne diffère pas très sensiblement de celui qui, maintenant encore, à chaque génération, sert de point de départ au développement individuel. La conscience n'est alors qu'un flot continu de représentations qui se perdent les unes dans les autres, et quand des distinctions commencent à apparaître, elles

1. Anciens Caraïbes, actuellement localisés sur le Xingu.

sont toutes fragmentaires. Ceci est à droite et ceci est à gauche, ceci est du passé et ceci du présent, ceci ressemble à cela, ceci a accompagné cela, voilà à peu près tout ce que pourrait produire même l'esprit de l'adulte, si l'éducation ne venait lui inculquer des manières de penser qu'il n'aurait jamais pu instaurer par ses seules forces, et qui sont le fruit de tout le développement historique. On voit toute la distance qu'il y a entre ces distinctions et ces groupements rudimentaires, et ce qui constitue vraiment une classification.

Bien loin donc que l'homme classe spontanément et par une sorte de nécessité naturelle, au début, les conditions les plus indispensables de la fonction classificatrice font défaut à l'humanité. Il suffit d'ailleurs d'analyser l'idée même de classification pour comprendre que l'homme n'en pouvait trouver en lui-même les éléments essentiels. Une classe, c'est un groupe de choses; or les choses ne se présentent pas d'elles-mêmes ainsi groupées à l'observation. Nous pouvons bien apercevoir plus ou moins vaguement leurs ressemblances. Mais le seul fait de ces similitudes ne suffit pas à expliquer comment nous sommes amenés à assembler les êtres qui se ressemblent ainsi, à les réunir en une sorte de milieu idéal, enfermé dans des limites déterminées et que nous appelons un genre, une espèce, etc. Rien ne nous autorise à supposer que notre esprit, en naissant, porte tout fait en lui le prototype de ce cadre élémentaire de toute classification. Sans doute, le mot peut nous aider à donner plus d'unité et de consistance à l'assemblage ainsi formé; mais si le mot est un moyen de mieux réaliser ce groupement une fois qu'on en a conçu la possibilité, il ne saurait par lui-même nous en suggérer l'idée. D'un autre côté, classer, ce n'est pas seulement constituer des groupes : c'est disposer ces groupes suivant des relations très spéciales. Nous nous les représentons comme coordonnés ou subordonnés les uns aux autres, nous disons que ceux-ci (les espèces) sont inclus dans ceux-là (les genres), que les seconds subsument les premiers. Il en est qui dominent, d'autres qui sont dominés, d'autres qui sont indépendants les uns des autres. Toute classification implique un ordre hiérarchique dont ni le monde sensible ni notre conscience ne nous offrent le modèle. Il y a donc lieu de se demander où nous sommes allés le chercher. Les expressions mêmes dont nous nous servons pour le caractériser autorisent à présumer que toutes ces notions logiques sont d'origine extralogique. Nous disons que les espèces d'un même genre soutiennent des rapports de parenté; nous appelons certaines classes des familles; le mot de genre lui-même ne désignait-il pas primitivement un groupe familial (γένος)? Ces faits tendent à faire conjecturer que le schéma de la classification n'est pas un produit spontané de l'entendement abstrait, mais résulte d'une élaboration dans laquelle sont entrés toutes sortes d'éléments étrangers.

Bien entendu, ces remarques préliminaires n'ont nullement pour objet de résoudre le problème, ni même d'en préjuger la solution, mais seulement de montrer qu'il y a là un problème qui doit être posé. Loin que l'on soit fondé à admettre comme une évidence que les hommes classent tout naturellement, par une sorte de nécessité interne de leur entendement individuel, on doit, au contraire, se demander qu'est-ce qui a pu les amener à disposer leurs idées sous cette forme et où ils ont pu trouver le plan de cette remarquable disposition. Cette question, nous ne pouvons même pas songer à la traiter ici dans toute son étendue. Mais, après l'avoir posée, nous voudrions réunir un certain nombre de renseignements qui sont, croyons-nous, de nature à l'éclairer. En effet, la seule manière d'y répondre est de rechercher les classifications les plus rudimentaires qu'aient faites les hommes, afin de voir avec quels éléments elles ont été construites. Or nous allons rapporter dans ce qui suit un certain nombre de classifications qui sont certainement très primitives et dont la signification générale ne paraît pas douteuse.

Cette question n'a pas encore été posée dans les termes que nous venons de dire. Mais parmi les faits dont nous aurons à nous servir au cours de ce travail, il en est qui ont été déjà signalés et étudiés par certains auteurs. M. Bastian s'est occupé, à maintes reprises, des notions cosmologiques dans leur ensemble et il en a assez souvent tenté des sortes de systématisations. Mais il s'est surtout attaché aux cosmologies des peuples orientaux et à celles du moyen âge, énumérant plutôt les faits qu'il ne cherchait à les expliquer. Pour ce qui est des classifications plus rudimentaires, M. Howitt d'abord, M. Frazer ensuite en ont donné déjà plusieurs exemples. Mais ni l'un ni l'autre n'en ont senti l'importance au point de vue de l'histoire de la logique. Nous verrons même que l'interprétation que M. Frazer donne de ces faits est exactement l'inverse de celle que nous proposerons.

I.

Les systèmes de classification les plus humbles que nous connaissions sont ceux que l'on observe dans les tribus australiennes.

On sait quel est le type d'organisation le plus répandu dans ces sortes de sociétés. Chaque tribu est divisée en deux grandes sections fondamentales que nous appelons des phratries [2]. Chaque phratrie, à son tour, comprend un nombre de clans, c'est-à-dire de groupes d'individus porteurs d'un même totem. En principe, les totems d'une phratrie ne se retrouvent pas dans l'autre phratrie. Outre cette division en clans, chaque phratrie est divisée en deux classes que nous appellerons matrimoniales. Nous leur donnons ce nom parce que cette organisation a, avant tout, pour objet de régler les mariages : une classe déterminée d'une phratrie ne peut contracter de mariage qu'avec une classe déterminée de l'autre phratrie. L'organisation générale de la tribu prend aussi la forme suivante.

PHRATRIE I	*Classe matrimoniale A*	Clan de l'emou,
		— du serpent,
	Classe matrimoniale B	— de chenille, etc.
PHRATRIE II	*Classe matrimoniale A'*	Clan du kangourou,
		— de l'opossum,
	Classe matrimoniale B'	— du corbeau, etc. [3]

2. Cette terminologie, on le sait, n'est pas adoptée par tous les auteurs. Il en est beaucoup qui emploient de préférence le mot de classes. Il en résulte des confusions regrettables avec les classes matrimoniales dont il est question un peu plus loin. Pour éviter ces erreurs, toutes les fois qu'un observateur appellera classe une phratrie, nous remplacerons le premier mot par le second. L'unité de la terminologie rendra plus facile la compréhension et la comparaison des faits. Il serait d'ailleurs bien désirable que l'on s'entendît une fois pour toutes sur cette terminologie si souvent employée.

3. Ce schème ne représente que l'organisation que nous considérons comme typique. Elle est la plus générale. Mais dans certains cas on

Les classes désignées par une même lettre (A, A' et B, B') sont celles qui ont entre elles le connubium.

Tous les membres de la tribu se trouvent ainsi classés dans des cadres définis et qui s'emboîtent les uns dans les autres. *Or la classification des choses reproduit cette classification des hommes.*

Déjà M. Cameron avait remarqué que, chez les Ta-ta-This[4] « toutes les choses de l'Univers sont divisées entre les divers membres de la tribu ». « Les uns, dit-il, s'attribuent les arbres, quelques autres les plaines, d'autres le ciel, le vent, la pluie et ainsi de suite. » Malheureusement, ce renseignement manque de précision. On ne nous dit pas à quels groupes d'individus les divers groupes de choses sont ainsi rattachés[5]. Mais nous avons des faits d'une tout autre évidence, des documents tout à fait significatifs.

Les tribus de la rivière Bellinger sont divisées chacune en deux phratries; or, d'après M. Palmer, cette division s'applique également à la nature. « Toute la nature, dit-il, est divisée d'après les noms des phratries[6]. Les choses sont dites mâles ou femelles. Le soleil, la lune et les étoiles sont des hommes et des femmes et appartiennent à telle ou telle phratrie tout comme les Noirs eux-mêmes. » Cette tribu est assez voisine d'une autre tribu, celle de Port-Mackay, dans le Queensland, où nous trouvons le même système de classification. D'après la réponse faite par M. Bridgmann aux questionnaires de Curr, de Br. Smyth

---

ne la trouve qu'altérée. Ici, les classes totémiques ont des clans et sont remplacées par des groupes purements locaux; là, on ne trouve plus de phratries ni de classes. Même, pour être tout à fait complet, il faudrait ajouter une division en groupes locaux qui se superpose souvent aux divisions qui précèdent.

4. « Notes on Some Tribes of New South Wales », *J. A. I.*, XIV, p. 350. Il n'est pas dit d'ailleurs qu'il ne s'agisse que des Ta-ta-This. Le paragraphe précédent mentionne tout un groupe de tribus.

5. Il semble bien cependant qu'il s'agisse d'une répartition par groupes totémiques, analogue à celle dont il sera question plus loin. Mais ce n'est qu'une hypothèse.

6. L'auteur se sert du mot de classes, que nous remplaçons par celui de phratries, comme nous l'avons annoncé; car nous croyons rendre ainsi l'idée du texte, qui, pourtant, n'est pas absolument clair. Désormais nous ferons la substitution sans en prévenir le lecteur, toutes les fois qu'il n'y aura pas de doute sur la pensée des auteurs.

et de Lorimer Fison, cette tribu et même les tribus voisines comprennent deux phratries, l'une appelée Yungaroo, l'autre Wutaroo. Il y a bien aussi des classes matrimoniales; mais elles ne paraissent pas avoir affecté les notions cosmologiques. Au contraire, la division des phratries est considérée « comme une loi universelle de la nature ». « Toutes les choses, animées et inanimées, dit Curr d'après M. Bridgmann, sont divisées par ces tribus en deux classes appelées Yungaroo et Wootaroo. » « Ils divisent les choses entre eux, rapporte le même témoin (Br. Smyth). Ils disent que les alligators sont yungaroo et que les kangourous sont wootaroo. Le soleil est yungaroo, la lune wootaroo, et ainsi de suite pour les constellations, les arbres, les plantes, etc. » Et Fison : « Tout dans la nature se répartit d'après eux entre les deux phratries. Le vent appartient à l'une, la pluie à l'autre... Si on les interroge sur telle étoile en particulier, ils diront à quelle division (phratrie) elle appartient. »

Une telle classification est d'une extrême simplicité puisqu'elle est simplement bipartite. Toutes les choses sont rangées dans deux catégories qui correspondent aux deux phratries. Le système devient plus complexe quand ce n'est plus seulement la division en phratries, mais aussi la division en quatre classes matrimoniales qui sert de cadre à la distribution des êtres. C'est le cas chez les Wakelbùra du Queensland-Nord-Central. M. Muirhead, colon qui a habité longtemps dans le pays et observateur perspicace, a envoyé à plusieurs reprises à MM. Curr et Howitt des renseignements sur l'organisation de ces peuples et sur leur cosmologie, et ces informations, qui paraissent bien s'étendre à plusieurs tribus, ont été corroborées par un autre témoin, M. Ch. Lowe. Les Wakelbùra sont répartis en deux phratries Mallera et Wùtarù; chacune est, de plus, divisée en deux classes matrimoniales. Les classes de la phratrie Mallera portent les noms de Kurgila et de Banhe : celles de la phratrie Wùtarù sont appelées Wungo et Obù. Or ces deux phratries et ces deux classes matrimoniales « divisent tout l'univers en groupes ». « Les deux phratries, dit Howitt, sont Mallera ou Wutheru (équivalent de Wùtarù); par conséquent tous les objets sont l'un ou l'autre. » De même Curr : « La nourriture mangée par les Banbey et les Kargilla est appelée Mullera, et celle des Wongoo ou Oboo (Obù) est appelée Wothera (Wùtarù). » Mais nous trouvons de plus une répartition par classes matrimoniales. « Certaines classes sont seules autorisées à manger certaines espèces de nourriture. Ainsi les Banbey sont restreints à l'opossum, au kangourou, au chien, au miel de la petite abeille, etc. Aux Wongoo sont attribués l'émou, le bandicoot, le canard noir, le serpent noir, le serpent brun. Les Oboo se nourrissent de serpents tapis, du miel des abeilles piquantes, etc. Les Kargilla vivent de porcs-épics, de dindons des plaines, etc. De plus, à eux appartiennent l'eau, la pluie, le feu et le tonnerre. Il y a d'innombrables sortes de nourriture, poissons, gibiers de poil et de plume, dans la distribution desquelles M. Muirhead n'entre pas [7]. »

Il paraît y avoir, il est vrai, quelque incertitude dans les renseignements recueillis sur cette tribu. D'après ce que dit M. Howitt, on pourrait croire que c'est par phratries et non par classes matrimoniales que se fait la division. En effet, les choses attribuées aux Banbey et aux Kargilla seraient toutes mallera. Mais la divergence n'est qu'apparente et elle est même instructive. En effet, la phratrie est le genre, la classe matrimoniale est l'espèce; or le nom du genre convient à l'espèce ce qui ne veut pas dire que l'espèce n'a pas le sien propre. De même que le chat rentre dans la classe quadrupède et peut être désigné par ce nom, les choses de l'espèce kargilla ressortissent au genre supérieur mallera (phratrie) et peuvent, par suite, être dites elles-mêmes mallera. C'est la preuve que nous n'avons plus affaire à une simple dichotomie des choses en deux genres opposés, mais, dans chacun de ces genres, à une véritable inclusion de concepts hiérarchisés.

7. Curr, *Australian Race*, III, p. 27. On remarquera que chaque phratrie ou classe semble consommer la chair des animaux qui lui sont ainsi attribués. Or, nous aurons à revenir sur ce point, les animaux aussi attribués à une phratrie ou à une classe ont généralement un caractère totémique et par suite la consommation en est interdite aux groupes d'individus auxquels ils sont attribués. Peut-être, le fait contraire qui nous est rapporté des Wakelbùra constitue-t-il un cas de consommation rituelle de l'animal totémique pour le groupe totémique correspondant? Nous ne saurions le dire. Peut-être aussi y a-t-il dans cette observation quelque erreur d'interprétation, erreur toujours facile en des matières aussi complexes et d'appréciation aussi malaisée. Il est, en effet, bien remarquable que les totems de la phratrie Mallera, d'après les tableaux qu'on nous donne, sont l'opossum, le dindon des buissons, le kangourou, la petite abeille, tous les animaux dont la consommation se trouve justement permise aux deux classes matrimoniales de cette phratrie, c'est-à-dire aux Kurgilles et aux Banbey.

L'importance de cette classification est telle qu'elle s'étend à tous les faits de la vie; on en retrouve la marque dans tous les rites principaux. Ainsi, un sorcier qui est de la phratrie mallera ne peut se servir pour son art que des choses qui sont également mallera. Lors de l'enterrement, l'échafaudage sur lequel le corps est exposé (toujours dans l'hypothèse où il s'agit d'un Mallera) « doit être fait du bois de quelque arbre appartenant à la phratrie Mallera ». Il en est de même des branchages qui recouvrent le cadavre. S'il s'agit d'un Banbey, on devra employer l'arbre à grande feuille; car cet arbre est banbey; et ce seront des hommes de la même phratrie qui procéderont à l'accomplissement du rite. La même organisation d'idées sert de base aux prévisions; c'est en la prenant comme prémisse que l'on interprète les songes, que l'on détermine les causes, que l'on définit les responsabilités. On sait que, dans toutes ces sortes de sociétés, la mort n'est jamais considérée comme un événement naturel, dû à l'action de causes purement physiques; elle est presque toujours attribuée à l'influence magique de quelque sorcier, et la détermination du coupable fait partie intégrante des rites funéraires. Or, chez les Wakelbùra, c'est la classification des choses par phratries et par classes matrimoniales qui fournit le moyen de découvrir la classe à laquelle appartient le sujet responsable, et peut-être ce sujet lui-même. Sous l'échafaudage où repose le corps et tout autour, les guerriers aplanissent soigneusement la terre de telle façon que la plus légère marque y soit visible. Le lendemain, on examine attentivement le terrain sous le cadavre. Si un animal a passé par là, on en découvre aisément les traces; les Noirs en infèrent la classe de la personne qui a causé la mort de leur parent. Par exemple, si l'on trouve des traces de chien sauvage, on saura que le meurtrier est un Mallera et un Banbey; car c'est à cette phratrie et à cette classe qu'appartient cet animal.

Il y a plus. Cet ordre logique est tellement rigide, le pouvoir contraignant de ces catégories sur l'esprit de l'Australien est si puissant que, dans certains cas, on voit tout un ensemble d'actes, de signes, de choses se disposer suivant ces principes. Lorsqu'une cérémonie d'initiation doit avoir lieu, le groupe local qui prend l'initiative de convoquer les autres groupes locaux appartenant au même clan totémique, les avertit en leur envoyant « un bâton de message » qui doit appartenir à la même phratrie que l'envoyeur et le porteur. Cette concordance obligatoire paraîtra peut-être n'avoir rien de bien extraordinaire, étant donné que, dans presque toute l'Australie, l'invitation à une session initiatoire se fait par un messager porteur de « diables » (ou *bull-roarer*, *turndun*, *churinga*) qui sont évidemment la propriété de tout le clan, et par conséquent du groupe qui invite comme de ceux qui sont invités. Mais la même règle s'applique aux messages destinés à assigner un rendez-vous de chasse et, ici, l'expéditeur, le destinataire, le messager, le bois du message, le gibier désigné, la couleur dont il est peint, tout s'accorde rigoureusement conformément au principe posé par la classification. Ainsi, dans un exemple que nous rapporte Howitt, le bâton était envoyé par un Obù. Par suite, le bois du bâton était en gydea, sorte d'acacia qui est de la phratrie Wùtarù dont font partie les Obù. Le gibier représenté sur le bâton était l'émou et le wallaby, animaux de la même phratrie. La couleur du bâton était le bleu, probablement pour la même raison. Ainsi tout se suit ici, à la façon d'un théorème : l'envoyeur, le destinataire l'objet et l'écriture du message, le bois employé sont tous apparentés. Toutes ces notions paraissent au primitif se commander et s'impliquer avec une nécessité logique [8].

8. M. Muirhead dit expressément que cette manière de procéder est suivie par les tribus voisines. — A ce système de Wakelbùra il y a probablement lieu de rattacher aussi les faits cités par M. Roth, à propos des Pitta-Pitta, des Kalkadoon, des Matikoodi, des Woonamurra, toutes voisines des Wakelbùra (« Ethnological Studies among the Nord West-Central Queensland Aborigines », t. 1897, p. 57, 58. Cf. *Proceed. R. Society Queensland*, 1897). Chaque classe matrimoniale a une série d'interdictions alimentaires de telle sorte que « toute la nourriture à la disposition de la tribu est divisée entre ses membres » (*Proceedings*, etc., p. 189). Prenons par exemple les Pitta-Pitta. Les individus de la classe des Koopooroo ne peuvent manger de l'iguane, du dingo jaune, du petit poisson jaune « avec un os en soi » (p. 57). Les Wongko ont à éviter le dindon des buissons, le bandicoot, l'aigle faucon, le dingo noir, le canard « absolument blanc », etc; aux Koorkilla sont interdits le kangourou, le serpent tapis, la carpe, le canard à tête brune et à gros ventre, diverses espèces d'oiseaux plongeurs, etc; aux Bunburi l'emou, le serpent jaune, certaine espèce de faucon, une espèce de perroquet. Nous avons ici en tout cas, un exemple de classification qui s'étend au moins à un groupe déterminé d'objets, à savoir aux produits de la chasse. Et cette classification a pour modèle celle de la tribu en quatre classes matrimoniales ou « groupes paedomatronymiques » comme dit notre auteur. M. Roth ne paraît pas avoir recherché si cette division s'étendait au reste des choses naturelles.

Un autre système de classification, plus complet et peut-être plus caractéristique est celui où les choses sont réparties non plus par phratries et par classes matrimoniales, mais par phratries et par clans ou totems. « Les totems australiens, dit Fison, ont chacun leur valeur propre. Quelques-uns répartissent non seulement l'humanité, mais tout l'univers en ce qu'on peut appeler des divisions gentilices. » Il y a à cela une raison bien simple. C'est que si le totémisme est, par un certain côté, le groupement des hommes en clans suivant les objets naturels (espèces totémiques associées), il est aussi, inversement, un groupement des objets naturels suivant les groupements sociaux. « Le sauvage sud-australien, dit plus loin le même observateur, considère l'univers comme la grande tribu à l'une des divisions de laquelle il appartient, et toutes les choses, animées ou inanimées, qui sont de son groupe sont des parties du corps (*body corporate*) dont il est lui-même partie. Elles sont absolument parts de lui-même, comme M. Stewart le remarque habilement. »

L'exemple le plus connu de ces faits est celui sur lequel M. Fison, Br. Smyth, Curr, Andrew Lang, Frazer ont successivement appelé l'attention. Il se rapporte à la tribu du Mont-Gambier. Les renseignements sont dus à M. Stewart qui a connu intimement cette tribu. Elle est divisée en deux phratries, appelées l'une Kumite et l'autre Kroki : ces deux noms sont d'ailleurs fort répandus dans tout le sud de l'Australie où ils sont employés dans le même sens. Chacune de ces phratries est elle-même divisée en cinq clans totémiques à filiation utérine. C'est entre ces clans que les choses sont réparties. Chacun des clans ne peut consommer aucun des objets comestibles qui se trouvent ainsi lui être attribués. « Un homme ne tue ni ne mange aucun des animaux qui appartiennent à la même subdivision que lui-même. » Mais, outre ces espèces animales et même végétales interdites, à chaque classe se rattache une multitude indéfinie de choses de toutes sortes.

« Les phratries Kumite et Kroke (Kroki) sont chacune divisées en cinq sous-classes (entendez clans totémiques) sous lesquelles (*sic*) sont rangés certains objets qu'ils appellent *tooman* (qui signifie chair ou *wingo* (qui signifie amis). Toutes les choses de la nature appartiennent à l'un ou à l'autre de ces dix clans. » Curr nous indique, mais seulement à titre d'exemples, quelques-unes des choses qui sont ainsi classées.

Le premier [9] des totems Kumite est celui du *mùla*[10] ou faucon pêcheur; lui appartiennent, ou, comme disent Fison et Howitt, y sont inclus la fumée, le chèvrefeuille, des arbres, etc.[11].

Le deuxième est celui du *parangal* ou pélican auquel sont rattachés l'arbre à bois noir, les chiens, le feu, la glace, etc.

Le troisième est celui du *wa* ou corbeau, sous lequel sont subsumés la pluie, le tonnerre, l'éclair, la grêle, les nuages, etc.

Le quatrième totem est celui du *wila* ou cacatois noir, auquel sont rapportées la lune, les étoiles, etc.

Enfin, au totem du *karato* (serpent inoffensif) appartiennent le poisson, l'arbre à filaments, le saumon, le phoque, etc.

Sur les totems de la phratrie Kroki, nous avons moins de renseignements. Nous n'en connaissons que trois. Au totem *werio* (arbre à thé) se relient les canards, les wallabies, les poules, l'écrevisse, etc.; à celui du *mùrna* (espèce de racine comestible [12]), le buzard, le dolvich (espèce de petit kangourou), les cailles, etc.; à celui du *karaal* (cacatois blanc, sans crête [13]), le kangourou, le faux chêne, l'été, le soleil, l'automne (genre féminin), le vent (même genre).

Nous sommes donc ici en présence d'un système encore plus complexe que les précédents et plus étendu. Il ne s'agit plus seulement d'une classification en deux genres fondamentaux (phratries), comprenant chacun deux espèces (les deux classes matrimoniales). Sans doute, le nombre des genres fondamentaux est, ici encore, le même, mais celui des espèces de

9. Cette expression ne doit pas faire croire qu'il y ait une hiérarchie entre les clans. L'ordre n'est pas le même chez Fison et chez Curr. Nous suivons Fison.

10. Le nom de chaque totem est précédé du préfixe *Burt* ou *Boort* qui veut dire sec. Nous l'omettons dans la liste.

11. Cet *etc.* indique que la liste des choses subsumées n'est pas limitative.

12. D'après M. Curr, le totem serait celui du dindon (*laa*) et comprendrait parmi les choses qui y sont rattachées certaines racines comestibles. Ces variations n'ont rien de surprenant. Elles prouvent seulement qu'il est souvent difficile de déterminer exactement quelle est, parmi les choses qui sont ainsi classées sous le clan, celle qui sert de totem à tout le groupe.

13. M. Fison dit que ce totem est le cacatois noir. C'est sans doute une erreur. Curr, qui copie simplement les renseignements de M. Stewart dit blanc, ce qui est vraisemblablement plus exact.

chaque genre est beaucoup plus considérable, car les clans peuvent être très nombreux. Mais, en même temps, sur cette organisation plus différenciée, l'état de confusion initiale d'où est parti l'esprit humain est toujours sensible. Si les groupes distincts se sont multipliés, à l'intérieur de chaque groupe élémentaire règne la même indistinction. Les choses attribuées à une phratrie sont nettement séparées de celles qui sont attribuées à l'autre; celles attribuées aux différents clans d'une même phratrie ne sont pas moins distinguées. Mais toutes celles qui sont comprises dans un seul et même clan sont dans une large mesure, indifférenciées. Elles sont de même nature; il n'y a pas entre elles de lignes de démarcations tranchées comme il en existe entre les variétés ultimes de nos classifications. Les individus du clan, les êtres de l'espèce totémique, ceux des espèces qui y sont rattachées, tous ne sont que des aspects divers d'une seule et même réalité. Les divisions sociales appliquées à la masse primitive des représentations ont bien pu y découper un certain nombre de cadres délimités, mais l'intérieur de ces cadres est resté dans un état relativement amorphe qui témoigne de la lenteur et de la difficulté avec laquelle s'est établie la fonction classificatrice.

Dans quelques cas, il n'est peut-être pas impossible d'apercevoir certains des principes d'après lesquels se sont constitués ces groupements. Ainsi, dans cette tribu du Mont-Gambier, au cacatois blanc est rattaché le soleil, l'été, le vent; au cacatois noir la lune, les étoiles, les astres de la nuit. Il semble que la couleur ait comme fourni la ligne selon laquelle se sont disposées, d'une manière antithétique ces diverses représentations. De même le corbeau comprend tout naturellement, en vertu de sa couleur, la pluie, et par suite l'hiver, les nuages, et, par eux, l'éclair et le tonnerre. M. Stewart ayant demandé à un indigène à quelle division appartenait le taureau, reçut, après un moment de réflexion, la réponse suivante : « Il mange de l'herbe, donc il est *boortwerio*, c'est-à-dire du clan de l'arbre à thé, qui comprend probablement tous les herbages et les herbivores. » Mais ce sont là, très probablement, des explications après coup auxquelles le Noir recourt pour se justifier à lui-même sa classification et la ramener à des règles générales d'après lesquelles il se guide. Bien souvent, d'ailleurs, de semblables questions le prennent à l'improviste et il se borne, pour toute réponse, à invoquer la tradition. « Les raisons qui ont fait établir le cadre ont été oubliées, mais le cadre subsiste et on l'applique tant bien que mal même aux notions nouvelles comme celle du bœuf qui a été tout récemment introduit. » A plus forte raison ne faut-il pas nous étonner que beaucoup de ces associations nous déroutent. Elles ne sont pas l'œuvre d'une logique identique à la nôtre. Des lois y président que nous ne soupçonnons pas.

Un cas analogue nous est fourni par les Wotjoballuk, tribu de la Nouvelle-Galles du Sud, l'une des plus évoluées de toutes les tribus australiennes. Nous devons les renseignements à M. Howitt lui-même dont on connaît la compétence. La tribu est divisée en deux phratries, Krokitch et Gamutch [14], qui, dit-il, semblent en fait se partager tous les objets naturels. Suivant l'expression des indigènes, « les choses appartiennent aux phratries ». De plus, chaque phratrie comprend un certain nombre de clans. A titre d'exemples, M. Howitt cite dans la phratrie Krokitch les clans du vent chaud, du cacatois blanc sans crête, des choses du soleil, et, dans la phratrie Gamutch, ceux de la vipère sourde, du cacatois noir, du pélican. Mais ce ne sont là que des exemples : « J'ai donné, dit-il, trois totems de chaque phratrie comme exemples, mais il y en a plus; huit pour les Krokitch et, pour les Gamutch, au moins quatre. » Or les choses classées dans chaque phratrie sont réparties entre les différents clans qu'elle comprend. De la même façon que la division primaire (ou phratrie) est partagée en un certain nombre de divisions totémiques, de même tous les objets attribués à la phratrie sont divisés entre ces totems. Ainsi chaque totem possède un certain nombre d'objets naturels qui ne sont pas tous des animaux, car il y a parmi eux une étoile, le feu, le vent, etc. Les choses ainsi classées sous chaque totem, sont appelées par M. Howitt des sous-totems ou des pseudo-totems. Le cacatois blanc, par exemple, en compte quinze et le vent chaud cinq. Enfin la classification est poussée à un tel degré de complexité que parfois, à ces totems secondaires des totems tertiaires se trouvent subordonnés. Ainsi la classe krokitch (phratrie), comprend comme division le pélican (totem) :

14. On voit la parenté de ces noms avec ceux de Kroki et de Kumite employés par la tribu du Mont-Gambier; ce qui prouve l'authenticité de ce système de classification qui se retrouve ainsi sur des points aussi éloignés l'un de l'autre.

le pélican comprend d'autres sous-divisions (sous-totems, espèces de choses classées sous le totem) parmi lesquelles se trouve le feu et le feu lui-même comprend, comme une sous-division du troisième degré, les signaux faits probablement à l'aide du feu [15].

Cette curieuse organisation d'idées, parallèle à celle de la société, est, à sa complication près, parfaitement analogue à celle que nous avons trouvée chez les tribus du Mont-Gambier; elle est analogue également à la division suivant les classes matrimoniales que nous avons observée dans le Queensland, et à la division dichotomique suivant les phratries que nous avons rencontrée un peu partout [16]. Mais, après avoir décrit les différentes variétés de ce système d'une manière objective, telles qu'elles fonctionnent dans ces sociétés, il serait intéressant de savoir de quelle façon l'Australien se les représente; quelle notion il se fait lui-même des rapports que soutiennent les uns avec les autres les groupes de choses ainsi classées. Nous pourrions ainsi mieux nous rendre compte de ce que sont les notions logiques du primitif et de la manière dont elles se sont formées. Or, nous avons, à propos des Wotjoballuk, des documents qui permettent de préciser certains points de cette question.

Comme on pourrait s'y attendre, cette représentation se présente sous des aspects différents.

15. Le terme qu'emploient les individus qui composent cette sous-division du sous-clan pour se désigner signifie exactement : Nous nous avertissons les uns les autres (« Further Notes », *J. A. I.*, p. 61). Si l'on veut avoir une idée exacte de la complexité de cette classification, il faut encore y ajouter un autre élément. Les choses ne sont pas seulement réparties entre les clans des vivants, mais les morts, eux aussi, forment des clans qui ont leurs totems propres, par conséquent leurs choses attribuées. C'est ce qu'on appelle les totems mortuaires. Ainsi quand un Krokitch du totem *Ngaui* (le soleil) meurt, il perd son nom, il cesse d'être *ngaui* pour devenir *mitbagrargr*, écorce de l'arbre mallee (Howitt, « Further Notes », *J. A. I.*, XVIII, p. 64). D'autre part, entre les totems des vivants et ceux des morts, il y a un lien de dépendance. Ils entrent dans le même système de classification.

16. Nous laissons de côté l'action que peut avoir eue la division des individus en groupes sexuels nettement différenciés sur la division des choses en genres. Et cependant, là surtout où chaque sexe a son totem propre, il est difficile que cette influence n'ait pas été considérable. Nous nous bornons à signaler la question après M. Frazer (voir *Année sociologique*, 4, p. 364).

Tout d'abord, ces relations logiques sont conçues sous la forme de relations de parenté plus ou moins prochaine par rapport à l'individu. Quand la classification se fait simplement par phratries, sans autre subdivision, chacun se sent parent et également parent des êtres attribués à la phratrie dont il est membre; ils sont tous, au même titre, sa chair, ses amis, tandis qu'il a de tout autres sentiments pour les êtres de l'autre phratrie. Mais lorsque, à cette division fondamentale s'est superposée la division en classes ou en clans totémiques, ces rapports de parenté se différencient. Ainsi un Kumite du Mont-Gambier sent que toutes les choses kumites sont siennes; mais celles-là lui tiennent de plus près qui sont de son totem. La parenté, dans ce dernier cas, est plus proche. « Le nom de phratrie est général », dit Howitt à propos des Wotjoballuk; « le nom totémique est, en un sens, individuel, car il est certainement plus près de l'individu que le nom de la moitié de la communauté (entendez phratrie) à laquelle il appartient. » Les choses sont ainsi conçues comme disposées en une série de cercles concentriques à l'individu; les plus éloignés, ceux qui correspondent aux genres les plus généraux, sont ceux qui comprennent les choses qui le touchent le moins; elles lui deviennent moins indifférentes à mesure qu'elles se rapprochent de lui. Aussi, quand elles sont comestibles, est-ce seulement les plus proches qui lui sont interdites.

Dans d'autres cas, c'est sous la forme de rapports entre possédants et possédés que sont pensées ces relations. La différence entre les totems et les sous-totems est, d'après Howitt, la suivante : « Les uns et les autres sont appelés *mirû* (pluriel de *mir* qui signifie totem). Mais tandis qu'un de mes informateurs, un Krokitch, *emprunte* son nom, *ngaui*, au soleil (totem proprement dit), il *possède* bungil l'une des étoiles fixes (qui est un sous-totem)... Le vrai totem le possède, mais il possède lui-même le sous-totem. » De même un membre du clan wartwut (vent chaud), réclamait comme « lui appartenant plus spécialement » un des cinq sous-totems, moiwuk (le serpent-tapis). A parler exactement, ce n'est pas l'individu qui possède par lui-même le sous-totem : c'est au totem principal qu'appartiennent ceux qui lui sont subordonnés. L'individu n'est là qu'un intermédiaire. C'est parce qu'il a en lui le totem (lequel se retrouve également chez tous les membres du clan) qu'il a une sorte de droit de propriété sur les choses attribuées à ce totem. D'ailleurs, sous les expressions que nous venons de rapporter, on sent aussi quelque chose de la conception que nous nous efforcions d'analyser en premier lieu. Car une chose « qui appartient spécialement à un individu » est aussi plus voisine de lui et le touche plus particulièrement [17].

Il est vrai que, dans certains cas, l'Australien paraît se représenter la hiérarchie des choses dans un ordre exactement inverse. Ce sont les plus éloignées qui sont considérées par lui comme les plus importantes. L'un des indigènes dont nous avons déjà parlé, qui avait pour totem le soleil (ngaui) et pour sous-totem une étoile (bungil) disait « qu'il était ngaui, non pas bungil ». Un autre dont nous avons également fait mention dont le totem était wartwut (vent chaud) et le sous-totem moiwuk (serpent tapis), était, de l'avis même d'un de ses compagnons, wartwut, « mais aussi *partiellement* moiwuk ». Il n'y a qu'une part de lui qui soit serpent tapis. C'est ce que signifie également une autre expression que nous rapporte M. Howitt. Un Wotjoballuk a souvent deux noms, l'un est son totem et l'autre son sous-totem. Le premier est véritablement son nom, l'autre « vient un peu derrière »; il est secondaire en rang. C'est qu'en effet les choses les plus essentielles à l'individu ne sont pas les plus voisines de lui, celles qui tiennent le plus étroitement à sa personnalité individuelle. L'essence de l'homme, c'est l'humanité. L'essence de l'Australien est dans son totem plutôt que dans son sous-totem, et même, mieux encore, dans l'ensemble de choses qui caractérisent sa phratrie. Il n'y a donc rien dans ces textes qui contredise les précédents. La classification y est toujours conçue de la même manière, sauf que les rapports qui la constituent y sont considérés d'un autre point de vue.

17. Les textes qui précèdent ne concernent que les rapports du sous-totem au totem, non ceux du totem à la phratrie. Mais, évidemment, ces derniers ont dû être conçus de la même manière. Si nous n'avons pas de textes qui nous renseignent spécialement sur ce point, c'est que la phratrie ne joue plus qu'un rôle effacé dans ces tribus et tient une moindre place dans les préoccupations.

II

Après avoir établi ce type de classification, il nous faut chercher à en déterminer, autant qu'il est possible, la généralité.

Les faits ne nous autorisent pas à dire qu'il se rencontre dans toute l'Australie ni qu'il ait la même extension que l'organisation tribale en phratries, classes matrimoniales et clans totémiques. Sans doute, nous sommes persuadé que, si l'on cherchait bien, on le retrouverait, complet ou altéré, dans nombre de sociétés australiennes où il est resté jusqu'à présent inaperçu; mais nous ne pouvons préjuger le résultat d'observations qui n'ont pas été faites. Néanmoins, les documents dont nous disposons dès maintenant nous permettent d'assurer qu'il est ou a été certainement très répandu.

Tout d'abord, dans bien des cas où l'on n'a pas directement observé notre forme de classification, on a cependant trouvé et l'on nous signale des totems secondaires qui, comme nous l'avons vu, la supposent. C'est ce qui est vrai notamment des îles du détroit de Torrès voisines de la Nouvelle-Guinée britannique. A Kiwai, les clans ont presque tous pour totem (*miramara*) des espèces végétales; l'un d'eux, l'arbre à palme (*nipa*), a pour totem secondaire le crabe, qui habite l'arbre du même nom. A Mabuiag (île située à l'ouest du détroit de Torrès)[18], nous trouvons une organisation des clans en deux phratries : celle du petit *augùd* (*augùd* signifie totem) et celle du grand *augùd*. L'une est la phratrie de la terre, l'autre est la phratrie de l'eau; l'une campe sous le vent, l'autre vers le vent; l'une est à l'est, l'autre à l'ouest. Celle de l'eau a pour totems le dudong et un animal aquatique que Haddon appelle le *shovel-nose skate*; les totems de l'autre, à l'exception du crocodile qui est un amphibie, sont tous des animaux terrestres : le crocodile, le serpent, le casoar. Ce sont là évidemment des traces importantes de classification. Mais de plus, M. Haddon mentionne expressément des « totems secondaires ou subsidiaires proprement dits » : le requin à tête de marteau, le requin, la tortue, le *rayon* à aiguil-

18. On sait depuis Haddon que l'on ne rencontre de totémisme que dans les îles de l'Ouest et non dans celles de l'Est.

lon (*sting ray*) sont rattachés, à ce titre, à la phratrie de l'eau; le chien, à la phratrie de la terre. Deux autres sous-totems sont, en outre, attribués à cette dernière; ce sont des ornements faits de coquillages en forme de croissants. Si l'on songe que, dans ces îles, le totémisme est partout en pleine décadence, il paraîtra d'autant plus légitime de voir dans ces faits les restes d'un système plus complet de classification. Il est très possible qu'une organisation analogue se rencontre ailleurs dans le détroit de Torrès et à l'intérieur de la Nouvelle-Guinée. Le principe fondamental, la division par phratries et clans groupés trois par trois, a été constaté formellement à Saibai (île du détroit) et à Daudai.

Nous serions tentés de retrouver des traces de cette même classification aux îles Murray, Mer, Waier et Dauar. Sans entrer dans le détail de cette organisation sociale, telle que nous l'a décrite M. Hunt, nous tenons à attirer l'attention sur le fait suivant. Il existe chez ces peuples un certain nombre de totems. Or chacun d'eux confère aux individus qui le portent des pouvoirs variés sur différentes espèces de choses. Ainsi, les gens qui ont pour totem le tambour ont les pouvoirs suivants : c'est à eux qu'il appartient de faire la cérémonie qui consiste à imiter les chiens et à frapper les tambours; ce sont eux qui fournissent les sorciers chargés de faire multiplier les tortues, d'assurer la récolte des bananes, de deviner les meurtriers par les mouvements du lézard; ce sont eux enfin qui imposent le tabou du serpent. On peut donc dire avec assez de vraisemblance que du clan du tambour relèvent, à certains égards, outre le tambour lui-même, le serpent, les bananes, les chiens, les tortues, les lézards. Toutes ces choses ressortissent, au moins partiellement, à un même groupe social et, par suite, les deux expressions étant au fond synonymes, à une même classe d'êtres [19].

La mythologie astronomique des Australiens porte la marque de ce même système mental. Cette mythologie,en effet, est pour ainsi dire, moulée sur l'organisation totémique. Presque par-

19. Nous tenions à appeler l'attention sur ce fait, parce qu'il nous fournit l'occasion d'une remarque générale. Partout où l'on voit un clan ou une confrérie religieuse exercer des pouvoirs magico-religieux sur des espèces de choses différentes, il est légitime de se demander s'il n'y a pas là l'indice d'une ancienne classification attribuant à ce groupe social ces différentes espèces d'êtres.

tout les Noirs disent que tel astre est tel ancêtre déterminé [20]. Il est plus que probable qu'on devait mentionner pour cet astre, comme pour l'individu avec lequel il se confond, à quelle phratrie, à quelle classe, à quel clan il appartient. Par cela même, il se trouvait classé dans un groupe donné; une parenté, une place déterminée lui étaient assignées dans la société. Ce qui est certain, c'est que ces conceptions mythologiques s'observent dans les sociétés australiennes où nous avons trouvé, avec tous ses traits caractéristiques, la classification des choses en phratries et en clans; dans les tribus du Mont-Gambier, chez les Wotjoballuk, dans les tribus du Nord de Victoria. « Le soleil, dit Howitt, est une femme krokitch du clan du soleil, qui va chercher tous les jours son petit garçon qu'elle a perdu. » Bungil (l'étoile fomalhaut) fut, avant de monter au ciel, un puissant cacatois blanc de la phratrie krokitch. Il avait deux femmes, qui, naturellement, en vertu de la règle exogamique, appartenaient à la phratrie opposée, gamutch. Elles étaient des cygnes (probablement deux sous-totems du pélican). Or elles sont, elles aussi, des étoiles. Les Woivonung, voisins des Wotjoballuk croient que Bungil (nom de la phratrie) est monté au ciel dans un tourbillon avec ses fils qui sont tous des êtres totémiques (hommes et animaux à la fois); il est fomalhaut, comme chez les Wotjoballuk, et chacun de ses fils est une étoile; deux sont l'α et le β de la Croix du Sud. Assez loin de là, les Mycooloon du sud du Queensland classent les nuages de la Croix du Sud sous le totem de l'émou; la ceinture d'Orion est pour eux du clan Marbaringal, chaque étoile filante du clan Jinbabora. Quand une de ces étoiles tombe, elle vient frapper un arbre Gidea et elle devient un arbre du même nom. Ce qui indique que cet arbre était lui aussi en rapport avec ce même clan. La lune est un ancien guerrier dont on ne dit ni le nom ni la classe. Le ciel est peuplé d'ancêtres des temps imaginaires.

Les mêmes classifications astronomiques sont en usage chez les Aruntas, dont nous aurons à regarder tout à l'heure d'un autre point de vue. Pour eux, le soleil est une femme de la classe matrimoniale Panunga, et c'est la phratrie Panunga-Bulthara

20. Les documents sur ce sujet sont tellement nombreux que nous ne les citons pas tous. Cette mythologie est même tellement développée que, souvent, les Européens ont cru que les astres étaient les âmes des morts.

qui est préposée à la cérémonie religieuse qui le concerne[21]. Il a laissé sur la terre des descendants qui continuent à se réincarner[22] et qui forment un clan spécial. Mais ce dernier détail de la tradition mythique doit être de formation tardive. Car, dans la cérémonie sacrée du soleil, le rôle prépondérant est joué par des individus qui appartiennent au groupe totémique du « bandicoot » et à celui du « grand lézard ». C'est donc que le soleil devait être autrefois une Panunga, du clan du bandicoot, habitant sur le terrain de grand lézard. Nous savons, d'ailleurs, qu'il en est ainsi de ses sœurs. Or elles se confondent avec lui. Il est « leur petit enfant », « leur soleil »; en somme, elles n'en sont qu'un dédoublement. — La lune est, dans deux mythes différents, rattachée au clan de l'opossum. Dans l'un d'eux, elle est un homme de ce clan; dans l'autre, elle est elle-même, mais elle a été enlevée à un homme du clan et c'est ce dernier qui lui a assigné sa route. On ne nous dit pas, il est vrai, de quelle phratrie elle était. Mais le clan implique la phratrie, ou du moins l'impliquait dans le principe chez les Aruntas. — De l'étoile du matin nous savons qu'elle était de la classe Kumara; elle va se réfugier tous les soirs dans une pierre qui est sur le territoire des « grands lézards » avec lesquels elle semble être étroitement apparentée. Le feu est, de même, intimement rattaché au totem de l'euro. C'est un homme de ce clan qui l'a découvert dans l'animal du même nom.

Enfin, dans bien des cas où ces classifications ne sont plus immédiatement apparentes, on ne laisse pas de les retrouver, mais sous une forme différente de celle que nous venons de décrire. Des changements sont survenus dans la structure sociale, qui ont altéré l'économie de ces systèmes, mais non jusqu'à la rendre complètement méconnaissable. D'ailleurs, ces changements sont en partie dus à ces classifications elles-mêmes et pourraient suffire à les déceler.

Ce qui caractérise ces dernières, c'est que les idées y sont organisées sur un modèle qui est fourni par la société. Mais une fois que cette organisation de la mentalité collective existe, elle est susceptible de réagir sur sa cause et de contribuer à la modifier.

21. Les individus qui font la cérémonie doivent, pour la plupart, être de cette phratrie.

22. On sait que, pour les Aruntas, chaque naissance est la réincarnation de l'esprit d'un ancêtre mythique (Alcheringa).

Nous avons vu comment les espèces de choses, classées dans un clan, y servent de totems secondaires ou sous-totems; c'est-à-dire que, à l'intérieur du clan, tel ou tel groupe particulier d'individus en vient, sous l'influence de causes que nous ignorons, à se sentir plus spécialement en rapports avec telles ou telles des choses qui sont attribuées, d'une manière générale, au clan tout entier. Que maintenant celui-ci, devenu trop volumineux, tende à se segmenter, et ce sera suivant les lignes marquées par la classification que se fera cette segmentation. Il faut se garder de croire, en effet, que ces sécessions soient nécessairement le produit de mouvements révolutionnaires et tumultueux. Le plus souvent, il semble bien qu'ils ont eu lieu suivant un processus parfaitement logique. Déjà, dans un grand nombre de cas, c'est ainsi que les phratries se sont constituées et partagées en clans. Dans plusieurs sociétés australiennes, elles s'opposent l'une à l'autre comme les deux termes d'une antithèse, comme le blanc et le noir, et, dans les tribus du détroit de Torrès, comme la terre et l'eau; de plus, les clans qui se sont formés à l'intérieur de chacune d'elles soutiennent les uns avec les autres des rapports de parenté logique. Ainsi, il est rare en Australie que le clan du corbeau soit d'une autre phratrie que celui du tonnerre, des nuages et de l'eau. De même, dans un clan, quand une segmentation devient nécessaire, ce sont les individus groupés autour d'une des choses classées dans le clan qui se détachent du reste, pour former un clan indépendant, et le sous-totem devient un totem. Le mouvement une fois commencé peut, d'ailleurs, se poursuivre et toujours d'après le même procédé. Le sous-clan qui s'est ainsi émancipé emporte, en effet, avec lui, dans son domaine idéal, outre la chose qui lui sert de totem, quelques autres qui sont considérées comme solidaires de la première. Ces choses, dans le clan nouveau, remplissent le rôle de sous-totems, et peuvent, s'il y a lieu, devenir autant de centres autour desquels se produiront plus tard des segmentations nouvelles.

Les Wotjoballuk nous permettent précisément de saisir ce phénomène, sur le vif, pour ainsi dire, dans ses rapports avec la classification [23]. D'après M. Howitt, un certain nombre de

23. C'est même à ce point de vue exclusif que Howitt a étudié les Wotjoballuk, et c'est cette segmentation qui, en faisant qu'une même

sous-totems sont des totems en voie de formation. « Ils conquièrent une sorte d'indépendance. » Ainsi, pour certains individus, le pélican blanc est un totem, et le soleil un sous-totem, alors que d'autres les classent en ordre inverse. C'est que, vraisemblablement, ces deux dénominations devaient servir de sous-totems à deux sections d'un clan ancien, dont le vieux nom serait « tombé », et qui comprenait, parmi les choses qui lui étaient attribuées, et le pélican et le soleil. Avec le temps, les deux sections se sont détachées de leur souche commune : l'une a pris le pélican comme totem principal, laissant le soleil au second rang, alors que l'autre faisait le contraire. Dans d'autres cas, où l'on ne peut pas observer aussi directement la manière dont se fait cette segmentation, elle est rendue sensible par les rapports logiques qui unissent entre eux les sous-clans issus d'un même clan. On voit clairement qu'ils correspondent aux espèces d'un même genre. C'est ce que nous montrerons expressément plus loin, à propos de certaines sociétés américaines [24].

Or il est aisé de voir quels changements cette segmentation doit introduire dans les classifications. Tant que les sous-clans, issus d'un même clan originaire, conservent le souvenir de leur commune origine ils sentent qu'ils sont parents, associés, qu'ils ne sont que les parties d'un même tout; par suite, leurs totems et les choses classées sous ces totems restent subordonnés, en quelque mesure, au totem commun du clan total. Mais, avec le temps, ce sentiment s'efface. L'indépendance de chaque section augmente et finit par devenir une autonomie complète. Les liens qui unissaient tous ces clans et sous-clans en une même phratrie se détendent encore plus aisément et toute la société finit par se résoudre en une poussière de petits groupes autonomes,

---

espèce de choses a tantôt le caractère d'un totem et tantôt celui d'un sous-totem, a rendu difficile la constitution d'un tableau exact des clans et des totems.

24. Cette segmentation et les modifications qui en résultent dans la hiérarchie des totems et des sous-totems permettent peut-être d'expliquer une particularité intéressante de ces systèmes sociaux. On sait que, en Australie notamment, les totems sont très généralement des animaux, beaucoup plus rarement des objets inanimés. On peut croire que primitivement tous étaient empruntés au monde animal. Mais sous ces totems primitifs se trouvaient classés des objets inanimés qui, par suite de segmentations, finissent par être promus au rang de totems principaux.

égaux les uns aux autres, sans aucune subordination. Naturellement, la classification se modifie en conséquence. Les espèces de choses attribuées à chacune de ces subdivisions constituent autant de genres séparés, situés sur le même plan. Toute hiérarchie a disparu. On peut bien concevoir qu'il en reste encore quelques traces à l'intérieur de chacun de ces petits clans. Les êtres, rattachés au sous-totem, devenu maintenant totem, continuent à être subsumés sous ce dernier. Mais tout d'abord ils ne peuvent plus être bien nombreux, étant donné le caractère fractionnaire de ces petits groupes. De plus, pour peu que le mouvement se poursuive, chaque sous-totem finira par être élevé à la dignité de totem, chaque espèce, chaque variété subordonnée sera devenue un genre principal. Alors, l'ancienne classification aura fait place à une simple division sans aucune organisation interne, à une répartition des choses par têtes, et non plus par souches. Mais, en même temps, comme elle se fait entre un nombre considérable de groupes, elle se trouvera comprendre, à peu près, l'univers tout entier.

C'est dans cet état que se trouve la société des Aruntas. Il n'existe pas chez eux de classification achevée, de système constitué. Mais, selon les expressions mêmes employées par MM. Spencer et Gillen, « en fait, dans le pays occupé par les indigènes, il n'y a pas un objet, animé ou inanimé qui ne donne son nom à quelque groupe totémique d'individus [25] ». Nous trouvons mentionnées dans leur ouvrage cinquante-quatre espèces de choses servant de totems à autant de groupes totémiques; et encore, comme ces observateurs ne se sont pas préoccupés d'établir eux-mêmes une liste complète de ces totems, celle que nous avons pu dresser, en réunissant les indications éparses dans leur livre, n'est certainement pas exhaustive [26]. Or, la tribu des Aruntas

25. *Native Tribes of Central Australia*, Londres, 1898, p. 112.

26. Nous croyons rendre service en reproduisant ici cette liste telle que nous l'avons reconstituée. Bien entendu, nous ne suivons aucun ordre dans notre énumération : le vent, le soleil, l'eau ou nuage (p. 112) le rat, la chenille *witchetty*, le kangourou, le lézard, l'émou, la fleur hakea (p. 116), l'aigle faucon, le elonka (fruit comestible), une espèce de manne, le chat sauvage, l'irriakura (espèce de bulbe), la chenille du papillon longicome, le bandicoot, la manne ilpirla, la fourmi à miel, la grenouille, la baie chankuna, le prunier, le poisson irpunga, l'opossum, le chien sauvage, l'euro (p. 177 et suivantes), le petit faucon (p. 232), le serpent tapis (p. 242), la petite chenille, la grande chauve-

est une de celles où le processus de segmentation s'est poursuivi presque jusqu'à sa plus extrême limite; car, par suite des changements survenus dans la structure de cette société, tous les obstacles, susceptibles de le contenir, ont disparu. Sous l'influence de causes qui ont été exposées ici même[27], les groupes totémiques des Aruntas ont été amenés très tôt à sortir du cadre naturel qui les tenait primitivement enserrés et qui leur servait, en quelque sorte, d'ossature; c'est à savoir le cadre de la phratrie. Au lieu de rester strictement localisé dans une moitié déterminée de la tribu, chacun d'eux s'est librement répandu dans toute l'étendue de la société. Devenus ainsi étrangers à l'organisation sociale régulière, tombés presque au rang d'associations privées, ils ont pu se multiplier, s'émietter presque à l'infini.

Cet émiettement dure même encore. Il y a, en effet, des espèces de choses dont le rang dans la hiérarchie totémique est encore incertain, de l'aveu même de Spencer et Gillen: on ne sait si elles sont des totems principaux ou des sous-totems[28]. C'est donc que ces groupes sont encore dans un état mouvant, comme les clans des Wotjoballuk. D'un autre côté, entre des totems actuellement assignés à des clans indépendants, il existe parfois des liens qui témoignent qu'ils ont dû primitivement être classés dans un même clan. C'est le cas de la fleur hakea et du chat sauvage. Ainsi, les marques gravées sur les churingas des hommes du

---

souris blanche (p. 300, 301), la semence de gazon (p. 311), le poisson interpitna (p. 316), le serpent coma (p. 317), le faisan natif, une autre autre espèce de fruit de mandinia (p. 320), le rat jerboa (p. 329), l'étoile du soir (p. 360), le gros lézard, le petit lézard (p. 389), le petit rat (p. 389, 395), la semence alchantwa (p. 390), une autre espèce de petit rat (p. 396), le petit faucon (p. 397), le serpent okranina (p. 399), le dindon sauvage, la pie, la chauve-souris blanche, la petite chauve-souris (p. 401, 404, 406). Il y a encore les clans d'une certaine espèce de semence et du grand scarabée (p. 411), des pigeons inturita (p. 410), de la bête d'eau (p. 414, du faucon (p. 416), de la caille, de la fourmi bouledogue (p. 417), de deux sortes de lézards (p. 439), du wallaby (?) à la queue ongulée (p. 441), d'une autre espèce de fleur hakea (p. 444), de la mouche (p. 546), de l'oiseau cloche (p. 635).

27. *Année sociologique*, 5, p. 108, s.

28. Ainsi Spencer et Gillen ne savent pas au juste si le pigeon des rochers est un totem ou un totem secondaire (cf. p. 410 et 448). De même la valeur totémique des diverses espèces de lézards n'est pas déterminée : ainsi les êtres mythiques qui créèrent les premiers hommes qui eurent pour totem le lézard se transformèrent en une autre espèce de lézard (p. 389).

chat sauvage représentent et ne représentent que des arbres à fleurs hakea. D'après les mythes, dans les temps fabuleux, c'était de la fleur hakea que se nourrissaient les chats sauvages; or, les groupes totémiques originaires sont généralement réputés s'être nourris de leur totems. C'est donc que ces deux sortes de choses n'ont pas toujours été étrangères l'une à l'autre, mais ne le sont devenues que quand le clan unique qui les comprenait s'est segmenté. Le clan du prunier semble être aussi un dérivé de ce même clan complexe : fleur hakea — chat sauvage. Du totem du lézard se sont détachées différentes espèces animales et d'autres totems, notamment celui du petit rat. On peut donc être assuré que l'organisation primitive a été soumise à un vaste travail de dissociation et de fractionnement qui n'est même pas encore terminé.

Si donc on ne retrouve plus chez les Aruntas un système complet de classification, ce n'est pas qu'il n'y en ait jamais eu : c'est qu'il s'est décomposé à mesure que les clans se fragmentaient. L'état où il se trouve ne fait que refléter l'état actuel de l'organisation totémique dans cette même tribu : preuve nouvelle du rapport étroit qui unit entre eux ces deux ordres de faits. D'ailleurs, il n'a pas disparu sans laisser des traces visibles de son existence antérieure. Déjà nous en avons signalé des survivances dans la mythologie des Aruntas. Mais on en trouve de plus démonstratives encore dans la manière dont les êtres sont répartis entre les clans. Très souvent, au totem, sont rattachées d'autres espèces de choses, tout comme dans les classifications complètes que nous avons examinées. C'est un dernier vestige de subsumption. Ainsi au clan des grenouilles est spécialement associé l'arbre à gomme[29]; à l'eau est rattachée la poule d'eau. Nous avons déjà vu qu'il y a d'étroits rapports entre le totem de l'eau et le feu; d'autre part, au feu sont reliés les branches de l'eucalyptus, les feuilles rouges de l'érémophile, le son de la trompette, la chaleur et l'amour. Aux totems du rat Jerboa se rattache la barbe, au totem des mouches, les maladies des yeux. Le cas le plus fréquent est celui où l'être ainsi mis en

29. Les churingas, ces emblèmes individuels où sont censés résider les âmes des ancêtres, portent, dans le clan des grenouilles, des représentations de gommiers; les cérémonies où sont représentés les mythes du clan comprennent la figuration d'un arbre et de ses racines.

relation avec le totem est un oiseau [30]. Des fourmis à miel dépendent d'un petit oiseau noir alatirpa, qui fréquente comme elles les buissons de mulga et un autre petit oiseau alpirtaka qui recherche les mêmes habitants [31]. Une espèce d'oiseaux appelés thippa-thippa est l'alliée du lézard [32]. La plante appelée irriakura a pour annexe le perroquet à cou rouge. Les gens du clan de la chenille witchetty ne mangent pas de certains oiseaux qui sont dits leurs commensaux (*quathari* que Spencer et Gillen traduisent par *inmates*). Le totem du kangourou a sous sa dépendance deux espèces d'oiseaux et il en est de même de l'euro. Ce qui achève de montrer que ces connexions sont bien des restes d'une ancienne classification, c'est que les êtres qui sont ainsi associés à d'autres étaient autrefois du même totem que ces derniers. Les oiseaux kartwungawunga étaient jadis, d'après la légende, des hommes kangourous et ils mangeaient du kangourou. Les deux espèces rattachées au totem de la fourmi à miel étaient autrefois des fourmis à miel. Les unchurunqa, petits oiseaux d'un beau rouge, étaient primitivement du clan de l'euro. Les quatre espèces de lézards se ramènent à deux couples de deux, dans chacun desquels l'un est, à la fois, l'associé et la transformation de l'autre.

Enfin, une dernière preuve que nous avons bien affaire chez les Aruntas à une forme altérée des anciennes classifications, c'est que l'on peut retrouver la série des états intermédiaires par lesquels cette organisation se rattache, presque sans solution de continuité, au type classique du Mont-Gambier. Chez les voisins septentrionaux des Aruntas, chez les Chingalee, qui habitent le territoire nord de l'Australie méridionale (golfe de Carpentarie), nous trouvons, comme chez les Aruntas eux-mêmes, une extrême dispersion des choses entre des clans très nombreux, c'est-à-dire très fragmentés; on y relève 59 totems différents. Comme chez les Aruntas également, les groupes toté-

30. Spencer et Gillen ne parlent que d'oiseaux. Mais, en réalité, le fait est beaucoup plus général.

31. On remarquera l'analogie qu'il y a entre leurs noms et celui d'Ilatirpa, le grand ancêtre de ce totem.

32. Dans certaines cérémonies du clan, autour du « lézard » on fait danser deux individus qui représentent deux oiseaux de cette espèce. Et, d'après les mythes, cette danse était déjà en usage du temps de l'Alcheringa.

miques ont cessé d'être classés sous les phratries; chacun d'eux chevauche sur les deux phratries qui se partagent la tribu. Mais la diffusion n'y est pas aussi complète. Au lieu d'être répandus, au hasard et sans règle, dans toute l'étendue de la société, ils sont répartis d'après des principes fixes et localisés dans des groupes déterminés, quoique différents de la phratrie. Chaque phratrie est divisée, en effet, en huit classes matrimoniales[33]; or chaque classe d'une phratrie ne peut se marier qu'avec une classe déterminée de l'autre, qui comprend ou peut comprendre les mêmes totems que la première. Réunies, ces deux classes correspondantes contiennent donc un groupe défini de totems et de choses, qui ne se retrouvent pas ailleurs. Par exemple, aux deux classes Chongora-Chabalye appartiennent les pigeons de toute sorte, les fourmis, les guêpes, les moustiques, les centipèdes, l'abeille indigène, le gazon, la sauterelle, divers serpents, etc.; au groupe formé par les classes Chowan et Chowarding sont attribués certaines étoiles, le soleil, les nuages, la pluie, la poule d'eau, l'ibis, le tonnerre, l'aigle faucon et le faucon brun, le canard noir, etc.; au groupe Chambeen-Changalla, le vent, l'éclair, la lune, la grenouille, etc.; au groupe Chagarra-Chooarroo, les coquillages, le rat bilbi, le corbeau, le porc-épic, le kangourou, etc. Ainsi, en un sens, les choses sont encore rangées dans des cadres déterminés, mais ceux-ci ont déjà quelque chose de plus artificiel et de moins consistant puisque chacun d'eux est formé de deux sections qui ressortissent à deux phratries différentes.

33. Sur ce point encore, il y a une parenté remarquable entre cette tribu et celle des Aruntas où les classes matrimoniales sont également au nombre de huit; c'est du moins le cas chez les Aruntas du nord, et chez les autres, la même subdivision des quatre classes primitives est en voie de formation. La cause de ce sectionnement est la même dans les deux sociétés c'est la transformation de la filiation utérine en filiation masculine. Il a été montré ici même comment cette révolution aurait, en effet, pour résultat de rendre tout mariage impossible, si les quatre classes initiales ne se subdivisaient (voir *Année sociologique*, 5, p. 106, n. 1). — Chez les Chingalee, ce changement s'est d'ailleurs produit d'une manière très spéciale. La phratrie et, par suite, la classe matrimoniale, continuent à se transmettre en ligne maternelle; le totem seul est hérité du père. On s'explique ainsi comment chaque classe d'une phratrie a, dans l'autre, une classe correspondante qui comprend les mêmes totems. C'est que l'enfant appartient à une classe de la phratrie maternelle; mais il a les mêmes totems que son père, lequel appartient à une classe de l'autre phratrie.

Avec une autre tribu de la même région, nous allons faire un pas de plus dans la voie de l'organisation et de la systématisation. Chez les Moorawaria, de la rivière Culgoa, la segmentation des clans est encore poussée plus loin que chez les Aruntas ; nous y connaissons, en effet, 152 espèces d'objets qui servent de totems à autant de clans différents. Mais cette multitude innombrable de choses est régulièrement encadrée dans les deux phratries Ippai-Kumbo et Kubi-Murri [34]. Nous sommes donc ici tout près du type classique, sauf l'émiettement des clans. Que la société, au lieu d'être à ce point dispersée, se concentre, que les clans, ainsi séparés, se rejoignent suivant leurs affinités naturelles de manière à former des groupes plus volumineux, que, par suite, le nombre des totems principaux diminue (les autres choses, qui servent présentement de totems, prenant, par rapport aux précédents, une place subordonnée) et nous retrouverons exactement les systèmes du Mont-Gambier.

En résumé, si nous ne sommes pas fondés à dire que cette manière de classer les choses est nécessairement impliquée dans le totémisme, il est, en tout cas, certain qu'elle se rencontre très fréquemment dans les sociétés qui sont organisées sur une base totémique. Il y a donc un lien étroit, et non pas un rapport accidentel, entre ce système social et ce système logique. Nous allons voir maintenant comment, à cette forme primitive de la classification, d'autres peuvent être rattachées qui présentent un plus haut degré de complexité.

III

Un des exemples les plus remarquables nous est offert par le peuple des Zuñis [35].

34. Il n'y a pas dans cette tribu de noms connus qui désignent spécialement les phratries. Nous désignons donc chacune d'elles par les noms de ses deux classes matrimoniales. On voit que la nomenclature est celle du système kamilaroi.

35. Les Zuñis ont été admirablement étudiés par M. Cushing. Ils sont à la fois, dit cet auteur, « parmi les plus archaïques » et parmi « les plus développés ». Ils ont une admirable poterie, cultivent le

Les Zuñis, dit M. Powell, « représentent un développement inusité des conceptions primitives concernant les relations des choses ». Chez eux, la notion que la société a d'elle-même et la représentation qu'elle s'est faite du monde sont tellement entrelacées et confondues que l'on a pu très justement qualifier leur organisation de « mytho-sociologique ». M. Cushing n'exagère donc pas quand, parlant de ses études sur ce peuple, il dit : « Je suis convaincu qu'elles ont de l'importance pour l'histoire de l'humanité... car les Zuñis, avec leurs coutumes et leurs institutions si étrangement locales, avec les traditions qui concernent ces coutumes, représentent une phase de civilisation. » Et il se félicite de ce que leur contact ait « élargi sa compréhension des plus anciennes conditions de l'humanité, comme rien d'autre ne l'aurait pu faire ».

C'est qu'en effet nous trouvons chez les Zuñis un véritable arrangement de l'univers. Tous les êtres et tous les faits de la nature, « le soleil, la lune, les étoiles, le ciel, la terre et la mer avec tous leurs phénomènes et tous leurs éléments, les êtres inanimés aussi bien que les plantes, les animaux et les hommes » sont classés, étiquetés, assignés à une place déterminée dans « un système » unique et solidaire et dont toutes les parties sont coordonnées et surbordonnées les unes aux autres suivant « des degrés de parenté » [36].

---

blé et les pêches qu'ont importés les Espagnols, sont des joailliers distingués; pendant près de deux cents ans, ils ont été en relations avec les Mexicains. Aujourd'hui, ils sont catholiques, mais seulement d'une manière extérieure; ils ont conservé leurs rites, leurs usages et leurs croyances. Ils habitent tous ensemble un pueblo c'est-à-dire une seule ville, formée en réalité de six ou sept maisons, plutôt que de six ou sept groupes de maisons. Ils se caractérisent donc par une extrême concentration sociale, un conservatisme remarquable en même temps que par une grande faculté d'adaptation et d'évolution. Si nous ne trouvons pas chez eux ce primitif dont nous parlent MM. Cushing et Powell, il est certain que nous avons affaire à une pensée qui s'est développée suivant des principes très primitifs.

L'histoire de cette tribu est résumée par M. Cushing; l'hypothèse qu'il propose, d'après laquelle les Zuñis auraient une double origine, ne nous paraît nullement prouvée.

36. D'après M. Cushing « les degrés de parenté (*relationship*) semblent être largement, sinon entièrement, déterminés par des degrés de ressemblance ». Ailleurs l'auteur a cru pouvoir appliquer son système

Tel qu'il se présente actuellement à nous, ce système a pour principe une division de l'espace en sept régions : celles du Nord, du Sud; de l'Ouest, de l'Est, du Zénith, du Nadir, et enfin celle du Milieu. Toutes les choses de l'univers sont réparties entre ces sept régions. Pour ne parler que des saisons et des éléments, au Nord sont attribués le vent, le souffle ou l'air, et, comme saison, l'hiver; à l'Ouest, l'eau, le printemps, les brises humides du printemps; au Sud, le feu et l'été; à l'Est, la terre, les semences de la terre, les gelées qui mûrissent les semences et achèvent l'année [37]. Le pélican, la grue, la grouse, le coq des sauges, le chêne vert, etc. sont choses du Nord; l'ours, le coyote, l'herbe de printemps sont choses de l'Ouest. A l'Est sont classés le daim, l'antilope, le dindon, etc. Non seulement les choses, mais les fonctions sociales sont réparties de cette manière. Le Nord est région de la force et de la destruction; la guerre et la destruction lui appartiennent; à l'Ouest, la paix (nous traduisons ainsi le mot anglais *warcure* que nous ne comprenons pas bien), et la chasse; au Sud, région de la chaleur, l'agriculture et la médecine; à l'Est, région du soleil, la magie et la religion; au monde supérieur et au monde inférieur sont assignées diverses combinaisons de ces fonctions.

A chaque région est attribuée une couleur déterminée qui la caractérise. Le Nord est jaune parce que, dit-on [38], au lever et au coucher du soleil, la lumière y est jaune; l'Ouest est bleu, à cause de la lumière bleue qu'on y voit au coucher du soleil [39]. Le Sud est rouge parce que c'est la région de l'été et du feu qui est rouge. L'Est est blanc parce que c'est la couleur du jour. Les régions supérieures sont bariolées comme les jeux de la lumière dans les nuages; les régions inférieures sont noires

---

d'explication dans toute sa rigueur; on voit que en ce qui concerne les Zuñis, il faut être plus réservé. Nous montrerons, en effet, l'arbitraire de ces classifications.

37. Les semences de la terre étaient autrement localisées au sud.

38. Nous rapportons ces explications, sans nous porter garants de leur valeur. Les raisons qui ont présidé à la répartition des couleurs sont probablement plus complexes encore. Mais les raisons données ne sont pas sans intérêt.

39. M. Cushing dit que c'est à cause « du bleu du Pacifique », mais il n'établit pas que les Zuñis aient jamais connu l'Océan.

comme les profondeurs de la terre. Quant au « Milieu », nombril du monde, représentant de toutes les régions, il en a, à la fois, toutes les couleurs.

Jusqu'à présent, il semble que nous soyons en présence d'une classification tout à fait différente de celles que nous avons étudiées en premier lieu. Mais ce qui permet déjà de pressentir qu'il y a un lien étroit entre ces deux systèmes, *c'est que cette répartition des mondes est exactement la même que celle des clans à l'intérieur du pueblo.* « Celui-ci est, lui aussi, divisé, d'une manière qui n'est pas toujours très visible, mais que les indigènes trouvent très claire, en sept parties. Ces parties correspondent, non pas peut-être au point de vue des arrangements topographiques, mais au point de vue de leur ordre, aux sept quartiers du monde. Ainsi une division est supposée être en rapport avec le Nord...; une autre représente l'Ouest, une autre le Sud, etc.. » La relation est si étroite que chacun de ces quartiers du pueblo a sa couleur caractéristique, comme les régions; et cette couleur est celle de la région correspondante.

Or chacune de ces divisions est un groupe de trois clans, sauf celle qui est située au centre et qui n'en comprend qu'un, et « tous ces clans, dit M. Cushing, sont totémiques comme tous ceux des autres Indiens [40] ». Nous en donnons le tableau complet; car il y aura lieu de s'y référer pour comprendre les observations qui suivront.

Au Nord, les clans de la grue ou du pélican.
de la grouse ou coq des sauges.
du bois jaune ou chêne vert (clan presque éteint).
A l'Ouest, les clans de l'*ours*.
du *coyote* (chien des prairies).
de l'herbe de printemps.
Au Sud, les clans du tabac.
du maïs.
du *blaireau*.
A l'Est, les clans du daim.
de l'antilope.
du *dindon*.

40. La filiation y est maternelle; le mari habite chez sa femme.

Au Zénith, les clans du soleil (éteint).
de l'*aigle.*
du ciel.
Au Nadir, les clans de la grenouille ou du crapaud.
du *serpent à sonnette.*
de l'eau.
Au Centre, le clan du perroquet macaw qui forme le clan du parfait milieu.

Le rapport entre la répartition des clans et la répartition des êtres suivant les régions apparaîtra comme plus évident encore si l'on rappelle que, d'une manière générale, tous les fois où l'on rencontre des clans différents groupés ensemble de manière à former un tout d'une certaine unité morale, on peut être à peu près assuré qu'ils sont dérivés d'un même clan initial par voie de segmentation. Si donc on applique cette règle au cas des Zuñis, il en résulte qu'il a dû y avoir, dans l'histoire de ce peuple, un moment où chacun des six groupes de trois clans constituait un clan unique, où, par suite, la tribu était divisée en sept clans [41], correspondant exactement aux sept régions. Cette hypothèse, déjà très vraisemblable pour cette raison générale, est d'ailleurs expressément confirmée par un document oral dont l'antiquité est certainement considérable [42]. Nous y trouvons une liste des six grands prêtres qui, dans l'importante confrérie religieuse dite « du couteau », représentent les six groupes de clans. Or, le prêtre, maître du Nord, y est dit le *premier dans la race des ours ;* celui de l'Ouest, le *premier dans la race du coyote ;* celui du Sud, *premier dans la race du blaireau ;* celui de l'Est, *premier dans la race du dindon ;* celui du dessus, *premier dans la race de l'aigle ;* celui du dessous, *premier dans la race du serpent.* Si l'on se reporte au tableau des clans, on verra que les six grands prêtres servent

41. En comptant le clan du Centre et en admettant qu'il formait dès lors un groupe à part, en dehors des deux phratries de trois clans; ce qui est douteux.

42. Le texte est versifié : or les textes versifiés se conservent beaucoup mieux que les textes en prose. Il est certain, d'ailleurs, que, pour une très grande part, les Zuñis avaient, au temps de leur conversion, c'est-à-dire au XVIIIe siècle, une organisation très voisine de celle que M. Cushing a étudiée chez eux. La plupart des confréries et des clans existaient absolument identiques, comme on peut l'établir à l'aide des noms inscrits sur les registres baptismaux de la mission.

de totems à six clans, et que ces six clans sont exactement orientés comme les animaux correspondants, à la seule exception de l'ours qui, dans les classifications plus récentes, est classé parmi les êtres de l'Ouest [43]. Ils appartiennent donc (toujours sous cette seule réserve) à autant de groupes différents. Par suite, chacun de ces clans se trouve investi d'une véritable primauté à l'intérieur de son groupe : il en est évidemment considéré comme le représentant et le chef, puisque c'est en lui qu'est pris le personnage chargé effectivement de cette représentation. C'est dire qu'il est le clan primaire dont les autres clans du même groupe sont dérivés par segmentation. C'est un fait général chez les Pueblos (et même ailleurs) que le premier clan d'une phratrie en est aussi le clan originaire [44].

Il y a plus. Non seulement la division des choses par régions et la division de la société par clans se correspondent exactement, mais elles sont inextricablement entrelacées et confondues. On peut dire également bien que les choses sont classées au Nord, au Sud, etc., ou bien dans les clans du Nord, du Sud, etc. c'est ce qui est tout particulièrement évident des animaux totémiques ; ils sont manifestement classés dans leurs clans, en même temps que dans une région déterminée [45]. Il en est ainsi de toutes choses, et même des fonctions sociales. Nous avons vu comment elles sont réparties entre les orients [46]; or cette répartition se réduit en réalité à une division entre les clans. Ces fonctions, en effet, sont actuellement exercées par des confréries religieuses qui, pour tout ce qui concerne ces différents offices, se sont substituées aux clans. Or ces confréries se recrutent sinon uniquement, du moins principalement, dans les clans attribués aux mêmes régions que les fonctions correspondantes. Ainsi les sociétés du couteau, du bâton de glace et du cactus, qui sont les confréries de guerre, sont groupées, « non pas d'une manière absolument

43. Il est probable qu'avec le temps ce clan a changé d'orientation.

44. Comme nous nous occupons ici seulement de montrer que les six groupes de trois clans se sont formés par segmentation de six clans originaires, nous laissons de côté le dix-neuvième clan. Nous y reviendrons plus loin.

45. « Ainsi les prêtres-pères déterminèrent que les créatures et les choses de l'été et de l'espace Sud ressortiraient aux gens du Sud... celles de l'hiver et de l'espace Nord aux gens de l'hiver », etc.

46. Par abréviation nous nous servons de cette expression pour désigner les régions orientées.

rigoureuse, mais en principe » dans les clans du Nord; dans les clans de l'Ouest sont pris les gens du sacerdoce, de l'arc et de la chasse; dans ceux de l'Est, « les prêtres de prêtrise », ceux du duvet de cotonnier et de l'oiseau monstre qui forment la confrérie de la grande danse dramatique (magie et religion); dans ceux du Sud, les sociétés du grand feu ou de la braise dont les fonctions ne nous sont pas expressément indiquées, mais doivent certainement concerner l'agriculture et la médecine [47]. En un mot, à parler exactement, on ne peut pas dire que les êtres sont classés par clans, ni par orients, mais par clans orientés.

Il s'en faut donc que ce système soit séparé par un abîme du système australien. Si différentes que soient en principe une classification par clans et une classification par orients, chez les Zuñis, elles se superposent l'une à l'autre et se recouvrent exactement. Nous pouvons même aller plus loin. Plusieurs faits démontrent que c'est la classification par clans qui est la plus ancienne et qu'elle a été comme le modèle sur lequel l'autre s'est formée.

1. La division du monde par orients n'a pas toujours été ce qu'elle est depuis un certain temps. Elle a une histoire dont on peut reconstituer les principales phases. Avant la division par sept, il y en eut certainement une par six dont nous trouvons encore des traces [48]. Et avant la division par six, il y en eut une par quatre, correspondant aux quatre points cardinaux. C'est sans doute ce qui explique que les Zuñis n'aient distingué que quatre éléments, situés en quatre régions [49].

Or il est tout au moins très remarquable qu'à ces variations de la classification par orients en correspondent d'autres, exactement parallèles, dans la classification par clans. Il est souvent question d'une division en six clans qui a été évidemment antérieure à la division par sept : c'est ainsi que les clans parmi lesquels

47. Partout, en Amérique, il y a un rapport entre la chaleur, surtout celle du soleil, et l'agriculture et la médecine. Quant aux confréries qui sont prises dans les régions du dessus et du dessous, elles ont pour fonctions la génération et la préservation de la vie.

48. Nous savons que la notion du « milieu » est d'origine relativement tardive. Le milieu « fut trouvé » à un moment déterminé.

49. Les passages suivants sont très démonstratifs sur ce point : « Ils portèrent les tubes des choses cachées au nombre de quatre, correspondant aux régions des hommes. » « Ils portèrent les volants de divination au nombre de quatre, correspondant aux régions des hommes. »

sont choisis les grands prêtres qui représentent la tribu dans la confrérie du couteau, sont au nombre de six. Enfin, la division par six a été elle-même précédée d'une division en deux clans primaires ou phratries qui épuisaient la totalité de la tribu; le fait sera ultérieurement établi. Or la division d'une tribu en deux phratries correspond à un tableau des orients divisé en quatre parties. Une phratrie occupe le Nord, une autre le Sud, et entre elles il y a, pour les séparer, la ligne qui va de l'Est à l'Ouest. Nous observerons distinctement chez les Sioux le rapport qui unit cette organisation sociale à cette distinction des quatre points cardinaux.

2. Un fait qui montre bien que la classification des orients s'est superposée plus ou moins tardivement à la classification par clans, c'est qu'elle n'est parvenue à s'y adapter que malaisément et à l'aide d'un compromis. Si l'on s'en tient au principe sur lequel repose le premier système, chaque espèce d'êtres devrait être tout entière classée dans une région déterminée et une seule; par exemple, tous les aigles devraient appartenir à la région supérieure. Or, en fait, le Zuñi savait qu'il y avait des aigles dans toutes les régions. On admit alors que chaque espèce avait bien un habitat de prédilection; que là, et là seulement, elle existe sous sa forme éminente et parfaite. Mais en même temps on supposa que cette même espèce avait, dans les autres régions, des représentants, mais plus petits, moins excellents, et qui se distinguent les uns des autres en ce que chacun a la couleur caractéristique de la région à laquelle il est attribué : ainsi en dehors de l'aigle localisé au Zénith, il y a des aigles fétiches pour toutes les régions; il y a l'aigle jaune, l'aigle bleu, l'aigle blanc, l'aigle noir. Chacun d'eux a dans sa région toutes les vertus attribuées à l'aigle en général. Il n'est pas impossible de reconstituer la marche qu'a suivie la pensée des Zuñis pour aboutir à cette conception complexe. Les choses commencèrent par être classées par clans; chaque espèce animale fut, par suite, attribuée tout entière à un clan déterminé. Cette attribution totale ne soulevait aucune difficulté : car il n'y avait aucune contradictio nà ce que toute une espèce fût conçue comme soutenant un rapport de parenté avec tel ou tel groupe humain. Mais quand la classification par orients s'établit, surtout quand elle prit le pas sur l'autre, une véritable impossibilité apparut : les faits s'opposaient trop évidemment à une localisation étroitement exclusive. Il fallait

donc de toute nécessité que l'espèce, tout en restant concentrée éminemment sur un point unique, comme dans l'ancien système, se diversifiât cependant de manière à pouvoir se disperser, sous des formes secondaires et des aspects variés, dans toutes les directions.

3. Dans plusieurs cas on constate que les choses sont ou ont été, à un moment donné du passé, directement classées sous les clans et ne se rattachent que par l'intermédiaire de ces derniers à leurs orients respectifs.

Tout d'abord, tant que chacun des six clans initiaux était encore indivis, les choses, devenues depuis les totems des clans nouveaux qui se sont formés, devaient évidemment appartenir au clan initial en qualité de sous-totems et être subordonnées au totem de ce clan. Elles en étaient des espèces.

La même subordination immédiate se retrouve encore aujourd'hui pour une catégorie déterminée d'êtres, à savoir pour le gibier. Toutes les espèces de gibier sont réparties en six classes, et chacune de ces classes est considérée comme placée sous la dépendance d'un animal de proie déterminé. Les animaux auxquels est attribuée cette prérogative habitent chacun une région. Ce sont : au Nord, le lion des montagnes qui est jaune; à l'Ouest, l'ours qui est sombre; au Sud, le blaireau qui est blanc et noir [50]; à l'Est, le loup blanc; au Zénith, l'aigle; au Nadir, la taupe de proie, noire comme les profondeurs de la terre. Leur âme réside dans de petites concrétions de pierres qui sont considérées comme leurs formes et que l'on revêt, le cas échéant, de leurs couleurs caractéristiques. Par exemple, de l'ours dépendent le coyote, la brebis des montagnes, etc [51]. Veut-on, par suite, s'assurer une chasse abondante de coyotes ou entretenir la puissance spécifique de l'espèce? C'est le fétiche de l'ours que l'on emploie suivant

50. Le raisonnement par lequel les Zuñis justifient cette assignation du blaireau montre combien ces associations d'idées dépendent de causes tout à fait étrangères à la nature intrinsèque des choses associées. Le Sud a le rouge pour couleur et on dit que le blaireau est du Sud parce que, d'une part, il est blanc et noir, et que de l'autre, le rouge n'est ni blanc ni noir (*Zuñi Fetishes*, p. 17). Voilà des idées qui se lient suivant une logique singulièrement différente de la nôtre.

51. La répartition des gibiers entre les six animaux de proie est exposée dans plusieurs mythes qui ne concordent pas dans tous les détails, mais qui reposent sur les mêmes principes. Ces discordances s'expliquent aisément en raison des modifications qui se sont produites dans l'orientation des clans.

des rites déterminés [52]. Or, il est très remarquable que, sur ces six animaux, trois servent encore de totems à des clans existants et sont orientés comme ces clans eux-mêmes; ce sont l'ours, le blaireau et l'aigle. D'autre part, le lion des montagnes n'est que le substitut du coyote qui jadis était le totem de l'un des clans du Nord [53]. Quand le coyote passa à l'Ouest, il laissa, pour le remplacer au Nord, une des espèces qui lui étaient parentes. Il y eut donc un moment où quatre de ces animaux privilégiés étaient totémiques. Pour ce qui est de la taupe de proie et du loup blanc, il faut observer qu'aucun des êtres qui servent de totems aux clans des deux régions correspondantes (Est et Nadir) n'est un animal de proie [54]. Il fallut donc bien leur trouver des substituts.

Ainsi, les différentes sortes de gibiers sont conçues comme subordonnées directement aux totems ou à des succédanés des totems. C'est seulement à travers ces derniers qu'ils se rattachent à leurs orients respectifs. C'est donc que la classification des choses sous les totems, c'est-à-dire par clans, a précédé l'autre.

Sous un autre point de vue encore, les mêmes mythes dénotent cette antériorité d'origine. Les six animaux de proie ne sont pas seulement préposés au gibier, mais encore aux six régions; à chacun d'eux une des six parties du monde est affectée et c'est lui qui en a la garde. C'est par son intermédiaire que les êtres placés dans sa région communiquent avec le dieu créateur des hommes. La région et tout ce qui y ressortit se trouvent donc conçus comme dans un certain rapport de dépendance vis-à-vis des animaux totems. Ce qui n'aurait jamais pu se produire si la classification par orients avait été primitive.

Ainsi, sous la classification par régions, qui, au premier abord, était seule apparente, nous en retrouvons une autre qui est, de tous points, identique à celles que nous avons observées

52. Les six animaux fétiches coïncident exactement, sauf deux, avec les six animaux de proie des mythes. La divergence vient simplement de ce que deux espèces ont été remplacées par deux autres qui étaient apparentées aux premières.

53. Ce qui le prouve, c'est que le fétiche du coyote jaune, qui est attribué au Nord comme espèce secondaire, a cependant un rang de préséance sur le fétiche du coyote bleu, lequel est de l'Ouest.

54. Il y a bien le serpent qui est totem du Nadir et qui, d'après nos idées actuelles, est un animal de proie. Mais il n'en est pas ainsi pour le Zuñi. Pour lui, les bêtes de proie ne peuvent être que des bêtes munies de griffes.

déjà en Australie. Cette identité est même plus complète qu'il ne paraît d'après ce qui précède. Non seulement les choses ont été, à un moment, directement classées par clans; mais ces clans eux-mêmes ont été classés en deux phratries tout comme dans les sociétés australiennes. C'est ce qui ressort avec évidence d'un mythe que nous rapporte M. Cushing. Le premier grand prêtre et magicien, racontent les Zuñis, apporta aux hommes nouvellement venus à la lumière deux paires d'œufs; l'une était d'un bleu sombre, merveilleux comme celui du ciel; l'autre était d'un rouge sombre, comme la terre-mère. Il dit que dans l'une était l'été et, dans l'autre, l'hiver, et il invita les hommes à choisir. Les premiers qui firent leur choix se décidèrent pour les bleus; ils se réjouirent tant que les jeunes n'eurent pas de plumes. Mais quand celles-ci poussèrent, elles devinrent noires; c'étaient des corbeaux dont les descendants, véritables fléaux, partirent pour le Nord. Ceux qui choisirent les œufs rouges virent naître le brillant perroquet macaw; ils eurent en partage les sentences, la chaleur et la paix. « C'est ainsi, continue le mythe, que notre nation fut divisée entre les gens de l'hiver et les gens de l'été... Les uns devinrent des perroquets macaw, apparentés au perroquet macaw ou mula-kwe, les autres devinrent les corbeaux ou kâ-ka-kwe [55]. » Ainsi donc, la société commença par être divisée en deux phratries situées l'une au Nord, l'autre au Sud; elles avaient pour totems l'une le corbeau qui a disparu, l'autre, le perroquet macaw qui subsiste toujours [56]. La mythologie a même gardé le souvenir de la subdivision de chaque phratrie en clans. Suivant leur nature, leurs goûts et leurs aptitudes, les gens du Nord ou du corbeau devinrent, dit le mythe, gens de l'ours, gens du coyote, du daim, de la grue, etc., et de même pour les gens du Sud et du perroquet macaw. Et une fois constitués, les clans se partagèrent les essences des choses : par exemple, aux élans appartinrent les semences de la grêle, de la neige; aux clans du crapaud, les semences de l'eau, etc. Preuve nouvelle que les choses commencèrent par être classées par clans et par totems.

55. Le mot de kâ-ka-kwe nous semble bien être l'ancien nom du corbeau. Cette identification admise trancherait toutes les questions que soulève l'étymologie de ce mot et l'origine de la fête des kâ-ka-kwe.

56. Le clan du perroquet, qui maintenant est le seul de la région du Milieu, était donc primitivement le premier clan, le clan souche de la phratrie de l'été.

Il est donc permis de croire, d'après ce qui précède, que le système des Zuñis [57] est en réalité un développement et une complication du système australien. Mais ce qui achève de démontrer la réalité de ce rapport, c'est qu'il est possible de retrouver, les états intermédiaires qui relient deux états extrêmes et, ainsi, d'apercevoir comment le second s'est dégagé du premier.

La tribu siou des Omahas, telle que nous l'a décrite M. Dorsey se trouve précisément dans cette situation mixte : la classification des choses par clans y est encore et surtout y a été très nette, mais la notion systématique des régions y est seulement en voie de formation.

57. Nous disons le système des Zuñis, parce que c'est chez eux qu'il a été le mieux et le plus complètement observé. Nous ne pouvons pas établir d'une manière tout à fait catégorique que les autres Indiens pueblos ont procédé de même : mais nous sommes convaincus que les études que font en ce moment sur ces différents peuples MM. Fewkes, Bourke, Mrs Stevenson, M. Dorsey conduiront à des résultats similaires. Ce qui est certain, c'est que chez les Hopis de Walpi et de Tusayan on trouve neuf groupes de clans analogues à ceux que nous avons rencontrés chez les Zuñis : le premier clan de chacun de ces groupes a le même nom que le groupe tout entier, preuve que ce groupement est dû à la segmentation d'un clan initial. Ces neuf groupes renferment une multitude innombrable de sous-totems qui paraissent bien épuiser toute la nature. D'autre part, il est fait expressément mention pour ces clans d'orients mythiques déterminés. Ainsi le clan du serpent à sonnettes est venu de l'Ouest et du Nord et il comprend un certain nombre de choses qui sont, par cela même, orientées : différentes sortes de cactus, les colombes, les marmottes, etc. De l'Est est venu le groupe de clans qui a pour totem la corne et qui comprend l'antilope, le daim, la brebis des montagnes. Chaque groupe est originaire d'une région nettement orientée. D'autre part le symbolisme des couleurs correspond bien à celui que nous avons observé chez les Zuñis. Enfin, comme chez les Zuñis également, les monstres de proie et les gibiers sont répartis par régions. Il y a toutefois cette différence que les régions ne correspondent pas aux points cardinaux.

Le pueblo ruiné de Sia semble avoir conservé un souvenir fort net de cet état de la pensée collective. Ce qui montre bien que les choses y ont été divisées d'abord par clans, et ensuite par régions, c'est qu'il existe dans chaque région un représentant de chaque animal divin. Mais actuellement les clans n'y existent plus qu'à l'état de survivance.

Nous croyons qu'on trouverait chez les Navahos de semblables méthodes classificatrices. Nous sommes aussi persuadé, sans pouvoir l'établir ici, que beaucoup de faits de la symbologie des Huichols et de celle des Aztèques, « ces autres Pueblos » comme dit Morgan, trouveraient une explication décisive dans des faits de ce genre. L'idée a d'ailleurs été émise par MM. Powell, Mallery et Cyrus Thomas.

La tribu est divisée en deux phratries qui contiennent chacune cinq clans. Ces clans se recrutent par voie de descendance exclusivement masculine; c'est dire que l'organisation proprement totémique, le culte du totem y sont en décadence [58]. Chacun d'eux se subdivise à son tour en sous-clans qui, parfois, se subdivisent eux-mêmes. M. Dorsey ne nous dit pas que ces différents groupes se répartissent toutes les choses de ce monde. Mais si la classification n'est pas et, peut-être même, n'a jamais été réellement exhaustive, certainement elle a dû être, au moins dans le passé, très compréhensive. C'est ce que montre l'étude du seul clan [59] complet qui nous ait été conservé; c'est le clan des Chatada, qui fait partie de la première phratrie. Nous laisserons de côté les autres qui sont probablement mutilés et qui nous présenteraient, d'ailleurs, les mêmes phénomènes, mais à un moindre degré de complication.

La signification du mot qui sert à désigner ce clan est incertaine; mais nous avons une liste fort complète des choses qui y sont rapportées. Il comprend quatre sous-clans, eux-mêmes sectionnés [60].

Le premier sous-clan est celui de l'ours noir. Il comprend l'ours noir, le raccoon, l'ours grizzly, le porc-épic qui semblent être des totems de sections.

Le deuxième est celui des « gens qui ne mangent pas les petits oiseaux ». De lui dépendent 1. les faucons; 2. les oiseaux noirs qui eux-mêmes se divisent en oiseaux à têtes blanches, à têtes rouges, à têtes jaunes, à ailes rouges; 3. les oiseaux noir-gris ou « gens du tonnerre », qui se subdivisent à leur tour en alouettes des prés et poules des prairies; 4. les chouettes subdivisées elles-mêmes en grandes, petites et moyennes.

58. En effet, d'une manière générale, là où la filiation est masculine, le culte totémique s'affaiblit et tend à disparaître (voir Durkheim, « La prohibition de l'inceste », *Année sociologique*, 1, p. 23). En fait, Dorsey mentionne la décadence des cultes totémiques (*Siouan Cults*, p. 391).

59. Il nous paraît assez présumable que ce clan a été un clan de l'ours; c'est en effet, le nom du premier sous-clan. De plus, le clan qui lui correspond dans les autres tribus sioux est un clan de l'ours.

60. Dorsey pour désigner ces groupements se sert des mots de *gentes* et de *sub-gentes*. Il ne nous paraît pas nécessaire d'adopter une expression nouvelle pour désigner les clans à descendance masculine. Ce n'est qu'une espèce du genre.

Le troisième sous-clan est celui de l'aigle; il comprend d'abord trois espèces d'aigles; et une quatrième section ne paraît pas se rapporter à un ordre de choses déterminé; elle est intitulée « les travailleurs ».

Enfin le quatrième sous-clan est celui de la tortue. Il est en rapports avec le brouillard que ses membres ont le pouvoir d'arrêter [61]. Sous le genre tortue se trouvent subsumées quatre espèces particulières du même animal.

Comme on est fondé à croire que ce cas n'a pas été unique, que bien d'autres clans ont dû présenter de semblables divisions et subdivisions, on peut supposer sans témérité que le système de classification, encore observable chez les Omahas, a eu autrefois une complexité plus grande qu'aujourd'hui. Or, à côté de cette répartition des choses, analogue à celle que nous avons constatée en Australie, on voit apparaître, mais sous une forme rudimentaire, les notions d'orientation.

Lorsque la tribu campe, le campement affecte une forme circulaire; or, à l'intérieur de ce cercle, chaque groupe particulier a un emplacement déterminé. Les deux phratries sont respectivement à droite et à gauche de la route suivie par la tribu, le point de départ servant de point de repère. A l'intérieur du demi-cercle occupé par chaque phratrie, les clans, à leur tour, son nettement localisés les uns par rapport aux autres et il en est de même des sous-clans. Les places qui leur sont attribuées dépendent moins de leur parenté que de leurs fonctions sociales, et, par conséquent, de la nature des choses placées sous leur dépendance et sur lesquelles est censée s'exercer leur activité. Ainsi, il y a, dans chaque phratrie, un clan qui soutient des raports spéciaux avec le tonnerre et avec la guerre; l'un est le clan de l'élan, le second est celui des ictasandas. Or ils sont placés l'un en face de l'autre à l'entrée du camp, dont ils ont la garde, d'ailleurs plus rituelle que réelle, c'est par rapport à eux que les autres clans sont disposés toujours d'après le même principe. Les choses se trouvent donc situées, de cette manière, à l'intérieur du camp, en même temps que les groupes sociaux auxquels elles sont attribuées. L'espace est partagé entre les clans et entre

61. Le brouillard est, sans doute, représenté sous la forme d'une tortue. On sait que chez les Iroquois le brouillard et la tempête relevaient du clan du lièvre. Cf. Frazer, « Origin of Totemism », *Fortnightly Review*, 1899, p. 847.

les êtres, événements, etc., qui ressortissent à ces clans. Mais on voit que ce qui est ainsi réparti, ce n'est pas l'espace mondial, c'est seulement l'espace occupé par la tribu. Clans et choses sont orientés, non pas encore d'après les points cardinaux, mais simplement par rapport au centre du camp. Les divisions correspondent, non aux orients proprement dits, mais à l'avant et à l'arrière, à la droite et à la gauche, à partir de ce point central [62]. De plus, ces divisions spéciales sont attribuées aux clans, bien loin que les clans leur soient attribués, comme c'était le cas chez les Zuñis.

Dans d'autres tribus sioux, la notion d'orientation prend plus de distinction. Comme les Omahas, les Osages sont divisés en deux phratries, situées l'une à droite et l'autre à gauche; mais tandis que chez les premiers les fonctions des deux phratries se confondaient par certains points (nous avons vu que l'une et l'autre avaient un clan de la guerre et du tonnerre), ici, elles sont nettement distinctes. Une moitié de la tribu est préposée à la guerre, l'autre à la paix. Il en résulte nécessairement une localisation plus exacte des choses. Chez les Kansas, nous trouvons la même organisation. De plus, chacun des clans et des sous-clans soutient un rapport défini avec les quatre points cardinaux[63]. Enfin, chez les Ponkas [64], nous faisons un progrès de plus. Comme chez les précédents, le cercle formé par la tribu est divisé en deux moitiés égales qui correspondent aux deux phratries. D'autre part, chaque phratrie comprend quatre clans, mais qui se réduisent tout naturellement à deux doublets; car le même élément caractéristique est attribué à deux clans à la fois. Il en résulte la disposition suivante des gens et des choses. Le cercle est divisé en quatre parties. Dans la première, à gauche

62 Pour comprendre combien l'orientation des clans est indéterminée par rapport aux points cardinaux, il suffit de se représenter qu'elle change complètement suivant que la route suivie par la tribu va du nord au sud, ou de l'est à l'ouest, ou inversement. Ainsi, MM Dorsey et Mac Gee se sont aventurés en rapprochant, autant qu'ils l'on fait, ce système omaha de la classification complète des clans et des choses sous les régions.

63. Dans la cérémonie de circum-ambulation autour des points cardinaux, le point d'où doit partir chaque clan varie suivant les clans.

64 Cette tribu à d'assez importants sous-totems.

de l'entrée, se trouvent deux clans du feu (ou du tonnerre); dans la partie située derrière, deux clans du vent; dans la première à droite, deux clans de l'eau; derrière, deux clans de la terre. Chacun des quatre éléments est donc localisé exactement dans l'un des quatre secteurs de la circonférence totale. Dès lors, il suffira que l'axe de cette circonférence coïncide avec l'un des deux axes de la rose des vents pour que les clans et les choses soient orientés par rapport aux points cardinaux. Or on sait que, dans ces tribus, l'entrée du camp est généralement tournée vers l'ouest [65].

Mais cette orientation (hypothétique, d'ailleurs, en partie) reste encore indirecte. Les groupes secondaires de la tribu, avec tout ce qui en dépend, sont situés dans les quartiers du camp qui sont plus ou moins nettement orientés; mais, dans aucun de ces cas, il n'est dit que tel clan soutient une relation définie avec telle portion de l'espace en général. C'est encore uniquement de l'espace tribal qu'il est question; nous continuons donc à rester assez loin des Zuñis [66]. Pour nous en rapprocher davantage, il va nous falloir quitter l'Amérique et revenir en Australie. C'est dans une tribu australienne que nous allons trouver une partie de ce qui manque ainsi aux Sioux, preuve nouvelle et particulièrement décisive que les différences entre ce que nous avons appelé jusqu'ici le système américain et le système australien ne tiennent pas uniquement à des causes locales et n'ont rien d'irréductible.

65. Chez les Winnebagos, où l'on trouve la même répartition des clans et des choses, l'entrée est à l'ouest. Mais cette orientation différente de l'entrée ne modifie pas l'aspect général du campement. — La même disposition se retrouve d'ailleurs chez les Omahas, non pas dans l'assemblée générale de la tribu, mais dans les assemblées particulières des clans ou, tout au moins, de certains clans. C'est notamment le cas du clan Chatada. Dans le cercle qu'il forme quand il se réunit, la terre, le feu, le vent et l'eau sont situés exactement de la même manière dans quatre secteurs différents.

66. Il y a pourtant une tribu siou où nous retrouvons les choses vraiment classées sous des orients, comme chez les Zuñis; ce sont les Dacotahs. Mais, chez ce peuple, les clans ont disparu et, par suite la classification par clans. C'est ce qui nous empêche d'en faire état dans notre démonstration. La classification dacotah est singulièrement analogue à la classification chinoise que nous étudierons tout à l'heure.

Cette tribu est celle des Wotjoballuk, que nous avons déjà étudiée. Sans doute, M. Howitt, à qui nous devons ces renseignements, ne nous dit pas que les points cardinaux aient joué aucun rôle dans la classification des choses; et nous n'avons aucune raison de suspecter l'exactitude de ses observations sur ce point. Mais, pour ce qui est des clans, il n'y a aucun doute à avoir : chacun d'eux est rapporté à un espace déterminé, qui est vraiment sien. Et il ne s'agit plus cette fois d'un quartier du camp, mais d'une portion délimitée de l'horizon en général. Chaque clan peut être ainsi situé sur la rose des vents. Le rapport entre le clan et son espace est même tellement intime que ses membres doivent être enterrés dans la direction qui est ainsi déterminée. « Par exemple, un Wartwut, vent chaud [67], est enterré avec la tête dirigée un peu vers l'ouest du nord, c'est-à-dire dans la direction d'où le vent chaud souffle dans leur pays. » Les gens du soleil sont enterrés dans la direction du lever du soleil et ainsi de suite pour les autres.

Cette division des espaces est si étroitement liée à ce qu'il y a de plus essentiel dans l'organisation sociale de cette tribu, que M. Howitt a pu y voir « une méthode mécanique employée par les Wotjoballuk pour conserver et pour exposer le tableau de leurs phratries, de leurs totems, et de leurs relations avec ces différents groupes et les uns par rapport aux autres ». Deux clans ne peuvent pas être parents sans être, par cela même, rapportés à deux régions voisines de l'espace. C'est ce que montre la figure ci-contre [68], que M. Howitt a construite d'après les indications d'un indigène, d'ailleurs fort intelligent. Celui-ci, pour décrire l'organisation de la tribu, commença par placer un bâton exactement dirigé vers l'est, car *ngaui*, le soleil, est le principal totem et c'est par rapport à lui que tous les autres sont déterminés. En d'autres termes, c'est le clan du soleil et l'orientation est-ouest qui a dû donner l'orientation générale des deux phratries

67. Le mot de Wartwut veut dire à la fois Nord et vent du N.-N.-Ouest, ou vent chaud.

68. Voici, autant qu'elle peut être établie, la traduction des termes indigènes désignant les clans : 1 et 2 (*ngaui*) signifie soleil; 3 (*barewum*), une cave (?); 4 et 11 (*batchangal*), pélican; 5 (*wartwut-batchangal*), pélican vent chaud; 6 (*wartwut*), vent chaud; 7 (*moi*), serpent-tapis; 8 et 9 (*munya*), kangourou (?); 10 (*wurant*), cacatois noir; 12 (*ngungul*), la mer; 13 (*gallan*), vipère mortelle.

Krokitch et Gamutch, la première étant située au-dessus de la ligne est-ouest, l'autre au-dessous. En fait, on peut voir sur la figure que la phratrie Gamutch est tout entière au sud, l'autre presque tout entière au nord. Un seul clan Krokitch, le clan 9, dépasse la ligne est-ouest et il y a tout lieu de croire que cette anomalie est due ou à une erreur d'observation ou à une altération plus ou moins tardive du système primitif[69]. On aurait ainsi une phratrie du Nord et une phratrie du Midi tout à fait analogues à celles que nous avons constatées dans d'autres sociétés. La ligne nord-sud est déterminée très exactement dans

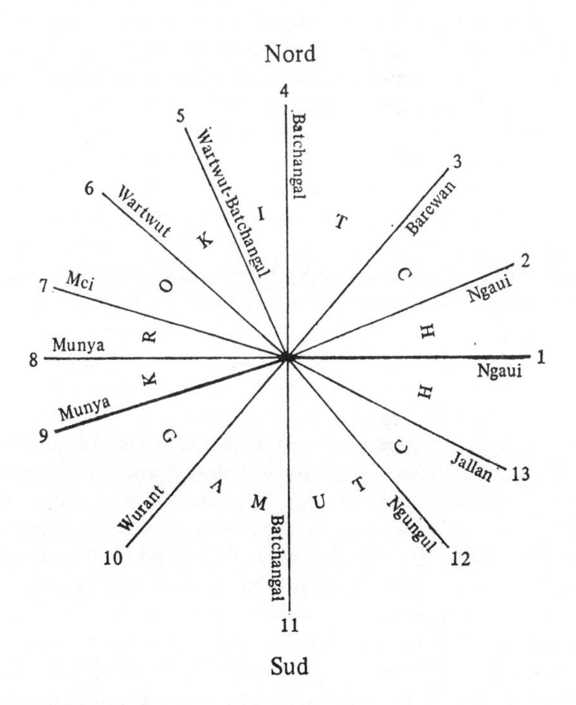

69. En effet M. Howitt mentionne lui-même que son informateur a eu sur ce point des hésitations. D'autre part, ce clan est en réalité le même que le clan 8 et ne s'en distingue que par ses totems mortuaires.

la partie Nord par le clan du pélican de la phratrie Krokitch, et, dans la partie sud, par le clan de la phratrie Gamutch qui porte le même nom. On a ainsi quatre secteurs dans lesquels se localisent les autres clans. Comme chez les Omahas, l'ordre selon lequel ils sont disposés exprime les rapports de parenté qui existent entre leurs totems. Les espaces qui séparent les clans apparentés portent le nom du clan primaire, dont les autres sont des segments. Ainsi les clans 1 et 2 sont appelés, ainsi que l'espace intermédiaire, « appartenant au soleil »; les clans 3 et 4 ainsi que la région intercalée sont « complètement au cacatois blanc ». Le cacatois blanc étant un synonyme de soleil, ainsi que nous l'avons déjà montré, on peut dire que tout le secteur qui va de l'est au nord est chose du soleil. De même les clans qui vont de 4 à 9, c'est-à-dire qui vont du nord à l'ouest sont tous des segments du pélican de la première phratrie. On voit avec quelle régularité les choses sont orientées.

En résumé, non seulement là où les deux types de classification coexistent, comme c'est le cas chez les Zuñis, nous avons des raisons de penser que la classification par clans et par totems est la plus ancienne, mais encore nous avons pu suivre, à travers les différentes sociétés que nous venons de passer en revue, la manière dont le second système est sorti du premier et s'y est surajouté.

Dans les sociétés dont l'organisation a un caractère totémique, c'est une règle générale que les groupes secondaires de la tribu, phratries, clans, sous-clans, se disposent dans l'espace suivant leurs rapports de parenté et les similitudes ou les différences que présentent leurs fonctions sociales. Parce que les deux phratries ont des personnalités distinctes, parce que chacune a un rôle différent dans la vie de la tribu, elles s'opposent spatialement; l'une s'établit d'un côté, l'autre de l'autre; l'une est orientée dans un sens, l'autre dans le sens opposé. A l'intérieur de chaque phratrie, les clans sont d'autant plus voisins, ou, au contraire, d'autant plus éloignés les uns des autres que les choses de leur ressort sont plus parentes ou plus étrangères les unes aux autres. L'existence de cette règle était très apparente dans les sociétés dont nous avons parlé. Nous avons vu, en effet, comment, chez les Zuñis, à l'intérieur du Pueblo, chaque clan était orienté dans le sens de la région qui lui était assignée; comment, chez les Sioux, les deux phratries, chargées de fonctions aussi contraires que possible, étaient situées l'une à gauche, l'autre à droite, l'une à l'est, l'autre à l'ouest. Mais des faits identiques ou analogues se retrouvent dans bien d'autres tribus. On signale également cette double opposition des phratries, et quant à la fonction et quant à l'emplacement, chez les Iroquois, chez les Wyandols, chez les Séminoles, tribu dégénérée de la Floride, chez les Thlinkits, chez les Indiens Loucheux ou Déné Dindjé, les plus septentrionaux, les plus abâtardis, mais aussi les plus primitifs des Indiens [70]. En Mélanésie, l'emplacement respectif des phratries et des clans n'est pas moins rigoureusement déterminé. Il suffit, d'ailleurs, de se rappeler le fait déjà cité, de ces tribus divisées en phratrie de l'eau et phratrie de la terre, campant l'une sous le vent, l'autre vers le vent. Dans beaucoup de sociétés mélanésiennes, cette division bipartite est même tout ce qui reste de l'ancienne organisation. En Australie, à maintes reprises, on a constaté les mêmes phénomènes de localisation. Alors même que les membres de chaque phratrie sont dispersés à travers une multitude de groupes locaux, à l'intérieur de chacun d'eux elles s'opposent dans le campement. Mais c'est surtout dans les rassemblements de la tribu tout entière que ces dispositions sont apparentes, ainsi que l'orientation qui en résulte. C'est le cas tout particulièrement chez les Aruntas. Nous trouvons, d'ailleurs, chez eux, la notion d'une orientation spéciale, d'une direction mythique assignée à chaque clan. Le clan de l'eau appartient à une région qui est censée être celle de l'eau. C'est dans la direction du camp mythique où sont censés avoir habité les ancêtres fabuleux, les Alcheringas, que l'on oriente le mort. La direction du camp des ancêtres mythiques de la mère entre en ligne de compte lors de certaines cérémonies religieuses (le percement du nez, l'extraction de l'incisive supérieure [71]). Chez les Kulin, et dans tout le groupe de tribus qui habitent la côte de la Nouvelle-Galles du Sud, les clans sont placés dans l'assemblée tribale suivant le point de l'horizon d'où ils viennent.

70. Chez les Loucheux, il y a une phratrie de droite, une de gauche et une du milieu.

71. Nous avons évidemment affaire ici soit à un commencement, soit à un reste de localisation des clans. C'est, croyons-nous, plutôt un reste. Si, comme on a essayé de le démontrer ici l'an dernier, on admet que les clans ont été répartis entre les phratries, comme les phratries sont localisées, les clans ont dû l'être.

Ceci posé, on comprend aisément comment la classification par orients s'est établie. Les choses furent d'abord classées par clans et par totems. Mais cette étroite localisation des clans dont nous venons de parler entraîna forcément une localisation correspondante des choses attribuées aux clans. Du moment que les gens du loup, par exemple, ressortissent à tel quartier du camp, il en est nécessairement de même des choses de toutes sortes qui sont classées sous ce même totem. Par suite, que le camp s'oriente d'une manière définie, et toutes ses parties se trouveront orientées du même coup avec tout ce qu'elles comprennent, choses et gens. Autrement dit, tous les êtres de la nature seront désormais conçus comme soutenant des rapports déterminés avec des portions également déterminées de l'espace. Sans doute, c'est seulement l'espace tribal qui est ainsi divisé et réparti. Mais de même que la tribu constitue pour le primitif toute l'humanité, de même que l'ancêtre fondateur de la tribu est le père et le créateur des hommes, de même aussi l'idée du camp se confond avec l'idée du monde [72]. Le camp est le centre de l'univers et tout l'univers y est en raccourci. L'espace mondial et l'espace tribal ne se distinguent donc que très imparfaitement et l'esprit passe de l'un à l'autre sans difficulté, presque sans en avoir conscience. Et ainsi les choses se trouvent rapportées à tels ou tels orients en général. Toutefois, tant que l'organisation en phratries et en clans resta forte, la classification par clans resta prépondérante; c'est par l'intermédiaire des totems que les choses furent rattachées aux régions. Nous avons vu que c'était encore le cas chez les Zuñis, au moins pour certains êtres. Mais que les groupements totémiques, si curieusement hiérarchisés, s'évanouissent et soient remplacés par des groupements locaux, simplement juxtaposés les uns aux autres, et, dans la même mesure, la classification par orients sera désormais la seule possible [73].

72. On trouve encore à Rome des traces de ces idées : *mundus* signifie à la fois le monde et le lieu où se réunissaient les comices. L'identification de la tribu (ou de la cité) et de l'humanité n'est donc pas due simplement à l'exaltation de l'orgueil national, mais à un ensemble de conceptions qui font de la tribu le *microcosme de l'univers*.

73. Dans ce cas, tout ce qui survit de l'ancien système, c'est l'attribution de certains pouvoirs aux groupes locaux. Ainsi, chez les Kurnai chaque groupe local est maître d'un certain vent qui est censé venir de son côté.

Ainsi, les deux types de classification que nous venons d'étudier ne font qu'exprimer, sous des aspects différents, les sociétés mêmes au sein desquelles elles se sont élaborées; la première était modelée sur l'organisation juridique et religieuse de la tribu, la seconde sur son organisation morphologique. Lorsqu'il s'agit d'établir des liens de parenté entre les choses, de constituer des familles de plus en plus vastes d'êtres et de phénomènes, on a procédé à l'aide des notions que fournissaient la famille, le clan, la phratrie et l'on est parti des mythes totémiques. Lorsqu'il s'est agi d'établir des rapports entre les espaces, ce sont les rapports spatiaux que les hommes soutiennent à l'intérieur de la société qui ont servi de point de repère. Ici, le cadre a été fourni par le clan lui-même, là, par la marque matérielle que le clan a mise sur le sol. Mais l'un et l'autre cadre sont d'origine sociale.

IV

Il nous reste maintenant à décrire, au moins dans ses principes, un dernier type de classification qui présente tous les caractères essentiels de ceux qui précèdent sauf qu'il est, depuis qu'il est connu, indépendant de toute organisation sociale. Le meilleur cas du genre, le plus remarquable et le plus instructif, nous est offert par le système divinatoire astronomique, astrologique, géomantique et horoscopique des Chinois. Ce système a derrière lui une histoire qui remonte aux temps les plus lointains; car il est certainement antérieur aux premiers documents authentiques et datés que nous ait conservés la Chine. Dès les premiers siècles de notre ère, il était déjà en plein développement. D'autre part, si nous allons l'étudier de préférence en Chine, ce n'est pas qu'il soit spécial à ce pays; on le trouve dans tout l'Extrême-Orient. Les Siamois, les Cambodgiens, les Thibétains, les Mongols le connaissent et l'emploient également. Pour tous ces peuples, il exprime le « tao », c'est-à-dire la nature. Il est à la base de toute la philosophie et de tout le culte qu'on appelle vulgairement taoisme. Il régit en somme tous les détails de la vie dans le plus immense groupement de population qu'ait jamais connu l'humanité.

L'importance même de ce système ne nous permet pas d'en retracer autre chose que les grandes lignes. Nous nous bornerons à le décrire dans la mesure strictement nécessaire pour faire voir combien il concorde, dans ses principes généraux, avec ceux que nous avons décrits jusqu'ici.

Il est fait lui-même de plusieurs systèmes entremêlés.

L'un des principes les plus essentiels sur lesquels il repose est une division de l'espace suivant les quatre points cardinaux. Un animal préside et donne son nom à chacune de ces quatre régions. A proprement parler, l'animal se confond avec sa région : le dragon d'azur est l'Est, l'oiseau rouge est le Sud, le tigre blanc est l'Ouest, la tortue noire le Nord. Chaque région a la couleur de son animal et, suivant des conditions diverses que nous ne pouvons exposer ici, elle est favorable ou défavorable. Les êtres symboliques qui sont ainsi préposés à l'espace gouvernent d'ailleurs aussi bien la terre que le ciel. Ainsi une colline ou une configuration géographique qui paraît ressembler à un tigre est du tigre et de l'Ouest : si elle rappelle un dragon, elle est du dragon et de l'Est. Par suite, un emplacement sera considéré comme favorable, si les choses qui l'entourent sont d'un aspect conforme à leur orientation; par exemple, si celles qui sont à l'Ouest sont du tigre et celles qui sont à l'Est sont du dragon [74].

Mais l'espace compris entre chaque point cardinal est lui-même divisé en deux parties : de là résulte un total de huit divisions qui correspondent aux huit vents. Ces huit vents, à leur tour, sont en rapports étroits avec huit pouvoirs, représentés par huit trigrammes qui occupent le centre de la boussole divinatoire. Ces huit pouvoirs sont d'abord, aux deux extrémités (le 1er et le 8e), les deux substances opposées de la terre et du ciel; entre eux sont situés les six autres pouvoirs, à savoir : 1. les vapeurs, nuages, émanations, etc.; 2. le feu, la chaleur, le soleil, la lumière, l'éclair; 3. le tonnerre; 4. le vent et le bois; 5. les eaux, rivières, lacs et mer; 6. les montagnes.

Voilà donc un certain nombre d'éléments fondamentaux classés aux différents points de la rose des vents. Maintenant, à chacun d'eux, tout un ensemble de choses est rapporté : *Khien*,

74. La chose est d'ailleurs plus compliquée encore : dans chacune des quatre régions sont réparties sept constellations d'où les vingt-huit astérismes chinois. (On sait que beaucoup de savants attribuent une origine chinoise au nombre des astérismes dans tout l'Orient.) Les influences astrales, terrestres, atmosphériques, concourent toutes dans ce système, dit du Fung-shui, ou « du vent et de l'eau ».

le ciel, principe pur de la lumière, du mâle, etc., est placé au Sud [75]. Il « signifie » l'immobilité et la force, la tête, la sphère céleste, un père, un prince, la rondeur, le jade, le métal, la glace, le rouge, un bon cheval, un vieux cheval, un gros cheval, un bancale, le fruit des arbres, etc. En d'autres termes, le ciel connote ces différentes sortes de choses, comme, chez nous, le genre connote les espèces qu'il comprend en lui. *Kicun*, principe femelle, principe de la terre, de l'obscurité, est au Nord; à lui ressortissent la docilité, le bétail, le ventre, la terre-mère, les habits, les chaudrons, la multitude, le noir, les grands charrois, etc. « Soleil » veut dire pénétration; sous lui sont subsumés le vent, le bois, la longueur, la hauteur, la volaille, les cuisses, la fille aînée, les mouvements en avant et en arrière, tout gain de 3 %, etc. Nous nous bornons à ces quelques exemples. La liste des espèces d'êtres, d'événements, d'attributs, de substances, d'accidents ainsi classés sous la rubrique des huit pouvoirs est vraiment infinie. Elle épuise à la façon d'une gnose ou d'une cabale l'ensemble du monde. Sur ce thème, les classiques et leurs imitateurs se livrent à des spéculations sans fin avec une verve inépuisable.

A côté de cette classification en huit pouvoirs, on en trouve une autre qui répartit les choses sous cinq éléments, la terre, l'eau, le bois, le métal, le feu. On a remarqué, d'ailleurs, que la première n'était pas irréductible à la seconde; si, en effet, on en élimine les montagnes, si, d'autre part, on confond les vapeurs avec l'eau et le tonnerre avec le feu, les deux divisions coïncident exactement.

Quoi qu'il en soit de la question de savoir si ces deux classifications dérivent l'une de l'autre ou sont surajoutées l'une à l'autre, les éléments jouent le même rôle que les pouvoirs. Non seulement toutes les choses leur sont rapportées, suivant les substances qui les composent ou suivant leurs formes, mais encore les événements historiques, les accidents du sol, etc. Les planètes elles-mêmes leur sont attribuées : Vénus est l'étoile du métal, Mars l'étoile du feu, etc. D'autre part, cette classification est reliée à l'ensemble du système par ce fait que chacun des éléments est localisé dans une division fondamentale. Il a suffi de mettre, comme il était juste

75. Nous suivons le tableau dressé par M. de Groot. Naturellement ces classifications manquent de tout ce qui ressemble à la logique grecque et européenne. Les contradictions, les déviations, les chevauchements y abondent. Elles n'en sont d'ailleurs que plus intéressantes à nos yeux.

d'ailleurs, la terre au centre du monde, pour pouvoir la répartir entre les quatre régions de l'espace. Par suite, ils sont, eux aussi, comme les régions, bons ou mauvais, puissants ou faibles, générateurs ou engendrés.

Nous ne poursuivrons pas la pensée chinoise dans ses mille et mille replis traditionnels. Pour pouvoir adapter aux faits les principes sur lesquels repose ce système, elle a multiplié, compliqué, sans se lasser, les divisions et subdivisions des espaces et des choses. Elle n'a même pas craint les contradictions les plus expresses. Par exemple, on a pu voir que la terre est alternativement située au Nord, au Nord-Est et au Centre. C'est qu'en effet, cette classification avait surtout pour objet de régler la conduite des hommes; or, elle arrivait à cette fin, tout en évitant les démentis de l'expérience, grâce à cette complexité même.

Il nous reste pourtant à expliquer une dernière complication du système chinois : comme les espaces, comme les choses et les événements, les temps eux-mêmes en font partie. Aux quatre régions correspondent les quatre saisons. De plus, chacune de ces régions est subdivisée en six parties, et ces vingt-quatre subdivisions donnent naturellement les vingt-quatre saisons de l'année chinoise. Cette concordance n'a rien qui doive nous surprendre. Dans tous les systèmes de pensée dont nous venons de parler, la considération des temps est parallèle à celle des espaces. Dès qu'il y a orientation, les saisons sont rapportées nécessairement aux points cardinaux, l'hiver au Nord, l'été au Midi, etc. Mais la distinction des saisons n'est qu'un premier pas dans le comput des temps. Celui-ci, pour être complet, suppose en outre une division en cycles, années, jours, heures, qui permette de mesurer toutes les étendues temporelles, grandes ou petites. Les Chinois sont arrivés à ce résultat par le procédé suivant. Ils ont constitué deux cycles, l'un de douze divisions et l'autre de dix; chacune de ces divisions a son nom et son caractère propre, et ainsi chaque moment du temps est représenté par un binôme de caractères, empruntés aux deux cycles différents [76]. Ces deux cycles s'emploient concurremment aussi bien pour les années que pour les jours, les mois et les heures, et l'on arrive ainsi à une mensuration assez exacte. Leur combinaison forme,

76. Dans les plus anciens classiques ils sont appelés les dix mères et les douze enfants.

par suite, un cycle sexagésimal [77], puisque, après cinq révolutions du cycle de douze, et six révolutions du cycle de dix, le même binôme de caractères revient exactement qualifier le même temps. Tout comme les saisons, ces deux cycles, avec leurs divisions, sont reliés à la rose des vents, et, par l'intermédiaire des quatre points cardinaux, aux cinq éléments; et c'est ainsi que les Chinois en sont arrivés à cette notion, extraordinaire au regard de nos idées courantes, d'un temps non homogène, symbolisé par les éléments, les points cardinaux, les couleurs, les choses de toute espèce qui leur sont subsumées, et dans les différentes parties duquel prédominent les influences les plus variées.

Ce n'est pas tout. Les douze années du cycle sexagénaire sont rapportées, en outre, à douze animaux qui sont rangés dans l'ordre suivant : le rat, la vache, le tigre, le lièvre, le dragon, le serpent, le cheval, la chèvre, le singe, la poule, le chien et le porc. Ces douze animaux sont répartis trois par trois entre les quatre points cardinaux, et par là encore cette division des temps [78] est reliée au système général. Ainsi, disent des textes datés du début de notre ère, « une année « *tzé* » a pour animal le rat, et elle appartient au Nord et à l'eau : une année « *wa* » appartient au feu, c'est-à-dire au Sud, et son animal est le cheval », Subsumées sous les éléments [79], les années le sont aussi sous les régions, représentées elles-mêmes par les animaux. Nous sommes évidemment en présence d'une multitude de classements entrelacés et qui, malgré leurs contradictions, enserrent la réalité d'assez près pour pouvoir guider assez utilement l'action [80].

77. On sait que les divisions duodécimales et sexagésimales ont servi de base à la mensuration chinoise du cercle céleste, et à la division de la boussole divinatoire.

78. Nous ne pouvons nous empêcher de penser que le cycle des douze divisions et les douze années représentées par des animaux n'étaient, à l'origine, qu'une seule et même division du temps, l'une ésotérique, l'autre exotérique. Un texte les appelle « les deux douzaines qui s'appartiennent » : ce qui paraît bien indiquer qu'elles n'étaient qu'une seule et même douzaine diversement symbolisée.

79. Ici les éléments ne sont plus de nouveau que quatre : la terre cesse d'être élément pour devenir un principe premier. Cet arrangement était nécessaire pour qu'un rapport arithmétique pût être établi entre les éléments et les douze animaux. Les contradictions sont infinies.

80. Wells Williams, *The Middle Kingdom*, édition de 1899, II, p. 69 et s. Williams réduit de plus le cycle dénaire aux cinq éléments, chaque

Cette classification des espaces, des temps, des choses, des espèces animales domine toute la vie chinoise. Elle est le principe même de la fameuse doctrine du *fung-shui*, et, par là, elle détermine l'orientation des édifices, la fondation des villes et des maisons, l'établissement des tombes et des cimetières; si l'on fait ici tels travaux, et là tels autres, si l'on entreprend certaines affaires à telle ou telle époque, c'est pour des raisons fondées sur cette systématique traditionnelle. Et ces raisons ne sont pas seulement empruntées à la géomancie; elles sont aussi dérivées des considérations relatives aux heures, aux jours, aux mois, aux années : telle direction, qui est favorable à un moment donné, devient défavorable à un autre. Les forces sont concourantes ou discordantes suivant les temps. Ainsi, non seulement dans le temps, comme dans l'espace, tout est hétérogène, mais les parties hétérogènes dont sont faits ces deux milieux se correspondent, s'opposent et se disposent dans un système un. Et tous ces éléments, en nombre infini, se combinent pour déterminer le genre, l'espèce des choses naturelles, le sens des forces en mouvement, les actes qui doivent être accomplis, donnant ainsi l'impression d'une philosophie à la fois subtile et naïve, rudimentaire et raffinée. C'est que nous sommes en présence d'un cas, particulièrement typique, où la pensée collective a travaillé, d'une façon réfléchie et savante, sur des thèmes évidemment primitifs.

En effet, si nous n'avons pas le moyen de rattacher par un lien historique le système chinois aux types de classification que nous avons étudiés précédemment, il n'est pas possible de ne pas remarquer qu'il repose sur les mêmes principes que ces derniers. La classification des choses sous huit chefs, les huit pouvoirs, donne une véritable division du monde en huit familles, comparable, sauf que la notion du clan en est absente, aux classifications australiennes. D'autre part, comme chez les Zuñis, nous avons trouvé à la base du système une division tout à fait analogue de l'espace en régions fondamentales. A ces régions se trouvent également rapportés les éléments, les vents et les saisons. Comme chez les Zuñis encore, chaque région a sa cou-

---

couple de la division décimale des temps correspondant à un élément. Il serait fort possible aussi que la division dénaire fût partie d'une orientation en cinq régions, la division duodénaire de l'orientation en quatre points cardinaux.

leur propre et se trouve placée sous l'influence prépondérante d'un animal déterminé, qui symbolise, en même temps, les éléments, les pouvoirs et les moments de la durée. Nous n'avons, il est vrai, aucun moyen de prouver péremptoirement que ces animaux aient jamais été des totems. Quelque importance que les clans aient conservée en Chine et bien qu'ils présentent encore le caractère distinctif des clans les plus proprement totémiques, à savoir l'exogamie, il ne semble pourtant pas qu'ils aient autrefois porté les noms usités dans la dénomination des régions ou des heures. Mais il est tout au moins curieux qu'au Siam, d'après un auteur contemporain [81], il y aurait interdiction de mariage entre gens d'une même année et d'un même animal, alors même que cette année appartient à deux duodécades différentes; c'est-à-dire que le rapport soutenu par les individus avec l'animal auquel ils ressortissent agit sur les relations conjugales exactement comme le rapport qu'ils soutiennent, dans d'autres sociétés, avec leurs totems. D'autre part, nous savons qu'en Chine, l'horoscope, la considération des huit caractères joue un rôle considérable dans la consultation des devins préalable à toute entrevue matrimoniale. Il est vrai qu'aucun des auteurs que nous avons consultés ne mentionne comme légalement interdit un mariage entre deux individus d'une même année ou de deux années de même nom. Il est probable pourtant qu'un tel mariage doit être réputé comme particulièrement inauspicieux. En tout cas, si nous n'avons pas en Chine cette sorte d'exogamie entre gens nés sous un même animal, il ne laisse pas d'y avoir entre eux, à un autre point de vue, une relation quasi familiale. M. Doolittle, en effet, nous apprend que chaque individu est réputé appartenir à un animal déterminé, et tous ceux qui appartiennent à un même animal ne peuvent pas assister à l'enterrement les uns des autres.

La Chine n'est pas, d'ailleurs, le seul pays civilisé où nous retrouvions tout au moins des traces de classification qui

81. Young, *The Kingdom of the Yellow Robe*, 1896, p. 92. Les autres auteurs ne mentionnent que la consultation des devins et la considération des cycles. Ce cycle semble avoir eu une histoire assez compliquée.— Au Cambodge, le cycle est employé comme en Chine. Mais ni les auteurs ni les codes ne parlent d'interdictions matrimoniales relatives à ce cycle. Il est donc probable qu'il y a là tout simplement une croyance d'origine exclusivement divinatoire et d'autant plus populaire que la divination chinoise est plus en usage dans ces sociétés.

rappellent celles que nous avons observées dans les sociétés inférieures.

Tout d'abord, nous venons de voir que la classification chinoise était essentiellement un instrument de divination. Or les méthodes divinatoires de la Grèce présentent avec celles des Chinois de remarquables similitudes, qui dénotent des procédés de même nature dans la manière dont sont classées les idées fondamentales [82]. L'attribution des éléments, des métaux aux planètes est un fait grec, peut-être chaldéen, aussi bien que chinois. Mars est le feu, Saturne l'eau, etc. La relation entre certaines sortes d'événements et certaines planètes, la considération simultanée des espaces et des temps, la correspondance particulière de telle région avec tel moment de l'année, avec telle espèce d'entreprise, se rencontrent également dans ces différentes sociétés [83]. Une coïncidence plus curieuse encore est celle qui permet de rapprocher l'astrologie et la physiognomonie des Chinois de celles des Grecs et, peut-être, de celles des Égyptiens. La théorie grecque de la mélothésie zodiacale et planétaire, qui est, croit-on, d'origine égyptienne, a pour objet d'établir entre certaines parties du corps, d'une part, et, de l'autre, certaines positions des astres, certaines orientations, certains événements, d'étroites correspondances. Or il existe également en Chine une doctrine fameuse qui repose sur le même principe. Chaque élément est rapporté à un point cardinal, à une constellation, à une couleur déterminée, et ces divers groupes de choses sont censés, à leur tour, correspondre à diverses espèces d'organes, résidence des diverses âmes, aux passions et aux différentes parties dont la réunion forme « le caractère naturel ». Ainsi, le *yang*, principe mâle de la lumière et du ciel, a pour viscère le foie, pour *mansion* la vessie, pour ouverture les oreilles et les sphincters [84]. Or cette théorie, dont on voit la généralité, n'a pas seulement un intérêt de curiosité;

82. On s'est même demandé s'il n'y avait pas eu emprunt direct ou indirect, d'un de ces peuples à l'autre.

83. Epicure critique précisément les pronostics tirés des animaux (célestes?) comme étant basés sur l'hypothèse de la coïncidence des temps, des directions, et des événements suscités par la divinité.

84. D'après Pan-Ku, auteur du deuxième siècle, qui s'appuie sur des auteurs beaucoup plus anciens.

elle implique une certaine manière de concevoir les choses. Le monde y est, en effet, rapporté à l'individu; les êtres y sont, en quelque sorte, exprimés en fonction de l'organisme vivant; c'est proprement la théorie du microcosme.

Rien, d'ailleurs, n'est plus naturel que le rapport ainsi constaté entre la divination et les classifications de choses. Tout rite divinatoire, si simple soit-il, repose sur une sympathie préalable entre certains êtres, sur une parenté traditionnellement admise entre tel signe et tel événement futur. De plus, un rite divinatoire n'est généralement pas seul; il fait partie d'un tout organisé. La science des devins ne constitue donc pas des groupes isolés de choses, mais relie ces groupes les uns aux autres. Il y a ainsi, à la base d'un système de divination, un système, au moins implicite, de classification.

Mais c'est surtout à travers les mythologies que l'on voit apparaître, d'une manière presque ostensible, des méthodes de classement tout à fait analogues à celles des Australiens ou des Indiens de l'Amérique du Nord. Chaque mythologie est, au fond, une classification, mais qui emprunte ses principes à des croyances religieuses, et non pas à des notions scientifiques. Les panthéons bien organisés se partagent la nature, tout comme ailleurs les clans se partagent l'univers. Ainsi l'Inde répartit les choses, en même temps que leurs dieux, entre les trois mondes du ciel, de l'atmosphère et de la terre, tout comme les Chinois classent tous les êtres suivant les deux principes fondamentaux du *yang* et du *yin*. Attribuer telles ou telles choses naturelles à un dieu, revient à les grouper sous une même rubrique génétique, à les ranger dans une même classe; et les généalogies, les identifications admises entre les divinités impliquent des rapports de coordination ou de subordination entre les classes de choses que représentent ces divinités. Quand Zeus, père des hommes et des dieux, est dit avoir donné naissance à Athéna, la guerrière, la déesse de l'intelligence, la maîtresse de la chouette, etc., c'est proprement deux groupes d'images qui se trouvent reliés et classés l'un par rapport à l'autre. Chaque Dieu a ses doublets qui sont d'autres formes de lui-même, tout en ayant d'autres fonctions; par là, des pouvoirs divers, et les choses sur lesquelles s'exercent ces pouvoirs se trouvent rattachées à une notion centrale ou prépondérante, comme l'espèce au genre ou une variété secondaire à l'espèce principale. C'est ainsi qu'à Poseidon, dieu des eaux, se relient d'autres personnalités plus pâles, des dieux agraires (Aphareus, Aloeus, le laboureur, le batteur), des dieux de chevaux (Actor, Elatos, Hippocoon, etc.), un dieu de la végétation (Phutalmios).

Ces classifications sont même des éléments tellement essentiels des mythologies développées qu'elles ont joué un rôle important dans l'évolution de la pensée religieuse; elles ont facilité la réduction à l'unité de la multiplicité des dieux et, par là, elles ont préparé le monothéisme. L' « hénothéisme »[85] qui caractérise la mythologie brahmanique, au moins une fois qu'elle eut atteint un certain développement, consiste, en réalité, dans une tendance à réduire de plus en plus les dieux les uns aux autres, si bien que chacun a fini par posséder les attributs de tous les autres et même leurs noms. Une classification instable où le genre devient facilement l'espèce et inversement, mais qui manifeste une tendance croissante pour l'unité, voilà ce qu'est, d'un certain point de vue, le panthéisme de l'Inde prébouddhique; et il en est de même du civaïsme et du vishnouisme classique. M. Usener a également montré dans la systématisation progressive des polythéismes grecs et romains une condition essentielle de l'avènement du polythéisme occidental. Les petits dieux locaux, spéciaux, se rangent peu à peu sous des chefs plus généraux, les grands dieux de la nature, et tendent à s'y absorber. Pendant un temps, la notion de ce que les premiers ont de spécial, se maintient; le nom de l'ancien dieu coexiste avec celui du grand dieu, mais seulement comme attribut de ce dernier; puis son existence devient de plus en plus fantomatique jusqu'au jour où les grands dieux subsistent seuls, sinon dans le culte, du moins dans la mythologie. On pourrait presque dire que les classifications mythologiques, quand elles sont complètes et systématiques, quand elles embrassent l'univers, annoncent la fin des mythologies proprement dites, Pan, le Brahman, Prajâpati, genres suprêmes, êtres absolus et purs sont des figures mythiques presque aussi pauvres d'images que le Dieu transcendantal des chrétiens.

Et par là, il semble que nous nous rapprochions insensiblement des types abstraits et relativement rationnels qui sont au

85. Le mot est de Marx Müller qui, d'ailleurs, l'applique à tort aux formes primitives du brahmanisme.

sommet des premières classifications philosophiques. Déjà il est certain que la philosophie chinoise, quand elle est proprement taoïste, repose essentiellement sur le système de classification que nous avons décrit. En Grèce, sans vouloir rien affirmer relativement à l'origine historique des doctrines, on ne peut s'empêcher de remarquer que les deux principes de l'ionisme héraclitéen, la guerre et la paix, ceux d'Empédocle, l'amour et la haine, se partagent les choses, comme font le *yin* et le *yang* dans la classification chinoise. Les rapports établis par les pythagoriciens entre les nombres, les éléments, les sexes, et un certain nombre d'autres choses ne sont pas sans rappeler les correspondances d'origine magico-religieuse dont nous avons eu l'occasion de parler. D'ailleurs, même au temps de Platon, le monde était encore conçu comme un vaste système de sympathies classées et hiérarchisées [86].

V

Les classifications primitives ne constituent donc pas des singularités exceptionnelles, sans analogie avec celles qui sont en usage chez les peuples les plus cultivés; elles semblent, au contraire, se rattacher sans solution de continuité aux premières classifications scientifiques. C'est qu'en effet, si profondément qu'elles diffèrent de ces dernières sous certains rapports, elles ne laissent pas cependant d'en avoir tous les caractères essentiels. Tout d'abord, elles sont, tout comme les classifications des savants, des systèmes de notions hiérarchisées. Les choses n'y sont pas simplement disposées sous la forme de groupes isolés les uns des autres, mais ces groupes soutiennent les uns avec les autres des rapports définis et leur ensemble forme un seul et même tout. De plus, ces systèmes, tout comme ceux de la science, ont un but tout spéculatif. Ils ont pour objet, non de faciliter l'action, mais de faire comprendre, de rendre intelligibles les relations

86. La philosophie hindoue abonde en classifications correspondantes des choses, des éléments, des sens, des hypostases. On trouvera énumérées et commentées les principales dans Deussen, *Allgemeine Geschichte der Philosophie*, I, 2, p. 85, 89, 95, etc. Une bonne partie des *Upanishads* consiste en spéculations sur les généalogies et les correspondances.

qui existent entre les êtres. Étant donné certains concepts considérés comme fondamentaux, l'esprit éprouve le besoin d'y rattacher les notions qu'il se fait des autres choses. De telles classifications sont donc, avant tout, destinées à relier les idées entre elles, à unifier la connaissance; à ce titre, on peut dire sans inexactitude qu'elles sont œuvre de science et constituent une première philosophie de la nature [87]. Ce n'est pas en vue de régler sa conduite ni même pour justifier sa pratique que l'Australien répartit le monde entre les totems de sa tribu; mais c'est que, la notion du totem étant pour lui cardinale, il est nécessité de situer par rapport à elle toutes ses autres connaissances. On peut donc penser que les conditions dont dépendent ces classifications très anciennes ne sont pas sans avoir joué un rôle important dans la genèse de la fonction classificatrice en général.

Or il ressort de toute cette étude que ces conditions sont de nature sociale. Bien loin que, comme semble l'admettre M. Frazer, ce soient les relations logiques des choses qui aient servi de base aux relations sociales des hommes, en réalité ce sont celles-ci qui ont servi de prototype à celles-là. Suivant lui, les hommes se seraient partagés en clans suivant une classification préalable des choses; or, tout au contraire, ils ont classé les choses parce qu'ils étaient partagés en clans.

Nous avons vu, en effet, comment c'est sur l'organisation sociale la plus proche et la plus fondamentale que ces classifications ont été modelées. L'expression est même insuffisante. La société n'a pas été simplement un modèle d'après lequel la pensée classificatrice aurait travaillé; ce sont ses propres cadres qui ont servi de cadres au système. Les premières catégories logiques ont été des catégories sociales; les premières classes de choses ont été

87. Par là, elles se distinguent très nettement de ce qu'on pourrait appeler les classifications technologiques. Il est probable que, de tout temps, l'homme a plus ou moins nettement classé les choses dont il se nourrit suivant les procédés qu'il employait pour s'en saisir : par exemple en animaux qui vivent dans l'eau, ou dans les airs, ou sur la terre. Mais d'abord, les groupes ainsi constitués ne sont pas reliés les uns aux autres et systématisés. Ce sont des divisions, des distinctions de notions, non des tableaux de classification. De plus, il est évident que ces distinctions sont étroitement engagées dans la pratique dont elles ne font qu'exprimer certains aspects. C'est pour cette raison que nous n'en avons pas parlé dans ce travail où nous cherchons surtout à éclairer un peu les origines du procédé logique qui est à la base des classifications scientifiques.

des classes d'hommes dans lesquelles ces choses ont été intégrées. C'est parce que les hommes étaient groupés et se pensaient sous forme de groupes qu'ils ont groupé idéalement les autres êtres, et les deux modes de groupement ont commencé par se confondre au point d'être indistincts. Les phratries ont été les premiers genres; les clans, les premières espèces. Les choses étaient censées faire partie intégrante de la société et c'est leur place dans la société qui déterminait leur place dans la nature. Même on peut se demander si la manière schématique dont les genres sont ordinairement conçus ne dépendrait pas en partie des mêmes influences. C'est un fait d'observation courante que les choses qu'ils comprennent sont généralement imaginées comme situées dans une sorte de milieu idéal, de circonscription spatiale plus ou moins nettement limitée. Ce n'est certainement pas sans cause que, si souvent, les concepts et leurs rapports ont été figurés par des cercles concentriques, excentriques, intérieurs, extérieurs les uns aux autres, etc. Cette tendance à nous représenter des groupements purement logiques sous une forme qui contraste à ce point avec leur nature véritable ne viendrait-elle pas de ce qu'ils ont commencé par être conçus sous la forme de groupes sociaux, occupant, par suite, un emplacement déterminé dans l'espace? Et, en fait, n'avons-nous pas observé cette localisation spatiale des genres et des espèces dans un assez grand nombre de sociétés très différentes?

Non seulement la forme extérieure des classes, mais les rapports qui les unissent les unes aux autres sont d'origine sociale. C'est parce que les groupes humains s'emboîtent les uns dans les autres, le sous-clan dans le clan, le clan dans la phratrie, la phratrie dans la tribu, que les groupes de choses se disposent suivant le même ordre. Leur extension régulièrement décroissante à mesure qu'on passe du genre à l'espèce, de l'espèce à la variété, etc., vient de l'extension également décroissante que présentent les divisions sociales à mesure qu'on s'éloigne des plus larges et des plus anciennes pour se rapprocher des plus récentes et des plus dérivées. Et si la totalité des choses est conçue comme un système un, c'est que la société elle-même est conçue de la même manière. Elle est un tout, ou plutôt elle est le *tout* unique auquel tout est rapporté. Ainsi la hiérarchie logique n'est qu'un autre aspect de la hiérarchie sociale et l'unité de la connaissance n'est autre chose que l'unité même de la collectivité, étendue à l'univers.

Il y a plus : les liens mêmes qui unissent soit les êtres d'un même groupe, soit les différents groupes entre eux, sont conçus comme des liens sociaux. Nous rappelions au début que les expressions par lesquelles nous désignons encore aujourd'hui ces relations ont une signification morale; mais, tandis qu'elles ne sont plus guère pour nous que des métaphores, primitivement elles avaient tout leur sens. Les choses d'une même classe étaient réellement considérées comme parentes des individus du même groupe social, et, par suite, comme parentes les unes des autres. Elles sont de « la même chair », de la même famille. Les relations logiques sont alors en un sens, des relations domestiques. Parfois aussi, nous l'avons vu, elles sont de tous points comparables à celles qui existent entre le maître et la chose possédée, entre le chef et ses subordonnés. On pourrait même se demander si la notion, si étrange au point de vue positif, de la précellence du genre sur l'espèce n'a pas ici sa forme rudimentaire. De même que, pour le réaliste, l'idée générale domine l'individu, de même le totem du clan domine celui des sous-clans et, plus encore, le totem personnel des individus; et là où la phratrie a gardé sa consistance première, elle a sur les divisions qu'elle comprend et les êtres particuliers qui y sont compris une sorte de primauté. Bien qu'il soit essentiellement wartwut et particulièrement moiviluk, le Wotjoballuk de M. Howitt est, avant tout, un Krokitch ou un Gamutch. Chez les Zuñis, les animaux qui symbolisent les six clans fondamentaux sont préposés souverainement à leurs sous-clans respectifs et aux êtres de toute sorte qui y sont groupés.

Mais si ce qui précède permet de comprendre comment a pu se constituer la notion de classes, reliées entre elles dans un seul et même système, nous ignorons encore quelles sont les forces qui ont induit les hommes à répartir les choses entre ces classes selon la méthode qu'ils ont adoptée. De ce que le cadre extérieur de la classification est fourni par la société, il ne suit pas nécessairement que la façon dont ce cadre a été employé tient à des raisons de même origine. Il est très possible *a priori* que des mobiles d'un tout autre ordre aient déterminé la façon dont les êtres ont été rapprochés, confondus, ou bien, au contraire, distingués et opposés.

La conception si particulière qu'on se fait alors des liens logiques permet d'écarter cette hypothèse. Nous venons de voir, en effet, qu'ils sont représentés sous la forme de liens familiaux, ou comme des rapports de subordination économique ou politique; c'est donc que les mêmes sentiments qui sont à la base de l'organisation domestique, sociale, etc., ont aussi présidé à cette répartition logique des choses. Celles-ci s'attirent ou s'opposent de la même manière que les hommes sont liés par la parenté ou opposés par la vendetta. Elles se confondent comme les membres d'une même famille se confondent dans une pensée commune. Ce qui fait que les unes se subordonnent aux autres, c'est quelque chose en tous points analogue à ce qui fait que l'objet possédé apparaît comme inférieur à son propriétaire et le sujet à son maître. Ce sont donc des états de l'âme collective qui ont donné naissance à ces groupements, et, de plus, ces états sont manifestement affectifs. Il y a des affinités sentimentales entre les choses comme entre les individus, et c'est d'après ces affinités qu'elles se classent.

Nous arrivons ainsi à cette conclusion : c'est qu'il est possible de classer autre chose que des concepts et autrement que suivant les lois du pur entendement. Car pour que des notions puissent ainsi se disposer systématiquement pour des raisons de sentiment, il faut qu'elles ne soient pas des idées pures, mais qu'elles soient elles-mêmes œuvre de sentiment. Et en effet, pour ceux que l'on appelle des primitifs, une espèce de choses n'est pas un simple objet de connaissance, mais correspond avant tout à une certaine attitude sentimentale. Toute sorte d'éléments affectifs concourent à la représentation qu'on s'en fait. Des émotions religieuses notamment, non seulement lui communiquent un coloris spécial, mais encore lui font attribuer les propriétés les plus essentielles qui la constituent. Les choses sont avant tout sacrées ou profanes, pures ou impures, amies ou ennemies, favorables ou défavorables [88]; c'est dire que leurs caractères les plus fondamentaux ne font qu'exprimer la manière dont elles affectent la sensibilité sociale. Les différences et les ressemblances qui déterminent la façon dont elles se groupent sont plus affectives qu'intellectuelles. Voilà comment il se fait que les choses changent, en quelque sorte, de nature suivant les

88. Maintenant encore, pour le croyant de bien des cultes, les aliments se classent avant tout en deux grands genres, les gras et les maigres et l'on sait tout ce qu'il y a de subjectif dans cette classification.

sociétés; c'est qu'elles affectent différemment les sentiments des groupes. Ce qui est conçu ici comme parfaitement homogène est représenté ailleurs comme essentiellement hétérogène. Pour nous, l'espace est formé de parties semblables entre elles, substituables les unes aux autres. Nous avons vu pourtant que, pour bien des peuples, il est profondément différencié selon les régions. C'est que chaque région a sa valeur affective propre. Sous l'influence de sentiments divers, elle est rapportée à un principe religieux spécial et, par suite, elle est douée de vertus *sui generis* qui la distinguent de toute autre. Et c'est cette valeur émotionnelle des notions qui joue le rôle prépondérant dans la manière dont les idées se rapprochent ou se séparent. C'est elle qui sert de caractère dominateur dans la classification.

On a bien souvent dit que l'homme a commencé par se représenter les choses en se les rapportant à lui-même. Ce qui précède permet de mieux préciser en quoi consiste cet anthropocentrisme, que l'on appellerait mieux du *sociocentrisme*. Le centre des premiers systèmes de la nature, ce n'est pas l'individu; c'est la société [89]. C'est elle qui s'objective, et non plus l'homme. Rien n'est plus démonstratif à cet égard que la manière dont les Indiens sioux font tenir en quelque sorte le monde tout entier dans les limites de l'espace tribal; et nous avons vu comment l'espace universel lui-même n'est autre chose que l'emplacement occupé par la tribu, mais indéfiniment étendu au-delà de ses limites réelles. C'est en vertu de la même disposition mentale que tant de peuples ont placé le centre du monde, « le nombril de la terre », dans leur capitale politique ou religieuse [90], c'est-à-dire là où se trouve le centre de leur vie morale. De même encore, mais dans un autre ordre d'idées, la force créatrice de l'univers et de tout ce qui s'y trouve a d'abord été conçue comme l'ancêtre mythique, générateur de la société.

Voilà comment il se fait que la notion d'une classification logique a eu tant de mal à se former, comme nous le montrions

89. M. de la Grasserie a développé assez obscurément, et surtout sans preuves, des idées assez analogues aux nôtres dans ses *Religions comparées au point de vue sociologique*, chap. III.

90. Ce qui est compréhensible pour les Romains et même pour les Zuñis, l'est moins pour les habitants de l'île de Pâques, appelée Te Pito-te Henua (nombril de la terre); mais l'idée est partout parfaitement naturelle.

au début de ce travail. C'est qu'une classification logique est une classification de concepts. Or, le concept est la notion d'un groupe d'êtres nettement déterminé ; les limites en peuvent être marquées avec précision. Au contraire, l'émotion est chose essentiellement floue et inconsistante. Son influence contagieuse rayonne bien au-delà de son point d'origine, s'étend à tout ce qui l'entoure, sans qu'on puisse dire où s'arrête sa puissance de propagation. Les états de nature émotionnelle participent nécessairement du même caractère. On ne peut dire ni où ils commencent, ni où ils finissent; ils se perdent les uns dans les autres, mêlent leurs propriétés de telle sorte qu'on ne peut les catégoriser avec rigueur. D'un autre côté, pour pouvoir marquer les limites d'une classe, encore faut-il avoir analysé les caractères auxquels se reconnaissent les êtres assemblés dans cette classe et qui les distinguent. Or l'émotion est naturellement réfractaire à l'analyse ou, du moins, s'y prête malaisément parce qu'elle est trop complexe. Surtout quand elle est d'origine collective, elle défie l'examen critique et raisonné. La pression exercée par le groupe social sur chacun de ses membres ne permet pas aux individus de juger en liberté les notions que la société a élaborées elle-même et où elle a mis quelque chose de sa personnalité. De pareilles constructions sont sacrées pour les particuliers. Aussi l'histoire de la classification scientifique est-elle, en définitive, l'histoire même des étapes au cours desquelles cet élément d'affectivité sociale s'est progressivement affaibli, laissant de plus en plus la place libre à la pensée réfléchie des individus. Mais il s'en faut que ces influences lointaines que nous venons d'étudier aient cessé de se faire sentir aujourd'hui. Elles ont laissé derrière elles un effet qui leur survit et qui est toujours présent : c'est le cadre même de toute classification, c'est tout cet ensemble d'habitudes mentales en vertu desquelles nous nous représentons les êtres et les faits sous la forme de groupes coordonnés et subordonnés les uns aux autres.

On peut voir par cet exemple de quelle lumière la sociologie éclaire la genèse et, par suite, le fonctionnement des opérations logiques. Ce que nous avons essayé de faire pour la classification pourrait être également tenté pour les autres fonctions ou notions fondamentales de l'entendement. Déjà nous avons eu l'occasion d'indiquer, chemin faisant, comment même des idées aussi abstraites que celles de temps et d'espace sont, à chaque moment de leur histoire, en rapport étroit avec l'organisation sociale correspondante. La même méthode pourrait aider également à comprendre la manière dont se sont formées les idées de cause, de substance, les différentes formes du raisonnement, etc. Toutes ces questions, que métaphysiciens et psychologues agitent depuis si longtemps, seront enfin libérées des redites où elles s'attardent, du jour où elles seront posées en termes sociologiques. Il y a là du moins une voie nouvelle qui mérite d'être tentée.

8

*Les civilisations Éléments et formes**

Introduction

Ceci est particulièrement un extrait d'une longue « Note de méthode » sur *la Notion de civilisation,* qui paraîtra dans le tome III de l'*Année sociologique*, deuxième série. — Elle a été préparée par diverses notes sur le même sujet : tomes X, XI et XII de l'*Année sociologique*[1], ancienne série. Elle a été préparée également par de nombreux et longs comptes rendus des travaux d'ensemble des archéologues, des historiens de la civilisation, des ethnologues et tout particulièrement de ceux-ci dans les deux séries de l'*Année sociologique.* Les partisans actuels de la méthode de l'« histoire culturelle », de l'« ethnologie historique », des principes de la « diffusion » opposent, à notre avis sans raison, leurs méthodes à celles des sociologues. Nous ferons grâce d'une discussion critique de ces théories et de leurs résultats. Elles comptent toutes des savants honorables comme protagonistes. Nous ne critiquerons pas davantage les tenants de MM. Foy et Graebner que ceux du père Schmidt, ou ceux de l'École américaine de l'« anthropologie culturelle ». Ces derniers, M. Boas entre tous, M. Wissler, d'autres, opérant sur des sociétés et des civilisations qui ont été évidemment en contact, plus fins que leurs collègues européens, se gardent généralement d'hypothèses échevelées et ont vraiment su déceler ici et là des « couches de civilisations », des « centres » et des « aires de diffusion ».

Ces théories s'opposent surtout — et trop facilement — aux

* Exposé présenté à la première Semaine internationale de synthèse, *Civilisation. Le mot et l'idée*, La Renaissance du livre, Paris, 1930.

1. [Des notes mentionnées, la dernière seule a paru.]

idées simplistes qui représentent l'évolution humaine comme si elle avait été unique. Sous ce rapport comme ces « comparants », mais surtout avec les historiens et les géographes, les sociologues rattachent les phénomènes de civilisation non point à une hypothétique évolution générale de l'humanité, mais à l'enchaînement chronologique et géographique des sociétés. Jamais ni Durkheim, ni nous, n'avons séparé l'évolution humaine de celle des groupes plus ou moins vastes qui la composent. Voici longtemps que Durkheim expliquait la famille conjugale moderne par le mélange des droits domestiques germanique et romain. En somme, il appliquait dès lors ce qu'on appelle maintenant la théorie des « substrats ». Et voici plus de dix ans que M. Meillet a pris parti pour une méthode généalogico-historique en linguistique, sans croire, pour cela, être infidèle à la sociologie, dont il est l'un des maîtres.

D'ailleurs toutes ces oppositions d'écoles sont jeux futiles de l'esprit ou concurrence de chaires, de philosophies et de théologies. Les vraiment grands ethnologues ont été aussi éclectiques dans le choix des problèmes que dans celui des méthodes qui doivent varier par problèmes. E.-B. Tylor, dont on a l'habitude de faire une cible, a publié — et encore plus enseigné — de délicieuses histoires d'emprunts. Les meilleures collections de répartitions d'objets sont incontestablement celles du Musée Pitt Rivers, qu'il a fondé à Oxford et que M. Balfour administre.

Au fond, la masse des savants véritables reste fidèle aux trois principes, aux trois rubriques du vieux maître, Adolf Bastian :

1. l'*Elementargedanke*, l'« idée élémentaire », originale et originelle, création autonome et caractéristique d'un esprit collectif, le « trait de culture » comme disent assez mal les « anthropologues sociaux » américains ;

2. la *Geographische Provinz*, le « secteur géographique », quelquefois assez mal limité, quelquefois très évidemment marqué par la communauté des faits de civilisation, par les langues apparentées et assez souvent par les races uniques : le nombre de ces « provinces géographiques » n'étant pas excessivement nombreux et les découvertes modernes en restreignant encore le nombre ;

3. la *Wanderung*, la migration, le voyage et les vicissitudes de la civilisation et, avec elle, comme dans le cas d'une évolution

autonome, la *Wandlung* de la civilisation, la transformation de la civilisation par emprunts des éléments, par migrations, par mixtures des peuples porteurs de ces éléments, ou par activité autonome de ces peuples.

Supposons donc ou constatons cet accord des savants. Et voyons comment on peut étudier les civilisations, analytiquement et synthétiquement.

Nous ne rappelons pas l'histoire du mot et des divers sens qu'il comporte. Nous ne faisons pas non plus la critique de toutes ses acceptions. La notion de civilisation est certainement moins claire que celle de société qu'elle suppose d'ailleurs. Voici simplement quelques définitions qui, nous le croyons, permettent de savoir comment il faut parler.

I. FAITS DE CIVILISATION

Définissons d'abord ce qui singularise les phénomènes de civilisation parmi les phénomènes sociaux. Nous pourrons ensuite comprendre ce que c'est qu'un système de ces faits : une civilisation. Et on verra enfin comment, de ce point de vue, on peut revenir, sans trop d'inconvénients, à des emplois assez larges du mot.

Les phénomènes de civilisation (*civis*, citoyen) sont par définition des phénomènes sociaux de sociétés données. Mais tous les phénomènes sociaux ne sont pas, au sens étroit du terme, des phénomènes de civilisation. Il en est qui sont parfaitement spéciaux à cette société, qui la singularisent, l'isolent. On les rencontre d'ordinaire dans le dialecte, dans la constitution, dans la coutume religieuse ou esthétique, dans la mode. La Chine derrière son mur, le brahmane à l'intérieur de sa caste, les gens de Jérusalem par rapport à ceux de Juda, ceux de Juda par rapport au reste des Hébreux, les Hébreux et leurs descendants, les Juifs, par rapport aux autres Sémites, se distinguent pour se concentrer, pour se séparer des autres. Ces exemples prouvent qu'il vaut mieux ne pas parler de civilisation quand on parle de phénomènes restreints à une société donnée et qu'il vaut mieux dire « société » tout court.

Mais il est, même dans les sociétés les plus isolées, toute une masse de phénomènes sociaux qui doivent être étudiés à part, comme tels, sous peine d'erreur ou, si l'on veut, plus exactement, d'abstraction illégitime. Ces phénomènes ont tous une caractéristique importante : celle d'être communs à un nombre plus ou moins grand de sociétés et à un passé plus ou moins long de ces sociétés. On peut leur réserver le nom de « phénomènes de civilisation ».

On peut, en effet, assez bien diviser les phénomènes sociaux en deux grands groupes, dont on ne doit pas fixer *a priori* les quantités, et qui seraient d'importance relative suivant les temps et suivant les lieux. Les uns sont inaptes à voyager, les autres y sont aptes par nature : ils dépassent d'eux-mêmes, pour ainsi dire, les limites d'une société donnée, limites d'ailleurs elles-mêmes souvent difficiles à déterminer.

Toutes les techniques pourraient s'emprunter, si on voulait, si on avait le besoin, si on en avait le moyen. En fait, très généralement et sauf exception, elles se sont toujours transmises de groupe à groupe, de génération à génération. Une partie des beaux-arts, de même, peut aisément se propager, même les arts musicaux et mimiques, et ce, même dans des populations aussi primitives que les Australiens. Ainsi, chez eux, ce que l'on appelle en anglais local (le mot est d'origine australienne) les *corroboree* — espèce de chefs-d'œuvre d'art dramatique, musical et plastique, sorte de grandes danses tribales, mettant quelquefois en mouvement des centaines de danseurs-acteurs, ayant pour chœurs des tribus entières —, se passent de tribu à tribu, se livrent sans retour, comme une chose, comme une propriété, une marchandise, un service et... comme un culte, une recette magique. Les orchestres nègres voyagent constamment dans des cercles assez vastes; les griots et devins vont à plus longues distances encore. Les contes se répètent très loin, très longtemps, fidèlement reproduits dans toutes sortes de directions — la monnaie de cauri en Afrique, celle de coquillages en Mélanésie (*conus millepunctatus*), celle de nacre d'*haliotis* au nord-ouest de l'Amérique, celle des fils de laiton en Afrique équatoriale et centrale, sont réellement internationales, voire avec changes. Dès le paléolithique moyen en Europe, l'ambre, le quartz et l'obsidienne ont été l'objet d'intenses et lointains transports.

Même les phénomènes qui semblent les plus privés de la vie des sociétés, par exemple les sociétés secrètes, les mystères, sont l'objet de propagandes. Nous savons l'histoire de la « Danse du serpent » en Amérique du Nord, celle de la « Danse du soleil » dans toute l'étendue de la Prairie. Henri Hubert et moi, nous avons fait faire attention, dans de nombreux comptes rendus, à ces cultes spéciaux, plus ou moins détachés des bases locales, par lesquels ont été véhiculés dans bien des sociétés dites sauvages, barbares, comme dans l'Antiquité, bien des idées, et religieuses, et morales, et scientifiques.

Même les institutions s'empruntent, même les principes d'organisation sociale s'imposent. Par exemple, la notion de constitution, de πολιτεία, née dans le monde ionien, se propage dans toute l'Hellade, s'élabore dans la philosophie, puis arrive dans Rome, *res publica*, puis dans nos civilisations où elle reparaît dans les constitutions d'État, après avoir persisté dans les constitutions et chartes urbaines, ainsi que dans les petites Républiques rurales et montagnardes. On peut tenter l'histoire curieuse du mot « tribu » en grec et en latin mot qui signifie trois et qui désigne, ici et là, des organisations par deux, quatre, etc. Les institutions militaires se sont nécessairement empruntées, jusqu'à nos jours, jusqu'à nous-mêmes, comme les techniques d'armement qui dépendent d'elles ou dont elles dépendent. Un fait déterminé peut s'imposer au-delà de la société et du temps où il fut créé.

Les *phénomènes de civilisation* sont ainsi essentiellement internationaux, extranationaux. On peut donc les définir en opposition aux phénomènes sociaux spécifiques de telle ou telle société : *ceux des phénomènes sociaux qui sont communs à plusieurs sociétés plus ou moins rapprochées*, rapprochées par contact prolongé, par intermédiaire permanent, par filiation à partir d'une souche commune.

Un phénomène de civilisation est donc, par définition comme par nature, un phénomène répandu sur une masse de populations plus vaste que la tribu, que la peuplade, que le petit royaume, que la confédération de tribus. Ainsi les traits de la civilisation iroquoise sont communs à toutes les nations iroquoises, bien au-delà de la ligne des Cinq Nations.

Il suit de là que leur étude peut avoir à la fois un intérêt historique et géographique et un intérêt sociologique. En effet ces faits ont toujours une extension en surface, une géographie, plus vaste que la géographie politique de chaque société; ils couvrent une aire plus large que la nation. De plus, de même que tous les autres phénomènes sociaux, ils ont un fond dans le passé, dans l'histoire; mais, comme ce passé historique n'est pas celui d'une seule nation et comme il couvre des intervalles de temps toujours assez larges, ces faits — on peut l'induire — sont la preuve de connexions historiques en même temps que géographiques. On peut toujours en inférer un nombre assez grand de contacts, directs, ou indirects, et même, de temps en temps, on peut décrire des filiations certaines.

Leur observation, lorsqu'elle est accompagnée de celle d'autres faits historiques et géographiques, permet alors d'étayer des hypothèses géographiques ou historiques, concernant l'extension et le passé des civilisations et des peuples. On peut établir ainsi une généalogie de faits, des séquences plus ou moins certaines, sans lesquelles il est impossible de concevoir soit l'histoire, soit l'évolution humaine.

Voilà où se placent l'étude des emprunts, leur constatation, celle des filiations historiques, des techniques, des arts et des institutions, derrière lesquelles il est loisible d'imaginer ou de constater : soit des évolutions simultanées à partir de principes communs, soit des transmissions plus ou moins contingentielles, mais toujours dominées par l'existence de rapports déterminés entre des sociétés déterminées. (A propos de cette question de l'emprunt, nous recommandons la bonne et déjà ancienne dissertation de M. Eisenstdäter, *Kriterium der Aneignung*, coll. des *Hefte* de Buschan). Des modèles de ces études sont celles de M. Nordenskiöld sur l'Amérique du Sud. Nous avons, nous-même, encouragé, en même temps que lui, les travaux de M. Métraux sur les éléments de la civilisation des Tupis (celle-ci est d'ailleurs pleine d'éléments communs aux Tupis et aux Caraïbes).

L'étude de ces extensions d'éléments de civilisations est souvent extrêmement curieuse. Il ne semble pas qu'on puisse déduire de la répartition des figures sculptées de l'homme accroupi (*Hockerfigur*) tout ce qu'en a déduit M. Graebner. Mais les faits qu'il a découverts sont incontestables. Je ne crois pas que M. Jackson ait eu raison d'interpréter par l'origine égyptienne, à la façon de M. Elliot Smith, l'usage très généralisé de la conque. Mais cet usage est un fait très net et grand de civilisation, et non d'évolution simultanée.

C'est en effet sur un fond de phénomènes internationaux

que se détachent les sociétés. C'est sur des fonds de civilisations que les sociétés se singularisent, se créent leurs idiosyncrasies, leurs caractères individuels. Il faut même remarquer combien ces traits de civilisation peuvent rester profonds et uniformes, même après des séparations prolongées. Ainsi, par exemple, parmi les Pygmées ceux des Andamans sont ceux qui se sont conservés les plus purs, dans leurs îles, avec leur langage, le seul connu des langages pygmées. Les civilisations du golfe du Bengale les ont à peine touchés, malgré les relations plusieurs fois millénaires. Et cependant, les Pygmées de Malacca, pour ne pas parler des autres, qui semblent avoir perdu leur langue, qui vivent dans un milieu malais et non-khmer, ont, en grande partie, la même civilisation matérielle que leurs frères andamènes.

II. CIVILISATIONS. FORMES DE CIVILISATION

Mais ce ne sont pas seulement les éléments des civilisations, ce sont aussi les civilisations elles-mêmes qui ont leurs individualités, leurs formes arrêtées, et s'opposent entre elles. C'est même tout cela qui caractérise les civilisations : ces emprunts, ces communautés, ces coïncidences; mais aussi la fin de ces contacts, la limitation de ces coïncidences, le refus même de ces contacts avec d'autres civilisations.

On peut donc proposer la définition suivante d'*une civilisation : c'est un ensemble suffisamment grand de phénomènes de civilisation, suffisamment nombreux, eux-mêmes suffisamment importants tant par leur masse que par leur qualité ; c'est aussi un ensemble assez vaste par le nombre, de sociétés qui les présentent; autrement dit : un ensemble suffisamment grand et suffisamment caractéristique pour qu'il puisse signifier, évoquer à l'esprit une famille de sociétés*. Famille que l'on a, par ailleurs, des raisons de fait de constituer : faits actuels et faits historiques, linguistiques, archéologiques et anthropologiques; faits qui font croire qu'elles ont été en contact prolongé ou qu'elles sont apparentées les unes avec les autres. Un ensemble de faits, un ensemble de caractères de ces faits correspondant à un ensemble de sociétés, en un mot une sorte de système hypersocial de systèmes sociaux, voilà ce qu'on peut appeler une civilisation.

Il est possible, par suite, de parler de civilisations plus ou moins vastes ou de civilisations plus ou moins restreintes. On peut encore distinguer des couches, des sphères concentriques, etc. Ainsi, quant à nous, nous enseignons depuis longtemps qu'il est possible de croire à l'existence fort ancienne d'une civilisation de toutes les rives et de toutes les îles du Pacifique; à l'intérieur de cette civilisation très étendue, assez effacée, on peut, et sans doute on doit distinguer une civilisation du Pacifique sud et central; et à l'intérieur de celle-ci, on aperçoit nettement une civilisation malayo-polynésienne, une polynésienne, une mélanésienne et une micronésienne. Il est même loisible d'échafauder toutes sortes de constructions sur la filiation de ces quatre civilisations, sur leurs rapports entre elles; et même sur leurs rapports avec une civilisation austronésienne, austro-asiatique, pan-asiatique. En effet, il y a, dans ce domaine immense, de nombreuses coïncidences et de nombreuses variations entre les civilisations. Et celles-ci permettent les unes de croire à l'unité originelle des civilisations, même lorsqu'il y a diversité au moins partielle des races : par exemple mélanésienne, noire, et polynésienne, jaune clair; ou inversement de croire à la diversité alors qu'il y a par exemple unité relative du langage : mélanésopolynésien, (nous faisons abstraction de l'élément papou). Les limites du bétel et du kava, celles de l'arc et du sabre, celles de la cuirasse et de la palissade, celles de la maison sur pilotis, etc., permettent de classer les civilisations et même de faire des hypothèses sur leur généalogie, tout aussi bien que les divergences et les ressemblances dialectologiques sont un des meilleurs moyens pour établir les familles de peuples.

Il résulte de tout ceci que toute civilisation a, à la fois, une aire et une forme.

En effet, elle a toujours ses points d'arrêt, ses limites, son noyau et sa périphérie. La description et la définition de ces aires sont un travail capital pour l'histoire et, partant, pour la science de l'homme. Mais on ne s'aperçoit de cette extension que parce qu'on a l'impression que les éléments, les phénomènes de civilisation qui forment telle ou telle civilisation ont un type à eux et à elle, rien qu'à eux et à elle. La définition de cette forme est donc essentielle. Et les deux termes sont réciproquement liés. Toute civilisation a une aire parce qu'elle a une forme, et l'on ne peut s'apercevoir de cette forme que parce qu'elle est répandue sur cette aire et nulle part ailleurs. Quoique phénomène social du second degré, une civilisation, comme toute société, a ses frontières et son esprit. La définition de l'aire d'une civilisation se fait donc par sa forme et inversement la définition d'une forme se fait par son aire d'extension.

Définissons ces deux termes. *La forme d'une civilisation est le total* (le Σ) *des aspects spéciaux que revêtent les idées et les pratiques et les produits communs ou plus ou moins communs à un certain nombre de sociétés données,* inventrices et porteuses de cette civilisation. On peut aussi dire que la *forme d'une civilisation, c'est tout ce qui donne un aspect spécial,* à nul autre pareil, *aux sociétés* qui forment cette civilisation.

Une aire de civilisation, c'est l'étendue géographique de répartition de ce total — plus ou moins complet dans chaque société de cette aire —, *des phénomènes communs* considérés comme *caractéristiques,* comme typiques de cette civilisation : c'est aussi l'ensemble des surfaces du sol où vivent des sociétés qui ont les représentations, les pratiques et les produits qui forment le patrimoine commun de cette civilisation.

Par abstraction, pour les nécessités d'un court exposé didactique — pour suivre les modes de la science ethnologique et de la géographie historique actuelle —, nous ne considérerons pas ici la notion de couches de civilisations. Elle est cependant bien importante. C'est celle que les historiens nomment, avec assez peu de précision : style, période, époque, etc. Voici cependant une définition provisoire : on appelle *couche de civilisation la forme* donnée *que prend une civilisation* d'une étendue donnée *dans un temps donné.*

Telles sont les divisions principales des faits et du problème.

Ces notions de formes et d'aires ont servi avec quelque exagération de principes à deux Écoles d'ethnologues allemands, opposées l'une à l'autre. Les uns font de l'aire de civilisation un moyen de tracer des généalogies; les autres, dans le même but, se servent des formes de civilisation. On va voir quelle est leur faute.

Les premiers, Foy, M. Graebner, le P. Schmidt et son École, partent de la notion d'aire de civilisation (*Kulturkreise*) et de couches de civilisation (*Kulturschichten*).

Définissant chaque civilisation par un trait dominant, on en étudie presque exclusivement l'extension géographique et, occasionnellement, la chronologie. On parle de *Bogenkultur*, de *Zweiklassenkultur*, de *freivaterrechtliche Kultur*, de culture de l'arc, de culture à deux classes (sociétés divisées en deux moitiés matrimoniales), de civilisations à descendance masculine sans exogamie. Et on finit par des absurdités, même verbales, comme celles de la « hache totémique ». Ce qui n'empêche pas que sur nombre de points de détail, ces auteurs ont trouvé des filiations vraisemblables, intéressantes, et dignes d'entrer dans l'histoire. Mais ce qui est bon pour étudier ces répartitions d'objets devient aisément inexact lorsqu'il s'agit de définir des civilisations et des contacts entre civilisations. La méthode cartographique est excellente lorsqu'il s'agit de décrire l'histoire de chaque instrument, de chaque type d'instrument, d'art, etc. Il s'agit d'ailleurs, lorsqu'on est sur un bon terrain, avant tout, d'objets palpables; ce qu'on veut, c'est classer en séries ces objets dans des musées. Dans ces limites, ce procédé a notre entière approbation. Nous aurions bien à dire sur le mât de cocagne. Notre regretté Robert Hertz avait préparé un joli travail sur le cerf-volant en pays polynésien. Mais tout autre chose est de tracer le voyage d'un art ou d'une institution et de définir une culture. Deux dangers se produisent immédiatement :

D'abord le choix du caractère dominant. Les sciences biologiques souffrent assez de cette notion de caractère principal, à notre avis tout à fait arbitraire. Les sciences sociologiques en souffrent encore davantage. Les critères employés sont même souvent inexistants. Par exemple, l'idée qui donne son nom à la *Zweiklassenkultur* correspond à une grave erreur. Que certaines sociétés australiennes et mélanésiennes *ne* soient divisées *qu*'en « deux classes » exogames (Graebner et Schmidt), en deux « moitiés » (terminologie de Rivers), c'est un fait controuvé. D'abord, à propos de ces moitiés : à la démarcation que l'on établit entre elles et les clans, nous opposons une dénégation énergique; ces moitiés sont d'anciens clans primaires à notre avis. Ensuite, dans *toutes* les sociétés australiennes et mélanésiennes, considérées comme représentatives de cette *civilisation*, on a trouvé autre chose que ces moitiés : on a constaté aussi des clans à l'intérieur d'elles, ce qui est normal dans ce que nous appelons, nous, des phratries. C'est donc par une erreur et une pétition de principe, que l'on sépare le fait « classe » du fait « clan ».

Ensuite, la relation entre ce caractère dominant et les autres caractères d'une civilisation n'est jamais évidente. Il n'est pas prouvé qu'ils s'entraînent nécessairement les uns les autres et que là où l'on trouve, par exemple, l'arc, on ait des chances de trouver une descendance utérine ou une descendance masculine (le principe varie avec les auteurs).

Cette sorte de fatalité dans la répartition simultanée des éléments simultanés de civilisation, n'est rien moins que prouvée. Une pareille délimitation d'une couche ou d'une aire de civilisation aboutit souvent à d'autres absurdités. M. Menghin, par exemple, va jusqu'à parler de « culture utérine » à propos du paléolithique congolais. Il est admirable que l'on puisse se figurer le droit d'une population inconnue à partir de quelques cailloux. Tout ceci, c'est fictions et hypothèses.

Une civilisation se définit, non pas par un, mais par un certain nombre, généralement assez grand, de caractères, et encore plus, par les doses respectives de ces différents caractères. Par exemple la navigation tient, naturellement, chez les Malais times et chez les Polynésiens, une place différente de celle qu'elle occupe chez d'autres Austronésiens continentaux. Concluons que la méthode des *Kulturkreise* est mal maniée et cela principalement parce qu'on l'isole de la méthode suivante.

Celle-ci porte le nom un peu retentissant de *Morphologie der Kultur.* Elle est connue surtout par les noms de deux auteurs, aussi discutables que populaires; M. Frobenius et M. Spengler. Selon M. Frobenius, on verrait se détacher, en particulier à propos de l'Afrique, grâce à des cartes de répartition de toutes sortes de choses, les diverses cultures et même les diverses souches de culture, dont est composée en particulier la civilisation africaine. Ces civilisations actuelles de l'Afrique sont presque toutes métissées. Mais F. Frobenius sait retrouver, dans les mélanges et les stratifications, ces cultures pures dont la forme est arrêtée, dont l'utilité matérielle, dont la valeur morale et la grandeur historique sont appréciables par l'œil du morphologiste. C'est ainsi qu'on verrait, en Afrique occidentale noire, bouturées l'une sur l'autre, cinq ou six civilisations que M. Frobenius lui, connaît bien : l'égéenne et la syrtique et la sudérythréenne, et le « tellurisme éthiopien », et enfin, naturellement, l'Atlantis avec « l'Eros primitif ». Tout ce qu'a produit de sérieux cette

École, ce sont des fichiers, paraît-il consciencieux et utiles; c'est le commencement d'un *Atlas Africanus*, dont certaines parties sont bonnes.

La *morphologie de la civilisation* de M. Spengler est, à notre avis, également littéraire. Ces classifications morales des civilisations et des nations en dures et tendres, en organiques et en lâches, et cette philosophie de l'histoire, et ces vastes et colossales considérations, n'ont de valeur que pour le grand public. C'est un retour sans précision vers les formules désuètes des « destinées culturelles », des « missions historiques », vers tout le jargon de sociologie inconsciente qui encombre l'histoire vulgaire et même la soi-disant science sociale des partis. Vraiment le sociologue trouve plus d'idées et de faits dans Guizot. Nous attendrons cependant l'« Atlas historique de la civilisation » pour juger de la valeur heuristique d'un certain travail dont, en effet, l'utilité est incontestable. Cependant, nous redoutons même ce travail. Si, là encore, la morphologie doit être séparée de la simple cartographie d'aires et de couches de répartition d'objets, etc., si elle est guidée par l'idée *a priori* de « *la* culture » ou par les idées *a priori* définies de « telle et telle culture », elle sera pleine de pétitions de principe.

Au fond, on le voit, ces méthodes et ces notions ne sont légitimes que si elles sont employées toutes ensemble. Il faut encore ajouter, pour conclure sur les procédés ethnographiques, que nous ne les considérons nullement comme d'une très haute certitude. Ils sont utiles, mais rarement suffisants. Retracer par l'histoire hypothétique de leur civilisation l'histoire des peuples qui soi-disant n'ont pas d'histoire, est une entreprise fort osée. Nous dirons bien franc que, sur ce point précis de l'histoire des peuples, les notions ethnographiques et sociologiques ne sont qu'un adjuvat moins solide des méthodes linguistiques et archéologiques, qui sont, elles, autrement précises. Mais lorsqu'elles s'emploient concurremment avec les autres, alors, elles peuvent mener à des résultats notables. Considérons un instant le travail des « anthropologues sociaux » américains. Les hypothèses de M. Boas sur la mythologie répandue dans le bassin nord du Pacifique sont plus que vraisemblables, elles sont presque probantes; celles de M. Wissler sur la forme asiatique du vêtement indien de l'Amérique du Nord, sont évidentes; comme celles plus anciennes de Bruno Adler sur la flèche nord-asiatique en

Amérique. Mais la preuve n'est définitivement faite que par les découvertes linguistiques de M. Sapir, rattachant des groupes considérables de langues américaines du Nord à une souche proto-sino-thibéto-birmane.

L'incertitude historique, dans des cas précis, ne doit cependant pas décourager la recherche. Le fait général reste.

Ce qui est sûr, c'est qu'il existe des civilisations d'une part, caractérisant des familles de peuples ou des couches d'humanités, ou les deux à la fois. Ce qui est sûr, c'est qu'elles ont d'autre part, chacune, leur « aspect », et que leurs produits ont leur style, leur *facies*, que l'on peut analyser — cette analyse devant se faire non pas par un certain caractère dominant mais par tous les caractères. Et ces caractères n'ont qu'un trait commun qui force de les prendre en considération : ce qui en constitue la forme arbitraire, définie, singulière, ce qu'on appelle le type. Dans ces conditions, en constituant les cartes de coïncidences singulières, en retraçant les voies de pénétration et les moyens par lesquels se sont propagés les modes et les institutions, on peut en effet définir des civilisations, trouver des centres de diffusion et peut-être même des points d'origine. Enfin, on peut fixer des repères, des limites, des frontières, des périodes, surtout lorsqu'on est guidé, aidé, appuyé par l'archéologie et l'histoire.

Ce fait général tient à la nature même, au mode de propagation historique du fait de civilisation. Il ne suit pas des chemins quelconques, mais ses destinées sont explicables. On peut apercevoir les lignes de moindre résistance et les niveaux d'autorité qu'elles ont suivis. Et alors, on peut en effet échafauder des hypothèses qui ont un certain degré de vraisemblance historique. Mais si ceci est légitime, ce n'est pas parce que l'imitation est la règle, comme croyait Tarde, mais précisément parce que l'emprunt d'une certaine chose d'un certain type, est, par lui-même, Durkheim l'a senti, un fait relativement singulier qui ne peut s'expliquer que par la moindre résistance de l'emprunteur et par l'autorité de ceux à qui est fait l'emprunt. Il suppose un genre défini de connexions historiques entre sociétés et faits sociaux. On peut donc les dégager, et servir ainsi l'œuvre de l'histoire générale.

Et cette propagation tient à son tour à la nature même de la civilisation. Voici comment.

Il y a une double raison de faits à ce qu'un certain nombre d'éléments de la vie sociale, non strictement politique, morale et nationale, soient ainsi limités à un certain nombre de peuples, liés dans l'histoire et dans leur répartition à la surface du globe; à ce que des civilisations aient des frontières, comme les nations; à ce qu'elles aient une certaine permanence dans le temps, une naissance, une vie et une mort comme les nations qu'elles englobent.

Ces limites correspondent à une qualité profonde qui est commune à tous les phénomènes sociaux, et qui est marquée même dans ceux d'entre eux qui, n'étant pas caractéristiques d'une seule société, le sont pourtant de plusieurs sociétés, en nombre plus ou moins grand, et dont la vie fut plus ou moins longtemps commune. *Tout phénomène social* a en effet un attribut essentiel : qu'il soit un symbole, un mot, un instrument, une institution; qu'il soit même la langue, même la science la mieux faite ; qu'il soit l'instrument le mieux adapté aux meilleures et aux plus nombreuses fins, qu'il soit le plus rationnel possible, le plus humain, *il est encore arbitraire.*

Tous les phénomènes sociaux sont, à quelque degré, œuvre de volonté collective, et, qui dit volonté humaine dit choix entre différentes options possibles. Une chose déterminée, un mot, un conte, une sorte d'aménagement du sol, une structure intérieure ou extérieure de la maison, une poterie, un outil, tout a un type, un mode, et même, dans bien des cas, en plus de sa nature et de sa forme modèle, un mode à soi d'utilisation. Le domaine du social c'est le domaine de la modalité. Les gestes même, le nœud de cravate, le col et le port du cou qui s'ensuit; la démarche et la part du corps dont les exigences nécessitent le soulier en même temps que celui-ci les comporte — pour ne parler que des choses qui nous sont familières —, tout a une forme à la fois commune à de grands nombres d'hommes et choisie par eux parmi d'autres formes possibles. Et cette forme ne se trouve qu'ici et que là, et qu'à tel moment ou tel autre. La mode, quand on comprend ces choses dans le temps, est tout simplement un système de ces modalités. Henri Hubert a écrit de bien belles pages sur l'« aspect d'une civilisation », d'autres sur les « longs champs » gaulois qui persistent de nos jours et sur les formes successives du toit qui ne sont pas simplement commandées — comme le veulent certains — par des causes géographiques. Et de tout Tarde, je ne retiendrais volontiers comme acquises que ses fines remarques de moraliste sur le « philonéisme » et le « misonéisme ».

Il suit de cette nature des représentations et des pratiques collectives que l'aire de leurs extensions, tant que l'humanité ne formera pas une société unique, est nécessairement finie et relativement fixe. Car ni elles, ni les produits qui les matérialisent ne peuvent voyager que jusqu'où l'on peut et veut bien les porter, jusqu'où on peut et veut bien les emprunter. (Nous faisons toujours abstraction de la question des périodes.) Cet arbitraire n'est naturellement commun qu'aux sociétés de même souche ou de même famille de langues, ou attachées par des contacts prolongés, amicaux ou inamicaux (car la guerre, par nécessité, est une grande emprunteuse), en un mot, de sociétés qui ont quelque chose de commun entre elles. La limite d'une aire de civilisation se trouve donc là où cessent les emprunts constants, les évolutions plus ou moins simultanées ou spontanées, mais toujours parallèles, et qui s'opèrent sans trop grande séparation de souche commune. Exemple : on peut peut-être encore parler de civilisation latine..., avec des variantes italienne, française, etc.

Cette limite, cet arrêt brusque d'une aire de civilisation est très souvent aussi arbitraire qu'une frontière de société constituée et même de ce que nous appelons un État. Une des graves lacunes de nos études d'histoire collective, ethnologique et autre, c'est qu'elles sont beaucoup trop portées à n'observer que les coïncidences. On dirait qu'il ne s'est passé que des phénomènes positifs dans l'histoire. Or, il faut observer le non-emprunt, le refus de l'emprunt même utile. Cette recherche est aussi passionnante que celle de l'emprunt. Car c'est elle qui explique les limites des civilisations dans nombre de cas, tout comme les limites des sociétés. Israël abomine Moab qui cuit l'agneau dans le lait de sa mère, et c'est pourquoi l'on fait, ici encore, maigre le vendredi. Le Touareg ne se nourrit que du lait de sa chamelle et répugne à celui des vaches, comme nous répugnons à celui des juments. Les Indiens arctiques n'ont jamais su ni voulu se fabriquer un *kayak* ou un *umiak* eskimo, ces admirables bateaux. Inversement, c'est exceptionnellement que les Eskimos ont consenti à emprunter la raquette à neige. Tout comme moi, je n'ai pas appris à skier; ce que font maintenant mes jeunes compatriotes des Vosges. J'ai vu des gestes figés par l'instrument ou par l'habitude nous empêcher de nous servir de bêches anglaises et allemandes à poignées et, inversement, empêcher les Anglais d'utiliser nos longs manches de pelle. Il faut lire dans Sseu-Ma-Tsien, l'histoire des débats de la Cour de Chine sur l'art de monter à cheval, des Huns, et comment on finit par l'admettre. Etc.

On voit ainsi comment se circonscrivent les civilisations, par la capacité d'emprunt et d'expansion, mais aussi par les résistances des sociétés qui les composent.

Voilà comment un sociologue conçoit, surtout à partir des études déjà vieilles d'histoire et de préhistoire et de comparaison historique des civilisations, l'histoire de la civilisation en général, et celle des peuples qui relèvent de l'ethnologie en particulier.

Cette conception ne date pas chez nous des attaques injustes et absurdes des ethnologues. Je ne parlerai que de celui qui fut mon frère de travail. Henri Hubert préparait une « Ethnographie préhistorique de l'Europe ». Il a toujours été un spécialiste de ces questions. Dans le livre que nous publierons sur les Celtes (*Evolution de l'humanité*) il identifie leur civilisation avec celle de la Tène. Que l'on aille voir son chef-d'œuvre, la « Salle de Mars », qui sera bientôt ouverte au musée de Saint-Germain. On y trouvera l'histoire à la fois chronologique, logique et géographique de tout le néolithique et du début des métaux. On y trouvera un essai de solution unique des trois problèmes, posés tous et simultanément comme ils doivent l'être.

III. SENS ORDINAIRES DU MOT CIVILISATION

A partir de cet exposé technique, didactique, nous sommes à l'aise pour rejoindre les sens vulgaires que l'on a donnés au mot *civilisation*.

Dans un très grand nombre de cas, on a le droit d'étendre un peu son acception sans grande faute scientifique. On dit correctement « civilisation française », entendant par là quelque chose de plus que « mentalité française » : parce qu'en fait ce quelque chose s'étend au-delà des limites de la France, et même au-delà des limites linguistiques du français, par exemple en Flandre ou en Luxembourg de langue allemande. La culture allemande dominait encore dans les États baltes, récemment. La civilisation hellénique, l'hellénistique — dont nous ne comprenons pas qu'on ne comprenne pas la grandeur —, la civilisation byzantine, à propos de laquelle nous aurions à faire la même observation, véhiculèrent bien des choses et des idées à de longues distances, et englobèrent bien des populations autres que les Grecs, souvent de façon très solide.

Il est encore permis de parler de civilisation lorsque ce sont de grandes masses qui ont réussi à se créer des mentalités, des mœurs, des arts et métiers, qui se répandent assez bien dans toute la population qui, elle, forme un État, unique ou composite, peu importe. L'Empire d'Orient, par exemple, fut le siège de la « civilisation byzantine ». M. Granet a raison de parler de « civilisation chinoise », dans les limites de la Chine; et on a également raison de qualifier chinois certains faits hors des bornes de celle-ci : partout où s'étend l'écriture chinoise, le prestige des classiques, celui du drame et de la musique chinois, les symboles de l'art, cette politesse et cet art de vivre que les Chinois ont eus, avant que l'Europe fût polie et policée. En Annam, en Corée, en Mandchourie, au Japon, on est plus ou moins en pays de civilisation chinoise. L'Inde a deux unités et pas une de plus : « l'Inde, c'est le brahmane », disait Sir Alfred Lyall, et la civilisation indienne existe encore par-dessus; par le bouddhisme elle a rayonné sur le monde extrême-oriental ancien tout entier peut-être; le mot sanscrit de *nâraka*, « enfer », s'emploie à des milliers de lieues marines, de l'Inde en Indonésie, en Papouasie même. l'Inde et le bouddhisme rayonnent d'ailleurs à nouveau sur nous.

Un exemple peut faire sentir cette complexité du problème concret qu'une histoire simpliste, naïvement politique, et inconsciemment abstraite et nationaliste, ne peut même poser. On connaît la fameuse frise, les immenses sculptures du Bayon d'Angkor, ces milliers de personnages, d'animaux, etc., et de choses, ces quatre étages ; ces ornements, ces personnages célestes et symboliques, terrestres et marins. Mais les grands tableaux courants, que sont-ils? Le tout a une allure indo-khmer incontestable. Déjà un métissage, aussi magnifique que singulier!

Mais il y a plus : l'une des bandes est bouddhique; une autre, c'est l'épopée hindoue, pas même védique, celle du vishnouïsme et du civaïsme. L'explication de ces deux-là, due à nos savants français, commence à être donnée assez complètement. C'est la plus large des bandes qui, elle, offre une difficulté jusqu'ici insoluble. Une immense armée de milliers de soldats défile devant nous. Les prêtres, les chefs, les princes sont hindous ou se présentent à l'indienne. On croit que c'est la guerre du Râmayana. Ce n'est pas sûr. En tout cas, les subalternes, la troupe, une partie de l'équipement, les armes, la marche, les vêtements, la coiffure, les gestes, sont d'une civilisation à part, inconnue par ailleurs. Les figures (et nous n'avons pas de raison de croire qu'elles sont infidèles; même stylisées, elles portent la marque de l'art et de la vérité) représentent une race qui correspond fort mal, non seulement aux races actuelles, mais même à aucune race pure connue. Une dernière série représente la vie courante et les métiers. Quelques-uns ont déjà un aspect indochinois. Dès la fin du premier millénaire de notre ère, l'Indochine était déjà un « chaudron de sorcière » où fondaient ensemble les races et les civilisations.

Cet exemple fait apparaître un troisième sens du mot civilisation : celui où on l'applique pour ainsi dire exclusivement à des données morales et religieuses. On a le droit de parler de « civilisation bouddhique » plus exactement de bouddhisme civilisateur — quand on sait comment il rythme toute une partie de la vie morale et esthétique de l'Indochine, de la Chine et du Japon et de la Corée et presque toute la vie, même politique, des Thibétains et des Bouriates. — On peut considérer comme juste l'emploi de l'expression « civilisation islamique », tant l'islam sait assimiler en tout ses fidèles, du geste infime à l'être intime. Même autour de l'idée du khalifat, il a manqué former un État politique, dont il a encore bien des traits. — On peut correctement spéculer sur la « civilisation catholique » — c'est-à-dire « universelle », pour elle-même — dans l'Occident, au Moyen Age, même quand le latin ne fut plus qu'une langue véhiculaire de l'Église et de l'Université. Il est même plus exact, historiquement, au point de vue des contemporains de cette civilisation, de l'appeler ainsi plutôt que de l'appeler européenne, car la notion d'Europe n'existait pas alors.

Reste enfin un groupe de trois sens que l'on donne, quelquefois scientifiquement et, presque toujours, vulgairement au terme de civilisation.

Les philosophes et notre public entendent par civilisation : la « culture », *Kultur*, le moyen de s'élever, d'arriver à un plus haut niveau de richesse et de confort, de force et d'habileté, de devenir un être civique, civil, d'établir l'ordre, la police, d'imposer la civilité et la politesse, d'être distingué, de goûter et de promouvoir les arts.

Les linguistes partent un peu de la même idée quand ils se servent du mot « culture » dans un double sens compréhensible. D'une part, ils voient dans les « langues de civilisation » : le latin, l'anglais, l'allemand, etc., maintenant le tchèque, le serbe, etc., des moyens d'éducation, de transmission, de tradition des techniques et des sciences, de propagation littéraire, à partir de milieux assez vastes et assez anciens. D'autre part, ils les opposent aux patois et dialectes, aux petites langues de petits groupes et sous-groupes, de nations peu civilisées, aux parlers ruraux par excellence, c'est-à-dire aux langues peu étendues et, partant (il y a ici inférence probable mais non prouvée), peu affinées. Pour eux, le critère de valeur et le caractère expansif, la force véhiculaire et la capacité de transmission se confondent avec la qualité des notions transmises et de la langue transmise. Leur double définition n'est pas très loin de la nôtre.

Enfin, les hommes d'État, les philosophes, le public, les publicistes encore plus, parlent de *la Civilisation*. En période nationaliste, *la Civilisation* c'est toujours *leur* culture, celle de leur nation, car ils ignorent généralement la civilisation des autres. En période rationaliste et généralement universaliste et cosmopolite, et à la façon des grandes religions, *la Civilisation* constitue une sorte d'état de choses idéal et réel à la fois, rationnel et naturel en même temps, causal et final au même moment, qu'un progrès dont on ne doute pas dégagerait peu à peu.

Au fond, tous ces sens correspondent à un état idéal que rêvent les hommes, depuis un siècle et demi qu'ils pensent politiquement. Cette parfaite essence n'a jamais eu d'autre existence que celle d'un mythe, d'une représentation collective. Cette croyance universaliste et nationaliste à la fois est même un trait de nos civilisations internationales et nationales de l'Occident européen et de l'Amérique non indienne. Les uns se figurent *la Civilisation* sous les espèces d'une nation parfaite : « l'État fermé » de Fichte, autonome et se suffisant à lui-même, et dont la civilisation et la langue de civilisation seraient étendues jusqu'aux frontières politiques. Quelques nations ont réalisé cet idéal, quelques-unes le poursuivent consciemment, par exemple les États-Unis. — D'autres écrivains ou orateurs pensent à *la* civilisation humaine, dans l'abstrait, dans l'avenir. L'humanité « progressant » est un lieu commun de la philosophie comme de la politique. — D'autres enfin concilient les deux idées. Les classes nationales, les nations, les civilisations n'auraient que des missions historiques par rapport à *la Civilisation.* Naturellement, cette civilisation c'est toujours l'occidentale. On l'élève à la hauteur de l'idéal commun en même temps que de fond rationnel du progrès humain; et, l'optimisme aidant, on en fait la condition du bonheur. Le XIXe siècle a mêlé les deux idées, a pris « sa » civilisation pour « la » civilisation. Chaque nation et chaque classe a fait de même. Ce fut la matière d'infinis plaidoyers.

Cependant il est permis de croire que la nouveauté de notre vie a créé du nouveau dans cet ordre de choses. Il nous semble que, de notre temps, cette fois, c'est dans les faits et non plus dans l'idéologie que se réalise quelque chose du genre de *la Civilisation.* D'abord, sans que les nations disparaissent, ni même sans qu'elles soient toutes formées, se constitue un capital croissant de réalités internationales et d'idées internationales. La nature internationale des faits de civilisation s'intensifie. Le nombre des phénomènes de ce type grandit; ils s'étendent; ils se multiplient l'un l'autre. Leur qualité croît. L'instrument, comme la pelle-bêche dont nous avons parlé, le costume, les choses plus ou moins complexes, peuvent rester ici, là, les témoins spécifiques, irrationnels, pittoresques, des nations et des civilisations passées. La machine, le procédé chimique ne le peuvent pas. La science domine tout, et, comme le prédisait Leibniz, son langage est nécessairement humain. Enfin une nouvelle forme de communication, de tradition, de description, d'enregistrement des choses, même des choses du sentiment et de l'habitude, devient universelle : c'est le cinéma. Une nouvelle forme de perpétuation des sons : le phonographe, et un autre moyen de les répandre : la radio-téléphonie, en moins de dix ans, irradient toutes les musiques, tous les accents, tous les mots, toutes les informations, malgré toutes les barrières. Nous ne sommes qu'au commencement.

Nous ne savons si des réactions ne transformeront pas un certain nombre d'éléments de civilisation — on l'a vu pour la chimie et pour l'aviation —, en éléments de violence nationale ou, qui pis est, d'orgueil national. Les nations se détacheront peut-être de nouveau, sans scrupule, de l'humanité qui les nourrit et qui les élève de plus en plus. Mais il est certain que des perméations inouïes jusqu'à nous s'établissent; que, les nations et les civilisations subsistant, le nombre de leurs traits communs augmentera, les formes de chacune ressembleront davantage à celles des autres parce que le fonds commun s'accroît chaque jour en nombre, en poids et en qualité, s'étend chaque jour davantage avec une progression accélérée. Même certains de ces éléments de la nouvelle civilisation partent de populations qui en étaient écartées il y a peu de temps encore, ou en sont sevrées même aujourd'hui. Le succès des arts primitifs, y compris la musique, démontre que l'histoire de tout cela prendra bien des voies inconnues.

Arrêtons-nous à cette notion de *fonds commun*, d'*acquis général des sociétés et des civilisations.* C'est à elle que correspond, à notre avis, la notion de *la Civilisation*, limite de fusion et non pas principe des civilisations. Celles-ci ne sont rien si elles ne sont pas chéries et développées par les nations qui les portent. Mais — de même qu'à l'intérieur des nations, la science, les industries, les arts, la « distinction » même cessent d'être les patrimoines de classes peu nombreuses en hommes pour devenir, dans les grandes nations, une sorte de privilège commun —, les meilleurs traits de ces civilisations deviendront la propriété commune de groupes sociaux de plus en plus nombreux. Le poète et l'historien pourront regretter les saveurs locales. Il y aura peut-être moyen de les sauver. Mais le capital de l'humanité grandira en tous cas. Les produits, les aménagements du sol et du bord des mers, tout est de plus en plus rationnellement installé, exploité pour le marché, mondial cette fois. Il n'est pas interdit de dire que c'est là *la civilisation.* Sans conteste, toutes les nations et civilisations tendent actuellement vers un *plus*, un *plus fort*, un *plus général* et un *plus rationnel* (les deux derniers termes sont réciproques car, en dehors du symbole, les hommes ne communient que dans le rationnel et le réel).

Et *ce plus* est évidemment de plus en plus répandu, mieux compris et surtout définitivement retenu par des nombres d'hommes de plus en plus grands.

M. Seignobos disait qu'une civilisation ce sont des routes, des ports et des quais. Dans cette boutade, il isolait le capital de l'industrie qui le crée. Il faut y comprendre aussi le capital raison qui l'a créé : « raison pure », « raison pratique », « force de jugement » pour parler comme Kant. Cette notion d'un acquis croissant, d'un bien intellectuel et matériel partagé par une humanité de plus en plus raisonnable, est, nous le croyons sincèrement, fondée en fait. Elle peut permettre d'apprécier sociologiquement les civilisations, les apports d'une nation à la civilisation, sans qu'il soit nécessaire de porter des jugements de valeur, ni sur les nations, ni sur les civilisations, ni sur *la Civilisation.* Car celle-ci, non plus que le progrès, ne mène pas nécessairement au bien ni au bonheur.

Mais nous laissons à M. Niceforo le soin de discuter cette question des jugements de valeur en ces matières.

Table

IMPRIMERIE HÉRISSEY À ÉVREUX (6.92)
D.L. 1er TR. 1971. N° 2717-6 (58295)

Collection Points

SÉRIE ESSAIS

1. Histoire du surréalisme, *par Maurice Nadeau*
2. Une théorie scientifique de la culture
   par Bronislaw Malinowski
3. Malraux, Camus, Sartre, Bernanos, *par Emmanuel Mounier*
4. L'Homme unidimensionnel, *par Herbert Marcuse* (épuisé)
5. Écrits I, *par Jacques Lacan*
6. Le Phénomène humain, *par Pierre Teilhard de Chardin*
7. Les Cols blancs, *par C. Wright Mills*
8. Littérature et Sensation. Stendhal, Flaubert
   par Jean-Pierre Richard
9. La Nature dé-naturée, *par Jean Dorst*
10. Mythologies, *par Roland Barthes*
11. Le Nouveau Théâtre américain, *par Franck Jotterand* (épuisé)
12. Morphologie du conte, *par Vladimir Propp*
13. L'Action sociale, *par Guy Rocher*
14. L'Organisation sociale, *par Guy Rocher*
15. Le Changement social, *par Guy Rocher*
17. Essais de linguistique générale, *par Roman Jakobson* (épuisé)
18. La Philosophie critique de l'histoire, *par Raymond Aron*
19. Essais de sociologie, *par Marcel Mauss*
20. La Part maudite, *par Georges Bataille* (épuisé)
21. Écrits II, *par Jacques Lacan*
22. Éros et Civilisation, *par Herbert Marcuse* (épuisé)
23. Histoire du roman français depuis 1918
    par Claude-Edmonde Magny
24. L'Écriture et l'Expérience des limites, *par Philippe Sollers*
25. La Charte d'Athènes, *par Le Corbusier*
26. Peau noire, Masques blancs, *par Frantz Fanon*
27. Anthropologie, *par Edward Sapir*
28. Le Phénomène bureaucratique, *par Michel Crozier*
29. Vers une civilisation des loisirs ?, *par Joffre Dumazedier*
30. Pour une bibliothèque scientifique
    par François Russo (épuisé)
31. Lecture de Brecht, *par Bernard Dort*
32. Ville et Révolution, *par Anatole Kopp*
33. Mise en scène de Phèdre, *par Jean-Louis Barrault*
34. Les Stars, *par Edgar Morin*
35. Le Degré zéro de l'écriture
    suivi de Nouveaux Essais critiques, *par Roland Barthes*
36. Libérer l'avenir, *par Ivan Illich*
37. Structure et Fonction dans la société primitive
    par A. R. Radcliffe-Brown
38. Les Droits de l'écrivain, *par Alexandre Soljenitsyne*
39. Le Retour du tragique, *par Jean-Marie Domenach*

41. La Concurrence capitaliste
par Jean Cartell et Pierre-Yves Cossé (épuisé)
42. Mise en scène d'Othello, *par Constantin Stanislavski*
43. Le Hasard et la Nécessité, *par Jacques Monod*
44. Le Structuralisme en linguistique, *par Oswald Ducrot*
45. Le Structuralisme : Poétique, *par Tzvetan Todorov*
46. Le Structuralisme en anthropologie, *par Dan Sperber*
47. Le Structuralisme en psychanalyse, *par Moustapha Safouan*
48. Le Structuralisme : Philosophie, *par François Wahl*
49. Le Cas Dominique, *par Françoise Dolto*
51. Trois Essais sur le comportement animal et humain
par Konrad Lorenz
52. Le Droit à la ville, *suivi de* Espace et Politique
par Henri Lefebvre
53. Poèmes, *par Léopold Sédar Senghor*
54. Les Élégies de Duino, *suivi de* Les Sonnets à Orphée
par Rainer Maria Rilke (édition bilingue)
55. Pour la sociologie, *par Alain Touraine*
56. Traité du caractère, *par Emmanuel Mounier*
57. L'Enfant, sa « maladie » et les autres, *par Maud Mannoni*
58. Langage et Connaissance, *par Adam Schaff*
59. Une saison au Congo, *par Aimé Césaire*
61. Psychanalyser, *par Serge Leclaire*
63. Mort de la famille, *par David Cooper*
64. A quoi sert la Bourse ?, *par Jean-Claude Leconte* (épuisé)
65. La Convivialité, *par Ivan Illich*
66. L'Idéologie structuraliste, *par Henri Lefebvre*
67. La Vérité des prix, *par Hubert Lévy-Lambert* (épuisé)
68. Pour Gramsci, *par Maria-Antonietta Macciocchi*
69. Psychanalyse et Pédiatrie, *par Françoise Dolto*
70. S/Z, *par Roland Barthes*
71. Poésie et Profondeur, *par Jean-Pierre Richard*
72. Le Sauvage et l'Ordinateur, *par Jean-Marie Domenach*
73. Introduction à la littérature fantastique
par Tzvetan Todorov
74. Figures I, *par Gérard Genette*
75. Dix Grandes Notions de la sociologie, *par Jean Cazeneuve*
76. Mary Barnes, un voyage à travers la folie
par Mary Barnes et Joseph Berke
77. L'Homme et la Mort, *par Edgar Morin*
78. Poétique du récit, *par Roland Barthes*
Wayne Booth, Wolfgang Kayser et Philippe Hamon
79. Les Libérateurs de l'amour, *par Alexandrian*
80. Le Macroscope, *par Joël de Rosnay*
81. Délivrance, *par Maurice Clavel et Philippe Sollers*
82. Système de la peinture, *par Marcelin Pleynet*
83. Pour comprendre les média, *par M. McLuhan*
84. L'Invasion pharmaceutique
par Jean-Pierre Dupuy et Serge Karsenty

85. Huit Questions de poétique, *par Roman Jakobson*
86. Lectures du désir, *par Raymond Jean*
87. Le Traître, *par André Gorz*
88. Psychiatrie et Antipsychiatrie, *par David Cooper*
89. La Dimension cachée, *par Edward T. Hall*
90. Les Vivants et la Mort, *par Jean Ziegler*
91. L'Unité de l'homme, *par le Centre Royaumont*
 1. Le primate et l'homme
 par E. Morin et M. Piattelli-Palmarini
92. L'Unité de l'homme, *par le Centre Royaumont*
 2. Le cerveau humain
 par E. Morin et M. Piattelli-Palmarini
93. L'Unité de l'homme, *par Centre Royaumont*
 3. Pour une anthropologie fondamentale
 par E. Morin et M. Piattelli-Palmarini
94. Pensées, *par Blaise Pascal*
95. L'Exil intérieur, *par Roland Jaccard*
96. Semeiotiké, recherches pour une sémanalyse
 par Julia Kristeva
97. Sur Racine, *par Roland Barthes*
98. Structures syntaxiques, *par Noam Chomsky*
99. Le Psychiatre, son « fou » et la psychanalyse
 par Maud Mannoni
100. L'Écriture et la Différence, *par Jacques Derrida*
101. Le Pouvoir africain, *par Jean Ziegler*
102. Une logique de la communication
 par P. Watzlawick, J. Helmick Beavin, Don D. Jackson
103. Sémantique de la poésie, *par T. Todorov, W. Empson*
 J. Cohen, G. Hartman, F. Rigolot
104. De la France, *par Maria-Antonietta Macciocchi*
105. Small is beautiful, *par E. F. Schumacher*
106. Figures II, *par Gérard Genette*
107. L'Œuvre ouverte, *par Umberto Eco*
108. L'Urbanisme, *par Françoise Choay*
109. Le Paradigme perdu, *par Edgar Morin*
110. Dictionnaire encyclopédique des sciences du langage
 par Oswald Ducrot et Tzvetan Todorov
111. L'Évangile au risque de la psychanalyse, tome 1
 par Françoise Dolto
112. Un enfant dans l'asile, *par Jean Sandretto*
113. Recherche de Proust, *ouvrage collectif*
114. La Question homosexuelle, *par Marc Oraison*
115. De la psychose paranoïaque dans ses rapports
 avec la personnalité, *par Jacques Lacan*
116. Sade, Fourier, Loyola, *par Roland Barthes*
117. Une société sans école, *par Ivan Illich*
118. Mauvaises Pensées d'un travailleur social
 par Jean-Marie Geng
119. Albert Camus, *par Herbert R. Lottman*

120. Poétique de la prose, *par Tzvetan Todorov*
121. Théorie d'ensemble, *par Tel Quel*
122. Némésis médicale, *par Ivan Illich*
123. La Méthode
1. La nature de la nature, *par Edgar Morin*
124. Le Désir et la Perversion, *ouvrage collectif*
125. Le Langage, cet inconnu, *par Julia Kristeva*
126. On tue un enfant, *par Serge Leclaire*
127. Essais critiques, *par Roland Barthes*
128. Le Je-ne-sais-quoi et le Presque-rien
1. La manière et l'occasion, *par Vladimir Jankélévitch*
129. L'Analyse structurale du récit, Communications 8
ouvrage collectif
130. Changements, Paradoxes et Psychothérapie
par P. Watzlawick, J. Weakland et R. Fisch
131. Onze Études sur la poésie moderne, *par Jean-Pierre Richard*
132. L'Enfant arriéré et sa mère, *par Maud Mannoni*
133. La Prairie perdue (Le Roman américain), *par Jacques Cabau*
134. Le Je-ne-sais-quoi et le Presque-rien
2. La méconnaissance, *par Vladimir Jankélévitch*
135. Le Plaisir du texte, *par Roland Barthes*
136. La Nouvelle Communication, *ouvrage collectif*
137. Le Vif du sujet, *par Edgar Morin*
138. Théories du langage, Théories de l'apprentissage
par le Centre Royaumont
139. Baudelaire, la Femme et Dieu, *par Pierre Emmanuel*
140. Autisme et Psychose de l'enfant, *par Frances Tustin*
141. Le Harem et les Cousins, *par Germaine Tillion*
142. Littérature et Réalité, *ouvrage collectif*
143. La Rumeur d'Orléans, *par Edgar Morin*
144. Partage des femmes, *par Eugénie Lemoine-Luccioni*
145. L'Évangile au risque de la psychanalyse, tome 2
par Françoise Dolto
146. Rhétorique générale, *par le Groupe* μ
147. Système de la mode, *par Roland Barthes*
148. Démasquer le réel, *par Serge Leclaire*
149. Le Juif imaginaire, *par Alain Finkielkraut*
150. Travail de Flaubert, *ouvrage collectif*
151. Journal de Californie, *par Edgar Morin*
152. Pouvoirs de l'horreur, *par Julia Kristeva*
153. Introduction à la philosophie de l'histoire de Hegel
par Jean Hyppolite
154. La Foi au risque de la psychanalyse
par Françoise Dolto et Gérard Sévérin
155. Un lieu pour vivre, *par Maud Mannoni*
156. Scandale de la vérité, *suivi de* Nous autres Français
par Georges Bernanos
157. Enquête sur les idées contemporaines
par Jean-Marie Domenach

158. L'Affaire Jésus, *par Henri Guillemin*
159. Paroles d'étranger, *par Élie Wiesel*
160. Le Langage silencieux, *par Edward T. Hall*
161. La Rive gauche, *par Herbert R. Lottman*
162. La Réalité de la réalité, *par Paul Watzlawick*
163. Les Chemins de la vie, *par Joël de Rosnay*
164. Dandies, *par Roger Kempf*
165. Histoire personnelle de la France, *par François George*
166. La Puissance et la Fragilité, *par Jean Hamburger*
167. Le Traité du sablier, *par Ernst Jünger*
168. Pensée de Rousseau, *ouvrage collectif*
169. La Violence du calme, *par Viviane Forrester*
170. Pour sortir du XXe siècle, *par Edgar Morin*
171. La Communication, Hermès I, *par Michel Serres*
172. Sexualités occidentales, Communications 35
ouvrage collectif
173. Lettre aux Anglais, *par Georges Bernanos*
174. La Révolution du langage poétique, *par Julia Kristeva*
175. La Méthode
2. La vie de la vie, *par Edgar Morin*
176. Théories du symbole, *par Tzvetan Todorov*
177. Mémoires d'un névropathe, *par Daniel Paul Schreber*
178. Les Indes, *par Édouard Glissant*
179. Clefs pour l'Imaginaire ou l'Autre Scène
par Octave Mannoni
180. La Sociologie des organisations, *par Philippe Bernoux*
181. Théorie des genres, *ouvrage collectif*
182. Le Je-ne-sais-quoi et le Presque-rien
3. La volonté de vouloir, *par Vladimir Jankélévitch*
183. Le Traité du rebelle, *par Ernst Jünger*
184. Un homme en trop, *par Claude Lefort*
185. Théâtres, *par Bernard Dort*
186. Le Langage du changement, *par Paul Watzlawick*
187. Lettre ouverte à Freud, *par Lou Andreas-Salomé*
188. La Notion de littérature, *par Tzvetan Todorov*
189. Choix de poèmes, *par Jean-Claude Renard*
190. Le Langage et son double, *par Julien Green*
191. Au-delà de la culture, *par Edward T. Hall*
192. Au jeu du désir, *par Françoise Dolto*
193. Le Cerveau planétaire, *par Joël de Rosnay*
194. Suite anglaise, *par Julien Green*
195. Michelet, *par Roland Barthes*
196. Hugo, *par Henri Guillemin*
197. Zola, *par Marc Bernard*
198. Apollinaire, *par Pascal Pia*
199. Paris, *par Julien Green*
200. Voltaire, *par René Pomeau*
201. Montesquieu, *par Jean Starobinski*
202. Anthologie de la peur, *par Éric Jourdan*

203. Le Paradoxe de la morale, *par Vladimir Jankélévitch*
204. Saint-Exupéry, *par Luc Estang*
205. Leçon, *par Roland Barthes*
206. François Mauriac
1. Le sondeur d'abîmes (1885-1933), *par Jean Lacouture*
207. François Mauriac
2. Un citoyen du siècle (1933-1970), *par Jean Lacouture*
208. Proust et le Monde sensible, *par Jean-Pierre Richard*
209. Nus, Féroces et Anthropophages, *par Hans Staden*
210. Œuvre poétique, *par Léopold Sédar Senghor*
211. Les Sociologies contemporaines, *par Pierre Ansart*
212. Le Nouveau Roman, *par Jean Ricardou*
213. Le Monde d'Ulysse, *par Moses I. Finley*
214. Les Enfants d'Athéna, *par Nicole Loraux*
215. La Grèce ancienne, tome 1
par Jean-Pierre Vernant et Pierre Vidal-Naquet
216. Rhétorique de la poésie, *par le Groupe* μ
217. Le Séminaire. Livre XI, *par Jacques Lacan*
218. Don Juan ou Pavlov
par Claude Bonnange et Chantal Thomas
219. L'Aventure sémiologique, *par Roland Barthes*
220. Séminaire de psychanalyse d'enfants, tome 1
par Françoise Dolto
221. Séminaire de psychanalyse d'enfants, tome 2
par Françoise Dolto
222. Séminaire de psychanalyse d'enfants
tome 3, Inconscient et destins, *par Françoise Dolto*
223. État modeste, État moderne, *par Michel Crozier*
224. Vide et Plein, *par François Cheng*
225. Le Père : acte de naissance, *par Bernard This*
226. La Conquête de l'Amérique, *par Tzvetan Todorov*
227. Temps et Récit, tome 1, *par Paul Ricœur*
228. Temps et Récit, tome 2, *par Paul Ricœur*
229. Temps et Récit, tome 3, *par Paul Ricœur*
230. Essais sur l'individualisme, *par Louis Dumont*
231. Histoire de l'architecture et de l'urbanisme modernes
1. Idéologies et pionniers (1800-1910)
par Michel Ragon
232. Histoire de l'architecture et de l'urbanisme modernes
2. Naissance de la cité moderne (1900-1940)
par Michel Ragon
233. Histoire de l'architecture et de l'urbanisme modernes
3. De Brasilia au post-modernisme (1940-1991)
par Michel Ragon
234. La Grèce ancienne, tome 2
par Jean-Pierre Vernant et Pierre Vidal-Naquet
235. Quand dire, c'est faire, *par J. L. Austin*
236. La Méthode
3. La Connaissance de la Connaissance, *par Edgar Morin*

237. Pour comprendre *Hamlet*, *par John Dover Wilson*
238. Une place pour le père, *par Aldo Naouri*
239. L'Obvie et l'Obtus, *par Roland Barthes*
240. Mythe et Société en Grèce ancienne, *par Jean-Pierre Vernant*
241. L'Idéologie, *par Raymond Boudon*
242. L'Art de se persuader, *par Raymond Boudon*
243. La Crise de l'État-providence, *par Pierre Rosanvallon*
244. L'État, *par Georges Burdeau*
245. L'Homme qui prenait sa femme pour un chapeau
par Oliver Sacks
246. Les Grecs ont-ils cru à leurs mythes ?, *par Paul Veyne*
247. La Danse de la vie, *par Edward T. Hall*
248. L'Acteur et le Système, *par Michel Crozier et Erhard Friedberg*
249. Esthétique et Poétique, *collectif*
250. Nous et les Autres, *par Tzvetan Todorov*
251. L'Image inconsciente du corps, *par Françoise Dolto*